西安外国语大学学术著作出版基金资助出版

南健翀 / 主编

外国文学散论

第14辑

南健翀 / 主编

陕西新华出版
陕西人民出版社

图书在版编目（CIP）数据

外国文学散论／南健翀主编. —西安：陕西人民出版社, 2023.7
ISBN 978-7-224-15008-7

Ⅰ.①外… Ⅱ.①南… Ⅲ.①外国文学—文学研究—文集 Ⅳ.①I106-53

中国国家版本馆 CIP 数据核字（2023）第 132137 号

责任编辑：王　凌
封面设计：白明娟

外国文学散论
WAIGUO WENXUE SANLUN

主　　编	南健翀
出版发行	陕西人民出版社
	（西安市北大街 147 号　邮编：710003）
印　　刷	广东虎彩云印刷有限公司
开　　本	787mm×1092mm　1/16
印　　张	15
字　　数	300 千字
版　　次	2023 年 7 月第 1 版
印　　次	2023 年 7 月第 1 次印刷
书　　号	ISBN 978-7-224-15008-7
定　　价	68.00 元

如有印装质量问题，请与本社联系调换。电话：029—87205094

《外国文学散论》编委会

主　编　南健翀

编　委　（以姓氏笔画为序）

　　　　王　文　王永奇　王黎娜　刘一静　苏仲乐
　　　　杨晓钟　胡宗锋　赵前明　南健翀　聂　军
　　　　高兵兵　席忍学　郭英杰　蒋　丽　雷武锋

编　务　（以姓氏笔画为序）

　　　　王　悦　卢　曦　刘一静　朱昱洁　段枚妤

前　　言

2019、2020、2021年，在陕西省社科联的指导下，陕西省外国文学学会与合作单位西安外国语大学社科联、研究生院，陕西师范大学文学院、外国语学院共同举办了题为"文学经典与核心价值观""人类命运共同体视域下的文化交流与融通"和"文学经典的译介与阐释"三场博士生学术论坛。来自省内外的专家学者以及文学专业的博士生们集聚一堂，围绕外国文学作家作品与流派、中西比较文学、外国文学译介、外国文学教学、陕西本土作家作品外译等话题展开了热烈的讨论。该论坛不仅为陕西省内的广大外国文学研究者提供了一个相互交流、探讨和学习的平台，同时也对陕西省外国文学研究和哲学社会科学事业的发展起到了促进作用。正因为如此，该博士学术论坛以其严谨的学术性、广泛的包容性和组织的专业性吸引了越来越多外国文学研究者，特别是省外外国文学研究者的关注和支持。参加论坛的多为从事外国文学、比较文学研究的青年博士，他们的问题意识、学术视野、立论高度、创新精神、扎实学风让人倍感欣慰和振奋：我们的外国文学研究事业后继有人！

为供大家进一步交流和学习，经《外国文学散论》编委会的认真审阅和研究，我们从三场博士生学术论坛收到的众多稿件中选取28篇，汇编成《外国文学散论》，内容涉及外国文学经典作品阐释、中西比较文学研究、外国文学作品译介以及陕西本土作家作品外译等。因为篇幅所限，其他论文未能收录。

陕西省外国文学学会作为专门从事外国文学研究的组织，近年来，在陕西省社会科学界联合会的领导下，在会长单位西安外国语大学的大力支持下，在各理事单位、广大会员的共同努力下，各项工作发展态势良好。学会现有理事单位23个，会员遍布陕西省各高校，研究成果丰硕，在陕西省国外人文社科研究领域发挥着越来越重要的作用。起始于2019年的博士生学术论坛业已成为具有陕西省外国文学研究特色的，在业内具有一定影响力的青年学术论坛。在未来的工作中，学会将不忘初心，凝心聚力，博采众长，力争产出更多更好的成果，为助推陕西省外国文学研究事业的繁荣和发展贡献自己的力量。

《外国文学散论》是陕西省外国文学研究者交流和学习的园地，希望各位研究者和学者踊跃投稿，也欢迎其他学术刊物选载、转载。这部论文集的出版得到了各方的大力支持和帮助，在此，我们表示最衷心的感谢！西安外国语大学为该论文集的出版提供了可贵的资助，在此特别感谢！

编　者

2023年1月20日

目　录

作为他者的悲剧：论参孙的"自杀式袭击" ………………………… 杜红艳（ 1 ）

"被遗忘"之谜
　　——美国族裔文学中的现代主义 ……………………………… 张玉堂（ 11 ）

美国自然文学传统的形成与特征
　　——以托马斯·杰弗逊、苏珊·费尼莫·库柏和亨利·大卫·梭罗为例
　　……………………………………………………………………… 阿力更（ 20 ）

C. A. 阿列克谢耶维奇的创作研究
　　——以《二手岁月》为例 ………………………………………… 孙　婷（ 28 ）

论莫迪亚诺《青春咖啡馆》的时空美学 …………………………… 惠　欣（ 35 ）

《布登勃洛克一家》
　　——托马斯·曼艺术家小说的扩展 ……………………………… 陈　晨（ 44 ）

格里高尔的自我确证
　　——对《变形记》的另一种解读 ………………………………… 陈祎满（ 53 ）

古泽尔·雅辛娜小说《我的孩子们》共同体探析 ………………… 段晓曼（ 61 ）

论小说《爱药》的多重叙述模式 …………………………………… 曲晓梅（ 70 ）

重构记忆
　　——论《黑暗的心》中"想象"的运用 ………………………… 王菲菲（ 79 ）

英雄还是懦夫？这是个问题！
　　——《时代的喧嚣》的叙事伦理批评 …………………………… 张慧慧（ 85 ）

《洛丽塔》中的叙述主观化探析 …………………………………… 田佳宁（ 92 ）

文化记忆
　　——布尔加科夫作品中新经济政策下的住房文化 ……………… 张英钰（100）

陌生化视角下的宝塔诗与立体诗对比研究
　　——以阿波利奈尔立体诗为例 …………………………………… 马春蕾（107）

— 1 —

鲍里斯·维昂文学作品的现代性初探 ………………………………… 李　囝（117）
生命意志的悲剧书写
　　——三岛由纪夫《狮子》论 ………………………………… 胡莉蓉（123）
杜拉斯"跨种族效应"的行为寓指和对于叙述的影响 ………………… 廉　鹏（132）
新文科视域下的陕西当代外国文学研究 ………… 刘一静　李雪凤　陈柯桦（140）
言说的着装
　　——《坎特伯雷故事》中服饰符码研究 …………………… 李　莉（146）
斯蒂芬·金小说中神性和魔性错杂的人性探究 ………… 王　文　罗天霞（155）
读《房思琪的初恋乐园》和《同意》再谈文学功能 ………………… 王　雪（162）
贾平凹作品在法国的接受研究 …………………………………………… 周　权（173）
"他者"镜像
　　——《末代皇帝》中的东方形象 …………………………… 王思雨（183）
《孟子》中"仁"的译释研究
　　——以康有为的《孟子微》为例 …………………………… 王　颖（191）
美国《西厢记》译介及其特征研究 …………………………………… 刘文艳（198）
文字记载传播的力量
　　——意大利长篇小说《约婚夫妇》的汉译 ………………… 谢佩佩（203）
上下求索　砥砺前行
　　——美国诗歌中的中国书写国内研究综述 ………………… 郭英杰（211）
接受美学视域下的《青春之歌》在印度尼西亚传播研究 ………… 陈芳清歌（223）

作为他者的悲剧：论参孙的"自杀式袭击"

西南交通大学外国语学院　杜红艳

《斗士参孙》是弥尔顿后期创作的"英雄三部曲"之一，被认为是最接近古希腊悲剧高度的英国诗剧。但近几年来，不断有批评家指出，参孙的"自杀式袭击"是恐怖主义的源头，弥尔顿塑造的悲剧英雄实则是一个恐怖分子。在"他者"理论的关照下，本文认为参孙的"自杀式袭击"是帮助他确立身份、获得民族认同的唯一途径，这与当代意义上的恐怖主义有着本质的不同。失明后的参孙，失去了上帝赋予的力士光环，始终处于族人的注视之下和外族的敌视之中，参孙的悲剧在于他作为他者而得不到上帝的明示和族人的认同，因此，他只有通过"自杀式袭击"与敌人同归于尽，以自我牺牲的方式确立自己作为上帝代理人和民族英雄的身份。

一、他者、弥尔顿与参孙

据《文化批评关键词研究》一书，文化研究中的"他者"指的是人们将一个人、一个群体或一种制度定义为他者，将他们置于人们所认定的自己所属的常态或惯例的体系之外；是对于一种作为异于已建立的规范和社会群体的存在性质或状态的暂时命名。[1] 简而言之，他者是主流之外、异于常态的存在。从存在论和本体论的角度讲，"他者"是一种非我的状态；也可以说"他者"指的是个人依据性别、种族和对于差异的相关感觉所做的自我与他人的区分。"他者"的树立是为了确定自身，用文化研究的另一关键词来解释就是自我"身份"的确立。这里的"身份"指的是文化身份、民族身份、性别身份等。[2] 他者不可避免地想要寻求身份认同，而在追寻过程中，往往不尽如人意，或走向同一，或走向分裂，甚至是死亡。

从"主流之外、异于常态"的定义来看，历史上的约翰·弥尔顿一直都是作为"他者"而存在的。在生活中，年少时的弥尔顿因为长相过于秀气而被戏称为"基督学院的小姐（The Lady of Christ's College）"。[3] 在《他者的慰藉：弥尔顿、格雷和丁尼生作品中的男性爱情挽歌》(*The Consolation of Otherness：The Male Love Elegy in Milton*,

---

[1]王晓路等：《文化批评关键词研究》，北京大学出版社2007年版，第324—325页。
[2]王晓路等：《文化批评关键词研究》，北京大学出版社2007年版，第325页。
[3]John T. Shawcross, *John Milton：The Self and the World*, University Press of Kentucky, 1993, p. 33.

Gray, and Tennyson）一书中，马修·科尔（Matthew Curr）甚至认为弥尔顿实际上是一个受压抑的同性恋者。① 在事业上，不论是作为一个支持离婚的清教徒，还是作为一个为弑君辩护的国会秘书，他与所处的时代都是格格不入的。作为清教徒的一员，弥尔顿所在的宗教群体被英国国教排斥和迫害；作为共和政体的拥护者，他以及他的党派在查理二世复辟之后，被保皇派持续追捕和打压。晚年，双目失明的他依靠口述艰难写作，且性格古怪以致女儿们都厌恶与他在一起。② 可以说弥尔顿的一生都是一种"他者"的存在。

《斗士参孙》是弥尔顿后期创作的"英雄三部曲"之一，被认为是最接近古希腊悲剧高度的英国诗剧。弥尔顿本人与参孙具有高度的相似性。参孙这个人物的塑造承载了弥尔顿一生希望的破灭、对所挚爱的祖国的失望以及老年的孤独和悲伤：上帝赋予参孙神力以解救其选民，而弥尔顿自认为被赋予了卓越的智慧来追求真理和信仰以救赎英国人民；参孙被俘和履行神职失败的部分原因是他为之奋斗的人民辜负了他，而弥尔顿在很大程度上将英国革命的失败也归因于习惯被奴役和专制统治的英国人民。另外，二人在婚姻伴侣的选择上都曾做了错误的决定。弥尔顿与参孙间最重要的纽带在于失明后的境遇。革命失败后，失明的弥尔顿孤身在"邪恶的日子"里被"邪恶的喉舌"所包围，而参孙被俘后两眼被挖只身被囚迦萨。③ 作为时代的他者，弥尔顿塑造的悲剧英雄参孙也随之被赋予"他性"。

《斗士参孙》这部诗剧主要呈现参孙在狱中最后一天的经历，在与三位来访者（父亲玛挪亚、妻子黛利拉和腓力斯大力士哈拉发）的对话和对抗中逐步揭示其作为他者的角色。随着情节的开展，读者会产生如下疑问：参孙先后娶了两个腓力斯人为妻，是顺从上帝的旨意吗？上帝的旨意是让他被俘、被挖眼、在磨坊做苦力吗？他拆毁腓力斯人的神庙，杀死成千上万没有伤害过他的人，这是上帝的旨意吗？最后的这个问题激起了批评家的热情，尤其是自"9·11"事件之后，批评家将宗教引发的暴力问题带入公众关注的视野。目前这个问题陷入两方面的争斗：其中一方认为，参孙是恐怖主义者，他的"自杀式袭击"是一种消极的警告，其中混淆着野蛮的复仇冲动和上帝的命令；另一种观点认为，参孙是信仰的英雄，因为在生命的最后时刻，他所做的、他渴望实现的始终都只是上帝的旨意。④ 参孙被赋予的这种两面性与列维纳斯的他者观相契合。在列维纳斯看来，存在着两种他者：一种是传统意

---

① Matthew Curr, *The Consolation of Otherness: The Male Love Elegy in Milton, Gray and Tennyson*, McFarland, 2002, p. 1.

② 马克·帕蒂森：《弥尔顿传略》，金发燊译，生活·读书·新知三联书店1992年版，第165—166。

③ 吴玲英：《基督式英雄：弥尔顿的英雄诗歌三部曲对"内在精神"之追寻》，博士论文，湖南师范大学，2013年，第178页。

④ Stanley Fish, *Versions of antihumanism: Milton and others*, Cambridge University Press, 2012, p. 70.

义上的"他者",可以转化成同一或自我,这是"相对的他者";还有一种"彻底的他者"或"绝对的他者",即绝不能还原为自我或同一的他者。这两种他者的区分实际上是关于对他者的两种态度的区分。① 本文从他者理论出发,以列维纳斯的他者观为中心,研究被塑造为他者的参孙对其"他者"身份的认识,以及努力寻找自我身份的整个过程。

二、失去上帝光环的他者

相对于其他的代理人,参孙作为上帝代理人的身份始终不能确定。上帝赋予他神力,却让他轻易受到黛利拉的诱惑,他虽然"有无穷的力气,而智慧不过平平"(207)。② 力气与智慧的比例失调使得他横遭灾厄,顷刻便"陷罗网、遭袭击、被战胜"(365)。在这种情况下,世人如玛挪亚便开始质疑他作为上帝代理人的合法身份:

> 上帝既一度选中他
> 去完成大业,他虽因脆弱铸大错,
> 也不该使他那么倒霉当奴隶
> 使他遭受那么可鄙的凌辱(368—371)

参孙本人在被俘期间也在不断思考自己的上帝代理人身份,质疑自己是否已经失去上帝的庇护:

> 为什么要命令规定把我教养成
> 一个离俗献身于神的人,
> 派定了不起的勋绩,却又要死得
> 受叛卖、被俘虏、给双双挖出眼睛,
> 受尽敌人的百般侮辱和白眼,
> 忍辱负重带枷锁用天赐神力
> 推磨完成重活?……(30—36)

参孙既已被天赋神力,创造了了不起的功绩,为何又会突然失去一切,被贬为奴隶?同为上帝的代理人,参孙的遭遇与耶稣截然不同。受"神意的驱使",耶稣能够只身在荒野中识别并战胜恶魔撒旦的种种诱惑,能够四十天"不食人间烟火,也不觉饥

---

① 王晓路等:《文化批评关键词研究》,北京大学出版社2007年版,第331页。
② 如无特别说明,本文所有引用的《斗士参孙》原文都来自以下版本。弥尔顿:《斗士参孙》,金发燊译,广西师范大学出版社2004年版。

饿……野兽见了他都驯服"（303—310）。而参孙遵从上帝的指引娶了黛利拉，却轻易被其诱惑，进而落得"被俘虏、给双双挖出眼睛"的悲惨下场。这样的遭遇导致参孙走向不同于耶稣的道路：耶稣走向"尊重与爱"的救赎他人之路，而参孙走向"自我牺牲"的寻求合法身份之途。《斗士参孙》这部诗剧把时间设置在参孙生命的最后一天。在生命的尽头，参孙预感到了死亡，不得不通过"自杀式袭击"来获取已经失去了的上帝赋予的力士光环：

> 这漆黑的眼窝不会再款待光亮，
> 另一盏生命之灯也维持不了多久，
> 顷刻间即将让位给双重的黑暗；
> 我深深觉得生命力已江河日下，
> 希望全渺茫，我内在的本能似乎
> 自身的全部机能已筋疲力尽；
> 我光荣的旅程到尽头，可耻的旅程啊，
> 不久我即将与安息的人们为伍。（591—598）

当机能被全部耗尽，参孙既不能拥有耶稣基督那样伟大的神力，也不能回到家做一个普普通通的人，因为上帝已经切断了他与人民的联系：

> 别指望你的上帝，不管他怎么样，
> 你，他不关心，不认，完全切断
> 与他人民的联系，把你交到
> 敌人的手中，答应他们可以
> 剜出你的双眼，上镣铐，将你
> 关进低等的监牢，那里去推磨，
> 只配与奴隶、驴子为伍做伴。（1156—1168）

敌人的嘲弄与上帝的遗弃让参孙不断怀疑自己的身份，在"万劫不复的黑暗中"（81），他最终走向绝望，只求速死：

> 我不再置身怀抱希望的人群，
> 我不幸全陷于绝境，全无药可救，
> 还保留这一祷告，但愿听我说，
> 我不多祈求，只愿速死，
> 结束我一切苦难，入土为安。（647—651）

虽然参孙与作为圣子的耶稣不同，不能享有上帝永久的宠信，但参孙依然希望重新获取上帝赋予的神性，成为合法的上帝代理人。因此，即使是死亡，参孙也需要在上帝的指引下才能得到赦免，以期在死后得到承认。斯坦利·费什（Stanley Fish）认为，《复乐园》和《斗士参孙》都"有着一个共同的情节，尽管体裁的不同可能会掩盖这些基本的相似之处"，即这两部作品的主人公都有一系列背叛上帝的动机和理由——财富、美色、军事上的成功、骄傲、绝望、民族主义、政治改革、领导的责任等。但是在这两个故事中，主人公都拒绝了这些理由和动机，而选择支持一个压倒一切的理由，那就是必须努力对上帝忠诚。这两部剧中的参孙和耶稣共同说明了这样一个真理：响应上帝的意志而采取的行动，可以采取任何形式去完成。[①] 在生命的最后一天，参孙自愿选择去腓力斯人的神殿表演，决定通过自杀式袭击与亵渎上帝的人同归于尽，从而完成上帝的旨意：

> 但是谁强制我去大衮神殿啦，
> 没硬拉？腓力斯人长官只下的命令。
> 命令不等于强制。如果我照办，
> 那我就出于自愿啦，那简直是不怕
> 触怒上帝而怕人，宁愿爱人，
> 把上帝置之脑后：这惹起他恨恶，
> 若不悔过，将永远得不到宽恕。
> 但是你我为某种重大的事业
> 参加神殿里偶像崇拜的仪式，
> 他可以赦免，这一点你无须怀疑。（1368—1379）

最终，如参孙自己所说，即使是被迫，他也是"出于自愿"选择与敌人同归于尽。并且，也只有通过这样的选择，他才能得到上帝的赦免，重新成为合法的上帝代理人，拯救以色列的民族英雄。正如参孙死后他的父亲玛挪亚所说：

> 但最好最幸福的是，所有这一切
> 上帝并没有，如人们担心的，离开他，
> 而是疼爱他，帮助他直到最后。（1718—1720）

三、族人注视下的他者

作为民族英雄"以色列的光荣"，参孙从未被族人接受过，尤其是在失明后，他

[①] Stanley Fish, *Versions of antihumanism: Milton and others*, Cambridge University Press, 2012, p. 95-96.

始终都是在族人注视下的他者。当参孙终于在某个节日的那一天走出牢房到户外来，他的族人便迫不及待要来看看这个落魄的英雄：

> 这，这就是他，轻声一点儿，
> 我们且不要突然惊动他。
> 变得哟难以言传、想象、置信了！
> 瞧，他胡乱躺着，四肢懒洋洋，
> 面容憔悴，垂头丧气，
> 像绝望的人，意气消沉，
> 自暴自弃，不能自拔；
> 着奴隶服装，不合身材，
> 衣衫褴褛，污秽不堪。（115—123）

此刻的参孙在族人的注视中早已没了当初的英雄气，而是一个彻底沦落的囚犯。事实上，就算参孙在之前意气风发之际，他的奉献也从未被认可和尊重。当参孙受到腓力斯人的围攻时，他的族人们甚至把他作为战利品交给异邦人：

> 甚而至于蔑视，或嫉妒，或猜忌
> 上帝恩宠有加特地举荐
> 拯救他们的人。他每有行动
> 他们不是常常抛弃他，最后
> 还对最可敬的行动忘恩负义吗？（273—276）

此外，族人们从不觉得参孙是他们中的一员，甚至需要借助对外邦人的想象来定义他的天赋神力："真像是外邦人想象的巨人顶天"（150）。萨特认为自我是通过注视来认识他者的，而把握注视的一个方法就是意识到被注视。① 参孙因为族人的注视而成为他者，同时也是通过被注视意识到自己的他者身份。参孙内心也很清楚他从未作为以色列的英雄被族人接受过。当他被俘，他的以色列邻居和朋友来看望他时，他迫不及待地问他们：

> ……告诉我，朋友，
> 我不是在大街小巷被笑谈说成
> 是个傻瓜？他们不是说，如此
> 落魄他罪有应得？……（202—205）

---

①萨特：《萨特说人的自由》，李凤编译，华中科技大学出版社2018年版，第99—100页。

参孙意识到在族人的注视下他永远都是一个人在战斗，成功无人感激，失败却被嘲笑。他始终无法融入族人受人奴役的生活，族人也从不支持他的反抗：他们"宁愿受奴役而不爱享有自由；/安于受奴役而不奋力争自由"（271—272）。现如今他失明被俘，他明白自己更是不可能被族人接受，只会作为一个"可怜虫"被他们注视：

> 我如今瞎眼、沮丧、受辱、遭欺压，
> 还能派什么用场？凭什么报效
> 祖国，完成上天指派的任务？
> 却只能赋闲在家无所事事，
> 做坐享其成的雄蜂，供来访者观看，
> 或成个可怜虫……（563—568）

在族人的注视中，参孙的他者身份一览无余。死亡似乎成了参孙的追求，那是因为只有死亡可能会使他作为民族英雄被族人铭记："我那常祈求的死亡/ 加速光临迎来我一了百了"（575—576）。

除了族人的注视，失明被俘之后的参孙也被排除在自家之外，父亲玛挪亚对他的关心，至多也是关乎家族荣光。当上帝"丧尽光彩，遭亵渎，还受嘲弄"，玛挪亚开始责怪参孙，认为是因为他才有这大祸临头的耻辱："参孙，你一切苦难中想来最惨重，/曾经落到你头上，你父亲家门的/奇耻大辱可说是最大的一次"（433—447）；当得知参孙最终与敌人同归于尽时，他的父亲竟然认为他"采取拼死命的手段进行报复"是好样的："哦，终于对自己分外坚强"（1590—1591）；当报信人说最糟糕的消息便是参孙死了时，他的父亲在放声恸哭前首先想要了解的却是"他怎么死的？死得光荣抑可耻？"（1579）

当他者意识到自己被注视的那一刻，无数别人的意识成了他孤立无援的痛苦根源，尤其是面对他者而言的多数。① 参孙在族人的注视中成为他者，自己的人民成为他痛苦的根源，同时，他也无法回到期待他带去荣耀的家人身边，这一切都在促使他做出"自杀式袭击"的决定，不只死去，还要光荣地死去，以求得人民的认同和家族的荣耀。父亲玛挪亚最后的一句"参孙毕竟去得像参孙"显得那么无可奈何，也许参孙只有通过这种"牺牲自己"的方式才能像他们的英雄参孙吧。

四、异族敌视中的他者

对于腓力斯人来说，参孙是作为"一个公共的敌人"存在的，在他们眼中，他是永恒的他者。这样互为敌人的客观存在就导致了参孙与作为腓力斯人的妻子黛利拉

---

①萨特：《萨特说人的自由》，李凤编译，华中科技大学出版社2018年版，第102页。

之间不可消融的敌对关系：

> ……您知道我祖国的行政
> 长官和巨头们亲自登门拜访，
> 再三恳求、命令、威胁、催促，
> 拿公民义务和宗教的一切约束力
> 逼迫我，竭力说，那，就是正义，
> 多么高尚，多么光荣，去骗诱
> 一个公共的敌人，他已经杀戮
> 我们多少同胞……（850—857）

参孙对黛利拉一片真心，他以为结婚了就是彼此属于彼此，信任彼此，但是他不知，她始终都认为他是她们民族的公共敌人，一个无法被自己民族接受的他者。参孙以为黛利拉既已嫁给了他，那么她就是接受了他，应当全心全意爱他、尊重他，否则"当初你何以接受我做你的丈夫，／那时候我就是你国家不两立的敌人（882—884）？"事实上，正如列维纳斯指出的：绝对的他者绝不能还原为同一的他者，他者的特异性绝不能转换为自我的低级阶段，从而被自我吸纳、征服。① 黛利拉作为敌族的人民是绝不可能因为联姻就被参孙征服，忘记他作为民族的公共敌人的他者身份。黛利拉拿国家为借口说明自己的无可奈何，丝毫没有忏悔之意：她自己的过错，反而责备起受害者参孙来（820）。在参孙看来，夫妻之间的相互尊重和信任应该是"自然法则"：

> 一旦当太太，为我你就该离开
> 双亲和国家。我不是他们的臣民，
> 也不受他们的保护，只自己保护，
> 你是我的，不是他们的：你国家
> 若要你危害我性命，是图谋不轨
> 违背自然法则，也违背国法，
> 那就不再是你国家，只是群不肖的
> 子孙，阴谋保住他们的地位。（885—892）

但是他作为绝对他者的身份产生的不可调和的民族敌对关系，最终使得黛利拉选择了背叛。只有尊重、爱与牺牲才有能使得参孙与黛利拉的婚姻逐渐走向融合，消解二者的他者性，但显然，他们都选择了对方的地狱：

---

① 王晓路等：《文化批评关键词研究》，北京大学出版社2007年版，第331页。

> 我看您很难和解，更充耳不闻
> 祈求，比风和海还厉害，可狂风掀海，
> 海浪拍岸终究会归于平静，
> 您的怒气难抑制，仍不断发作，
> 简直是无穷的暴风雨永远不停息。
> 为什么我这等低声下气，祈求
> 和好，一无收获，反遭拒绝，被憎恨？
> 勒令我带着凶兆，背着臭名
> 受诋毁这口耻辱的黑锅滚蛋呢？
> 我从今以后再也不管您的
> 闲事，也不过多指责自己。（960—970）

一旦寻求和解得不到回应，温柔多情的黛利拉就变成了残酷无情的敌族。在这段关系中，黛利拉代表着敌族的态度，当参孙拒绝听命于她，不愿做她情感的奴隶，她马上就会实施打压：不做"奴隶"就是敌人（941—950）！直到敌族巨人哈拉发出现，参孙才真正燃起了为上帝而战的决心：

> 我公开承认这些是以色列上帝的
> 力量，向大衮挑战要进行较量，
> 提出要与你，他的勇士，来搏斗，
> 不怕他作为神尽心竭力支持你；
> 然后你将看到，不如说你痛苦地
> 会马上觉得你我的上帝谁最强。（1150—1155）

此时的参孙被哈拉发污蔑为"杀人犯、叛逆者、强盗"，否认他是受上帝庇护的代理人，也否认他是以色列人的一员，认为腓力斯人因为他的暴行才起用武装部队搜捕他一个人，对别的以色列人既没有行凶也没有劫掠（1185—1191）。对于哈拉发的控告和污蔑，参孙明白只有"死亡会免除／他强加给我的最坏的东西"，"随着我毁灭／蓄意危害者会招来自己的损失"（1262—1267）。最终参孙决定以"自杀式袭击"的方式来复仇，来挽回尊严，获取合法的上帝代理人身份和民族英雄身份。因为参孙相信，这样的复仇虽然代价昂贵，却是最光荣的方式：

> 复仇呀，代价昂贵，却光芒万丈！
> 活着也罢，死也罢，您已经实现
> 上帝预言您要为以色列人所做的

工作，而且如今光荣地置身于

您杀死的人群中，自我牺牲

并非自愿，而是迫于环境

极端的需要，必然的法则让您和

您杀死的敌人同归于尽……（1660—1667）

参孙之所以不被上帝宠信、不被族人认同、被妻子背叛、受到敌族的嘲弄均是因为他的他者身份。他生来便被上帝赋予神力，但是却留给他致命的缺点；他是上帝派来拯救以色列民族的英雄，但是奈何族人甘心被奴役；妻子表面貌美娇柔，内心却贪婪狠毒。通过揭示参孙在诗剧中的他者身份，我们可以看到他的"自杀式袭击"实则是最后的出路，是他寻求作为上帝代理人和民族英雄身份的唯一途径，参孙绝不是所谓的恐怖主义者。如费什指出，也许我们可以认为"撒旦是头号恐怖分子，制造痛苦，激发恐惧，因为这是他前进的动力；撒旦也有信徒，包括肆意的连环杀手，喜欢残酷行使权力的暴君，以及任何以毁灭为目的的人"。但是这些既不能用来描述弥尔顿，也不能用来描述他笔下刻画的参孙。弥尔顿和参孙可能会有很多头衔——弑君，厌女，精英，恃强凌弱，粗鄙——但他们不是恐怖分子。[①] 综观全诗，参孙的复仇是一种"自我牺牲"，"并非自愿，而是迫于环境的极端需要"（1665—1667）。

列维纳斯认为人与人之间存在着绝对的异质性与隔离，他者必须"超越异在"，走上"尊重、爱与牺牲"的救赎之途，否则世界将爆发全面的战争，走向毁灭。[②] 参孙失去上帝赋予的光环，始终处在族人的注视之下和外族的敌视之中。作为他者，他始终无法得到上帝的明示和族人的认可，这也决定了他不可能"超越异在"，走向"尊重与爱"，最终他只有被迫通过"自杀式袭击"与敌人同归于尽，以"自我牺牲"的方式获得身份认同。参孙的"自杀式袭击"与现代意义上的恐怖袭击有着本质的区别，他没有进行制造恐慌的间歇性袭击，他是自身受到了敌对民族的迫害和侮辱之后的奋起一击，是为了尊严的最后一战。通过这样一种方式，作为"他者"的参孙最终走上追寻合法身份的死亡之路，牺牲自己，展现上帝赋予的力量，完成上帝的任务，得到民族的认同，成为真正的悲剧英雄。

[①]Stanley Fish, *Versions of antihumanism: Milton and others*, Cambridge University Press, 2012, p.94.

[②]王晓路等：《文化批评关键词研究》，北京大学出版社2007年版，第331页。

"被遗忘"之谜
——美国族裔文学中的现代主义

西安外国语大学　张玉堂

和欧洲现代主义相比,美国现代主义文学作为世界文学的重要分支别具特色,它体现从人的心理出发,表现人在生活中被压抑和扭曲的荒诞不经。本文在挖掘美国精英作家现代主义文学的集体表征外,探讨族裔文学中的现代主义倾向及异质性,进而展示美国土著文学中的现代主义聚焦点的特性。这一点可从哀鸽、达西·麦克尼科尔和约翰·约瑟夫·马修的作品中看出他们对美国政府所执行的摧毁性政策的灾难后果的回应,揭示出在现代文明的夹缝中被"同化"政策所致的异化土著人的处境。

引　言

现代主义文学一般是指产生于19世纪末20世纪初到20世纪中叶的一种文学流派。但"现代主义"一词,据《牛津大辞典》的说法,它最早出现在斯威夫特1737年给蒲柏的信中,信中言道:"骚人墨客给我们送来了乱七八糟的诗人,带着令人厌恶的省略语和稀奇古怪的现代主义。"这种贬义的说法和20世纪的现代主义文学关系不大。对于现代主义文学的缘起的具体年代众说纷纭,但弗吉尼亚·伍尔夫所言"1910年12月前后,人性发生了改变,所有的人际关系都发生了变化。"这一说法在学术界较为被认可和流行。在西方文学界,现代主义文学公认的鼻祖是塞万提斯的《堂·吉诃德》和福楼拜的《情感教育》,而卡夫卡、普鲁斯特、乔伊斯都被并称为西方现代主义文学的先驱和大师。这些文学大师们所关注的文学现象和被认为已过时的现实主义文学叙述手法迥然不同,他们已经从外部世界转向了人的内心世界,专注人物的内心真实,认为艺术是表现,内容即形式,形式即内容。它所映衬出两次世界大战前后是一个杀人的手段愈发先进,救人的医术越发高明的荒诞世代。尼采呼喊"上帝死了",而上帝的死亡是缘于人类创造的先进技术。失去了上帝庇佑的人类已然失去了重回伊甸园的任何希望,这一切悲剧在被称为上帝的"山巅之城"的美国和上帝的"选民"的美国人中以"荒原"的形式得以充分展现。正如《荒原》的主题中西比尔所言:"我要死。"它反映的是欧美社会个人出现了普遍的疏离感、陌生感、孤独感和绝望感。

提出著名的"双面意识"(double consciousness)的杜波伊斯(W. E. B. Du Bois)的

"缘何上帝使我在自己的屋内成了一个放逐者和局外人?"和茱莉亚·克里斯蒂娃(J. Kristeva)"外来者鸠占鹊巢,我们自己却成为所谓的'问题'。"从另外一个视角质疑少数族裔问题和土著人群在这个自诩为"人生而平等"的民族国家里的境遇,挑战美国正统历史和文化里对于少数族裔的漠视。在美国白人主流文学领域开辟出族裔现代主义,质疑美国主流现代主义所谓的"中立"色彩,探讨在种族偏见及仇视中族裔文学的边缘共同体地位如何在主流精英现代主义的经典的二元地位中生存和延续下去。而作为曾经的"第一民族"的土著人,在经历了五百年极具恐怖主义色彩的殖民灭绝之后,三位土著现代主义作家哀鸽、达西·麦克尼科尔和约翰·约瑟夫·马修的质问,回应了美国政府在19世纪80年代到20世纪30年代之间所执行的摧毁性政策导致的灾难后果的缘由,揭示了在现代文明的夹缝中生存的土著人的异化处境。

一、美国现代主义的集体表征

伴随着工业化的快速推进,传统家园被钢筋水泥的巨型城市所取代。人与人、人与上帝之间的关系产生了严重的疏离。现代主义文学最重要的元素"非人化"由此产生。而爆发于1914年的一战更从根本上使人们对资本主义的价值及伦理体系产生严重的怀疑。尼采、弗洛伊德和柏格森的哲学和心理学思想给人们带来了巨大冲击。对美国这个年轻的国家及其年轻的公民来说,现代主义文学的出现不完全是从一战才开始孕育的。早在爱伦·坡时期就倡导所谓"使灵魂升华的美"。他反说教,强调形式美和音乐性的模式和后来美国现代主义的风格不谋而合。现代主义缘起于美国在第一次世界大战参战、订立"凡尔赛合约"和威尔逊总统提出的"十四条"被国会否定及参战美国年轻人的理想幻灭等。与这一时代俱进的文学运动所体现的正是作家的自我放逐,亦被称为"第二次美国文艺复兴"。典型的是被格特鲁德·斯坦因称为"迷惘的一代"的作家,如埃兹拉·庞德、海明威、福克纳都走上了现代主义文学的大舞台。

美国现代主义的风格除了受欧洲哲学、心理学影响外,本土的威廉·詹姆斯的意识流(stream of consciousness)也对美国现代主义作家关注对人们内心世界的挖掘起到了推波助澜的巨大影响。美国现代主义作家通过对形式、技巧和风格的大胆试验,与习俗和传统决裂。当然,在美国现代主义作家和作品中的表现手段也有些许不同,例如80多岁高龄受邀出席约翰·肯尼迪总统就职仪式并诵读诗歌《彻底奉献》的罗伯特·弗罗斯特就主要关注美国社会从农村向城市转型中人物的怀旧情结。他的诗作如《摘苹果》《补墙》《白桦树》等对农村劳作细节的描述,抒发了诗人将自身现实生活中"经常拖着病体疲惫不堪地回家"的真实写照以凋零的玫瑰、干枯的花朵来表现内心世界中的孤独、寂寞。也通过诗中人物从压弯的树梢腾空而起又返回地面的反复来揭示现代人想脱离现实又被迫面对实际的窘境,这和诗人作为"半个农民、半个教师、半个诗人"的现实处境一脉相承。但和被电锯锯掉胳膊致死的小男孩相比,诗人还是很幸运的。

> 我十二岁那年，在一家鞋店里干活，把一枚枚钉子插进鞋跟的洞里，我把钉子咬在嘴里（母亲可不知道有这事），不过我从没吞下或吸进过一枚钉子。第二年，我十三岁了，我站在大个子操纵的大机器后面干活，孩子干这活确实很危险；不过我没有让母亲知道，也没有失掉一个手指。①

弗罗斯特的一生极为艰难。其长女莱斯莉（Lesley）后来回忆他们在台利农场的那段生活，认为他们不亚于上一世纪住在苏格兰荒原边缘的勃朗特一家。这位"幼年丧父、中年丧妻、老年丧子"但被称为无冕之王的"交替性诗人"以自己的那份坚持，"写吧，穷就穷吧"（write and be poor）诠释了他对人生意义的另类追问。虽然他远离现代文明，从不书写大都市的形形色色。弗罗斯特在诗歌里还是反映了鲜明的时代精神，表现了现代人的内心从惶惶不可终日到终极人生意义的拷问，到生活重心的重建。不难看出，弗罗斯特的作品和庞德"意象派"诗歌和海明威的小说在风格上有类似，也有很大不同。他们都从不同角度给予彷徨中的现代人展示人类迷惘的命运不是来自冥冥之中，而是来自人类本身。人们如何走出如临深渊的"荒原"，T. S. 艾略特取道宗教，海明威选择了自杀，庞德则深陷囹圄。

在更深层次上将人类命运和国内重大现实如种族问题加以严密结合并对人类的未来充满信心的现代主义大师作家非威廉·福克纳莫属。毋庸讳言，福克纳的伟大是基于他立足于美国南方，目光却投向了整个世界。他写作的关注点是整个美国南方乃至整个国家都处于历史的十字路口和转型期。可以说，福克纳的文学成就代表着美国南方文艺复兴的最高峰。在本质上，他是南方文化和文学史上真正具有自我批判意识和自我剖析精神的集大成者。以美国南方被他戏称为"邮票般大小的故土"为蓝本，福克纳创作的《沙多里斯》虽不算其杰作，但却开辟了他一生中的两个重要创作领域：对资本主义工商文明的批判和对旧南方解体的探索。福克纳说道："我那邮票般的故土是宇宙的基石，尽管它很小，但如果它被抽去，宇宙本身就会坍塌。"不仅如此，从《八月之光》起，福克纳的现代主义书写就将种族问题和人的异化结合起来加以探索。主人公乔一辈子都在探寻自己究竟是谁，他的困惑和卡夫卡《变形记》中的格里高利雷同。可以说，不了解种族问题，就不可能了解美国南方。同样，不了解种族问题，也就不可能了解福克纳的作品。不过，福克纳的思想核心是人道主义，比如在其《致艾米丽的玫瑰》中就依稀可见如玫瑰所示他对南方没落贵族的些许同情。福克纳是幸运的！同样涉足种族话题，比他出道早近一个世纪的梅尔维尔就触了霉头，他的代表作《大白鲸》就被称为"垃圾级"的书籍（book of trash）。梅尔维

---

① 1. E. S. Sergeant. *Robert Frost, the Trial by Existence*(1958), p. 19. 方平：《欧美文学研究十论》，复旦大学出版社 2005 年版，第 237 页。弗罗斯特的诗篇《熄灭了，熄灭了——》记述锯木场里一个童工的惨剧，也许是他本人童年留下的悲惨的回忆。

尔的复兴,① 是在他离世一个世纪后,政治上已然崛起的美国急需从文化和文学上为自己正名。这样的悲剧是基于相关作品涉及美社会急于"遗忘"的三大话题之一(印第安问题、奴隶制和朝鲜战争)。②

二、族裔现代主义的异质性

20世纪除了两次世界大战导致欧洲和亚洲局势不稳定以及美国政治、经济、文化等带来的强盛和繁荣促使移民数量激增,相应反映移民生活的文学作品及流派也应运而生。沃纳·索罗斯认为,族裔现代主义是反映发生在1890到1939这数十年间的欧美文艺氛围,将位于边缘的族裔文学和被称为经典的白人精英现代主义加以整合。索罗斯说:"如果种族和现代性能合二为一,那挑战针对种族问题的陈词滥调的现代主义作家的孕育而生是可以期待的。"因为美国现代性的诞生是基于美国的帝国主义扩张和政治经济中的文化及种族多元元素,而这种倾向会更多地和欧洲现代主义呈现出相异性。某种程度上,美国现代主义是对以城市化、盎格鲁-撒克逊中心主义、欧洲中心主义的精英气质的民主化。因为从传统角度,现代主义是将族裔作为他者从经典中加以剔除,将他们置于非文学研究的边缘领域,如历史、种族研究或者美国研究等。如赫斯顿的作品常被置于哈莱姆文艺复兴一类。同理,伊聂斯卡、亨利·罗斯被划归犹太文学研究范畴,他们都未获取现代主义文学的头衔。约瑟夫娜·倪格莉则属于墨西哥裔作家,哀鸽、达西·麦克尼科尔和约翰·约瑟夫·马修被称为土著文学20世纪60年代文艺复兴的先驱,但从未被冠以美国国家经典作家称号。可见,随着这一群作家的横空出世,从种族和族裔角度重新构建美国现代主义文学的经典的种类和范围势在必行。因为它可以充分反映美国不同族裔、种族和文化的多样性,更能展示每个族群的地域性。

族裔现代主义的定义是以下列四个特色之一或其全部的出现为依据的。第一是特定的历史或政治事件所导致的效果。例如20世纪初二十年间欧亚非、中南美洲大量移民的涌入,以及国内来自南方和农村的黑人向东北部城镇中心的迁移。第二是位置和空间的重要性,这一点和精英现代主义对时代划分、时间和年表正好相对。第三是从上一个文学时期的特定文类的文化循环,例如浪漫叙述或成长小说等,这一点和精英现代主义注重于形式主义的创新相异。第四是强调特定族群的文化特殊性和凝聚力,反对欧美精英现代主义所谓普世价值下的世界大同理念。因为这种思想是变相强调对于不同文化和族群的同化(assimilation)和文化互渗(acculturation)。

那究竟精英现代主义的关注点为何物?威廉·雷蒙德指出,从20世纪的视角

---

① 纽约大学教授 Cyrus Patell 网络公开课谈及梅尔维尔的境遇的评述。
② Elliott, Emory, ed. *The Columbia History of the American Novel*. NY: Columbia University Press, 1991。第242、246、260、261页等论及印第安人和印第安战争和奴隶制都用 forgotten 或 forgetting。

看,"现代""现代性"和"现代主义"所代表的是"进步的"(improved)的含义。而在19世纪看待所谓"现代"则是和"古代"和"中世纪"相对应的。弗雷德里克·詹姆逊视现代主义和现代主义文论是"后垄断资本主义"时期"范式或认识论"的结果。詹姆逊认为,所谓现代主义其实和传统现实主义对资本主义生产和其对日常生活的影响是一体两面的关系。根据詹姆逊的"后资本主义文化逻辑"理论,现实主义和现代主义都被剥去了历史因素。他认为,"两者都是非历史性质的。"据此理论,他认为不存在严格意义上的和维多利亚现实主义文学彻底断裂的现代主义文学。相反,"现代主义只是强化了现实主义的基本假定,仅在被作品彻底隐藏于其表面下做出完全主观化的展示,强迫我们在假定剔除世俗现实的瞬间对它进行再次确认其基本概念。"詹姆逊的"历史"或"后垄断资本主义"依然不再可能被以现实主义的方式表达,故现代主义作家就用完全主观的方式接过那种"非真实"并以碎片化的意象和个人化的话语加以书写。在这个意义上,现代主义是20世纪更具"真实性"的表达方式。表达的内容虽大有不同,但是情节依然能充分反映那个市场经济被盘剥但颇具解放性的力量。

而具体到族裔现代主义方面,由于先前美国人的身份问题广为认可是很稳定的,但一战的爆发使其逐渐成为社会问题之一,尤其是不同种族人群的大量出现所带来的问题已不容忽视。苏珊·赫格曼(Susan Hegeman)认为,和人们长期认为现代主义应关注世界大同、异化和文学形式实验不同,两次大战间的文学应更多聚焦于美学实验的跨文化和跨种族性写作。这一点费拉罗(Thomas J. Ferraro)也是极赞同的。

> 在1912到1930这个至关重要的年代里,种族的声音在美国文学的"前沿"明显是缺席的。因为我们已经认可了正是这个年代诞生了现代主义。但是这个时期恰是移民的后代给欧洲的被放逐者的文学实验的塑造注入了文学雄心。(费拉罗)

费拉罗反复强调,现代主义在形式实验和美学上的通达与族裔文学对社会和政治领域的关注完全可以并行不悖。或可以更坦率地提出这样的质问:"现代主义文学所涉普世主义的高雅艺术能否和颇具地方性性质的种族话题扯上关系?"不难看出,美国文学领域的政治化倾向和先锋派艺术的族裔化正逐渐完成了整合而相得益彰。和费拉罗观点稍显不同,瓦尔特·卡莱德吉安(Walter Kalaidjian)提出了"修正现代主义",他认为将现代主义的经典仅狭隘地聚焦于一群被精选的学者是不恰当的。相反,现代主义应更多转向多样化的声音、关注和类型。他力促将现代主义掩盖起来的多元思维复原,甚至于置现代主义于"全球多元文化"的关注之下。寻求以后现代主义的文化批判视角来重新审视现代主义。很明显,族裔现代主义不是某一派整齐划一且拥有共同政治或美学思想的文学流派。相反,它应指拥有"家族谱系相似度"性质的族群,如非裔美国人、土著美国人和其他移民。把精英现代主义置于族裔这一"他者"视域中加以重构,使得从历史和美学角度把精英现代主义曾尝试将族裔文本隔离(ghettoize)出经典范围使其隐形化的东西得以显现。

这些理论是以诸多作家的文本为蓝本来构建的,梅尔维尔的作品是绕不开的。其中《骗子的化妆表演》以寓言方式揭示出现代主义文学是和种族密切相关的,他将整个国家比拟成"一艘满载白痴的巨轮"(a ship of fools)。至此可以看出即使至上的"骗子"最终也会沦为美国的"局外人"(stranger)。以威廉·雷蒙德的理论,梅尔维尔的《骗子》和埃里森的《隐形人》可以被视为族裔现代主义作品创造的"萌芽期"(emergent)和"残留期"(residual)。拉尔夫·埃里森的代表作将美国的种族关系所体现的假面舞会气氛更明确地展示在读者面前,对埃里森而言,这个以种族、民族和文化差异为代价而鼓吹国家的统一划一的两面性政治辞藻正反映出美国现实版的骗子游戏,并且已达到了登峰造极的程度。埃里森的无名"英雄"在被剥去所有反抗手段之后,他被迫遁形于地下进而接受了隐形,彻底沦为"局外人"。可见,在精英现代主义和族裔现代主义之间"局外人"的角色是共有的。但是,局外人在前者当中是以异化的艺术家形象示人的,而在后者的文本中是将局外人以"他者"借用的,比如男性或女性小骗子、恶作剧者或流浪汉。其中流浪汉的形象是在美国文学中多次出现的人物,但是在族裔文学中这一形象获得了更为特殊的意义。因为族裔现代主义中"局外人"这一角色揭示了被弗里德里克·詹姆逊所称之日渐多种族的美国的"政治无意识"。

除埃里森的作品外,"哈莱姆文艺复兴"作家康梯·卡伦的《通往天堂之路》描述黑人作家反抗成就了像杜波伊斯(W. E. B. Du Bois)这样黑人中"有天分的十分之一"(talented tenth)精英的局限性。小说的主线起到了对"哈莱姆文艺复兴"颂扬"新黑人"的反话语的作用。尤其是对黑人女性为获取被尊敬的努力的艰难程度,除了要被白人认可外,她们还须赢得黑人领袖们的承认。另一位黑人作家内拉·拉森(Nella Larson)在她的作品《流沙》(1928)和《冒充》(1929)中展示的是1929年股市崩盘之前一些哈莱姆的女作家体会到炫目的消费下被疏远的症候。和卡伦一样,拉森也认为黑人角色很难在国家、教会和婚姻的羁绊下找到真正拯救或属于自己的社区。卡伦在《通往天堂之路》和拉森在《流沙》和《冒充》中挑战族长制和民族主义的情绪充斥于"哈莱姆文艺复兴"之内。当然,拉森笔下的黑人女性还是难逃所谓"有天分的十分之一"的局限。她认为,即使黑人女性仍旧受奴隶制所困,但是她们完全可以通过教育、独立的经济收入、婚姻,甚至冒充白人获取尊重。另一位重量级黑人女作家卓拉·尼尔·赫斯顿(Zora Neale Hurston)通过其佳作《她们眼望上苍》质疑哈莱姆文艺复兴所传递出的代表着男性、城市化和中产阶级的色彩,即女性只有通过婚姻这一途径才能获得尊敬。虽然赫斯顿的观点被批评有失偏颇,但由于她在作品中使用黑人方言、借用口头传统、文类混搭、形式实验等成就了她现代主义作家的地位。即便如此,赫斯顿还是被排挤在哈莱姆文艺圈之外,沦为现实版的"局外人"作家,部分原因是她来自南方农村这一独特的身份。

除黑人之外,移民作家中的犹太裔、华裔和日裔等都不同程度在白人至上的现实中以不同作品发出了对美国白人本土主义和仇外情绪的反抗。安奇亚·耶齐尔斯卡名作《挣面包的人》中的小故事"旧世界父亲和新世界女儿间的争斗"揭露了精英眼中的偏见,作品不再以梅尔维尔局外人那捉摸不透的不祥预感示人。相反,作品中"天下大同"那空洞的能指其实是有"反外国人""反局外人""反移民"和"反犹太人"的冲动。这些族裔作家的作品并不完全代表所谓无所不包的现代主义,相反,他们所反映的是情节和形式上的多元倾向。他们的写作是对狭隘的所谓白人本土主义的颠覆。而土著人文学的兴起才更能向世人说明谁才是真的本土者。

三、土著现代主义文学独特的异化特征

自哥伦布"发现"美洲大陆之后,美洲曾经的主人即土著人就更多以被命名的所谓"印第安人"而被人所知。他们的命名权和对土地的所有权等被白人所占用。但在土著人眼中的土地是神圣且"有情感的",当贪婪的白人欲攫取土地遭遇反抗时,土著人就被贴上了"野蛮人"(savage)的标签。白人早在1492年之前就已掌握了印刷术,登陆美洲后其实打心底里对土著文明持鄙视态度,他们将满心欢喜前来欢迎白人的土著人的语言认定为"呼喊乱叫"。在掌握了主流话语权之后的500年中通过枪、刺刀和天花病毒从肉体上摧毁,寄宿学校和教会等全方位的"同化"。抑或通过与土著人的通婚,大量混血人的出生使得土著人的基因、血液和文化被稀释。土著人从开始的"接触"(contact)就显得过于单纯和"好客"(hospitable)。不幸的是,土著人陷入了如法语单词 hôte 一样的窘境,由于过于好客从而产生了自我迷失。外来者和客人之间的界限变得模糊,最终形成了外来者反客为主,这种状况到20世纪初更趋严重。这一时期的土著作家如哀鸽、达西·麦克尼科尔和约翰·约瑟夫·马修很清楚印第安人的身份受二三十年代城镇化、现代化和美国的扩张性政策影响被置于异化状态。他们小说里的"局外人"通常反映的就是被主流话语和土著部落社区两者都抛弃的混血人。这些作家所从事和叙述的人物正是如路易斯·欧文斯所指的饱受"文学上的殖民"(literary colonization)之后的"语境中的身份"(contextual identity)。

作为对于美国文学内部对印第安人话语权剥夺的回应,哀鸽、达西·麦克尼科尔和约翰·约瑟夫·马修的创作是为了揭露在这个国家的各个领域长期以来被故意忽视的和缺席的原住民(与非洲黑人和增长的移民的外来身份相异)的历史和现实中的悲惨境地。为此,他们摈弃时兴的盎格鲁精英现代主义创作手法。反以现实主义、自然主义或浪漫主义这些被认为是过时的创作手法来展示土著人并不是白人所污蔑的蛮夷。也即是说,他们的作品虽貌似19世纪的"一角钱小说"(dime novel),却坚持探讨现代主义的主题,如"异化"、先祖所留土地上的"局外人"以及工业化和现代化的副产品带来的环境退化等。这样在哀鸽的《混血儿科金维:大蒙塔娜牧场的书写》(1927)、达西·麦克尼科尔的《被包围的人》(1927)和约翰·约瑟夫·马修之《日落》(1936)中种族问题和现代性就得以紧密相连。更准确地说,这些作家之作品

并非完全虚构，相反他们所反映的是贯穿19世纪80年代到1934年的所谓"同化时期"(assimilation period)，在把土著人"圈进""保留地"几百年之后，美国政府希望通过"戴维斯法案"，强迫土著人以现金交易的方式系统性地且永久性地将保留地为白人的定居敞开。

这三位早期的土著作家写作的目的是反击自初次接触以来从文学和文化角度所累积的针对土著人的陈词滥调。哀鸽的《科金维》讲述的是一个名叫科金维的女人，她受过良好教育，是奥卡诺根人和白人的混血。当她从卡利斯勒这所一流的寄宿学校返回故乡时，她面临在蒙塔娜牧场上被白人定居者的土地和部落保留地夹击的尴尬境地。她必须与自己的祖母思泰木缇玛的家族重建联系，同时尝试融入已对保留地形成铁壁合围之势的白人定居者的生活。这使她陷入在两个世界间无法选择的困境。一边是祖母和姐妹期许她能回归传统，另一边是日渐迫近且她所熟悉的白人的现代生活。小说最后以婚礼结束，但不完全意味着幸福的降临。相反，婚姻是建立在两个混血者之间，他们不仅被关进了婚姻的羁绊，而且也被如牲口般被关进了政府所许可的保留地中。哀鸽的小说基本都延续了《科金维》之基调，她赞美宽容、混杂及种族关系的含糊性。但却明白无误地反对白人文化共同体的侵蚀，以独白方式来告诫人们反思种族身份和自身的文化可靠性。而达西·麦克尼科尔的《被包围的人》是作者的第一部小说。作品以阿齐尔德·莱昂这位母亲是纯血的萨利希印第安人，父亲是西班牙牧场主后裔的孩子的两年生活为主轴展开的。父母结婚40余年，有11个孩子，但是他们的关系很疏远。故事开始时莱昂在赴俄勒冈州波特兰市一年之后刚返回父亲在蒙塔娜的牧场。他写道："我在一间样板房里拉小提琴。"回到家中他发现哥哥盗取了一些马匹藏匿在山里，而萨利希的生活变得越发糟糕。"自从他（乔治·墨瑟，白人商人）来后，皮毛生意愈发艰难了。萨利希的印第安人处于死亡线上，因为他们赖以谋生的游戏被终结了。"对于被同化和洗脑的莱昂而言，保留地的生活是不真实的，甚至是魔幻与超现实的。麦克尼科尔的故事明显是充满讽喻意义的，他所谓的"被包围"既有政治也有地理分布上的含义，被以一种幽闭恐怖的方式叙述出来，给人一种宿命的挫败感，反映的是自然主义作品中那种窥阴癖的异化立场。

约翰·约瑟夫·马修的作品《日落》和两位作家一样关注现代主义的可靠性和族裔身份，主人公也如科金维一样处于两难之中。同时，他的文本更涉及如殖民化、工业化和文化的强迫输入等相关话题。在此基础上《日落》较另两部作品更进一步，它的创作背景被置于"后殖民"情境下，包含有时空错位、文化上的诋毁和自我毁灭等话题。奥赛齐人在被胁迫走向现代化的进程中，他们也经历了土地被盗取，土地下的石油和天然气被占用的悲惨过程。奥赛齐人有时是纯粹的"局外人"，与这些财富的分配毫无瓜葛。抑或白人也通过婚姻、种族混合来和土著人合作，更甚至以谋杀直接攫取。马修的作品重现了在现代主义爵士时代里，奥赛齐人面临暴力盛行，腐败猖獗和文化破产的无助状态。

结　语

当西方包括美国的精英现代主义尝试实验新的叙述模式、发掘新的美学表现形式来为文学历史的疲惫寻找突破口之时，以黑人作家埃里森等非白人族裔的作家们在白人关注所谓普遍意义上的幻灭状态下开辟了族裔现代主义文学创作模式。他们以文化、种族和特定的政治背景为依托，对先前的文学类别和形式加以借用或颠覆。达到以更激进的方式实现社会巨变，使多元化叙述模式合法化，终结种族主义和种族歧视。很明显，随着埃里森的小说的突起，族裔现代主义"冬眠期"（hibernation）得以结束（348），它最终将被战后更为激进的后现代文学形式所替代，它们将更多的为多肤色和族裔的作家占据主导地位。但是，作为世界现代主义文学的一支，美国现代主义除了关注"异化"等类似主题外也有其独特性。其他族裔的现代主义也是特色鲜明。而作为美洲曾经的主人，即使被冠以"印第安人"的名头，也不能改变他们是美国这一广袤土地的主人的历史及现实。土著作家笔下的现代主义明显更具政治性，他们认为，"土著人和狗不得进入"的拒斥性话语不能将他们的写作和现代主义主流分开。相反，和白人作家关注的点大有不同，他们的现代主义是黑暗和血泪的政治性文化书写。因为土著作家认为，万物都是可以改变的，但是"祖父情结"是不可改变的。西门·欧兹的诗歌也做了相应回应。

不要急。
勇士一族将在鲜血中永生。

——来自《沙河》（J. 维弗，168）

美国自然文学传统的形成与特征
——以托马斯·杰弗逊、苏珊·费尼莫·库柏和亨利·大卫·梭罗为例

内蒙古师范大学　阿力更

自然文学是美国文学中的重要一派,目前国内外学界并没有对其抱有足够的重视。本文以20世纪前的三位美国自然文学代表人物:托马斯·杰弗逊、苏珊·费尼莫·库柏和亨利·大卫·梭罗为例分析从17世纪到19世纪所形成的美国自然文学传统和其特征,并从中深入挖掘自然文学产生的重大意义,同时展示自然文学在现今社会生活中的积极作用。

引　言

当提及自然文学时,我们必须将自然文学同自然主义区别开来。自然文学是一种文学流派,强调的是对自然之美的书写并在其中加入作家对人与自然关系的思考。美国自然文学兴起于20世纪60年代,属于非虚构文学作品,主要的文学创作形式有散文、日记、书信等。我国著名自然文学研究者程虹教授认为自然文学具有三大特征:1. 土地伦理的形成;2. 强调地域感;3. 具有独特的文学形式和语言。[1] 自然文学家们对他们的生存环境及其敏感,对环境中的土地、动物以及任何自然生物都抱有强烈的情感,自然的生态环境成为他们感情的栖息地。这些自然文学家们通过对自然环境细致的描写和赞扬,表达了打破人类中心主义和强调同自然平等的基本观点。同自然文学经常混淆的是自然主义,它是出现于19世纪晚期的一种文学流派,主要反映的是人同社会环境的关系。美国自然主义深受由左拉领导的法国自然主义的影响,在科学实验主义的影响下,作家们企图采用一种科学的方法写作真实的作品。在左拉看来,真实的作品就是将历史事实与社会生活相结合。从弗兰克·诺里斯(Frank Norris)、斯蒂芬·克莱恩(Stephen Crane)和西奥多·德莱塞(Theodore Dreiser)的作品可以清晰地看出主人公在社会生活中的挣扎和社会环境对其心理变化的影响。另外,自然文学也与关注自然环境的生态批评拥有同一立足点,可以说自然文学是生态批评的前身,生态批评是自然文学在20世纪的发展。程虹教授在其著

---

[1] 程虹:《美国自然文学三十讲》,外语教学与研究出版社2013年版,第3页。

作《美国自然文学三十讲》中认为"自然文学的侧重点在于描写,生态批评则强调研究"。① 可见,自然文学家们更注重通过描写自然来展示对人与自然关系的理解,而生态批评强调的是用生态观念研究文学文本。目前国内学界对于美国自然文学有较为系统介绍的是首都经济贸易大学的程虹教授,她的三部著作《寻归荒野》《宁静无价:英美自然文学散论》和《美国自然文学三十讲》不仅对自然文学给予界定,还对美国自然文学代表人物及其作品进行了归类与整理。本文在程虹教授研究的基础上,从托马斯·杰弗逊(Thomas Jefferson)、苏珊·费尼莫·库柏(Susan Fenimore Cooper)这两个少有问津的自然文学家和美国自然文学代表人物亨利·大卫·梭罗(Henry David Thoreau)的作品入手来分析美国的自然文学形成历史及其特征,也展示自然文学对现今人类社会生活的启示。

一、美国自然文学传统的形成

由于特殊的自然条件和社会背景,美国自然文学反映着独一无二的人文主义思想。早期移民美国的清教徒将建国梦想依托于美国这片土地,他们从到达时起就对美国的自然环境有着特殊的情感。约翰·史密斯(John Smith)和威廉·布拉德福德(William Bradford)都在其作品中赞扬过美国这片土地。从他们开始,美国作家一直都倾力描写着这壮美的土地,并开创了描写自然的自然文学传统。宗教不仅让人们赞美神创造出的自然,还让人同自然的联系更为紧密,有着虔诚宗教信仰的清教徒在其游记、日记和其他文学作品中将美国的自然地貌同《圣经》中的意象结合起来,形成了创立"山巅之城"的建国神话。"自然生态的意义被延伸到未来,被用来印证上帝的许诺。这样,新大陆的自然生态被完全时间化,成为贯穿古今,直指未来的媒介,同时也释放出能量,加强阅读者的主体意识的建构。"②所以,美国自然文学从形成之初就被披上了一层宗教色彩,早期的自然文学家们一边赞美着美国壮丽的自然风光,一边将宗教思想融汇其中。这样的写作方式也感召着一大批作家将描写对象集中于自然之上。

到了18世纪,乔纳森·爱德华兹(Jonathan Edwrds)的《自传》(*Personal Narrative*)和《圣物的影像》(*The Images and Shadows of Divine Things*)将人的精神世界和自然景物融为一体。威廉·巴特姆(William Bartram)的作品《旅行笔记》描述了他在美国东南部荒野进行的"朝圣"之旅,并且这一作品在当时文学界获得了不小的声誉。美国自然文学依旧延续着"神化自然"的传统继续发展,但自然的神圣意义正在逐渐淡化进而变成对爱国情怀的抒发。正如托马斯·杰弗逊的《弗吉尼亚笔记》(*Notes on the State of Virginia*),这部著作几乎涵盖了弗吉尼亚州的方方面面,从地形地貌到社

---

① 程虹:《美国自然文学三十讲》,外语教学与研究出版社2013年版,第359页。
② 朱新福:《论早期美国文学中生态描写的目的和意义》,《解放军外国语学院学报》2004年第3期,第75页。

会环境，对弗吉尼亚州作了完整的描述。此书笔触优美，杰弗逊借弗吉尼亚壮丽的自然景色呈现了美洲大陆的独特魅力。另外从杰弗逊对弗吉尼亚州细致的了解可以看出他对美国土地的深切热爱。作为美国第三任总统，他是外交家、政治家，也是一名自然主义者，对自然细致的了解不仅是杰弗逊热爱自然的表现，更展示了一个普通美国公民对于国土的崇敬。

19世纪是美国自然文学极大丰富的时期，主要归功于艾默生和梭罗两位自然文学思想的奠基人，他们为自然文学家们提供了自然文学存在的理论依据，同时也为后世自然文学家们指引了创作方向。梭罗的超验主义在艾默生那里得到了充分的吸收与发展，梭罗虽然是艾默生的弟子，沿袭着艾默生的"自然是精神之象征"的理念，来到瓦尔登湖畔践行着追求淳朴、寻求极简的生活方式。但是他对美国自然文学的贡献与影响远超艾默生，正是有了梭罗的名篇《瓦尔登湖》自然与人心灵的亲密性才被世人所熟知，是梭罗赋予自然塑造人性的力量。正如马西森在《美国文艺复兴》中评价梭罗是美国文艺复兴时期"真实的辉煌"。在这一时间段中，我们也不应忽略一位女性美国自然文学作家——苏珊·费尼莫·库柏。她是第一位以自然为描写对象的女作家，在其作品中以描写乡间生活的两部著作《乡村时光》(*Rural Hours*)和《乡村生活的旋律与原因》(*The Rhyme and Reason of Country Life*)最为著名。尤其是记录乡间四季变化的琐碎小事的《乡村时光》，从其出版以来就再版了10次，在库柏所处的时代已经获得了一定的影响力。曾经就有学者评价道库柏对于自然的展现是对梭罗所代表的美国自然文学传统的一个被忽略的和重要的选项。[①] 自然文学不仅可以号召人们重返自然还可以让人们亲近自我，这样的号召在以梭罗为代表的自然文学家身上得到了发展，回归自然，在自然中寻找人类的生存之道成为梭罗之后自然文学的主题。

梭罗的一系列作品(如《瓦尔登湖》《散步》《秋色》《野苹果树》等)是美国自然文学发展的一个高潮，也是自然文学发展的分水岭。进入20世纪，自然文学家们沿袭着梭罗塑造的自然文学理念继续探讨着人与自然的关系。随着工业化进程的不断加深，人类活动对于自然环境的冲击成为自然文学家们关注的新焦点，例如玛丽·奥斯汀(Marry Austin)的《少雨的季节》(*Land of Little Rain*)和雷切尔·卡森(Rachel Carson)的《寂静的春天》(*The Silent Spring*)就将作家的视角集中到环境保护这一主题之上，形成了文学领域中新的书写方向。奥尔多·利奥波德(Aldo Leopold)的《沙乡年鉴》(*A Sand County Almanac*)也是20世纪初期自然文学的重要作品，利奥波德在其中提出了"土地伦理"这一概念并成为生态批评理论的发展基础。随着生态批评的出现，自然文学逐渐成为生态批评的研究对象，但面对如今日益恶化的自然环境和逐渐加重的生态危机，自然文学中所倡导的自然观仍然有着强大的生命力，对自然生

[①] Patterson, Daniel. Susan Fenimore Cooper// Daniel Patterson. *Early American Nature Writers：A Biographical Encyclopedia*. London：Greenwood Press, 2008：89.

态的关注将是人类文明史上永恒的主题。

二、美国自然文学的特征

作为以描写自然为主的自然文学，一方面承担着展示自然之美的使命；另一方面更是作者"借景抒情"的重要媒介，其中蕴含的环境伦理是自然文学的重要表征，通过自然认识自我是自然文学的重要理念，回归自然是自然文学的终极目标。自然文学家将对自然环境的关怀和对人生的思考寄托于对自然的书写之上，让自然走入文学书写的聚光灯下。

1. 环境伦理的表征

作为以描写自然为主的自然文学，表达的是作家对自然环境的感悟，更重要的是传达了自然文学家们所倡导的生物平等主义、生态整体观等环境伦理的观点。环境伦理强调自然环境同人享有同样的权利，人类不是自然的统治者，自然环境中的一切有生命或非生命物体都享有平等的权利。人类作为食物链顶端的生物应该摆脱人类中心主义，承担起保护自然环境、构建生物平等的责任。《弗吉尼亚笔记》是杰弗逊的唯一一部专著，其中充满着杰弗逊对自然景象的赞扬，他认为这样壮丽的景色是自然馈赠给人的礼物。人类并不是土地的开拓者，而是土地的守护者。杰弗逊认为"欧洲劳动力很丰富，他们的目的是充分利用他们的土地；这儿土地十分丰富，我们的目的是充分利用我们的劳动力。"[1]就像是第一批定居者一样，土地一直都是他们得以生存的基础，土地对美国人至关重要。只要他们愿意开垦土地，就会拥有富足的生活。杰弗逊同样也赞扬在土地上辛勤耕作的农民，认为这些在地里劳动的人是上帝的选民……(农民)仰望上苍，依靠自己的土地和勤劳来过活，[2] 这些在土地上的劳动者是美德的代表。人的美德是依靠土地带来的，在自然环境中的辛勤劳动能够提高人的品质。杰弗逊的土地情结肯定了人对自然的依赖，同样也说明了自然对人的扶持作用。杰弗逊将整个国家的命运同自然联系在一起，体现了人与自然共生的重要命题，是生态整体观在国家意志上的表现。

库柏的两部乡村作品都以她的家乡——纽约州的库柏斯敦为背景，展示了乡村特有的美丽，其中包括四季的更迭、自然现象和乡村生活。《乡村时光》真实地再现了库柏所处年代中自然环境的特征，更重要的是在其中库柏批评了人类对自然的破坏和对物质的追逐，这样的理念是早期美国自然文学中环境伦理的初期体现。库柏已经注意到自从第一批殖民者来到美国，美国的气温就发生了些许变化。[3] 随着人口的迅速增长，大片的土地需要被开垦、种植农作物，以便为迅速增长的人口提供食物，新来的移民者打破了早先由土著居民和自然建立的平衡，春天什么时候到来

---

[1]托马斯·杰弗逊：《弗吉尼亚笔记》，朱曾汶译，商务印书馆2014年版，第43页。
[2]托马斯·杰弗逊：《弗吉尼亚笔记》，朱曾汶译，商务印书馆2014年版，第117页。
[3]Cooper, Susan Fenimore. *Rural Hours*[M]. New York：G. P. Putnam, 1851, p16.

也变得飘忽不定，夏天也不再那么凉爽。①经过了一个多世纪的开垦，人类的开发行为已经在自然中留下了印记，气温的变化和四季更迭的紊乱都是人类破坏自然平衡的证据。除了批评对自然环境的破坏，库柏也认为人们过多地注重修理自家的花园而忽视对自然环境的保护，深层原因是人们普遍认为经过人工修剪的植物比自然环境中生长的植物高级。荒野代表的是野蛮、落后和不发达。这也就说明了为什么人们总是热衷于发展工业化和城镇化，对自然保护却从不关心。一边是库柏笔下秀美恬静的乡村生活，另一边却是人类的无情开发。这两种事物同时出现在库柏的《乡村时光》中并形成了鲜明对比，工业的发展已经打破了自然的寂静。库柏号召的是人类回到乡村，回到自然环境中发展，实现人与自然的和谐。

"简朴"是梭罗对人与自然关系思考后的结论。在瓦尔登湖的第一章"简朴生活"中，梭罗以衣服和房屋为例来说明简朴生活的重要性。梭罗解释道："我去林子里安身，为的是过上情形自觉的生活，为的是抛开种种琐细纷扰，只面对生活的基本事实，为的是努力领受生活的教诲，免得死到临头才发现，自己从来不曾真正活过。"②自然环境在梭罗心中已然变成了救赎工业化时代中人类心灵的圣地，在自然中自给自足，同自然休戚与共是梭罗为人类发展提供的方向。美国著名环境研究者罗德里克·纳什（Roderick Frazier Nash）认为环境伦理的中心思想就是成员意识和成员的权利③。梭罗在瓦尔登湖旁的所作所为就是将人类置于自然环境中并成为其中的一员，坚持用简单的方式维持生活，不以侵犯任何其他自然界生物的权利为代价，成为环境伦理的坚定维护者。

2. 认识自我的理念

自然文学中透露出来的自我认知是美国自然文学的一个重要创作理念，自然文学家们在自然的大环境中不断自省，探索着存在的意义。在杰弗逊时期，美国自然文学家们已经注意到自然的壮美，并将个人对祖国的热爱同赞美自然相结合。杰弗逊对于自然的赞美并不仅限于对自然的描写，他也提到"这个风景是值得横渡大西洋来观赏的"④。显然这里的"横渡大西洋"指的是美国第一代移民从英国穿过大西洋来到新大陆。杰弗逊为他的祖先能有这样的举动进而来到如此富饶的土地而骄傲。在《弗吉尼亚笔记》"问题六"中，杰弗逊曾批评法国学者布封对于这个新大陆的看法。杰弗逊总结了布封对美国的四个错误观点：第一，就旧世界和新世界所共有的动物而言，新世界的动物个儿比较小；第二，新世界所特有的动物个儿都比较小；第三，就新旧两个世界驯化了的动物而言，美洲的动物已经退化；第四，总的说来，美洲

---

① Cooper, Susan Fenimore. *Rural Hours*. New York: G. P. Putnam, 1851, p16.
② 亨利·大卫·梭罗：《瓦尔登湖》，李家真译，中华书局2017年版，第131页。
③ Nash, Roderick Frazier. *The Rights of Nature: A History of Environmental Ethics*. Wisconsin: The University of Wisconsin Press, 1989, p36.
④ 托马斯·杰弗逊：《弗吉尼亚笔记》，朱曾汶译，商务印书馆2014年版，第12页。

动物的种类比较少。① 从布封的观点可以看出，在杰弗逊时代欧洲普遍存在着对美国的偏见，他们认为在北美洲的所有事物都比欧洲大陆差。杰弗逊认为这种靠先验的推理得出的真理对我们来说是不可思议的，② 新世界的动物不可能比欧洲大陆的动物体形小，甚至还要大于欧洲大陆上的动物，北美洲大陆上的物种也并非不如欧洲大陆的丰富。因为北美洲自然环境适宜，能够生长出更大更好的蔬菜，蔬菜直接或间接的是动物的食物来源，蔬菜能够为动物的生长和繁殖提供更好的营养。杰弗逊认为布封对于美国的认知是不可靠的，来源于一些旅行者的道听途说。杰弗逊这种对于欧洲学者的质疑实质上展示了美国人民欲与旧世界决裂的决心，美洲大陆可以为人的生存繁衍提供所需的物质基础，这一民族自信恰恰来自自然对人类的供养。

19世纪是美国自然文学的兴盛时期，在这一时期自然所代表的荒野和危险已经不复存在，成为重建人类精神的神圣殿堂。美国内战后，资本主义文明的迅猛发展对社会结构和社会环境都产生了重大影响。工业化的发展切断了人同自然的纽带，人们的精神追求完全建立在物质基础之上，并随之产生了诸多社会问题。在库柏的作品中，除了对自然的大量细致描写外，还表达了作者对工业化社会中人类生存境遇的思考。《乡村时光》不仅如实记录了库柏生活年代的自然环境和她恬静的乡村生活，同时也鼓励人们回到乡村，保持同自然的亲密接触。她认为了解某一地方的自然环境有助于培养人们对这一地方的深厚感情。作为一个移民国家，美国人更容易在内心中产生疏离感。亲近自然进而熟悉自然，让当地的居民对所生存的自然环境有更深入的了解，能够帮助这些外来人产生对生存环境的亲近。在美洲大陆建立第二个伊甸园是美国建国者的理想，这样的建国神话也是基于对自然的依赖。库柏作品中的乡村是人们的栖居之所，从了解生活的土地开始建立家园意识进而建立民族意识，回到乡村中同自然建立紧密的联系才是产生深厚的民族意识的根本。另外，库柏也认为回到乡村能够帮助人们脱离对于物质追求的沉迷。城镇居民的世俗追求和金钱崇拜是库柏经常批评的对象，她提倡在乡村中建立一种以自然为根基的健康的生活方式，从而改变以往那种对自然一味索取的贪婪态度。正是由于她认为自然与生俱来的超越人类文明形式的优越性，库柏相信自然界可以通过它的优雅与纯洁重塑美国人的思想。③

库柏的《乡村生活》比《瓦尔登湖》早出版四年，却与梭罗所提倡的回到自然重塑自我的理念不谋而合。艾默生为美国自然文学奠定了坚实的理论基础，他呼吁人们要抛弃世俗的物质追求回到自然环境中去寻找真正的自我。梭罗既是艾默生的学生，又是艾默生所提理念的实践者，他花费两年的时间居住在瓦尔登湖旁的小木屋中，

---

① 托马斯·杰弗逊：《弗吉尼亚笔记》，朱曾汶译，商务印书馆2014年版，第28页。
② 托马斯·杰弗逊：《弗吉尼亚笔记》，朱曾汶译，商务印书馆2014年版，第28页。
③ Johnson, Rochelle. Susan Fenimore Cooper's Rural Hours and the 'natural' Refinement of American Culture. *Interdisciplinary Studies in Literature and Environment*, 2000(1): 68.

在森林中寻找人生的感悟。梭罗提出人类应重回自然界，在自然中实现和上帝、和自己的沟通。在梭罗看来，简单、淳朴和美丽的自然是衡量人类道德的重要尺度。他认为人类在工业文明中所遗失的自我可以在自然界中被找回。所谓的荒野其实是更高级的文明，梭罗通过在瓦尔登湖旁的实践是要告诉世人降低物质需求以便得到更自由的身心发展。远离无用的物质追求，寻找脱离物质主义的自由是梭罗一直倡导的生活方式。回到自然环境中去，远离城市生活的打扰，可以让人变为一个完全自给自足的人。普通人想要拥有新衣是为了赢得别人的赞美，然而在梭罗看来这就如同皇帝的新衣一般，如果这个人内心的品质足够好，就不需要华丽的服装来证明他的美德。同样，人们对于更大更豪华的房子的追求也是一样，梭罗认为"蛮荒状态之下，每个家庭都拥有一个不逊于任何家庭的居所，足以满足他们不甚讲究的简单需求"。① 现代的文明人却要支付高昂的租金或金钱来满足对住所的需求，"文明人往往过着贫困的生活……野蛮人却往往日子富足……一件东西的贵贱取决于我们得付出多少生命去交换它"。② 在梭罗眼中，现代人对物质的追求是在满足虚荣心，而满足这些虚荣心的代价则是浪费生命。

3. 回归自然的目标

作为美国自然文学的代表人物，梭罗是自然文学发展的转折点，其作用在于他既是环境史上的关键一章又是改变人类对待环境的态度的贡献者。③ 梭罗发现了自然环境的重要价值，并且通过对环境的书写形成了自然同文化之间的纽带。从梭罗开始，越来越多的学者开始关注自然在文化领域的作用，并且在梭罗的带领下自然也成为许多作家作品的主题，例如玛丽·奥斯汀的《少雨的季节》和生态批评之父奥尔多·利奥波德的重要著作《沙乡年鉴》。散步是梭罗推崇的亲近自然的方式，在散步中梭罗实现了同自然的亲密接触，同时散步也为梭罗书写自然提供着源源不断的灵感。梭罗对于散步的论述主要集中在其散文《散步》中，这篇散文是梭罗晚期的重要作品，在其中梭罗更新了人们普遍对荒野的认知，将荒野定义为"世界的保留地"④。梭罗在林中的散步方向总是朝向西方，西方对梭罗来说具有重要的意义。他认为"整个国家都在向西前进，我（梭罗）几乎可以说，人类的进程也是由东向西了"⑤，"向西前进"代表着美国的未来。"西部只是'荒野'的代名词"⑥，在梭罗眼中荒野包含着原始的力量，代表着希望、健康和富饶，"每个名声显赫的州的建立者

---

① 亨利·大卫·梭罗：《瓦尔登湖》，李家真译，中华书局2017年版，第41页。
② 亨利·大卫·梭罗：《瓦尔登湖》，李家真译，中华书局2017年版，第42页。
③ Sweet, T. Projecting Early American Environmental Writing. *American Literary History*, 2010 (2): 420.
④ 亨利·大卫·梭罗：《远行》，董晓娣译，光明日报出版社2012年版，第111页。
⑤ 亨利·大卫·梭罗：《远行》，董晓娣译，光明日报出版社2012年版，第105页。
⑥ 亨利·大卫·梭罗：《远行》，董晓娣译，光明日报出版社2012年版，第110页。

都是从一种相似的荒野中汲取了养料和活力"①。美国的发展是建立在对荒野的不断探索与发展的基础上的,美国民族意识也是在对荒野的不断认识中建立起来的。梭罗的作品作为美国文化的重要遗产,其中所呈示的荒野观回应着美国民族的主题,即自然是美国民族生存的本源。

《弗吉尼亚笔记》中的自然成了杰弗逊思想的载体,从杰弗逊对法国博物学家布封的反驳就可以看出美国意图同旧世界决裂,美国丰富的自然资源和广袤的土地为移民美国的定居者提供了生存所需的自然资源。杰弗逊熟知弗吉尼亚州的自然环境,从自然中升华出对土地的眷恋,由此也产生了浓烈的民族自豪感。自然使得美国人民不依附于英国而得以生存,在自然界中美国人民找到了寻求自由的资本。

极力倡导城镇居民返回乡间生活的库柏认为随着工业化的发展,城镇居民早已抛弃了对自然的喜爱,因为城镇中弥漫着人造的特点,迅猛发展的由商业和制造业产生出的奢华,就是这个时代的特点,不可避免地在城市中产生了多余的能量……这些能量遮盖了许多事物的健康发展。② 就像是许多作家和批评家已经注意到的一样,库柏也指责城市生活所带来的干扰,即阻碍人们获得一种健康的生活方式,因此她指出自然文学的重要性就是自然文学不仅可以号召人们重返自然,还可以让人们亲近自我。这样的号召在以艾默生和梭罗为代表的自然文学家身上得到了发展,回归自然在自然中寻找人类的生存之道成为梭罗之后自然文学家的主题。程虹教授在《美国自然文学三十讲》中就列举出如约瑟夫·伍德·科鲁奇、亨利·贝斯、爱德华·艾比和安妮·迪拉德等一系列深受梭罗影响的20世纪作家。到了新世纪,随着生态批评的出现,自然文学逐渐成为生态批评研究的对象,但面对如今日益恶化的自然环境和逐渐加重的生态危机,自然文学中所倡导的自然观仍然有着强大的生命力,对自然生态的关注将是人类文明史上永恒的主题。

结　语

自然作为文学的叙述对象早已有之,我国有田园派诗人陶渊明"采菊东篱下,悠然见南山"的恬静淡雅,美国文学中也有梭罗的名篇《瓦尔登湖》传世。这些自然文学家们用优美的笔锋一面记录着田园生活,一面反思人类的生存境遇,在探索自然的过程中提出了回归自然进而认识自我、提高自我的人生感悟。在当下,当人类生存与心灵面对诸多挑战之时,自然文学家们已为人类的发展给出了答案。

---

①亨利·大卫·梭罗:《远行》,董晓娣译,光明日报出版社2012年版,第111页。
②Cooper, Susan Fenimore. *Rhyme and Reason of Country Life*. New York: G. P. Putnam, 1854, p32.

C. A. 阿列克谢耶维奇的创作研究
——以《二手岁月》为例

西安石油大学　孙　婷

白俄罗斯女作家 C. A. 阿列克谢耶维奇以新闻采访的方式记录普通俄罗斯人对于重大历史事件的记忆,研究大众意识,形成了独特体裁风格——新闻艺术类纪实文学。此类文本以事件参与者和见证者的声音诉说,身为记者的阿列克谢耶维奇或以对话者身份引领话题,或以倾听者身份真实记录,于是主人公的故事、时代背景和作者情感交织成记录历史事件的特写。这些记录重大历史事件的特写最终形成系列丛书。这套丛书中缺少统一的思想与和谐的声音。由于叙事者的立场和认知不同,所以关于同一历史事件会出现多种声音并存的现象。对此,作家未做任何价值判断,只是聆听记录和真实呈现。

引　言

斯韦特兰娜·阿列克桑德洛夫娜·阿列克谢耶维奇,1948 年 5 月 1 日生于乌克兰的斯达尼斯拉夫市。1972 年毕业于明斯克大学新闻学系,并在地区报社从事记者工作。1983 年加入苏联作家协会。阿列克谢耶维奇著有 20 多部纪录片剧本,10 多部短篇小说和 6 部纪实性长篇小说:《战争没有女性面孔》(1983)、《锌皮娃娃兵》(1989)、《切尔诺贝利的祈祷》(1990)、《死亡的诱惑》(1994)、《最后一位证人》(2004) 和《二手岁月》(2013),2015 年荣获诺贝尔文学奖。

30 多年前,阿列克谢耶维奇走遍全国采访参加二战的女兵,然后将她们的回忆整理编辑成书,于是诞生了长篇小说《战争没有女性面孔》。这种与当事人访谈的方式成为讲述普通人生活、记录历史和研究大众意识的途径,同时也形成了阿列克谢耶维奇作品的体裁风格——新闻艺术类纪实文学。在长达 35 年时间里,作家采访了来自各个阶层的普通人,收集了数万个采访录音,最后按照一定的创作主旨和目的,将零碎、独立的采访材料组合成一个文本。这样的文本通过被描写事件的参与者与见证者的声音实现历史性诉说。于是主人公的故事、时代大背景和作者个人的情感经历联系在一起,裁剪出一个个巧妙震撼的大特写。这些特写记录了 20 世纪俄罗斯的重大历史事件:伟大的卫国战争、阿富汗战争、切尔诺贝利核泄漏和苏联解体等。

一、系列丛书的创作背景与目的

2013 年"乌托邦之声"系列丛书问世,它由 5 部作品组成。首部作品是《战争没有女性面孔》，这本书主要讲述参加二战的苏联女性眼中的战争。几乎同时出版的《最后目击者："一百个非儿童的故事"》记述了二战时年龄为6~12岁少年儿童的记忆碎片。1991年出版的《锌皮娃娃兵》是参加阿富汗战争的士兵和他们亲人的回忆录，主要是那些失去儿子的母亲们的回忆。副标题为"未来记事"的《切尔诺贝利的祈祷》主要讲述技术灾难和社会灾难如何同时发生。丛书系列的最后一部作品是《二手岁月》，它呈现了苏联解体前后俄罗斯人在物质生活和精神生活上的变化。这套丛书描写的是苦难史，书中人物都是重大历史事件的见证者和参与者，他们以回忆的方式讲述二三十年前的经历。"当一个人开始回忆时，他不再是见证者，而是演员和创造者。"(Роман МАМЧИЦ，1999)在后现代语境下，个人被赋予更大的话语权，语言成为个人表达自我的方式；昔日权威的历史在普通人的回忆历程中被解构，客观事实中掺入很多情感因素。于是，同一历史事件会有不同的叙述，出现多种声音。采访时，作为记者的阿列克谢耶维奇或以对话者身份引领话题，或以倾听者身份真实记录。创作时身为作家的她将这些独立的故事拼组成一个完整的叙事文本，那些无名氏的独白忏悔之声融汇成一个多声部、重叠式的大合唱。这就形成了阿列克谢耶维奇所特有的体裁风格——"合唱散文，集体散文，多声部小说"(Роман МАМЧИЦ，1999)。小说中独立成篇的故事犹如大合唱中的每个声音，在保留自己声音的同时又汇聚出震撼人心的美妙和声。阿列克谢耶维奇的成功说明记录性文件凭借一种全新的权限顺利进入艺术创作领域。作家采用以受访者的访谈材料创作纪实文学的特殊方式，决定了作品语言特色：日常口语化，缺少艺术性和审美性。

这套丛书最大特征是复调性叙事。复调式作品是纪念俄罗斯人在岁月长河中所经历的苦难，同时也展示了其反思自我的勇气。谈及创作目的时作家说道："我不准备议论政治家或者经济学家。我只是想在自己的书中构建一种杂乱无章的混乱。这是件很复杂的事情——国家分裂瓦解了，很多不同的思想在这个空间作用着。我的任务是选择生活中的主要方向，然后使其成为小说，令其成为艺术。我想让每个人都大声说出自己的真理。"(Наталья Игрунова，2013：212)作家在这套丛书中提出如下问题："为什么人们没有利用历史机遇，为什么人们将自己的自由拱手相让，为什么这无止境的苦难最终未能兑换成自由？"(Евгения Коробкова，2015：7)冷静下来的人们开始反思，发现俄罗斯文化中有价值的思想观念和传承几个世纪的道德伦理遭到彻底摧毁。俄罗斯文化陷入真空状态，这种真空状态随着时间推移不断增强，而且越来越明显地体现在每个个体身上。如今更多的俄罗斯人将人生目标定位于物质财富、个人发展、家庭生活和人际关系，不再把国家和社会的发展，建设理想社会作为自己人生目标。这是意识真空在每个人身上的表现，其原因是缺乏国家思想的引领。存在了近百年的马克思、列宁主义被要求自由的俄罗斯人抛弃，从西方舶来的自由民主思想无法根植于俄罗斯的文化土壤，而新思想又尚未建构成型。俄罗斯当下的思想真空和国家认同感的缺失，"已经被政客们感受到，他们最近十年或一直以来致力于寻找一种'俄罗斯理念'，一种既能被整个社会接受认可，又能成为俄罗斯历史发展的指向标。"（*Mikhail Goloubkov*，2013：107）因为"如果我们意识到未来，如果我们清楚地知道自己想要什么，如果我们确实建设了新社会，迈向一个开放的世界，我们不应该害怕自己的过去。"（Наталья Игрунова，2013：213）这个"过去"成为阿列克谢耶维奇创作系列丛书的主题。该系列的最后一部小说《二手岁月》说明当代俄罗斯民族通过反思历史探索未来发展之路，也是哀悼回不去的"过去"。

二、《二手岁月》：一首多声部的哀歌

2013年，阿列克谢耶维奇的小说《二手岁月》由莫斯科"时代"出版社出版。2014年，该作品入围"大书奖"，并获得同年度最受读者喜爱奖。小说以新闻采访方式记录了普通俄罗斯人关于苏联的回忆和苏联解体前后个人命运的变迁。20世纪80年代，身为报社记者的阿列克谢耶维奇用双卡录音机记录前线士兵的回忆，并从此开始以这种方式收集创作素材，在写作过程中她将采访材料与艺术创作巧妙结合，忠实记录普通人的故事和重大社会事件。自20世纪90年代起，作家采访普通的工人、大学生、知识分子、小商人、小官员，以及解体后出现的难民。阿列克谢耶维奇倾听他们的诉说，记录这些无名氏的人生故事。20多年后，作家将1991—2012年间收集的所有受访者的谈话材料拼组成一部小说。这部小说记录了历史长河中那些没能赶上社会改革这趟"列车"的人们的命运，还有因解体而出现的难民们的遭遇。这些人犹如沉积下来的历史沙粒，沦为社会最底层，承受着被抛离出正常社会生活轨道的痛苦。书中不同阶层、不同民族、不同年龄段的人们的叹息、哀号和呼求汇聚成俄罗斯民族的沉痛呻吟，这呻吟中流露出的无奈和悲怆令人难以平静。

虽然小说是由采访录音和新闻材料汇编而成，但小说的谋篇布局表达出作家自己的思想和创作宗旨：真实记录重大历史事件的参与者与见证者的人生故事及其思想观念，研究这些不同声音和思想背后的意识。为的是"弄清楚苏联解体后我们到底怎么了，国家到底怎么了？"（Наталья Игрунова，2013：209.）在这种创作思想的指导下，不同时期的录音采访材料经过作家的删减编排，成为记录解体前后俄罗斯人民命运的史诗。而且堪称当代俄罗斯文坛第一部真实讲述解体之后俄罗斯人民悲欢离合的巨著。

1. 新闻特写的体裁形式

这部小说是典型新闻艺术类作品，确切说是新闻特写。小说中的人物均来自现实生活的受访者。文本中详细写明采访时间、地点和受访者的姓名、年龄和职业。如小说第一部分中《另样的圣经和不一样的信徒》的标题下注明了受访者的个人情况：1922年入党的，87岁的共产党员瓦西里·彼得洛维奇·Н。这赋予了小说真实性和事实性，也增强了读者的历史在场感；这部小说以1991—2012年的历史时段为报道时间，在苏联和俄罗斯地域空间里围绕解体事件采访报道不同人群的人生故事，每个故事都在细述20世纪地缘政治的灾难性事件。这些人生故事构成一个呈现苏联解体与俄罗斯社会现实的历史横截面图景。如小说第一部分中《十个红色政府里的故

事》和第二部分中《十个没有政府的故事》。作家对解体事件的分段性报道和对某些受访者的跟踪性报道又构成一幅历史纵截面图景，从而帮助读者全面深入了解事件本身。如小说分为两部分：《启示录的安慰》取自1991—2001年随机采访和厨房交谈材料；《虚无的魅力》，取自2002—2012年随机采访和厨房交谈材料。第一部分中题为《小红旗和斧头的微笑》的采访是典型跟踪采访，时间长达15年之久。文本中阿列克谢耶维奇的作家身份让位于记者身份，而且文本多处突出记者的现场观察力。如《另样的圣经和不一样的信徒》中斜体字标出"我关上录音机"和"护士走来。他闭上眼"等句子。文本中突出记者在场的最明显标志是，作家在小说第一部分前设计了一个相当于新闻报道的开场白部分："一个参与者的日记"。而且小说结尾处是一个对作家的采访。这两个部分赋予小说很强的新闻特写性。

为了突出《二手岁月》的新闻特写性，作家采用了一种以对称性为主，凸显时间性和多声部性的文本结构。小说分为两个部分，但在第一部分前有个特别加设部分："一个参与者的日记"。"当思想成型后，我开始提问：'你如何看待变革？如何看待当下的一切？'凡是被这些问题触动的每一个人，开始都会说。我们见证了一切，参与了一切。于是我加了一个小标题'一个参与者的日记。'"（Елена ДЬЯКОВА，2013：15）这部分主要是作者的声音，表达了自己对昔日生活和当下俄罗斯社会现状的看法，以及自己的创作途径，等。在这份采访中作家明确地表达自己的创作目的：让人们"说出自己的真理"。这样的结构赋予作品特写性，即对一个时代的大特写，文本中相当于序言部分的"一个参与者的日记"和对作家的采访这两部分材料作为突出采访者声音的开场白和结束语，呼应小说特有的体裁特色，凸显小说新闻记录性。这种设计令文本中的阿列克谢耶维奇由采访者身份转换为受访者身份，帮助文本外的阿列克谢耶维奇实现由新闻记者向作家身份的转换。

《二手岁月》的文本结构以对称性为主，同时突出时间性和多声部性。文本的对称结构不仅表现在材料处理技巧上，而且也表现在内容安排上。作家将20多年间收集的采访材料，按照时间段分成两个部分：解体过程与解体后的社会现实。她不仅在宏观处理采访材料时遵守对称性原则，而且在微观处也不忘对称性：第一部分的标题为：《启示录的安慰》，其内容由两个部分组成："取自1991—2001年随机采访和厨房交谈材料"与"十个红色政府里的故事"；第二部分的标题是：《虚无的魅力》，其内容也由两个部分组成："取自2002—2012年随机采访和厨房交谈材料"与"十个无政府的故事"。这样的结构安排带有明显的对照性和对比性。尤其表现在人生故事内容上，第一部分中"10个人生故事"主要是对20世纪三四十年代重大历史事件和50—90年代重大社会事件的回忆。第二部分中"10个人生故事"则是讲述90年代末民族矛盾与民族纠纷，以及难民问题，即居住在昔日加盟共和国的俄罗斯族人以难民身份返回俄罗斯，以及其他民族如塔吉克人、亚美尼亚人、阿塞拜疆人、格鲁吉亚人和车臣人等为了逃避国内的战乱而涌入莫斯科；还有社会问题：恐怖袭击不断、青少年自杀率攀升、恐怖的军旅生活、公民的国家认同感缺失等。这些故事形成两个纵向序列：一个是不安与忧虑，而另一个则是离散之苦。作家处理材料的方式已经表明了其创作宗旨：多维度呈现历史事件，真实记录一个时代，同时为读者提供比较或对比的条件。

为了营造对比氛围，作家恰当地安排采访材料。如小说第一部分中的第三个故事"关于一位元帅（注：苏联元帅谢尔盖·费德洛维奇·阿赫洛米耶夫）和三天被遗忘的革命"中安排了两个红场采访材料。1991年12月在红场上对游行队伍中的学生、工人和工程师的采访；1997年12月在红场上对游行队伍中设计师、商人、点心商和军官的采访。内容虽然都是围绕1991年8月19日至21日的革命，但受访者的层次和态度发生了巨大变化：1991年受访的女大学生激动地高喊："我为叶利钦感到骄傲。"（Светлана Алексиевич）而1997年受访的设计者懊丧地说："我就是一个曾经捍卫叶利钦的大傻瓜。"（Светлана Алексиевич）这个故事中还安排了关于谢尔盖元帅自杀的新闻报道、刑侦材料，以及就此事电话采访一位克里姆林宫官员的材料。这种材料的拼贴性和杂陈性在文本中多次出现，如第二部分中的第9个故事。这个故事讲的是：37岁的乡村妇女叶琳娜为了一个杀人犯，或者说因为自己对于生活的浪漫幻想和根深蒂固的弥赛亚情结而抛夫弃子，与冷酷的囚犯共同生活17年。最后，经常被家暴的她离开杀人犯，去了一个不为人知的地方。这个故事由许多材料拼组而成：作家采访村民的材料、叶琳娜自己的讲述，以及采访将叶琳娜故事拍成电影的导演的材料。

"谈及创作时，斯韦特兰娜自称为'耳朵人'"（Татьяна Морозова，2014：214），即通过倾听来创作的作家。无论是素材的收集途径，还是文本的呈现方式，小说《二手岁月》都可谓是一部收录声音的书籍。因为不仅所有受访人的声音都被录音机记录下来，而且他们所叙述的故事以及对待重大历史事件的看法皆以文字形式被原汁原味地保留下来。小说第一、第二部分都安排了"随机采访和厨房交谈材料"。这两个部分中的所有材料均取自不同话题的采访，这些精华部分拼接后构成小说的一个组成部分。这部分内容庞杂，犹如几个声部同时响起的合唱。如第一部分的"1991—2001年随机采访和厨房交谈材料"中涉及不同话题，表达不同思想观念。尤其在"我们应该选择伟大历史或老生常谈"中，采访地点是啤酒售货亭前，受访者是教授、小职员、女大学生等，他们借着酒劲不着边际地交谈着，聊着俄罗斯的命运。这些声音犹如高低不同的声部，带着自己特有的声色和旋律，营造了一个多声部合唱。

文本中不同材料的拼接技巧也可构成多声部效果。如"关于一位元帅和三天被遗忘的革命"的故事由以下几个部分组成：街头采访、侦察材料和元帅的留言条、媒体的采访材料和研究者的观点、高官的电话采访，以及新闻报道。元帅之死的故事中所有材料的设计与处理都表现出作家的创作理念——全面呈现每一种来自不同社会阶层的声音，以及每种声音背后的思想观念与意识形态。

2. 悲恸的哀歌

面对记者的提问："为什么将小说题目定为《二手岁月》？"作家这样解释："因为

所有思想、语言，一切都是别人不加考虑的表达，好像昨日忍受的苦难。无人知道应该怎样才能帮到我们，所有人利用当时他们知道的，某人所经历过的以往的经验。"（Наталья Игрунова，2013：216.）文本中所有故事和采访的标题都附有叙述性标志的前置词 про 或 О，即"关于、有关"，如"关于我们在刽子手和牺牲者中成长的故事"。在讲述方式方面，作家指出人们公开表达自己的情感、表述自己的世界观，以及对重大历史事件的评述，这些表述汇出一首悲恸的哀歌。

  小说中的"苦难之言"集中体现在 20 个人生故事中。这 20 段人生故事不仅是个人的往事回忆，更是时代缩影。解体后的无政府状态是小说第二部分的主要内容：民族之间的仇恨和人与人之间的隔阂，以及人们对此的反思。第二部分的标题为《空虚的魅力》"取自 2001—2012 年街头和厨房交谈材料"涉及三个话题：关于过去、现在和未来。就这些话题，人们各抒己见："我们想活。享受自由。但是现在，我对此有另一种看法，我们当时真是天真到令人厌恶的程度！我们对后来所发生的一切负有责任……"（Светлана Алексиевич）对于现在俄罗斯人这样看："我们根本没有进入民主国度，而是陷入比先前更可怕的境地；……关键是我们是奴隶。有着奴隶的心肠，流着奴隶的血液。"（Светлана Алексиевич）关于未来他们这样说："我们有过一次按照西方方案进行的改革，结果引发了些什么啊？我们陷入怎样的大坑里！"（Светлана Алексиевич）

  90 年代的俄罗斯弥漫着一种可怕的空虚，尤其是上层社会纸醉金迷的生活。在"很像幸福的孤独"的叙述中，35 岁广告部经理拉丽萨不仅讲述了自己的生活和奋斗史，而且描述了俄罗斯新贵们的糜烂生活。民族矛盾和恐怖袭击也是讲述重点。在"想杀死所有人的愿望，然后不由自己想这么做"的故事中，22 岁的女大学生克塞尼亚以受害者身份讲述了 2004 年 2 月 6 日莫斯科地铁爆炸案。穷困潦倒、朝不保夕和精神无处安家的生活现状，令很多人用酒精麻痹自我或以自杀方式逃避现实，许多中学生、青年与老年人选择了自杀或酗酒。因为"不知道该如何活下来，不知道为什么生活，也不知道该追求什么？这个新世界不是我的，也不是为我准备。它需要不一样的人们。"（Светлана Алексиевич）除了结束生命的终结方法，酗酒自然成为一种安慰自我的最佳方式："我酗酒。为什么我要喝酒？我不喜欢自己的生活。我想借助酒精实现不可思议的颠覆，用某种方式带我到另一个地方。那儿的一切都是美好。"（Светлана Алексиевич）当然俄罗斯社会还有一些清醒的人士，他们在反思，在期待。在"关于不嫌脏的死人们和粉尘的寂静"中，28 岁的下士奥利亚被派往车臣，结果冤死在那里。无处申冤、悲伤又愤怒的妈妈高呼："现在很多备受欺辱的人们，他们沉默不语，但是满腹委屈。所有人渴望能赢得新生活，然而很少有人能获胜，能挣得幸福，也没有人准备跌入深渊。现在人们带着委屈和不满生活，很多人心怀激愤。……如果给我一支枪，我知道该向谁开枪。"（Светлана Алексиевич）

  在这种来自社会最底层的、愤怒的声音里包藏着一种令达官贵人恐惧的力量，敏感的作家聆听到这种声音，并用自己特有的体裁形式巧妙又真实地表达了这些来自社会底层的、被压抑的思想感情。小说中 20 段人生故事的痛苦和苦难，犹如一曲多声部哀歌，包含着哀叹、悲悯和悼念。悼念逝去的苏联，悼念激动人心的改革岁月，悼念为理想而牺牲的人们，悼念所有倾心付出的人们和无可奈何逝去的岁月。平实质朴的语言揭示了作家的希望：让这首多声部哀歌传播到更远的地方，让更多的人了解俄罗斯人的生活经历和精神状态。

结　语

小说《二手岁月》中不同年龄段，有着不同教育程度和不同生活经历，持着不同政治观点和宗教信仰，属于不同民族的人们讲述着自己的经历和观点，袒露出人之本性。而这些人性中的恶往往是个人出于自保的本能，不愿意面对和需要逃避的东西。面对此，作家只是认真聆听和记录，未对这些人进行道德评价，她努力去理解人们。在这部纪实性小说中作家犹如一个善于引导话题的交谈者，而那些零散的口述故事不仅是时代明证，更是研究俄罗斯人性格和大众意识的材料。小说中每个人物都不是作家虚构出来的，而是来自现实生活，经历了艰难岁月、备受煎熬的普通人。由他们的思想感情和认知理解组合成的艺术世界，堪称一部表现日常生活的史诗，"她巧妙地谋篇布局，使日常性获得了史诗的特征"（Татьяна Морозова，2014：214）。这部史诗流露出一种告别往日生活的哀伤，"《二手岁月》中的人们基本上没有幸福经历，或者说他们活在过去，痛苦地回忆着往昔生活"。（Татьяна Морозова，2014：214）所有人物独白式地忏悔表达了令人心痛又具说服力的观点。

论莫迪亚诺《青春咖啡馆》的时空美学

西安外国语大学　惠　欣

　　《青春咖啡馆》的审美过程伴随着读者在直观感受与理智思考之间的来回切换，这种审美体验来源于作者独特的叙事方式。莫迪亚诺在小说中通过不同的叙述角度建构出无序的时间和紊乱的空间，使得读者在阅读中需要不断思索故事的真实发生过程，从碎片化叙述中拼凑出完整的人物形象。在时间维度上，小说的记忆书写具有审美回忆的特质，最终指向对虚无、生存等命题的思考；在空间维度上，小说建构出"我"与"他人"之间的审美观照空间，最终指向对自我生命的审视。本文从时空美学角度，对小说所体现的逝去与当下的时光、此处与别处的生活进行分析，认为莫迪亚诺精心构思的独特时空叙事提升了作品意义的丰富性，且增加了小说的美学效果。

　　莫迪亚诺的《青春咖啡馆》以一个聚集着在青春中迷失的众多19到25岁的年轻人的咖啡馆为中心，叙述了神秘女子露姬短暂而忧郁的青春。小说分为四个部分，以四个不同叙述者的视角描述了他们眼中的露姬。莫迪亚诺在小说中通过不同的叙述角度建构出无序的时间和紊乱的空间，使得读者在阅读中需要不断思索故事的真实发生过程，从碎片化叙述中拼凑出完整的人物形象。正是这种独特的时空叙事，使得《青春咖啡馆》更好地表现出时间意义上的遗忘与回忆、空间意义上的逃离与追寻，从而使得小说从对青春的简单追忆上升为对时间、生命、存在等命题的深刻思考，且在艺术上富于一种绵长而朦胧的审美效果。读者也才能够在记忆与当下、虚构与现实、肉体与精神的矛盾中把握一种平衡，在朦胧之中感受到逃离与追寻关系所生发的生命存在之美。

　　在《青春咖啡馆》中，展现出多种形式的时间与空间，并且两者之间呈现出交叉融合的模糊关系。而莫迪亚诺小说的丰富性也在于他基于回忆在时间和空间两个不同的维度进行拓展，且使它们交错、混合、难以分割。[①] 其中，孔岱咖啡馆则承担着时空载体的作用，正是这个散发着愁绪的咖啡馆，呈现出时间上的流逝性与空间中的流浪感，从而使得小说中的所有人物形象都具有一种始终处于自我追寻之路的"漂浮"特质。在时间维度上，小说中的露姬和三位叙述者都在回忆之中缅怀着青

　　[①] 史烨婷：《当生活沦为一个"苍凉的手势"——莫迪亚诺小说的时间书写》，《文艺争鸣》2017年第12期，第80—84页。

春，这种非功利性、非工具理性的记忆，是一种审美回忆；在空间维度上，露姬和孔岱咖啡馆之间，三位叙述者和露姬之间，都构成了一种"我"与"他人"的审美观照空间，在这一空间之中，人们在他人身上审视着自我，追寻着意义，这种空间上在场与不在场的距离感，具有一种朦胧而绵长的审美特质。

一、时间：回忆书写的审美特质

小说中的孔岱咖啡馆呈现了时间的无限流逝。在这里，人们挥霍着自己的青春，试图忘掉自己的过往，以在真实生活之旅的途中寻找一个固定点，从而寻求达到未来彼岸的途径。"一切都将重新开始，像从前一样。一样的白昼，一样的夜晚，一样的地点，一样的邂逅。永恒轮回。"①小说中多次出现"永恒轮回"这一概念，传达出作者对时间的思考。莫迪亚诺的作品同时展现了和时间相关的两个方面，一是记忆，因其给过去带来某种现实性；二是遗忘，因其竭力要摆脱记忆。② 莫迪亚诺正是通过回环交错的记忆叙事建构起过去、现在与未来的时间之流，呈现出对生命本身的反思与审视。"在反复的讲述中，他不断地追寻自我身份——我是谁？在探索根源性存在的过程中，他反复地追问我的根源究竟何在——我从哪里来？"③在对个人记忆的"微观历史"的叙述中，潜藏着作者对人类命运走向的思考。

回忆，在文学作品中往往呈现出独特的审美意蕴，具有独特的美学功用。叔本华的回忆观较为接近美学。他认为，人生来有意志，这种意志盲目而无止境，其永远在欲求，但是却永远得不到满足，从而产生生生不息的痛苦。而要寻求解脱，便要暂时去除意志，消灭欲望。审美回忆则能够帮助人们做到这一点，由于回忆本身所具有的审美距离处于恰当的程度，摆脱了功利和实用的目的，因而才能够使人保持无欲无求的状态。"在过去和遥远的情景之上铺上一层这么美妙的幻景，使之在很有美化作用的光线之下而出现于我们之前的东西，最后也是这不带意志的观赏的怡悦。这是出于一种自慰的幻觉而成的，因为在我们使久已过去了的，在遥远地方经历了的日子重现于我们之前的时候，我们的想象力所召回的仅仅只是当时的客体，而不是意志的主体。这意志的主体在当时怀着不可消灭的痛苦，正和今天一样；可是这些痛苦已被遗忘了，因为自那时以来这些痛苦又已让位于别的痛苦了。于是，如果我们自己能够做得到，把我们自己不带意志地委心于客观的观赏，那么，回忆中的客观观赏就会和眼前的观赏一样起同样的作用。所以还有这么一种现象：尤其是在任何一种困难使我们的忧惧超乎寻常的时候，突然回忆到过去和遥远的情景，

---

① 莫迪亚诺：《青春咖啡馆》，金龙格译，人民文学出版社 2017 年版。
② 姜海佳、张新木：《莫迪亚诺笔下的生存困境与记忆艺术》，《当代外国文学》2015 年第 1 期，第 121—129 页。
③ 翁冰莹、冯寿农：《试论莫迪亚诺"既视"式的记忆艺术》，《外国文学研究》2012 年第 1 期，第 70—79 页。

就好像是一个失去的乐园又在我们面前飘过似的。"①在叔本华看来，审美成为解救人生痛苦的道路，而回忆则是通往幸福的途径。正是由于回忆和往事拉开了时间间隔，使人淡忘了痛苦忧虑，而沉浸在一种静观审视状态之中。回忆可以使原本是日常经验的琐碎记忆审美化，使那些本来并不完美的东西变得完美。经过了时间的距离，当时并不具有审美意义的一些生活阅历，一些记忆残片，甚至是痛苦的往事，在主体的回忆中变得富有情味，具有了审美意义。②

《青春咖啡馆》本质上就是一部"记忆叙事"，而记忆本身带有不确定性、断裂性、瞬时性、遗忘性等一系列美学观念。③ 小说中，无论是三位叙述者，还是露姬本人，都表现出对逝去时光的感伤，带有惆怅、怀恋、憎恨等多种复杂情感。对于他们而言，似乎生活的意义只存在于对过去的回忆之中，而现实则像一张白纸一样，从过去一直延伸到当下。法国文学批评者、龚古尔奖评奖委员贝尔纳·皮沃曾指出："《青春咖啡馆》是莫迪亚诺最令人心碎的作品之一。作品中一如既往地充满了调查与跟踪，回忆与求证，找不到答案的疑问……最终消失在时间的长河中。"《青春咖啡馆》的叙事的确呈现出一种强烈的回忆性质。在小说中，无论是露姬本人对童年时光的追溯，还是其他三位叙述者对露姬回忆，最终都归于近乎虚无的"逝去的岁月"。回忆的岁月是短暂而模糊的，但现实却显得真切、绵长而无尽。小说看似充斥着回忆，但实质上则对现在做了强烈的反思。莫迪亚诺正是通过不确定的记忆叙事，对绵长时间中的人类自我存在做了思考。正如诺贝尔文学奖评奖委员会颁奖词所言："莫迪亚诺用记忆的艺术，召唤最不可把握的人类命运。"④

对于露姬而言，逝去的岁月是充满痛苦的，回忆对于她来说也是毫无愉快可言的。红磨坊、母亲都是露姬内心最压抑的记忆，而她则没有出口去倾诉这些重负。而当她在警察局说出一切时，"所有这些话语从我这里脱口而出时，那是何等的解脱啊……我的一段人生结束了，这段人生是命运强加到我头上的。从今往后，将会由我本人来决定我自己的命运。一切都会从今天开始，为了毫无羁绊地一往无前，我更愿意他把刚才所做的记录一笔勾销。我准备跟他说一些其他的细节和名字，跟他说一个想象中的家，一个我梦想中的家。"然而，对真实生活的坦白是被迫的，虽然在这过程中她得到了解脱。但是，露姬从未主动向人们谈起自己的过去，而是习惯性地隐瞒过去的生活。而从回忆中所感受到的痛苦的缘由，则是过往与当下之间的距离太近，因而无法产生一种脱离欲望的审美回忆。面对迷惘，露姬采取的办法就是凭借自己的青春不停地"断绝关系"，无论是她少女时的"未成年流浪"，还是婚后

---

①叔本华：《作为意志和表象的世界》，石冲白译，商务印书馆1982年版，第277页。
②张晶：《审美回忆论》，《文艺理论研究》2000年第5期，第60—66页。
③翁冰莹：《莫迪亚诺〈青春咖啡馆〉的记忆叙事》，《厦门大学学报(哲学社会科学版)》2020年第1期，第166—172页。
④余中先：《不停探寻中的"迷途人"——莫迪亚诺获二〇一四年诺贝尔文学奖》，《世界文学》2015年第2期。

逃出已"建立关系"的丈夫的视野，甚至最后的跳窗、自杀，都是在各种空间、时间、社会关系之间的"漂移"。[1]

在对露姬的回忆中，巴黎大学生也在诉说着自己曾经迷惘的青春岁月。"孔岱对我来说是个避难所，让我可以躲过我预想的那种暗无天日的生活。那里可以有我的一段人生——最美好的，而有朝一日我也可能逼不得已，必须把这段人生留在那里。"对于他而言，就读于高等矿业学校，是一件难以启齿、需要竭力隐瞒的事情："对阿达莫夫、拉隆德或者莫里斯·拉法艾尔来说，矿业学校意味着什么呢？可能毫无意义。他们可能会奉劝我别去那种鬼地方。"他同样是一个难以面对真实过往经历的人，企图在"漂移"之中寻求生活的意义。

私家侦探盖世里，同样在对露姬的找寻过程中，显现出对逝去时光的追索与对未来生活的迷惘。他掩饰自己的真实身份，以美术编辑自称。看似始终带着十分明确的目标追寻露姬的失踪线索，但却是漫无目的地游荡在巴黎小镇每一条街道。"地铁站过了一个又一个，我也在时间长河里追溯。我在皮嘉尔下了车。我迈着轻快的步伐走在林荫大道的土台上。一个阳光明媚的秋日下午，人们可能会在这个季节制定一些生涯规划，生活可能从头开始。"在他对露姬的侦查过程中，这个曾经因为"未成年流浪"罪名被抓进警察局，从年长她十几岁的丈夫家中逃离的姑娘逐渐触动了他的内心。也正是在对露姬的过往经历逐渐追溯的过程中，盖世里才明白了自己与曾经的露姬相似的精神困惑。

露姬的情人罗兰，是一个长久滞留在"中立地区"的作家，更像是一个流浪者。"说实在话，我不喜欢这个大学区。它勾起我的童年，开除我学籍的那所中学的寝室和多费那街的一个大学食堂，我不得不用一张伪造的学生证，经常去那里混饭吃，因为我经常饥肠辘辘。"他同样用自己的方式，对抗着过往生活的惨痛回忆，企图让它们消失得无影无踪。正是出于对过往的逃避心理，他才会更换自己的名字，隐瞒自己的真实工作，在虚假中对抗着痛苦的回忆。

露姬和其他三位叙述者的回忆，共同体现了对一个消逝了的时代的追溯与缅怀。二战之后，科技的迅猛发展极大地促进了整个社会的物质繁荣。商业和消费开始占据每一个普通人的生活，人们生活水平得到了很大提高的同时，也面临着精神上的迷茫和贫乏。情境主义国际就是 20 世纪 50 至 70 年代席卷欧洲大陆的一次重要社会文化革命思潮。从 1957 年情境主义国际正式在意大利宣布成立到 1972 年宣布解散，该组织一共存在了 15 年，《青春咖啡馆》的故事也正是发生在这一时期。小说第一章的引文"在真实生活之旅的中途，我们被一缕绵长的愁绪包围，在挥霍青春的咖啡馆里，愁绪从那么多戏谑的和伤感的话语中流露出来"正是居伊·德波拍摄的电影《我们一起游荡在夜的黑暗中，然后被烈火吞噬》里的独白。《青春咖啡馆》中充溢着的

---

[1] 廖望：《莫迪亚诺〈青春咖啡馆〉的情境主义解读》，《当代作家评论》2015 年第 2 期，第 192—198 页。

苦闷与愁绪也展现了一整个时代的迷惘与创伤。

无论是露姬，还是巴黎大学生、盖世里和罗兰，他们所具有的共同特征就是"绝口不提自己的过去"。然而，他们却又无一例外地承受着过往岁月的深刻影响。他们企图逃脱过往生活对自己所施加的影响，企图找到沟通过去和未来的一个平衡点，但却只能在现实当中不断尝试着寻找出路。可以说，他们的回忆具有自我审视特征，而由于时间上的遥远而朦胧的距离，因而产生一种独特的审美功能。对于露姬而言，对过往生活的隐瞒，产生了她对未来生活追随的勇气与自如，但同时也造成了难以释放的压力。对于巴黎大学生、私家侦探盖世里和露姬的情人罗兰而言，回忆则是一种通过他人对自我进行审视的途径。他们的回忆全部围绕露姬展开，在对露姬过往的追溯与侦查中，他们也在回忆着自己的过去，回忆着某一人生阶段中自身的状态。回忆中的他们是迷惘和忧愁的，而在进行回忆当下的他们经过时间的流逝，似乎也并未改变当初那种愁绪。露姬以自杀终结了漫无止境的苦痛；巴黎大学生仍旧因为没有找到一些问题的答案，而对那一整段日子记忆犹新；私家侦探盖世里则一个人坐在孔岱咖啡馆的角落里，"想着想着，差点爆笑起来。大家都没有变老。随着时光的流逝，许许多多的人和事到最后会让你觉得特别滑稽可笑和微不足道，对此你会投去孩子般的目光。"罗兰则"觉得自己童年和青少年时期的伤口已经彻底痊愈了，从今往后我没有任何理由躲藏在一个中立地区了。"回忆，对于他们而言，其实是治愈痛苦的药方。有人在当中找到了出口，尝试着将过往一笔勾销，开始新的生活；有人却在回忆中越陷越深，以致永远也走不出岁月的藩篱。

因而，《青春咖啡馆》通过个人对某一人生阶段的回忆，展现了一整个时代的精神特质。由于这些不同身份的人以一种近乎审视的眼光去看待自己的过往，从而使得回忆本身带有一种远离功利性质的朦胧性与模糊性，从而带有独特的审美特质。因而，故事中人们所充斥着的忧愁和迷惘情绪似乎并不会使读者感到极度的悲伤与绝望，而是在他们对自身的审视中，使人感觉到一种透明和澄澈，一种对于生命的豁达。或许这正是莫迪亚诺记忆叙事所带给读者的独特审美情感体验。

二、空间："我"与"他人"的审美观照

孔岱咖啡馆，同样在小说中承载着空间固定点的作用。这一固定点，将露姬和咖啡馆的其他人联系在一起，也将巴黎大学生、侦探盖世里、罗兰与遥远的露姬联系在一起，从而建构出"我"与"他人"的审美观照空间。在这一空间内，人们将自我与他人联系起来，从而通过他人的眼睛来审视自己，追寻意义。故事中的所有人物都是四处漂泊、居无定所、放荡不羁、无忧无虑的。在既定的时代环境下，他们在迷惘、愁绪之中度过自己的人生阶段。他们绝口不提自己的过去，尝试着以各种方式寻求未来生活的出路。而孔岱咖啡馆则承担着这样的作用。在这里，他们混迹在一群年轻人当中，掩饰着自己的悲伤，建构着与他人之间的联系。通过孔岱咖啡馆这一空间点，展现了那个特定时代下的巴黎，以及青年们的精神苦闷。

巴赫金在探讨人之存在时，曾经提出"自己眼中之我""他人眼中之我""我眼中之他人"的伦理学、人类学建构。他认为，每一个"我"都在世界上有着唯一的不可替代的位置，所有"他人"全在"我"之外。而在这种不可逆转的相对关系中，人们对自己的了解是十分片面的，而只有通过别人的观照，人才可能对自己有更深层的了解。在此基础上，他提出一种具有审美意义的移情说。如果我们面前站着一个痛苦的"他人"，引起他痛苦的环境和眼前的事物充满了他的意识，那么如果"我"从审美上去体验他、完成他，则是一种"移情"。"审美活动的第一个因素是移情：我应体验（即看到并感知）他所体验的东西，站到他的位置上，仿佛与他重合为一。我应该掌握这个人的具体的生活视野，就像他自己所体验的一样；但这一视野中没有包括我从自己位置上能够看到的许多东西。"①然而，在巴赫金看来，这种移情还不是真正的审美活动。"我真正从内心体验到的痛苦之人的生活状态，会促使我采取伦理行为：帮助他、安慰她，进行认识性思考，但不论何种情况下，在移情之后都必须回归到自我，回到自己的外位于痛苦者的位置上。只有从这一位置出发，移情的材料方能从审美上加以把握；如果不返回到自我，那就只能是体验他人痛苦如自身痛苦的病态现象，是感染上他人的痛苦，仅此而已。"因而，只有当我们完成了移情，并且回归了自身时，审美活动才能真正开始。

在《青春咖啡馆》中，每一个"我"与"他人"之间，实际上都存在着一定的移情关系。露姬通过与孔岱咖啡馆的年轻人建立联系，以看清真正的自己，寻求一种真正的生活，但却在体验他人痛苦的同时也加深了自己的痛苦。巴黎大学生、侦探盖世里、罗兰则通过咖啡馆与不在场的露姬建构起跨越时间意义上的联系，而由于回忆上的遥远性、关系的模糊性，这种移情便具有了审美的性质。也正是由于这种距离，使他们在体验露姬的痛苦时，并没有沉迷于露姬的痛苦当中，而是从痛苦中抽离出来，回归了自身。

对于露姬而言，她在孔岱咖啡馆所接触的"他人"，实际上都是她尝试通过他人之眼来认识自己的途径。咖啡馆，建构起露姬与"他人"之间的观照空间。而露姬最终以自杀结束生命，很大一部分原因是，她尝试通过他人之眼看到自己，通过他人解救自己，但最终却深陷他人的痛苦之中，也在自己的痛苦中难以自拔，从而选择了极端的方式逃避现实生活。"生活就在我的前面向我招手。我怎么能蜷缩起来把自己隐藏在四面墙壁之间呢？我害怕什么呢？我要去见人。只需要随便进一家咖啡馆就行了。"孔岱咖啡馆对于露姬而言，是一个偶然但必要的存在。她将这一地点当作摆脱过去、通往未来的出口，当作摆脱红磨坊、走向更大的天涯的途径。在这里，她认识了亚娜特·高乐，"我把希望寄托在我即将认识的那些人身上，认识他们之后我的孤独将会结束。这个女孩是我认识的第一个人，也许她会帮助我远走高飞。"露姬和她的朋友漫无目的地游荡在巴黎的街头，任凭"她"带着"我"走，去吸叫作"雪"

---

① 钱中文主编：《巴赫金全集》（第一卷），河北教育出版社1998年版，第139页。

的白色粉末，产生短暂的神清气爽和轻松自如，坚信着"大街上侵袭我的恐惧和迷茫的感觉可能永远也不会在我身上出现。"然而，正像露姬撒谎说自己是学习东方语言的大学生，说自己的母亲是会计师一样，亚娜特·高乐同样也在撒谎说自己是古典舞演员。因而，露姬将生活的希望所寄托的人，同样是跟她一样企图隐瞒自己真实生活的人，同样是在真实生活之旅中迷失了方向的人。因而，在短暂的愉悦中，露姬还是看到了他人身上所存在的同样的迷茫，从而在无限的痛苦中越陷越深，所寄托的希望也一步一步幻灭，便只能通过结束自己的生命摆脱痛苦。

对于巴黎大学生、侦探盖世里和罗兰而言，孔岱咖啡馆则是与露姬进行"对话"的场所。通过对露姬的人生经历的体验与审视，他们也在反思着自己的人生。他们都是和露姬一样漂泊不定的人，总是试图掩盖过往，只寻求活在当下。而在多年之后对露姬的回忆中，他们才能够通过"他人"看到自己内心的那个"我"，从而在相对纯粹和超视的程度上，对自己的生命进行反思。

"实际上，我越往深里想，越能找到我最初的印象：她到孔岱这里，是来避难的，仿佛她想躲避什么东西，想从一个危险中逃脱。"在对露姬的回忆中，巴黎大学生才逐渐开始了解那个曾经总是坐在咖啡馆角落的神秘女子，他开始真正理解露姬曾经所有行为的动机："如此看来，她之所以在十月份来孔岱，是因为她已经与她的一整段人生彻底决裂了，因为她想脱胎换骨，就像在小说中描述的一样。"而在曾经与露姬的交往中，年轻的他并无从得知这些被露姬本人所掩饰起来或者甚至没有意识到的真相。只有经过岁月的流逝，这些真相才开始在回忆当中得到清晰地展现。他也才开始在对露姬的回忆中，逐渐明白过去的自己所经历过的精神困惑。"孔岱对我来说是个避难所，让我可以躲过我预想的那种暗无天日的生活。""我之所以把很多时间消磨在孔岱，就因为我希望能有个人给我这么个建议，一劳永逸地给建议。"可以说，通过露姬这个已经不在场的遥远的"他人"，巴黎大学生才真正意识到孔岱咖啡馆对于当初年轻的自己所具有的意义。

私家侦探盖世里则通过对露姬失踪的调查，逐渐了解了一个陌生女子的过往生活和精神历程，并且通过这种心灵体验上的"遥远的相似性"，达到了自我的精神变化。"无论如何，为了更好地弄明白人们的意图，首要意图是尽可能精确地确定人们所行走的路线。"出于露姬丈夫的委托，盖世里在年鉴上寻找着孔岱的地址，漫游在巴黎小镇中，试图揭开露姬失踪的秘密。然而，盖世里的目标是明确的，但在寻找露姬的过程中，却是非常散漫的。他根本不像是个侦探那样，去进行层层侦查，而是悠闲地在街头散步。因而，在重新体验"人们所行走的路线"时，他所想要弄明白的，不只是露姬逃跑的意图，更是自己的意图，他所好奇和急于揭示的，不只是露姬的过往，更是自己的精神历程。在对露姬的了解中，盖世里渐渐明白露姬总是逃跑的原因。她所逃离的，是过往的生活，更是一种将自己束缚住的关系网。不论是小时候对母亲的逃离，还是长大后对婚姻的逃离，都证明着露姬所试图挣脱的是一种将自己牢牢把控在一个点上的关系网。"大街上的邂逅，高峰时刻在地铁站里的相遇。那个时候人们也许应该用手铐把彼此连在一起。什么关系能够抵挡住那种把你卷走，让你失去控制的浩荡人潮呢？""此时此刻，她也在这个城市的某个地方游荡着。要不，她正坐在孔岱的一张桌子旁。但她什么也不用害怕。我再也不会去他们聚会的那个场所。"因而，正是出于对露姬的体验，盖世里开始认识到这种关系网的不可靠性。他开始认识到，游荡，正是人生的常态，关系网的建立只能是暂时的。

对于罗兰，露姬的出现，具有"拯救"意义。罗兰与露姬十分相像，都是不愿提及过去的人，都是用激烈的方式隔断与日常生活的联系，想要呼吸到自由的空气的人。罗兰和露姬有着亲密的关系，他们是对方的希望。露姬的存在，使他有了生存下去的希望，"我觉得自己童年和青少年时期的伤口已经彻底痊愈了，从今往后我没有任何理由躲藏在一个中立地区了。"然而，他们过于相像，以致互相都在隐瞒着自己的过往。甚至当露姬说出自己的真实生活时，罗兰依旧在隐瞒真相。在罗兰对露姬的回忆中，充满了柔情和怀恋。"现如今，当我回想往事的时候，我们的相遇，在我眼里恰似两个在生活中萍踪无定的人的邂逅。我觉得我们俩在这世上无依无靠、孑然一身。"在对他和露姬关系的重新审视中，他看到了他们的过往，也看到了他们的当下。对于遥远过往的审视，让他渐渐明白了一直存在于自己心中的"永恒轮回"的困惑。"走到那里的时候，我现在可以说我已经没有任何东西要失去了：我平生第一次感觉到这就是永恒轮回。"露姬的存在与死亡，让他明白了人生的飘荡性质。

可以说，孔岱咖啡馆是一个建立"我"与"他人"联系的空间。在逝去的时光里，他们满怀迷惘和愁绪，偶然性地走进咖啡馆之中，试图寻求与"他人"建立关系网，从"他人"之眼看到真实的自己。"有时候人们遇到一个人，之后就再也见不到他了。人们有意或无意地忘却了某些东西。人们对自己说谎。这一切形成了一大堆支离破碎的东西。"[1]在当下的时刻，人们通过对露姬的回忆，试图通过这个神秘而遥远的"他人"，看清曾经的自己，以寻求当下生活的出口。

结　语

在这个挥霍青春的咖啡馆里，有一个名叫保龄的人，执着地记下了三年间光顾孔岱咖啡馆的那些客人，记下了他们每一次进来的日期和确切的时刻。"说到底，保龄是想把在某些时刻围着一盏灯转悠的那些飞蛾铭记下来，以免被人遗忘。"这个记录下顾客名字的本子，正是保龄建立固定点的一种方式。他试图通过这种方式，对不断消逝的时间与永远变化的空间做出挽留。实际上，他在本子中记录的每一个名字所代表的生命，同样也在将咖啡馆当作建立固定点的一种方式，并且不断地寻求着新的固定点。然而，这样的尝试却是徒劳的。露姬出入的那扇"黑暗之门"变成了玻璃橱窗，展示着鳄鱼包、靴子，甚至还有一些鞍马和一些马鞭。孔岱咖啡馆的变

---

[1] 洛朗斯·利邦：《莫迪亚诺访谈录》，李照女译，《当代外国文学》2004年第4期，第162页。

化，显示了时间会正常地流逝，空间会不断地变化，人与人之间的可靠关系也往往是短暂的。"借助这种现实和虚幻不断交替变换多角度轮转的叙述手法以及全球圆形概念，《青春咖啡馆》为我们揭示出一个深刻主题：人生的真谛是流散，并且是跨越时空、身心皆含的全球圆形流散。"①无论怎样确切的记录，都无法改变总在变化着的时空，更无法改变人生的漂泊常态。

　　孔岱咖啡馆，分离出了不同的世界。从时间上，分离出过往的时光与当下的现实；从空间上，分离出自我与他人。而故事中，所有人物所经历的悲剧，都是因为迷失在这样复杂的交错时空世界中。他们有的看不清过往与当下的关系，从而深陷记忆中，难以愈合曾经历的痛苦；有的看不清自我与他人的关系，将生活的希望全部寄托在他人身上，从而迷失了自我。而经历了时间的磨合，他们则能够以一种相对超然的眼光去看待和审视曾经的时光，也才能够更好地寻求当下生活的意义。莫迪亚诺正是通过孔岱咖啡馆这一代表着迷惘青春的空间，将回忆与现实、自我与他人的关系错综复杂地联系在了一起，建构出遥远的审美回忆和"我"与"他人"之间的审美观照空间，从而使得故事披上了一层朦胧而深刻的色彩，具有独特的审美效果。

---

　　①王刚、霍志红：《现实与虚幻交织的全球圆形流散——论莫迪亚诺〈青春咖啡馆〉的主题》，《当代外国文学》2018 年第 4 期，第 132—137 页。

《布登勃洛克一家》
——托马斯·曼艺术家小说的扩展

西安外国语大学 陈 晨

托马斯·曼的早期创作与艺术家题材关系密切,以艺术家气质与市民身份之间的冲突来展现德意志民族文化精神至上的特征。《布登勃洛克一家》正是曼小说中艺术家题材的延续和扩展。作家在这部小说中通过描写市民向艺术家形象的转变,影射了市民文化脱离现实并逐渐走向衰落的事实。

"艺术家问题"是托马斯·曼早期作品中最常见的主题,甚至也贯穿了他的整个创作生涯,反映了他十分重要的创作思想。他的小说中的艺术家形象并非只局限于从事艺术活动并以此谋生的人物,还包含那些情感细腻、思想敏锐、热爱艺术、乐于探索内心世界,有着艺术家特质的人物形象。托马斯·曼在谈到德国市民文化时阐述了这种艺术家气质人物形象的精神特征:

> 现在站在你们面前讲话的是一个来自市民阶级的小说家,他这一生其实只讲述了一个故事,即非市民化的故事。但他讲述的不是市民之子如何变成资产者或是马克思主义者,而是他如何变成艺术家,如何乘着准备翱翔的艺术,在自由与反讽里逃遁。①

显然,作家把创作重点放在人物的精神意识和心理层面上。② 他之所以对艺术家形象颇为关注,其原因在于他意识到资本主义社会发展过程中市民阶层因承受时代巨变的压力而显露出一种特殊的艺术家气质。这一精神气质的崭露与市民文化形成的思想基础、哲学基础关系密切。艺术家气质是美好品德的代名词,是通过艺术靠近上帝、追求美的理想的表现。在他看来,市民文化上升时期普遍流行的艺术爱好曾被用作显示其文化修养的身份凭证,但是这种功能在新时代背景下逐渐发生了蜕化和变异。因此,他笔下的具有艺术家气质的人物形象常常处在一种内在与外在

---

① Mann, Thomas, *Lübeck als geistige Lebensform*. In: Thomas Mann Autobiographisches. Frankfurt am Main 1960, S. 194.

② Grau, Helmut, *Die Darstellung gesellschaftlicher Wirklichkeit im Frühwerk Thomas Manns. Dissertation.* Düsseldorf 1971, S. 169.

皆充满矛盾冲突的境地之中。虽然他们能通过高雅的精神活动来获取心理满足，逃避残酷的现实，但是这也导致他们脱离现实，逐渐坠入唯美主义的深渊。曼的早期短篇小说中出现了诸多艺术家形象以不同方式暴露出艺术和生活、精神和生活之间不可调和的矛盾。"无论是市民身上的艺术家秉性，还是艺术家的市民生活形式都呈现出强烈的冲突。"①这一现象无疑展现出 19 世纪末 20 世纪初期市民阶层所遭遇的精神危机。在《布登勃洛克一家》中，作家继续延续了这一创作主题，以更加尖锐的矛盾让冲突进一步升级。最终，以一个市民家族的没落展现出唯美主义倾向与现实生活之间不可调和的矛盾冲突。

曼早在《矮子弗里德曼先生》中就埋下了伏笔，以主人公弗里德曼先生的悲惨故事揭示了艺术审美和高尚的精神境界在面对现实时苍白无力的境况。主人公的身体缺陷、孤僻的性格、对艺术的热爱以及与世无争的生活态度都表明他是一个不折不扣的具有艺术家气质的传统市民形象。这类人物一方面把艺术作为炫耀市民修养和高雅品位的资本；另一方面面对现实又把艺术当作逃避问题的栖息地。作家用主人公悲惨的结局和其崇高精神境界之间的反差，展现出艺术家形象脱离现实的状态及其在新时代背景下的尴尬境地。正如弗里德曼一样，在具有艺术家气质的传统市民形象身上显现出一个悖论，即如何让理性与感性、精神与物质和谐共存的问题。

从小说情节来看，和谐只是一种精神理想。具有艺术家秉性的传统市民非但无法享受身心和谐的生活，而且还面临严峻的生存考验。"一方面，艺术造就了艺术家，使之变得冷漠、孤独、虚无；另一方面，如果不存在那种注定要献身艺术的人，那么艺术就不可能产生。②"可见，在纯诗与世俗之间找到中间地带是一件难事。《布登勃洛克一家》中，艺术家气质依然是扰乱市民理性的重要因素，使家族成员沉迷于虚无，逐渐丧失活力和创造力，也失去在世俗生活中立足的能力。可以说，这部小说是曼众多艺术家题材小说中重要的一部，说明了市民伦理与艺术家气质之间的冲突是曼对自身阶层生存现状和思想倾向的观察和思考。

托马斯·曼之所以将这一主题作为自己文学创作的重点，其原因和德意志市民文化的根基有关。曼从自身的艺术家身份出发，客观地评价了根植于德意志市民骨髓里的艺术家气质。

> 女士们，先生们，艺术家的生活具有象征意义。艺术家在另一个层面上重新实现了祖传的、融化在血液中的生活形式。[……]我们并未失去父辈的品行，我们只是以一种不同的、自由的、精神化的、用象征表现的方

---

① Lörke, Tim, *Bürgerlicher Avantgardismus. Thomas Manns mediale Selbstinszenierung im literarischen Feld*. In: Sprecher, Thomas und Wimmer, Ruprecht: Thomas Mann Jahrbuch Band 23 2010. Frankfurt am Main 2011, S. 63.

② 黄燎宇：《艺术家，什么东西?!》，《外国文学评论》1996 年第 1 期，第 58 页。

式重复父辈的品行。①

曼所提到的"品行"即是市民文化中对"诚信和正直"的追求。② 对于商人而言，实践中总结出的经验是他们安身立命、进行商业活动的根本原则。随着时代的发展，这一通过实践总结出来的经验逐渐形成一种精神，成为市民文化的重要内容。简言之，对精神境界的追求和对完美人格的向往便是市民文化的深层内涵。托马斯·曼处于时代变迁的背景下，观察到市民伦理逐渐趋于精神化，进而演变成纯粹的精神追求。他对传统市民文化意识与新时代精神之间的冲突进行观察和剖析，以市民身上愈演愈烈的艺术家气质来展现市民阶级无法解决的精神危机。他看到了市民与艺术家之间内在的文化联系，并以此作为切入点进行艺术创作，把市民阶级在世纪转折时期的精神困惑和盘托出。

虽然作家肯定了艺术家形象是从市民文化中发展出的精神生活形式，但他也意识到市民文化变成一种社会意识形态之后逐渐趋于形而上的倾向。虚幻的唯美主义在面临现实问题时表现得束手无策。在这一层面上，艺术家形象是市民文化逐渐脱离现实、走向形而上的展现。曼通过他笔下形形色色的艺术家形象，从不同角度表现了艺术家形象与市民社会发展之间的冲突，影射了市民精神理想与现实境况的格格不入。在布登家族中，表现出明显艺术家倾向的有两个人物：克里斯蒂安和汉诺。确切地说，他们均未取得显著的艺术成就，因为他们不是真正的艺术家，而仅仅是有些艺术素养的人。他们不同程度地被自己身上的艺术家习气所折磨，并从不同方面展现出唯美主义思想倾向与市民伦理之间的强烈冲突。

一、败坏市民精神的因子

布登家族第三代中的人物之一克里斯蒂安是小说中典型的艺术家形象。曼通过两方面凸显出他的艺术家气质与传统市民理性之间不可调和的冲突。

其一，作家通过侧面描写，以克里斯蒂安与家人之间的关系来展现艺术家气质对他造成的影响以及他在现实生活中的艰难处境。"无论从家族传承的角度，还是家族小说发展的角度来说，从克里斯蒂安属于家庭的'边缘人物'"③方面均有表现。克里斯蒂安的天资并不差，只是与托马斯相比不够严谨认真。然而，性格上的细微差异却造成两人命运的迥然相异。当然，他的惨淡结局与其自身的性格不无关系，但仔细揣摩其中原因，则不能把责任完全归咎于他一人。从家庭对兄弟二人的不同态

---

①托马斯·曼：《作为精神生活形式的吕贝克》，黄燎宇译。黄燎宇等译：《托马斯·曼散文》，人民文学出版社 2014 年版，第 78 页。

②Mann, Thomas, *Lübeck als geistige Lebensform*. In: Thomas Mann Autobiographisches. Frankfurt am Main 1960, S. 184.

③Erhart, Walter, *Die (wieder-) Entdeckung des Hysterikers: Christian Buddenbrook*. In: Gutjahr, Ortrud (Hrsg.): Buddenbrooks von und nach Thomas Mann. Würzburg 2006, S. 91.

度则不难看出：家人尤为偏爱有分寸、守规矩的托马斯，对懒散、张狂的克里斯蒂安则强力排挤。在兄弟俩还是孩童时，家人就已经将克里斯蒂安剔除出继承人的名单，把厚望与关爱投注于托马斯身上。祖父去世时对克里斯蒂安说的话"要做一个有用的人"①有着强烈的讽刺意味，表现出家人对他的失望与嫌弃。对于性格和价值观还未形成的孩子来说，家人对他的放弃是造成他自暴自弃、自甘堕落的重要原因之一。

作家通过兄弟俩个性的不同和命运的差异，展现出市民家庭对理性和义务的重视态度。在市民的传统观念中，自制力、创造力、业绩都被看作是核心价值。只有通过勤奋克己才能收获丰厚的物质成果，才能守住自身的社会地位。"这位克利斯蒂安，却由于他的性格和长期在外流浪发展成一个过于天真的、不知顾忌的纨绔子弟，在爱情上也和在别的事情上一样，不愿意约束自己的感情，不懂得言行谨慎，维持体面。"②克里斯蒂安这一精神敏感、行为失当的人被家人认为毫无用处，并且有损体面，因而他被看作是毒瘤，是败坏家族名声的坏因子。如此严厉的评价无疑是对他人格的完全否定，而他作为一位典型的非理性人物，自然在理性主导的文化氛围中显得毫无用处。由于他的艺术家秉性与社会伦理之间的矛盾，他在生活中饱受人们的讥讽和唾弃。整个家族对他的排斥态度如实反映了市民阶级对自身理性文化的固守以及对破坏市民性行为的厌恶。这一点不仅显示出理性主义市民伦理观念的局限性，也表明了伦理意识对市民阶层的重要意义。

除了家中长辈对克里斯蒂安的排挤态度之外，兄弟二人之间的紧张关系也反映出市民家庭对义务和伦理的重视。托马斯指责克里斯蒂安在俱乐部里发表"认真研究起来，哪个买卖人都是骗子"③的言论，称此为大放厥词、污蔑市民名声、败坏家族信誉的行为。如其所言：

> 不要拿你那莫须有的小事来搅扰别人！你这样一天到晚喋喋不休地胡扯也让人笑话死你了！可是我告诉你，我再重复一遍：如果你只是自己出丑，我是没有闲心去管的。但是我禁止，你听见没有？我禁止你把公司牵连进去，像你昨天晚上做的那样！④

托马斯之所以言辞如此激烈，是因为他把市民身份、家族名誉看得高过一切。只有市民价值观被认可，这个传统又辉煌的家族才有存在的意义，才能给予家族成员以庇护。而克里斯蒂安的言论破坏了家族地位的根基。无疑，对勤恳和诚实精神

---

① 托马斯·曼：《布登勃洛克一家》，傅惟慈译，人民文学出版社1962年版，第68页。
② 托马斯·曼：《布登勃洛克一家》，傅惟慈译，人民文学出版社1962年版，第311页。
③ 托马斯·曼：《布登勃洛克一家》，傅惟慈译，人民文学出版社1962年版，第315页。
④ 托马斯·曼：《布登勃洛克一家》，傅惟慈译，人民文学出版社1962年版，第317页。

的质疑是对市民生活哲学的否定。这对于把市民伦理看作最高生活准则的托马斯来说是不可原谅的。克里斯蒂安对市民伦理和社会规则态度漠然，他身上的艺术家气质使他与生活的关系变得松散。因此，在家族的观念中，他身上的这种艺术家秉性会使人变得随心所欲，也必然会扰乱正常的市民生活。由此可见，在托马斯·曼的笔下，艺术与生活之间的冲突印证了理性与非理性、随性与义务之间不可调和的矛盾。

其二，克里斯蒂安的艺术家气质还表现在他自身的精神涣散和软弱无能方面。这一点也是造成他缺乏果敢和耐力，无法专注于家族事务的原因之一。他在父亲去世之后进入自家企业，虽说和哥哥托马斯共事，但却缺乏托马斯身上踏实肯干的进取精神。起初，他还能像个商人一样按部就班地办事，可没过多久，他的注意力就被洁白平滑的信纸和上等的办公文具所吸引。作家对此描写如下：

> 讲到克里斯蒂安工作热情减退这件事，首先就表现在他工作前的准备事项逐渐拖长上：看报啊，早餐后吸一支纸烟啊，喝一杯啤酒啊，这些事开始的时候本来被看作是工作前的一种雅致的艺术，一点富于趣味的享受，可是后来这些事情所占的时间却越来越长，终于延长到一整个上午。①

可见，作家把克里斯蒂安描写成一个精神敏感的人，着重突出了他感性的一面。由此，他那敏锐的洞察力也意味着他的注意力更容易被各种各样的事物所分散。这种性格特征显然不符合市民文化中对"毅力"（Dauerhaftigkeit）的要求。因为人作为市民成员，是要以勤恳踏实为处事原则的。他们讲求的毅力主要表现在对事业的专注和执着上。正如托马斯·曼在《歌德：市民时代之代表》中提到的，伟大的古典主义作家歌德之所以有如此丰硕的成果，获得如此高的艺术成就，均得益于市民伦理对他的约束。"这种行事伦理，这种'务必完成'的命令在一定程度上必要地纠正了歌德易疲劳、易烦躁、易好奇的天性。"②所以，市民对业绩的看重必然造成他们对持之以恒、锲而不舍的精神的推崇。这其中包含着市民文化对人格塑造的重视：以理性和意志来纠正随意、懒散的行为。市民成员将这种勤奋的品质看作是自身阶层最重要的精神力量。歌德绝不仅仅只是因为其天才的艺术灵感就能获得成功，而是凭借着这种坚定的精神信念才完成了《威廉迈斯特的学习年代》《威廉迈斯特的漫游年代》《浮士德》等鸿篇巨制。而克里斯蒂安身上缺乏的正是对自身性格的塑造以及对工作的专注和毅力。作家以这一艺术家形象展现出艺术家气质与市民理性之间难以调和的冲突。

---

① 托马斯·曼：《布登勃洛克一家》，傅惟慈译，人民文学出版社1962年版，第269页。
② 托马斯·曼：《歌德：市民时代之代表》，廖迅译。黄燎宇等译：《托马斯·曼散文》，人民文学出版社2014年版，第119页。

二、艺术家：身份的错位

在托马斯·曼的笔下，布登家族第四代唯一的传承人汉诺是一个典型的具有艺术家气质的人物形象。因此，布登家族的传承也在这一代终止。作家以病态、懦弱来体现艺术家形象脱离现实、追求唯美的思想倾向，而身体与精神上的双重病症则预示着布登家族的事业面临传承失败的危险，因此，汉诺这一病态人物形象有其深刻的寓意。其一，他与传统市民强健的体魄和积极进取的精神状态相去甚远，预示着布登家族市民性的丧失；其二，病态与艺术家气质之间的关联表明了唯美主义倾向的破坏力。"汉诺的身体一向非常娇嫩。特别是他的牙齿，一直是许多灾病、痛苦的根源。[……]从表面上看，他新长出来的牙跟他母亲的一样，美丽洁白，可实际上它们非常脆弱、不结实，而且生得不整齐，前后交错。"①小说中多次出现对牙齿的描写，虽然它只是人体里一个非常小的器官，但是作家却以它来暗喻人的命运走向。参议托马斯就是被一颗坏牙折腾，为了拔去这颗有四个牙根的牙而备受折磨，最后竟然因此丧命。他的儿子汉诺也是因为遗传而长了一口坏牙，这一情节无疑暗示了母亲盖尔达对布登勃洛克家族市民基因的摧毁。其中，坏牙是艺术家气质的象征。它表面呈现出美丽无比的模样，实际却虚幻而不切实际。如果将对理性和业绩的追求看作是优良的市民基因的话，那么务虚、脆弱敏感的气质则是败坏这一文化的因子。在这一层面上，艺术家气质中忧郁、敏感的一面确实有碍市民的健康发展。作家借用坏牙致死的情节展现了从艺术萌发的唯美主义倾向与现实生活的水火不容。

小说中出现众人为汉诺庆生的场景。一方面，汉诺显现出胆小、怯懦、自闭的性格；另一方面，当开始演奏钢琴曲时，他却专注、富有激情，表现出的演奏技巧令人惊叹。正是因为这一点，汉诺身上不同于普通市民的艺术家气质显露无遗，其敏感、懦弱的性情正意味着布登勃洛克家族发展到第四代已经逐渐走向没落的事实。"而这个孩子他本来是希望使他成为一个真正的布登勃洛克，一个性格坚强、思想实际，对外界的物质、权力有强烈的进取心的人。"②托马斯希望通过教育来矫正汉诺的秉性。他认为："音乐使这个孩子对现实生活陌生，对于他的身体健康没有好处，把他的全部精神活动都吸引去。他那种梦幻的气质有时候不简直成了懦弱无能吗？"③他希望按照自己祖父的样子来塑造汉诺，试图让他做一个"脑筋清楚，乐天，单纯，有风趣，也有毅力"④的人。这些优点正体现了家族第一代身上凸显的健康、积极的市民精神。如果把布登家族初期创业时期男性走南闯北、积极进取的精神看作是传统的市民性的话，那么汉诺病态的生理特征则代表着布登家族发展到第四代

---

①托马斯·曼：《布登勃洛克一家》，傅惟慈译，人民文学出版社1962年版，第512页。
②托马斯·曼：《布登勃洛克一家》，傅惟慈译，人民文学出版社1962年版，第509页。
③托马斯·曼：《布登勃洛克一家》，傅惟慈译，人民文学出版社1962年版，第522页。
④托马斯·曼：《布登勃洛克一家》，傅惟慈译，人民文学出版社1962年版，第522页。

时已经丧失了生命活力和奋斗的意志。进一步说，即是布登家族成员已经走上"非市民化"的道路。汉诺对市民生活的疏离及其寄情于艺术的心态表现出市民身上理性与感性之间的不平衡，艺术作为精神寄托也展现出他对美好事物的向往。但是，他的幻想表现得极为不切实际，病态的身体、脆弱的生活能力完全无法支撑起活跃的精神和充沛的情感，而是显露出唯美主义倾向的苍白和市民生活意志的衰退。

三、风雅气质的讽喻

除了以上两位人物之外，是否商人托马斯就没有丝毫的艺术家倾向呢？其实不然。作家同样将败坏市民性的艺术家气质隐藏于商人托马斯的性格之中。作为家族的继承人，托马斯身上的艺术家气质并非显而易见。作家巧妙地通过他身上自然人性和伦理义务之间的冲突来展现他潜意识中的艺术家气质。

托马斯可以算作是布登勃洛克家族发展到后期唯一可以委以重任的继承人。但是，作家为这位有着雄心壮志的商人安排的情节却让人倍感凄凉。小说中，托马斯日渐虚弱、努力克制痛苦的情绪，并通过扮演市民来维持体面。作家用讽刺的手法让极力维持市民形象的托马斯显得可笑又可悲，因为这一情节的背后隐藏着作家面对市民精神和文化走向衰落时的自嘲情绪。起初，托马斯隐约感受到自己身上附庸风雅的气质，可缺乏正视它的勇气。因此，他并未对此保持警惕。"因为那时他觉得自己性格坚强、不为人所左右，他可以容许自己的这种更风雅的、不同凡俗的趣味表露出来，而不伤害他作为一个市民的聪明才干。"[1]作为一位商人，托马斯懂得如何将市民义务和情感适度地结合。市民是单纯的，因为他们思想单纯、行事直接、不受敏感情绪的影响，拥有埋头苦干、积极进取的精神。这意味着理性和由此发展出的伦理在市民文化中占据着主导地位。然而，这种代代相传的精神信条在托马斯身上却产生了副作用，其原因有二：其一，市民意识中对理性的执着和对艺术家气质的压抑；其二，市民文化的核心概念"教育"与形而上的基督教信仰的亲缘性。

托马斯对自身敏感气质的逃避，对弟弟克里斯蒂安的唾弃，对儿子汉诺的严格管制都表明了他面对自身艺术家苗头的焦虑。但现实的讽刺在于，他越避之不及的事最终愈演愈烈。在此，作家突出描写了托马斯对自己的克制。"这双手在某些时刻，在某些类似痉挛的不自觉的手势中，表达的是一种畏缩的、敏感的、柔懦的和惊惧的自我克制。"[2]这甚至让他多次对自己的市民身份产生了怀疑："他是个实际的商人呢，还是个懦弱的梦幻者？"[3]"托马斯·布登勃洛克究竟是一个有魄力、敢于行动的商人呢，还是一个优柔寡断思虑重重的人呢？"[4]作家以布登勃洛克家族最后一

---

[1] 托马斯·曼：《布登勃洛克一家》，傅惟慈译，人民文学出版社1962年版，第508页。
[2] 托马斯·曼：《布登勃洛克一家》，傅惟慈译，人民文学出版社1962年版，第250页。
[3] 托马斯·曼：《布登勃洛克一家》，傅惟慈译，人民文学出版社1962年版，第471页。
[4] 托马斯·曼：《布登勃洛克一家》，傅惟慈译，人民文学出版社1962年版，第470页。

位商人扮演市民的情节描写来展现布登家族全方位走向败落的现实以及家族成员市民性的衰退。尽管托马斯无力改变公司的命运，但却费尽心机地试图在表面上维持市民形象。他穿戴打扮极其讲究，宁可削减家庭开支和公司运营费用，穿着打补丁的内衣，也要伪装出优雅镇定的模样。他对个人形象的执着早已偏离了市民精神的本质，无非只是为了维持风雅趣味而产生的虚荣心理。

> 由于心灵的贫乏和空虚——空虚得这样厉害，以至于他无时无刻不感到一种模模糊糊，使人透不过气来的恼恨——再加上心中那不能推卸的职责，那不能动摇的决心：在穿戴上一定要不失身份，一定要用一切办法掩盖自己的衰颓现象，要维持体面，这样就使议员的生活变得那么虚假、造作、不自然，使得他在人前的一言一行都成为令人不耐的矫揉造作。①

这一描写表明托马斯身上单纯、积极的活力早已衰退，取而代之的是空虚与脆弱。至此，布登勃洛克家族男性成员所追求的市民理性已经消失殆尽。

除此之外，作家笔下家族男性从单纯市民到艺术家形象的转变也有其思想根源。市民精神之所以逐渐趋于唯美主义，市民人物逐渐显现艺术家气质，与传统教育理念不无关系。教育不仅与学习技能有关，更意味着个人修养的提升，具体来说即按照造物主的完美形象、通过审美活动进行自我完善和人格塑造。所以说市民精神在建立之初就有形而上的思想基础。因此，作为有修养的市民阶级，必然将崇高的精神、风雅的品位作为身份认同的凭证。布登家族成员为何热衷精神境界的提升就不难理解了。而艺术家气质与生活实践的冲突恰恰证明了教育只是一个理想，难以在现实中全面实现。

通过对以上三位男性人物形象的分析可以看出：在布登勃洛克家族发展过程中，男性成员思想上呈现出沉迷于哲学、戏剧、音乐等精神领域的倾向，从而丧失市民理性，失去对世俗生活的兴趣和欲望。具体来说，即艺术家气质导致的市民性的衰退。因此，黄燎宇把布登家族的家族史评价为"以生理退化为代价的精神进化过程"，② 似乎也切入了市民精神气质的内在肌理。托马斯·曼曾谈及创作《布登勃洛克一家》时的心路历程："当我头枕叙事洪流的波涛顺流而下的时候，我才体会到究竟是什么叙事艺术。我才知道自己是谁，我想要什么不想要什么；我要的不是南方文人对美的狂热吹捧，而是北方，伦理，音乐，幽默；我才知道我对生与死的态度。"③他在作品中长期表现艺术家主题，并非简单地出于对无能的艺术家的讽刺和

---

①托马斯·曼：《布登勃洛克一家》，傅惟慈译，人民文学出版社1962年版，第614页。
②黄燎宇：《进化的挽歌与颂歌——评〈布登勃洛克一家〉》，《外国文学》1997年第3期，第64页。
③托马斯·曼：《作为精神生活形式的吕贝克》，黄燎宇译。黄燎宇等译：《托马斯·曼散文》，人民文学出版社2014年版，第75页。

对健康市民的崇拜。他想要摒弃的绝不是艺术本身,恰恰相反,作为传统艺术家,他推崇审美,肯定了艺术在市民文化构建中所起到的重要作用。他之所以执着表现艺术家题材,正是因为他感受到传统审美价值与新时代精神之间的强烈冲突,也力图通过这一主题表现自身对极端思想的反对。无论是艺术与生活、精神与现实,还是理性与非理性,任何一方一旦走向极端,都会造成严重的后果。在此情况下,完美人性这一市民理想更无从谈起。曼通过对布登家族中的艺术家气质的描写,向读者展示了当时市民大众中最为突出的一种思想倾向,即人们逐渐背离世俗生活伦理,转而寻求审美、精神层面的慰藉。这恰恰表现出 19 至 20 世纪之交时期市民传统没落、社会出现了精神与信仰危机的现实。

格里高尔的自我确证

——对《变形记》的另一种解读

西北大学文学院　陈祎满

卡夫卡小说的魅力在于它的神秘性与多解性，它永远都有无限阐释的空间，例如《变形记》。借助格雷马斯矩阵，《变形记》的故事可以简化为，变成甲虫的格里高尔努力想要回归家庭和社会，失败之后孤独地死去。甲虫格里高尔作为一个符号，他在变形后的种种行为，实际上是他寻找确认自我身份的方式。格里高尔葬身于资本主义的无情与冷漠中，但正是他的死亡与他对艺术的审美感知能力恰恰证明了格里高尔作为人的自我意识。因此格里高尔的自我确证在精神意义上是成功的。

在以往的卡夫卡研究中，对于《变形记》的阐释大多是从主题学研究的角度探究格里高尔变形的原因，笔者试图从对文本的研究入手，通过对格里高尔变形后的行为进行分析，以期对作品做出另一种解读。A.J.格雷马斯是结构主义符号学的代表人物，他在对文学作品的叙事性研究中引入符号学方法，建立了一套科学的文本叙事学研究模式。格雷马斯的语义矩阵是对文本进行科学的而不是印象式的分析，以格雷马斯的语义矩阵对内涵丰富且深邃的《变形记》进行解读，挖掘格里高尔变形之后行为的背后动机，不失为一种解读的有效范式。

"行动元模型"和"符号学方阵"是格雷马斯提出的两个重要概念。前者是对普洛普的叙事学理论的继承，普洛普在《民间故事形态学》中总结出民间故事普遍具有的31个固定功能以及7种角色，格雷马斯通过二元对立的模式对此进行简化，建构了一个包括六个行动元的模型，这六个行动元是将文章中出现的所有人物归结为六种角色[1]，即"主体、客体、发者、受者、对手、助者"[2]。后者讨论了文本意义生成的问题，格雷马斯指出探寻文本含义需要通过对文本材料的"逻辑演绎"，"在有意义的现象下找到构成意义的最小单位并指出其作用，以便最终发现意义的基本结构。"[3]格雷马斯认为文本的意义产生于文本间最小单位之间的关系，他们之间的逻辑关系构成了"符号矩阵"，矩阵直接反映出文本中各要素之间的关系，这些关系暗

---

[1] 刘海波：《挣扎在格雷马斯方阵中的祥林嫂——对〈祝福〉的另一种解读》，《暨南大学学报》2001年第5期，第41页。
[2] 朱立元：《当代西方文艺理论》，华东师范大学出版社2014年版，第189页。
[3] 张怡：《从格雷马斯的"符号学方阵"试论小说人物关系分析模型的建立》，《法国研究》2015年第1期，第53页。

含着文本的深层结构。

一、《变形记》中的行动元

格雷马斯指出一个叙事性故事有六个行动元，其两两对立，互相关联，推动了故事情节的发展。最重要的行动元是小说的主体与客体，客体是主体的欲望对象，二者的对立推动了情节的发展。对于客体来讲，它有一个发出者和接受者；在主体追求客体的过程中，往往会有相助者和反对者。故事中基本的行动主体和客体是根据"欲望"衔接起来的，他们之间的对立"生成一系列具体叙事，而其中'欲望'表征的形式便同时是使用的和虚构的追求。"①运用格雷马斯行动元模式对《变形记》中的行动元进行提取，可以做出如下分析。

《变形记》中，具有强烈欲望的甲虫格里高尔是主体，"回归家庭与社会"是客体。在这对关系中，作为主体的甲虫格里高尔是一个符号，这个符号指向的是失去了劳动价值但有自我意识的人。甲虫格里高尔回归家庭和社会，实际上是主体寻求自我确证的过程。变形后的格里高尔虽然具有自我意识，但是虫的外形使他陷入意识的混乱中，他需要通过他者实现自我身份确证。马克思指出人与动物的最大区别在于人以自我意识去认识世界并"以外界对象作为镜子来确证自我"②，甲虫格里高尔作为有自我意识的人，他需要通过外界来确证自我意识的存在，这是一个动态过程，"个体需要不断地通过在外部世界中打上自我的烙印来自我确证。"③甲虫格里高尔不断通过讨好、体谅家人的方式，来获得家庭和社会对自己的认同，以确证自己的身份，直至肉体的消亡。这个动态的过程推动了小说情节的发展，可以说《变形记》实际上讲述的是一个失去劳动价值的人进行自我确证的故事。

其次，格里高尔的自我意识是作为主体的发送者存在的，他的自我意识集中表现在他所坚信的亲情、责任与道义中。格里高尔最后的死亡，是因为他所坚信的一切破灭了，他的努力不被理解和接受，他清醒地认识到自己对于这个家庭来说是一个拖累和废物，他的自我意识受到了毁灭性的打击，最终只能走向肉体的死亡。小说中的接受者是由作为人的格里高尔承担，作为人的格里高尔需要认可以确认自己的身份。

最后，叙事还存在辅助者与反对者。辅助者在故事中起到帮助主人公的作用，而反对者则是在故事中起到阻止主人公实现欲望的作用。甲虫格里高尔回归家庭与社会遇到的反对者有两类：其一是变形的身体，甲虫的外形使他无法和家人吃同一

---

① A. J. 格雷马斯：《结构语义学》，吴泓缈译，生活·读书·新知三联书店1999年版，第252页。

② 马翔：《人性的"自然"之镜——19世纪末西方文学的文化反思》，华中科技大学博士论文2016年，第57页。

③ 马翔：《人性的"自然"之镜——19世纪末西方文学的文化反思》，华中科技大学博士论文2016年，第124页。

种食物，无法正常沟通、工作，无法融入人类的生活，甚至连血液的颜色也不一样……这些都阻碍了他回归家庭与社会；其二是格里高尔的家人，家人在他变形后期下决心要抛弃他。小说中的辅助者是格里高尔狭小的房间窗户以及格里高尔对艺术的审美感知，这些都确证他身上人性的存在。

格里高尔虽然变形成了虫，但他依旧具有人的意识，对艺术有着"人"而非"虫"的审美感受，并且一直保持着作为人的生活习惯。但是，格里高尔因为家人的厌恶与自己异样的外形陷入了认知的混乱中，所以他需要通过外界对他的身份进行确证，他不断讨好家人以期得到认可，直至生命的最后一刻，这是整个文本的叙事中心。格雷马斯的六个行动元模型帮助我们构建了小说的情节结构，这是对文本深入分析的基础。

二、《变形记》中的符号矩阵

厘清文本的情节结构是研究的起点，根据格雷马斯的"符号矩阵"对其中各要素之间的关系进行分析，才能进一步实现对文本的理解。格雷马斯"符号矩阵"模型旨在"解决意义的构成方式这一重大问题，故而在学术上有着极广泛的适用性（例如，叙事分析、文化批评等）"[①]。"符号矩阵"以语义分析为主，将叙事故事中的各个要素整合，作为叙事中的重要符号，再以二元对立的方式探究各符号间的关系及意义的细微构成，正如杰姆逊指出："在结构主义语言学中，意义只有通过二项对立才能存在。"[②]

格雷马斯认为叙事文本中的关系可以用四种关系涵盖，例如设立一个 X 项，一定有一个对立的反 X 项，反 X 是对 X 的绝对否定，除此之外，还有与 X 矛盾，但是不是对立的，那就是非 X，也有与反 X 项不对立但矛盾的非反 X 项。这种关系如下图的矩形方阵所示：

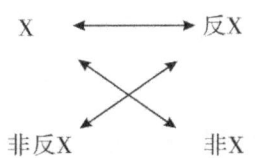

```
      X  ←——→  反X
         ╲  ╱
         ╱  ╲
    非反X      非X
```

这四要素的充分展开就是故事的完整叙述，而文本的意义就在上述功能项间的关系及变体中产生。通过对《变形记》进行格雷马斯矩阵模式分析，为文本中的各个要素建立模型，可以明确各要素之间的关系。基于上一节中对小说行动元的总结，我们对其进行归纳简化可以得到如下"符号矩阵"：

[①] 张怡：《从格雷马斯的"符号学方阵"试论小说人物关系分析模型的建立》，《法国研究》2015 年第 1 期，第 52 页。

[②] 杰姆逊：《后现代主义与文化理论》，陕西师范大学出版社 1987 年版，第 94 页。

```
       甲虫格里高尔  ←————→  人类社会


    格里高尔的房间、画像、琴声        其他人
```

在这一方阵中，甲虫格里高尔与人类社会之间是对立关系，作为甲虫的格里高尔无法进入人类社会。甲虫格里高尔与其他人之间是矛盾的关系，这里的其他人指的是小说中除格里高尔以外的人，包括家人和非家人。格里高尔的房间、画像与琴声作为人的对象化存在，是确认格里高尔人性重要的外在表现物，它们与人类社会呈现出矛盾的关系。格雷马斯的"符号矩阵"作为一种抽象的结构模式，其目的是使文本中各符号间的关系以一种清晰的方式呈现出来，以便对文本的内涵进行进一步的探究，以下将对各要素之间的关系进行梳理。

1. 甲虫格里高尔与社会

在《变形记》中格里高尔变形后的生活是主要情节，格里高尔从未思考自己的存在状态而是担心家人，正像奥地利评论家瓦尔特·索克尔所说的那样："每一个读《变形记》的人都会颇感惊讶格里高尔醒来发现自己变成了甲虫以后，脑子里考虑的主要是他的差事，而不是他遭遇到的厄运本身。"[1]小说重点描写了他变成甲虫之后的行动，文本呈现的是格里高尔自我确证的过程，正像拉康所说的："自我的结构告诉我们，自我从来就不完全是主体，从本质上说，主体与他人有关。"[2]"他需要通过把我与社会结构联系在一起，并且给予我一种统一的目的感和身份感。"[3]家庭与公司，是个体的人与社会发生关系的重要组织，它们象征了整个社会，人只有通过建构自我和他人以及自我和社会结构之间的关系来确认身份。格里高尔通过讨好获得他者的认可却屡屡失败，他作为一个人的身份必须被纳入社会中才能被认可，但变成甲虫之后，他难以进入家庭与社会，无法实现自我确认。

2. 甲虫格里高尔与其他人

甲虫格里高尔与其他人之间的关系是复杂的，依据这些人与格里高尔的关系可将其分为家人与外人两类，家人是妹妹、父亲和母亲，代表格里高尔与家庭的关系；外人是秘书主任、房客，以及老妈子，代表社会与格里高尔的关系。外人对格里高尔是排斥的，秘书主任被吓跑，房客认为与他住在一个房子里是非常糟糕的事情，老妈子则以"老屎壳郎"来称呼他。外人作为代表社会的符号，象征格里高尔的自我确证之路充满阻碍。格里高尔与家人之间的关系相对比较复杂，根据他们的关系可

---

[1] 瓦尔特·H. 索克尔：《反抗与惩罚——析卡夫卡的〈变形记〉》；叶廷芳编：《论卡夫卡》，中国社会科学出版社1988年版，第241页。

[2] 杜声锋：《拉康的结构主义精神分析学》，生活·读书·新知三联书店1988年版，第149页。

[3] 特里·伊格尔顿：《二十世纪西方文学理论》，北京大学出版社2018年版，第186页。

以构建如下的"语义矩阵":

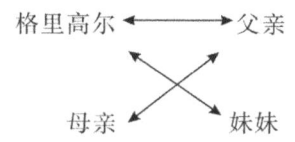

```
格里高尔 ←——→ 父亲
        ╳
  母亲 ←——→ 妹妹
```

在这个矩阵中,变成虫的格里高尔与父亲间是对立关系。甲虫格里高尔每次与父亲见面,都会受到身体上的伤害,第一次见面时,父亲将卡在门框的格里高尔用力推进房间,导致他"血流如注"①。第二次见面时,父亲拿苹果炮轰他,导致一只苹果陷进他的后背,他的身体因此遭到重创。父亲是暴行的实施者,他不加掩饰地伤害格里高尔的身体,是阻碍他回归家庭的主要力量。

甲虫格里高尔和母亲之间的关系是矛盾的。刚开始母亲对于甲虫格里高尔还有着母亲对儿子的亲情,但被吓晕两次后,她的态度发生了转变,同意了妹妹提出的摆脱格里高尔的想法,并露出了一种"癫狂的眼神"②,小说的最后母亲看到格里高尔的尸体时露出了"忧郁的笑容"③。母亲一直在"我可怜的儿子得了奇怪的病"与"这是一只可怕的虫子"间徘徊,这种矛盾心理将母亲推向了癫狂的境界。甲虫格里高尔与妹妹间的关系也很矛盾,刚开始妹妹愿意照顾哥哥,细心寻找他的饮食偏好,观察他的生活习惯,但在妹妹工作后繁重的工作使她没有多余的精力再来照顾格里高尔,她不愿既要出去做繁重的工作,又要回来后照顾这个给他们带来不幸的人,所以妹妹坚决要求摆脱这只甲虫。

实际上无论是家人还是外人,最终对格里高尔都是一种排斥的态度,他们拒绝接受他的存在,这表明格里高尔在现实中的自我确证之路最终走向失败。小说的最后通过房客和老妈子以及家人审视的视角,宣布了格里高尔肉体的死亡:"他们在这间如今已完全明亮的房间围住格里高尔的尸体站着"④。格里高尔对家人的脉脉温情与家人对他的冷漠形成了鲜明对比,他的自我确证之路本就因社会的排斥充满了困难,而本应是温柔港湾的家庭也在最后集体选择抛弃他,看不到任何希望的格里高尔最终只能在自己的房间中,带着对家人的歉意和对社会的失望孤独离世。

3. 格里高尔的房间、画像与琴声

格里高尔的房间、画像与妹妹的小提琴声,是整个故事中可以确认格里高尔具有自我意识的符号。格里高尔常常在狭小的房间中独自思考,他不断质疑自己是谁,

---

① 卡夫卡:《卡夫卡全集》第 1 卷,叶廷芳主编,洪天富、叶廷芳译,中央编译出版社 2015 年版,第 122 页。
② 卡夫卡:《卡夫卡全集》第 1 卷,叶廷芳主编,洪天富、叶廷芳译,中央编译出版社 2015 年版,第 149 页。
③ 卡夫卡:《卡夫卡全集》第 1 卷,叶廷芳主编,洪天富、叶廷芳译,中央编译出版社 2015 年版,第 153 页。
④ 卡夫卡:《卡夫卡全集》第 1 卷,叶廷芳主编,洪天富、叶廷芳译,中央编译出版社 2015 年版,第 153 页。

以及怎么办的问题，他常"不辞辛劳将一把椅子推到窗口，然后爬到窗台上，把背顶住椅子，靠在窗户上，显然是企图回忆从前临窗远眺时的那种舒畅感。"①这正是他以前的放松方式，正像纳博科夫所说的："格里高尔爬向窗子的欲望是一种对人的经历的回忆。"②格里高尔唯有在自己的房间里，才有喘息的机会，他可以在这里享受自己喜欢的食物，在房间内静静听着雨滴敲打在铁皮窗子上的声音。在房间里格里高尔是自由的人，他可以自由地爬行，延续以前的喜好。

　　格里高尔房间墙壁上的画，也是他进行自我确证的重要符号。当妹妹搬走他房间的家具时，"母亲的声音使他想起他人的身份"③，他意识到自己不能忘记人性，他意识到他需要一间充满家具的房间而不是空无一物的动物巢穴，而"艺术品能成为人的纯粹反映和表达"④，作为能够表达格里高尔艺术气息的符号，这幅"穿身毛皮衣服的女士"⑤的画像被他拼命保留下来。这幅画是对格里高尔并未沉沦为动物的强调，他有自我意识，懂得欣赏并且也需要美与艺术。

　　妹妹的小提琴声，也是极具象征性的符号。格里高尔对妹妹琴声的痴迷也再次确认了他对艺术的审美感知能力。妹妹拉琴时只有格里高尔被琴声吸引，他爬出房间顺着琴声来到起居室。他对这场音乐会的欣赏以被房客们发现而打断，小说的叙述者在此提出了疑问："既然音乐如此打动他的心，那么他是一头动物吗？"⑥艺术作为人的本质力量的对象化，是人区别于动物的重要特征，变形后的格里高尔对琴声的欣赏，恰恰证明了他具有艺术审美感知能力。因此，妹妹的小提琴声作为一个符号，象征着甲虫格里高尔的审美意识与自我意识，确证了他作为人的身份。

三、《变形记》的深层内涵

　　借助格雷马斯的符号叙事学理论，可以看到《变形记》讨论了资本主义社会中人寻求自我确证的过程。格里高尔在变成甲虫后，他的身份变得不明确。变形后的格里高尔具有自我意识，但他日常行为的改变又常使其陷入含混的境界，他既有像动物一样对腐烂食物的偏好，又有对象征人类智慧的艺术和美的追求。因此他需要通过他者来确认自己的身份，于是变成虫的格里高尔想得到认可重回家庭和社会以确

---

①卡夫卡：《卡夫卡全集》第 1 卷，叶廷芳主编，洪天富、叶廷芳译，中央编译出版社 2015 年版，第 130 页。

②纳博科夫：《文学讲稿》，申慧辉译，上海译文出版社 2018 年版，第 300 页。

③纳博科夫：《文学讲稿》，申慧辉译，上海译文出版社 2018 年版，第 303 页。

④Simmel, Georg, *Philosophy of Money* (3rd enlarged edition), Tom Bottomore and David Frisby, trans., David Frisby, ed., London: Routledge, 2004, p.459.

⑤卡夫卡：《卡夫卡全集》第 1 卷，叶廷芳主编，洪天富、叶廷芳译，中央编译出版社 2015 年版，第 135 页。

⑥卡夫卡：《卡夫卡全集》第 1 卷，叶廷芳主编，洪天富、叶廷芳译，中央编译出版社 2015 年版，第 147 页。

认自己的身份。

在《变形记》中，甲虫格里高尔作为一个符号，代表现代社会中丧失了劳动价值的人。在资本主义物化世界中，每个人的身份是由生产能力决定的。对公司来讲，为公司创造利益才能成为公司员工，秘书主任来催格里高尔上班时就提到他的装病拖延就是在浪费公司资源。对家庭来说，要为家庭做贡献才能被接纳，格里高尔之前是家里的经济支柱，他的变形使家庭失去了经济来源，打破了家人生活的平衡状态，家人的态度也就发生了改变。格里高尔无法实现自我确证的根源在于他失去了生产能力和生产价值，作为一个变形的人，他无法带来价值，所以人们不需要、不接受、不愿意照顾他，他最终只能孤独地死去。卡夫卡借此批判了资本主义社会的罪恶，即"将人的行为视为是一种仅与资本主义物质生产相关的行为"①。在物化的社会中，唯有生产力与生产关系才能决定人的价值，因此格里高尔的家人拒绝承认他作为人的存在。资本主义现代社会打着人道主义的口号建立，但实际上人走向了非人，社会由技术与资本主导，占有生产资料的多少决定了人的价值与生存的意义，这导致了现代人生活的孤独与人际关系的冷漠。社会和人都变成单向度的，人只能顺着社会发展的既定模式去安排自己的行动，没有办法对自己的行为进行反思。小说中的家人与秘书主任、房客、老妈子都是典型代表，而一旦人与社会既定的规范模式不一样的时候，就会成为被抛弃的对象。这是甲虫格里高尔被抛弃的根本原因，也是卡夫卡对资本主义社会对人的异化的深刻揭示。

正因甲虫格里高尔和被物化的非人不同，才证明了他是一个具有反思精神、自我意识的真正的人，小说通过独立的空间、艺术品以及琴声，反复确认这一点。变成甲虫的格里高尔具有人的特质，他会说话、会吃饭、有思想、关心家人、热爱家人，甚至热爱艺术，而反观故事中的其他人，负恩、嫌弃、暴力、重视利益，他们在资本主义意识形态的支配下丧失了作为一个独立自由的人的自我意识，成为马尔库塞所说的"在极权社会下丧失否定、批判和超越能力的人，不再有能力去想象与现实生活不同的另一种生活的单向度的人"②，他们没有自我意识，完全被市场和消费法则支配。小说的最后，追求亲情和具有自我意识的格里高尔孤独地死去，而追求利益的家人们在摆脱了格里高尔这个大麻烦之后愉快地出游。格里高尔作为这个社会中唯一未被异化的人，却被社会所抛弃和否定，卡夫卡以悖谬式的手段拷问了资本主义社会中的人性与自我意识，揭露出资本主义社会的非人真相，即对工具以及功利主义的极端推崇导致社会的冷漠无情与荒诞。

格里高尔的死是因为他无法获得身份认同，他不想当动物，但是他无法被接受，所以只能走向死亡。但这死亡恰恰再一次证明了格里高尔是有自我意识的人，他没有像动物一样苟延残喘地活下去，而是为了给家庭减轻负担选择孤独地死去，这正

---

①赵一凡主编：《西方文论关键词》，外语教学与研究出版社2006年版，第238页。
②赫伯特·马尔库塞：《单向度的人》，刘继译，上海译文出版社1989年版，第2页。

是作为有自我意识的人的行为。因此，甲虫格里高尔之死，实质是格里高尔完成了精神上自我身份确证的象征。最开始格里高尔试图通过别人的认可与理解来进行自我身份确证，结果以肉体的消亡宣告失败。即使格里高尔深陷怪物的躯壳中却依然担忧家人的生活状况，在这个物化的世界中，只有格里高尔保存着人与人之间的脉脉温情。格里高尔在最终意识到自己对于家人是一个拖累的时候，他没有考虑自己，没有去设想自己以后可能会重新变回人这件事，为了家人能够活得轻松选择了死去。格里高尔一直在为家人奉献，所以他最后选择死亡，这恰恰确认了他是一个有情感和自我意识的人。

因此，格里高尔的自我确证在精神意义上是成功的，正如海明威在《老人与海》中提到的："一个人可以被毁灭，但不能给打败。"[①]卡夫卡以悖谬的方式揭示了格里高尔自我确证时面临的矛盾，一方面他因社会的冷漠导致肉体的消亡；另一方面，他作为人的自我意识通过死亡得到了确证。小说揭示出现代社会中的人在进行自我身份确证时所面临的无力感，在现代社会中，人只能像动物一样任人摆布，格里高尔正是在面向这种无力感而努力，积极寻找生命的价值。卡夫卡在揭示现实社会异化的同时，也对人的善良本性给予希望，他把对异化世界中人的拯救投向精神领域，认为艺术审美体验可以帮助人实现自我身份认同。

格雷马斯的语义矩阵为我们提供了一个使文本关系更清晰、更明确的方式，但一切对于文本理解的尝试，其实质都是读者的个人经验与文本的视域融合，每一种对文本的阐释都出自对卡夫卡的理解，这也是对文本存在方式的丰富。

[①]海明威：《老人与海》，吴劳译，上海译文出版社2009年版，第99页。

古泽尔·雅辛娜小说《我的孩子们》共同体探析

北京外国语大学　段晓曼

　　《我的孩子们》(2018)是俄罗斯当代知名女作家古泽尔·雅辛娜出版的第二部长篇小说，在2019年度"大书奖"中荣获第三名。雅辛娜在小说中围绕主人公巴赫叙述了20世纪上半期伏尔加河中下游德裔族群聚居区"格纳津达利"(Гнаденталь①)在历史洪流中的命运。在这部糅合了多种语言、民间口头创作元素、魔幻元素的小说中，作家塑造了聚居区传统共同体、具有乌托邦性质的庄园共同体，并在共同体的解构中探寻建构新共同体的要素：对爱的坚守与传承。

　　古泽尔·沙米列夫娜·雅辛娜(Гузель Шамилевна Яхина, 1977—)是俄罗斯当代知名女作家，2015年以长篇处女作《祖烈伊哈睁开了眼睛》荣获俄罗斯年度"大书奖""亚斯纳亚波良纳"奖和"年度最佳小说"奖，并蜚声俄罗斯国内外。2017年，该小说的汉译本问世并被我国文学界列入"21世纪年度最佳外国小说"，至今已被译成超过30种语言。第二部长篇小说《我的孩子们》(Дети мои)作家历时两年完成，并在2018年5月出版后引起文学评论界和大众读者的广泛关注，被定为俄罗斯国家电视台"全民听写"素材，且当选俄罗斯2018"年度图书"，又于2019年度"大书奖"中荣获第三名。小说的汉译本也已问世。这足以从某个侧面证明雅辛娜创作的文学价值。自问世至今，《我的孩子们》由最初的评论客体变为专门的研究对象，学界的关注从面的解读转向点的剖析，且多集中于作品中出现的民间口头创作、时空特点、主题等，而小说因其宏大视野和深刻内涵对研究者来说还存在很大的挖掘空间。

　　小说《我的孩子们》聚焦1917—1941年间伏尔加河中下游地区的德裔族群，围绕主人公巴赫(Бах)叙述了这一群体在复杂历史变革背景下的生活和命运。尽管小说在情节上涉及诸如革命、饥荒、反法西斯主义的德国行动等悲惨的历史事件，小说人物也大都从活着走向了惨淡的死亡，但与残酷色调鲜明对立的是小说中出现的各种形式的爱，因此读者是带着希望完成阅读的。雅辛娜的家乡正是位于伏尔加河左岸的喀山，她曾留学德国，担任过德语教师，她是怀着对家乡、对俄罗斯母亲河、对德语和德国文化以及对祖国的爱来书写这群人、这段历史乃至整个人类的，小说体现了作家强烈的人文关怀和人道主义精神。本文作者基于对小说原文的深入细读认为，在对伏尔加河左岸德裔聚居区格纳津达利和右岸庄园时空体的构建中，在不

---

① 从德语翻译而来，意为 благодатная долина(幸福谷)。

同人物关系的对比中都体现了作家的共同体意识。在不同共同体的建构、解构中，作家暗示了构建共同体的关键因素——爱。

据学界考证，"共同体"一词起源于14世纪，在18世纪得到空前发展，从黑格尔(G. W. F. Hegel)、马克思(K. H. Marx)、到滕尼斯(F. Tonnies)、威廉斯(R. Williams)等形成了主张有机共同体的一脉。有机共同体与机械聚合体相对立，揭示了共同体内部各成员之间相互理解、团结的有机共存。中国学者朱平从众多国内外学者对共同体的定义中总结出共同体的两个核心要素：情感和共识①。共同体是一个不断发展的多义性概念，即便在众多支持共同体有机属性的学者中，侧重点也多有不同，从社会学、哲学、文化符号学等角度均有基于有机共同体的不同阐述，甚至随着解构主义思潮出现了对共同体概念本身的消解。② 小说《我的孩子们》中，雅辛娜塑造了传统的聚居区共同体、乌托邦性质的庄园共同体，展现了其解构过程，以及建构新共同体的希望和意图。

一、传统共同体：德裔族群聚居区

滕尼斯在其专著《共同体与社会》中界定了历史悠久的传统共同体，强调共同体成员间共同的历史文化记忆与平等和睦关系。小说的一个重要时空是德裔族群聚居区格纳津达利，在作品的前半部分聚居区呈现传统共同体的基本模式：小村社，居民间有较高程度的相互理解，有自己的经济方式、文化习俗，共同经营学校、耕地，共同建造，生活自给自足、安居乐业，在保持高度稳定性的同时消息闭塞，与外界只维持少数必要的联系。

聚居区里学校、教堂、码头、村长、教师、牧师、画家、磨坊主等一应俱全。居民们非常看重自己喂养的家畜、耕种的土地，每天按时祷告，严格过宗教节日，逢春修整装饰家舍，用不同的名字区分场所，如"猪洞(Свиные дыры)"是取造砖用黏土的地方，"三牛沟(байрак Трёх волов)"是牲畜的墓地，这些名字一方面说明他们与自然、家畜之间的紧密联系，生活方式根深蒂固于日常思维中，形成一种族群文化；另一方面也凸显了他们对家畜，即生活的满足和热爱。他们对传统生活方式信仰般的坚守还体现在很多方面，例如一些居民会将家畜牵到伏尔加河边饮水，而不是喂给它们过夜的雪水，他们扎根于伏尔加河左岸平原的这一小片区域，从来不敢想象到河对岸去。

在对语言的使用上也深刻反映德裔聚居区传统共同体成员间相似而稳固的共识。小说中有这样一个细节：自18世纪中叶迁至伏尔加河到20世纪初期，在格纳津达利能搜集到的俄语词汇还不到100个，而这足够居民们与外界沟通。很多人物的姓氏均为典型的德国姓氏：巴赫、格林、霍夫曼等。小说中对聚居区居民重要的教堂

---

① 朱平：《石黑一雄小说的共同体研究》，河南大学出版社2017年版，第31页。
② 参见殷企平：《西方文论关键词：共同体》，《外国文学》2016年第2期，第71页。

和学校均以德语词源的俄语代替：кирха、шульгауз 等，足见这一族群在日常运作上区别于他者的系统完整性。居民之间彼此熟悉，并共同对外来人有清晰的界限感。当巴赫发现有陌生人出现在窗外时，他产生了警惕和不祥的预感，小说中一系列具有魔幻性质的细节揭示了主人公的内心变化：枕头上的黑影、打不开的窗框，以及人脸形状的云朵等：

> Бах случайно посмотрел вверх и заметил в небе облако, имевшее явственные очертания человеческого лица——определенно женского. Лицо надуло щеки, сложило губы трубочкой, прикрыло томно глаза и истаяло в вышине. Позже, водя кистью по деревянным подоконникам, услышал меканье пробегающей мимо козы——животное вопило так истово, словно предчувствовало что-то страшное. Повернул голову: вовсе не коза то была, а дородная пятнистая свинья, да еще и без одного уха, да еще и с такой омерзительной гримасой на рыле, каких Бах в жизни не видывал.①
> （巴赫偶然向上看了看，发现空中有一朵云，它呈现人的清晰轮廓——这无疑是女人的脸。面颊鼓起，嘴唇搓成小筒，双眼慵懒地轻闭着，消失在高处。后来，他用刷子刷木窗台时听到一只从旁跑过的山羊在叫——它如此尖叫，像预感到什么可怕的事。他转头一看：完全不是山羊，而是一头健硕的、带斑点的猪，而且连一只耳朵也没有，而且还带着巴赫生活中从未见过的那种令人作呕的怪相嘴脸。②）

聚居区的居民们虽然认为教师巴赫的举止怪异，例如他喜欢躺在暴雨中，但他们理解包容这个"受过教育的人"。而当17岁的克拉拉（Клара）从右岸来找32岁的巴赫时，居民们之间展开了对这一陌生姑娘的争论，流言四起，甚至出现暴力情绪，最终巴赫不得不追随克拉拉回到右岸的庄园：

> ——Выслать обоих! Выставить на волжский лед, с вещами, ——и пусть чапают куда хотят! Хоть в соседнюю колонию, а хоть в саму Бразилию! （"把他们两个赶走！连着什物一起放在伏尔加河的冰上，——让他们想待哪儿就去哪儿吧！管他去隔壁聚居区，还是去巴西！"）
> ——Где мне вам в середине зимы нового шульмейстера взять?! ——староста Дитрих. ——Бах, пока один жил, дело свое знал……И детей пусть учит! А что с придурью в котелке-так это ничего. Немного дерьма-то не

---

① Яхина. Г. Дети мои. М：*Издательство АСТ*, 2018. С. 28.
② 译文均为作者试译。

помешает！("大冬天的我上哪儿弄一个新教师？"——村长迪特里赫说。——"让巴赫还一个人住，他清楚自己的事……还让他教孩子上课！有点怪癖——这没什么。掺点大粪不妨事①！")

Порешили：просить пастора Генделя взять на себя преподавание в школе до Рождества, а заблудшего шульмейстера в последний раз призвать одуматься, вернуться в лоно общины, девицу Клару добровольно передать в руки церкви……②（决定了：请牧师根德尔在圣诞节前接管学校的教学，最后一次鼓励迷失的教师醒悟，回到社区的怀抱，让他自愿把克拉拉转交给教会……）

可以看到外来人员就像石子可以瞬间震动聚居区整个原本平静的水面，在看到身份和宗教证明前，居民们显然很难包容理解聚居区以外的人，有明确的自己与他者的界限。区里来了一个陌生人，这对他们来说就是需要集体讨论的大事。他们自愿听从村长的安排，并对集体的生活经验坚信不疑。而居民中的暴力情绪也预示着在外力达到一定强度时聚居区将面临解体、重建。这种由代代聚居区成员自发形成的高度稳定的共同体在新形势下的一系列变故中遭遇层层瓦解，在巴赫书写的故事中被记录、复原。一劳永逸、一成不变的共同体是不存在的，聚居区在历史洪流中解散后，作家显然提出了更重要的问题——重建共同体。

二、乌托邦共同体：庄园

位于伏尔加河右岸的庄园更像是一个童话王国。乌多·格林（Удо Гримм）是硕大庄园的主人，被刻画成威严的国王形象，女儿克拉拉则在缺少父亲关怀中形成胆小、腼腆的性格。与左岸的格纳津达利相比，庄园地处山林深处，在地理上有很强的隐秘性，并且这里的生活更原始，不存在任何教学，克拉拉只是从奶妈吉尔达（Тильда）那里听说了很多原汁原味的民间故事。若干吉尔吉斯仆人打猎、捕鱼、养殖、种植，各司其职。吉尔达则以高超的纺纱技能负责提供精美的衣物服饰。庄园里的食物充足，仓库工具等设施齐备，物质丰盈到难以置信的程度，具有某种虚幻性：

Хутор, в котором репетиторствует Бах, находится как раз-таки на правом берегу-в ирреальном мире.③（巴赫任家教的庄园正好在右岸一个

---

①居民在用黏土制造砖块时有人为娱乐故意掺进牛粪，结果发现砖块更结实了，从此便有了这句俗语。
②Яхина. Г. Дети мои. М：Издательство АСТ, 2018. С. 83.
③Демидов Олег. Роман-пазл：как сделан романы 《Дети мои》Гузели Яхиной// Перемены.

虚幻的世界里。)

作家通过很多细节凸显庄园的虚幻性。如格林一人享受整桌菜肴时那硕大的身躯、响亮的咀嚼声、用手代替餐具吃饭，一系列比喻形象地烘托出庄园在物质上王国般的富有，格林国王般的日常：格林剃光的头像抹着蛋黄在炉子上变红的面包，富态的脸颊像切成厚片的火腿，眼睛像饮料中的浆果，手指像粗粗的小灌肠，胡须像白菜。再如巴赫在庄园周围神秘的迷路，巴赫教授克拉拉知识时中间必须隔着屏风。

1917年底格林与吉尔达离开庄园开启返德之旅后，巴赫和克拉拉住进庄园，此后又发生了安娜(Анче)的出生、克拉拉的离世、流浪儿瓦夏(Вася)的融入等。更换了主人后的庄园与左岸以及"大世界"之间的区别更加明显。在左岸及"大世界"饥饿、死亡、混乱不断的同时，庄园里却总有吃不完的食物，几乎完全脱离了动乱的历史时间，缓慢地流动着世外桃源般的宁静生活。人物之间的关系也赋予庄园非现实的童话性质。克拉拉去世后，巴赫把她的躯体保存在冰窖里，像对待长眠的白雪公主一样照顾她。

格林在庄园居住时，维系各成员的主要是他的威严、主仆关系，巴赫到来之后庄园里人之间的亲情、爱情超越了物质的富足，情感成为维系人物关系的重要媒介，小说中甚至直接将情感具体化为绳子：

> Открыл Васька глаза. Сел в темноте. И видит: тянутся из его тела веревки во все стороны—прозрачные, едва заметные в ночи—крепкие витые веревки наподобие корабельных канатов. Самые толстые—к спальням Старика с Девчонкой, потоньше—к ящику диковинному на комоде, к другим вещам в доме. А сам Васька посреди этих веревок—будто муха в паутине.①(瓦西卡睁开眼睛。在黑暗里坐起来。他看见，绳子从他身上向四面八方伸展——透明的，黑夜里勉强能看得见——像船索一样结实的螺旋绳。最粗的绳索——连着老人和小女孩的卧室，细点的绳子——连着抽屉里稀奇的箱子，以及屋子里的其他东西。瓦西卡自己在这些绳子中间——就像一只网里的苍蝇。)

爱使巴赫产生失去亲人的恐惧，在爱与控制、包容之间长久进行内在的自我斗争。不知不觉间萌生的爱也让习惯流浪的瓦夏感到束缚。但最终瓦夏在爱与自由间选择了前者，真正融入庄园之家。作家在塑造庄园这一具有乌托邦性质的共同体时，也暗示了它的不可实现性、不彻底性、暂时性，强调它不可能脱离具体的历史大背

---

① Яхина. Г. Дети мои. М: Издательство ACT, 2018. C. 375.

景而孤立存在。尽管地处隐秘，庄园没能彻底脱离"大世界"：三个匪徒意外闯入、安娜婴儿时需要外界的羊奶、瓦夏的到来，以及安娜和瓦夏被带到波克罗夫斯克的孤儿院、巴赫最终被捕。并且庄园同样经历了类似于格纳津达利的由安居乐业到人散落寞的命运。不同的是，巴赫来得及在被捕前将衰败的庄园改建成幼儿园，将一切有用的东西都留给未来的孩子们，这预示着庄园乌托邦的彻底瓦解，它将彻底暴露于"大世界"，也预示着新的共同体的形成。毕竟，庄园里的人——巴赫、安娜、瓦夏是带着爱离开庄园投入"大世界"的。

三、共同体的解构：情感和共识的消亡

上文提到，格纳津达利作为一个典型的传统共同体，其成员之间存在差异性和矛盾的同时有着高度的共识。他们都追求秩序和审美，街道常常平阔如优质的呢绒，镂空雕花窗板定期被漆成鲜艳的颜色，聚居区里到处一片祥和氛围。然而在遭遇一定程度的外力时，这种共同体的稳定性也会动摇，人之间的差异性会强过共识，共同体本身的矛盾就会凸显，加之新的价值理念介入，原本的共同体将难以摆脱解构的命运。若适逢动荡年代，这种共同体则会被瞬间瓦解。小说中最让人不忍卒读的部分便是格纳津达利作为共同体遭遇解构的章节。而作家的人类共同体意识和人文关怀在这里也体现得最为直接。

小说透过巴赫的视角描写了格纳津达利前后对比鲜明的变化。战后几年里聚居区一片狼藉、贫穷，房屋破败，田园荒芜，畜栏空空。原本和睦的族群之间开始发生冲突，如鼓手被打伤手臂致残，其父高斯（Гаусс）因此摔倒、瘫痪。如针对霍夫曼的暴动：以铁匠本茨（Бенц）为首的居民们一起将霍夫曼逼入伏尔加河。居民之间的共同维系岌岌可危，如牧师受到霍夫曼驱逐时由于居民们的保护而得以留在聚居区，居民们对宗教的虔诚在此得以体现；而后来为处死霍夫曼，他们竟烧掉了教堂；原村长迪特里赫也无法再像以往一样能够平息他们的愤怒。有的居民甚至杀死自己的牲畜、逃离聚居区。安静定居抑或奔赴远方，德裔族群追求的本质其实都是幸福的共同体生活。值得指出的是，小说这部分的情节有高度的神秘性，作家将传统的民间童话故事，如《鼓手》《十二个猎人》《三个纺纱女》《无手的姑娘》《机灵的汉斯》《金发姑娘》《哈梅林的吹笛手》等，与格纳津达利的现实进展糅合起来，制造了童话故事与现实的一系列名不副实的神秘巧合，以此隐喻丑恶肆虐的现实生活童话。

在反纳粹主义的德国行动期间，一些居民变成了老鼠一样的人，畏缩、谨小慎微：

> Лица одних вытянулись и заострились, рты подобрались и поджались под носы, а носы выдвинулись вперед и приобрели привычку постоянно принюхиваться. Глазки уменьшились и сделались быстры, уши выросли;

тела, кажется, стали меньше ростом, ручки укоротились и прижались к груди.① （一些人的脸拉长、变得尖利，嘴巴在鼻子下面缩成一团，而鼻子向前伸出，习惯性地东闻西嗅。眼睛缩小了，快速地忽闪，耳朵拉得很长；身高似乎变矮了，双臂缩短，紧贴在胸前。）

另一些居民则变成鱼一样的人，选择完全沉默不语，处于恐惧之中：

……глаза-округлились и выпучились до уродливости; а рты сжались в тонкую, почти неприметную складку с низко опущенными уголками—губы никогда не открывались, а у некоторых, возможно, уже срослись и затянулись кожей.② （……眼睛变得滚圆、丑陋；而嘴巴缩成一个细长的、几乎难以察觉的褶皱，带着向下低垂的角——嘴唇从来没有打开过，而一些人的嘴可能已经长在一起，被皮肤遮蔽起来。）

作为聚居区灵魂的居民之间失去了情感和共识的维系，格纳津达利作为共同体其实成了一具空壳。在小说的尾声部分这一共同体彻底不复存在——所有居民均被遣散至哈萨克斯坦共和国。作家全方位展现了共同体解构的过程，原有共同体意识与新理念之间的矛盾体现为聚居区不断发生的冲突。在这种矛盾冲突中，必然有旧的共同体瓦解，也会有新的共同体生成。而作家的视野显然远远超出了政治及地域范畴，她透过格纳津达利德裔族群所深表关怀的正是在共同体解构与重构的过程中人类所遭遇的苦难，并试图寻求构建人类命运共同体的途径。

四、共同体的建构：爱的坚守与传承

小说中主人公巴赫承载着建构共同体的核心要素，即对聚居区，对妻子孩子，对文艺创作的爱。作为聚居区学校的教师，巴赫用眼睛和耳朵细致观察、体会族群的日常生活。入住庄园后，他穿梭于伏尔加河两岸，时刻关注聚居区的变化。在聚居区进行大改建时，巴赫写下族群历代所有的生活习俗，试图用笔恢复以往的祥和。当聚居区一片混乱时，他则创作充溢着幸福与丰收的片段，寄希望于借此终止聚居区的不幸。

小说中巴赫与被他视为学生的霍夫曼有一个重要的共同点：对语言、文化由衷的热爱。而他们最大的不同也体现在这一方面：巴赫在希望聚居区变好时尊重原本的文化，霍夫曼则试图更换原有文化中与新理念不符之处，因此在他短暂地改善了聚居区的生活后不可避免地死于愤怒居民的逼迫。小说中多次重复霍夫曼这一人物

---

①Яхина. Г. Дети мои. М：Издательство АСТ, 2018. С. 444.
②Яхина. Г. Дети мои. М：Издательство АСТ, 2018. С. 444.

形象美好面容与畸形身体之间的矛盾，不无悲怆意味地描写他临死前的场景，以及巴赫虽然内心不赞同霍夫曼将童话故事用于改造生活的做法，但唯独他试图拯救淹入伏尔加河的霍夫曼，这都体现出作家对霍夫曼爱恨参半的复杂态度。传统文化是一个群体乃至人类历代得以存在和发展的根基，作家借巴赫的创作要表达的不是种族的排他性，而是强调传统文化中所保存的人类整体的记忆，呼吁包容不同传统文化之间的差异。尽管作为地理空间的格纳津达利最终成为一座空村，但共同体意识凭借文化传统可以超越时空，成为人精神上的维系。作家肯定了巴赫对文化传统的尊重对重构共同体的重要性。

巴赫带着对族群的爱追随克拉拉住进庄园，他对妻子、孩子不断深化的爱则维系起彼此之间超越生死、跨越代际、民族和空间的情感共同体，作家以此突出了普通个体所蕴含的构建共同体的巨大力量。小说中，巴赫经历了在爱与控制、恐惧之间漫长的精神斗争，并在爱的获胜中成为伟大的人。因为爱，巴赫走出单身汉的孤僻生活，接受了妻子被三个匪徒强暴的事实，接纳妻子与匪徒之女安娜并无微不至地照顾她，收养10岁左右的吉尔吉斯流浪儿瓦夏。作家用一系列细节描写巴赫在爱与接受、控制、恐惧间的矛盾，比如巴赫曾希望克拉拉永远安于住在庄园里，试图掐死匪徒留下的女婴，希望小安娜总待在自己身边，为瓦夏与安娜长久在森林里游荡而失落，担心两个孩子会离开庄园、离开自己，等等。最终孩子们被带去波克罗夫斯克的孤儿院后，巴赫便在两地间奔波，而他对两个孩子的爱上升为对所有孩子的爱，昼夜不停地将庄园改建成幼儿园，把他珍爱的歌德诗集等所有东西都留下。随着安娜和瓦夏的长大，巴赫的恐惧彻底消失了，是爱让他战胜了恐惧，而这正值小说其他人物深陷沉默与恐惧之时。

从瓦夏前后的改变中也可发现爱之力量对人的塑造。小说的正文中瓦夏由一个满口脏话、充满攻击性的浪子成长为痴迷于审美和语言的成熟小伙儿。巴赫的爱在其中起了关键作用。瓦夏自主地接受了与巴赫、安娜之间形成的感情之"绳"。在小说尾声中，安娜被遣至哈萨克斯坦并在战争中残疾，瓦夏战后在那里找到她并与她结为夫妻，瓦夏本人则继承了养父的职业，成为一名德语教师。作家通过瓦夏与安娜的相识、相守映射了跨越民族的关系及新共同体的形成。正是对爱的坚守与传承使得巴赫、瓦夏、安娜拥有了构建共同体的力量。在族群、领袖与巴赫的对比中，雅辛娜显然站在巴赫一边，强调爱对个体、群体乃至人类整体的存在至关重要，她在巴赫视他人的孩子为己出的选择中回答了"自己的"与"他人的"问题：孩子可以没有"自己的"与"他人的"之分。作家看重的是人与人之间的情感维系。

结　语

《我的孩子们》是一部内容十分丰富的作品，小说的语言糅合了各种方言、俗语、德语词汇、历史词汇、民间口头创作元素等，在叙述风格上传统的现实主义与魔幻现实主义元素有机结合，以此塑造了鲜活的人物形象，编排了陌生化效果鲜明的情节和布局。在对 20 世纪上半期伏尔加河中下游德裔族群聚居区格纳津达利命运的书写中，作家描绘了传统共同体的历史存在与解构过程，聚焦造成其情感与共识消亡的各种社会、政治、历史因素，同时建构了脱离历史时间的庄园这一具有乌托邦性质的共同体，通过对两者命运的对比，作家指出建构人类共同体的关键因素：对爱的坚守与传承。爱，不仅是爱自己的族群，尊重本族的文化传统，还有超越自我与他者，超越时空、死亡的爱。小说中巴赫因为将"他人的"孩子视如己出，围绕他形成了超越地域、民族、生死的情感共同体，并得到传承。作家提出以包容的爱来构建人类共同体，显然有重要的现实意义。

论小说《爱药》的多重叙述模式

昌吉学院外国语学院　曲晓梅

美国作家路易丝·厄德里克的《爱药》通过个人型叙述、作者型叙述和他人叙述构建了核心人物玛丽的身份。个人型叙述完成了玛丽印第安女性身份的构建；作者型叙述实现了玛丽印第安女性身份的超越；多个人物叙述者呈现了玛丽的多重角色。这种多重叙述模式互为补充，完成了玛丽不同身份的构建。

路易丝·厄德里克的小说《爱药》讲述了一个印第安齐佩瓦家族的故事。玛丽作为叙述者和被叙述的对象，在文本中出现次数最多，跨越时间最长。玛丽还是与小说同名的"爱药"的拥有者。

一、个人型叙述：印第安女性身份的建立

在《爱药》中，玛丽作为第一人称叙述者的三个短篇分别叙述了玛丽的少女、青年和中年时期的经历。在《圣徒玛丽》中，年少的玛丽与天主教彻底决裂，最终选择印第安人身份，回归印第安文化；《念珠》中的玛丽意识到自己的印第安女人身份；在《肉与血》中，玛丽形成了印第安女性身份。玛丽印第安女性身份的建立过程是由最能体现个体经验的个人型叙述模式完成的。在这种解构全知话语特权的多重叙述声音的小说中，玛丽叙述的故事最多，体现了作者对玛丽的偏爱，因为"个人型叙述声音主要以'我'来表达'我'的思想经历和故事，是最能体现女性精神与肉体真实感受的文本。"[①]玛丽的个人型叙述主要通过内心独白和诗化的意象等手法完成了其作为印第安女性身份的构建。

（一）《圣徒玛丽》——对印第安女人身份的抉择

在《圣徒玛丽》中，十四岁的玛丽·拉扎雷以内心独白的语言形式叙述了她与天主教决裂的过程。玛丽是一个渴望上山做修女的印第安人和白人的混血儿。她的天真使自己逃过了修女的魔爪，因为基督的"爱"和印第安文化的"邪恶"两种对抗观念同时进入玛丽的心中，使她重生，成为恶作剧者——"喜剧性地将两个对抗力量维系在一起，推倒了善恶之间的界限"。[②]她确立又颠覆了自己的圣徒身份，最终选择了

[①] 舒凌鸿：《真实的"虚构"与虚构的"真实"》，《思想战线》2014 年第 3 期，第 109 页。
[②] 陈靓：《当代美国本土文学的神话重构》，《英美文学研究论丛》2013 年第 2 期，第 278 页。

印第安女人的文化身份。

玛丽看到其他白人修女的伪善，但又痛恨自己"就像住在灌木丛里的印第安人偷走耶稣会成员神圣的黑帽，吞下帽子上的小片布料来治发烧。"①由于没有自己的文化身份，玛丽依然相信修女利奥波德的黑袍褶边会使她变得圣洁，但同时也相信印第安人宗教中的恶魔。这两种对抗力量的共存让玛丽的心里产生了恶作剧式的想法：玛丽希望以死作为代价引诱利奥波德在上帝面前犯罪，换得修女们的尊敬，获得圣徒的身份。被利奥波德用开水烫伤的玛丽神志模糊，大脑出现幻觉：她变成了圣徒，而利奥波德吞下玻璃，变成黑布，化为灰烬。后来，利奥波德被玛丽踹进了烤箱，却由于烤箱太浅被反弹了出来。玛丽遭到了利奥波德的叉子和拨火棍的伤害。半小时后，玛丽从修女们对其下跪时所怀有的崇敬表情中找到了当圣徒的感觉，原来利奥波德为了推脱罪责，把玛丽手掌的刺伤说成是圣徒的标记，把其受伤昏厥说成是神的标记。玛丽因自己受伤而获得了圣徒的身份，但依然有着空虚的感觉。

在个人型叙述中，作者还运用了一些诗化的意象，如玛丽把利奥波德修女比作黑色的鱼，把自己比作诱饵来诱导利奥波德犯罪。玛丽心中已经有了自己当圣徒的形象："我的塑像将用纯金制成，嘴唇上镶嵌着红宝石，用小的粉红色贝壳制成的脚趾定会令他们下马，弯腰亲吻。"②"粉红色贝壳"是印第安文化的印记，是融合基督教和印第安文化的圣徒形象，表达了玛丽希望修女们认可印第安文化的愿望。"尘土"这个意象在玛丽脑海里多次出现。在其受伤后出现的幻觉中，她看到利奥波德的内脏变成尘土，成为圣徒的她也变成了尘土。以爱为外衣的虚伪的利奥波德修女的无爱行为让玛丽对基督教彻底失望，厌烦伪善的宗教情感，渴望永远离开修道院。

(二)《念珠》——对印第安女人身份的认识

在《念珠》中，身为少妇的玛丽成为名副其实的印第安女人。身为养母，玛丽尊敬印第安树林文化，允许养女琼离开她去树林生活，表明玛丽对印第安文化的认同；身为妻子，对丈夫的不忠，玛丽开始怀疑身为印第安女人的命运；身为儿媳妇，印第安女人共同的苦难和相似的经历让她明白，死亡是印第安女人的归宿，玛丽对自己的印第安女人身份的认识过程主要是通过内心独白的叙述来完成的。

养女琼的到来给玛丽带来了印第安人的树林文化。玛丽发现琼并不像那些被酒精麻醉的堕落的印第安人，而是一个靠印第安树林文化成长的孩子。琼在任何时候都戴着念珠，哪怕其他孩子捉弄她，她都会小心翼翼地保护着念珠。自以为了解琼内心的玛丽在树林事件之后试图用母亲的爱融化琼内心的痛苦，却没有成功。在坚守印第安文化的伊莱到来之后，琼终于打开了心扉，接纳了玛丽，但最后决定跟随伊莱到树林里生活。琼把自己最为珍视的念珠——印第安文化的象征留给了玛丽。虽然玛丽并没有用念珠而祈祷，但会将其视为私下里释怀的对象："我从未看这些念

---

①路易丝·厄德里克：《爱药》，译林出版社2008年版，第47页。
②路易丝·厄德里克：《爱药》，译林出版社2008年版，第45页。

珠一眼，只是趁家里没人时去抚摸它们。"①这足以表明玛丽对念珠的珍视，因为它凝结着琼的爱和印第安文化的力量。

在印第安父权社会里，女人没有自己的存在价值，只能被父权的洪流裹挟着随波逐流。面对丈夫的背叛，她不知所措，时常会莫名其妙地忧伤："在我内心深处，某种东西正在收缩，变硬。"②玛丽在无人的时候抚摸念珠，似乎看到了自己的命运："我每次碰它们都会想起小石头。在湖底被波浪漫无目的地卷走……石头只会被水磨得越来越小，直到消失。"③她已经清醒地认识到印第安女人的价值所在。

相似的经历和生育的共同体验让玛丽和婆婆的关系彻底改变。玛丽和婆婆一向不和。几年前，婆婆遭到丈夫的背叛，无处可去，被玛丽所接纳。两人相似的经历让彼此的关系融洽起来，因为"她似乎已经知道我在经受怎样的孤独。也许我与她经受的孤独是相同的。"④婆婆为玛丽的分娩念印第安符咒。第二天，孩子顺利出生。婆婆谴责了儿子对待儿媳妇分娩的漠然态度，这彻底改变了玛丽和婆婆的关系："每次见到她，我都知道她是我的母亲，是我的亲人。她所做的一切超越了我们之间脆弱的关系。她不仅救了我的命，还让我的生活恢复了正常。"⑤玛丽愿意为婆婆养老送终，"因为我们经受着同样的孤单，因为我知道她也在那艘船上，我分娩的那艘船上。她在黑色的波浪中沉沉浮浮。波浪带她日夜兼程，水拍打着她的未知之路。"⑥玛丽这最后的内心独白勾勒出自己和婆婆共同的命运：在父权社会的黑色波浪中，印第安女人只能默默承受丈夫的背叛带来的孤单和分娩的痛苦。只有共同经受痛苦的女人才能相互安慰，相互依靠，共同奔赴死亡。

（三）《肉与血》——印第安女性身份的建立

在《肉与血》里，37岁的玛丽在收到丈夫不再爱她的亲笔信时，思想经历了一番挣扎，终于从印第安女人身份转变为印第安女性身份。在得知利奥波德修女生命快要走到尽头时，玛丽决定带着女儿塞尔达去看她，一是出于怜悯，二是为了让对方知道玛丽做印第安酋长女人的荣耀。但是当玛丽看了丈夫写给自己的信后，她的脑海里首先想到的是杀死情敌的情景。她看信后自我意识已经游离了现实："然而事实上，我并不生气。我甚至感觉到我已经不在我的躯体之中。"⑦玛丽冷静下来，向上帝祈祷，寻求出路。利奥波德修女曾攻击玛丽说她身上穿的高档连衣裙是裹尸布，即嫁给印第安人是死路一条。现在玛丽开始自嘲，"我想剪下一块裹尸布。那个修女

---

① 路易丝·厄德里克：《爱药》，译林出版社2008年版，第99页。
② 路易丝·厄德里克：《爱药》，译林出版社2008年版，第98页。
③ 路易丝·厄德里克：《爱药》，译林出版社2008年版，第99页。
④ 路易丝·厄德里克：《爱药》，译林出版社2008年版，第102页。
⑤ 路易丝·厄德里克：《爱药》，译林出版社2008年版，第107页。
⑥ 路易丝·厄德里克：《爱药》，译林出版社2008年版，第108页。
⑦ 路易丝·厄德里克：《爱药》，译林出版社2008年版，第165页。

很聪明。她知道我的弱点。"①玛丽此时认可了修女的断言,并且希望摆脱这样的印第安女人身份,但对自己却有了新的认识:"但即使他离我而去,我也不会没法生活下去……"②玛丽的自我意识由此而迸发:"我还是玛丽。海洋之星!剥去蜡我将发光。"③她想起利奥波德曾经说过自己最终会像名字的含义那样闪闪发光的。她决定做回当圣徒时桀骜不驯的自己,将命运掌控在自己手里:玛丽将信原封不动地放在糖罐旁边的盐罐下面,好让丈夫自己去猜测玛丽是否已经得知他的变心,以此拷问丈夫的良心,但她还是决定让丈夫进门,因为她深知无条件的爱和宽容才有可能让迷失的丈夫回家。玛丽发现并发挥作为女性的自我价值,由此建立了自己的印第安女性身份。

二、作者型叙述:印第安女性身份的超越

作者型叙述是指女作家采用第三人称叙述故事,小说人物的声音都可以经过叙述者"她"的过滤,按照"她"的意愿说话与行动。这样的叙述者最接近作者,因为叙述者站在故事之外,直接面对读者。这样的叙述者可以冷静地进行客观描述,让读者去体会作者的意图,也可以直接采用叙述语言或者运用模糊叙述话语和人物话语的界限的自由间接引语表达叙述者的观点或态度。《复活》的叙述者完成了印第安女性身份的超越。玛丽在一个夜晚亲手杀死了儿子高迪。她用超凡的勇气结束了被酒精痛苦折磨的儿子的生命,用爱的斧头斩断了儿子的痛苦,也斩断了自己的痛苦,超越了过去的自我,获得了一个全新的生命。理由是,如果不是这样,之后的玛丽就不会有惊人的表现(和情敌和解并积极参与社会事务)。这需要有人做见证。小说人物无法做到这一点(事件的时间和地点不允许)。作者型叙述者的见证既富有权威性,又能让读者了解叙述者对玛丽的态度,用叙述语言和自由间接引语向读者表达了叙述者对事件的参与者玛丽和高迪的想法。

受述者是文本结构的关键因素,可将作者的价值观直接传达给读者。在某种意义上,将叙述者和读者,甚至是将作者和读者联系起来。支持某些价值观或者澄清一些问题。④普林斯指出,读者可以通过叙述者向受述者发出的信号文字来找出受述者。其中一个文字信号就是比较或者类比。

(一)高迪

在《复活》中,叙述者对高迪的态度主要通过类比向受述者传递出来。在父亲去世后,高迪来到了母亲玛丽的家。"他的手臂紧贴身体两侧,身体摇来晃去,像个头

---

①路易丝·厄德里克:《爱药》,译林出版社 2008 年版,第 168 页。
②路易丝·厄德里克:《爱药》,译林出版社 2008 年版,第 168 页。
③路易丝·厄德里克:《爱药》,译林出版社 2008 年版,第 168 页。
④Gerald Prince, *Introduction to the Study of the Narratee*. Essentials of the Theory of Fiction. Ed. Michael J. Hoffman & Patrick D. Murphy. Durham & London: Duke University Press, 1988: 330.

重脚轻的玩偶。"①在叙述者看来，高迪已经不再是举止正常的人了，而是像受酒精控制的玩偶一样。后来他一头栽倒在地，睡着了。"他的睡姿像个生病的孩子，像条骨瘦如柴的狗，仿佛已经死了似的。"②叙述者在告诉受述者，此时的高迪因为酗酒而消耗着自己的身体，失去健康，瘦骨嶙峋，没有生气和活力，让人心生怜爱，也让人想到了死亡，因为酒精中毒的高迪如同行尸走肉。高迪醒来后，叙述者走近了他，观察他的面部表情，"酒精对他的脸伤害很大。他看上去痛苦不堪，有气无力，他的嘴就像失去了弹性的旧袜子。"③我们看到的高迪长着一张扭曲变形的脸，充满痛苦，毫无生气。当高迪向母亲要酒喝时，"他的声音单薄而刺耳，好像小石块在罐头里晃。"④读者听到高迪的声音会想到小石块刮擦罐头的令人不悦噪音。当玛丽问高迪昨晚干什么了，"高迪抬起头看着她，眼神游离，就像一个淘气的祭童。"⑤酒精让高迪逃离了现实，如孩童般纯洁和天真。玛丽拒绝给高迪酒喝，并用刀划破了他的手掌，使其暂时安静下来。然而他的思绪飘到了他和琼美好的回忆当中："他坐着一动不动，睁着眼睛，仿佛在看着一条黑线正把他生活中的标记连接起来，直到他和琼结婚的那一年。"⑥黑线正是高迪的命运轨迹，却在他和琼结婚那一年定格了。在高迪看来，他有意义的人生只停留在和琼的短暂爱情上。这是高迪死前清醒时最后的回忆。在酒精麻痹的高迪的脑海里，只有美好的回忆才能让他暂时清醒。叙述者通过这样的叙述，告诉读者高迪已经成了酒精的奴隶，既让人厌恶，又让人可怜，因此，玛丽最后结束他的生命是可以理解的。

(二) 玛丽

自由间接引语既没有叙述言语的标志，也没有区分小说人物言语的引号，所以它既可以是叙述言语，也可以是小说人物的言语。不管叙述者具有怎样的视角，都可以通过自由间接引语反映出来，因为其优势就在于它不仅具有小说人物的意识，而且也能巧妙地表达叙述者的语气。⑦《复活》的叙述者运用自由间接引语和叙述语言既表达了人物的意识，也表明了自己的态度。

玛丽在丈夫去世后，靠干家务来驱除内心的失落。"有那么多的活要做。"⑧叙述者认同玛丽这样的做法，因为"玛丽只有让自己闲不下来，心里才不会空落落的。"⑨甚至玛丽连做梦都在干活，叙述者想告诉读者，玛丽靠干活忘记失去丈夫的痛苦。

---

① 路易丝·厄德里克：《爱药》，译林出版社 2008 年版，第 263 页。
② 路易丝·厄德里克：《爱药》，译林出版社 2008 年版，第 263 页。
③ 路易丝·厄德里克：《爱药》，译林出版社 2008 年版，第 265 页。
④ 路易丝·厄德里克：《爱药》，译林出版社 2008 年版，第 266 页。
⑤ 路易丝·厄德里克：《爱药》，译林出版社 2008 年版，第 267 页。
⑥ 路易丝·厄德里克：《爱药》，译林出版社 2008 年版，第 268 页。
⑦ 申丹：《叙述学与小说文体学研究》，北京大学出版社 2004 年版，第 313 页。
⑧ 路易丝·厄德里克：《爱药》，译林出版社 2008 年版，第 261 页。
⑨ 路易丝·厄德里克：《爱药》，译林出版社 2008 年版，第 261 页。

半夜十分，高迪把消毒水当酒喝了之后，狂跳不止。为了防止高迪出去，玛丽点亮煤油灯，拿着斧头守在门口。"如果想出去的话，他只能那样爬出去，得从她旁边经过。"①叙述者支持着玛丽的决定：不能让高迪出去。读者会在心中打一个问号：为什么玛丽会拿着斧头守在门口，高迪出去又会怎样。后来玛丽睡着了。在梦中的一片漆黑让她惊醒了。"胳膊痛，本来就酸痛，整个手上的神经都绷得像围栅栏用的金属丝一样紧。"②这句自由间接引语让叙述者感受到上了年纪的玛丽为了握紧斧头使得胳膊疼痛。高迪来到玛丽跟前，看着晃动的斧头，退缩了。玛丽的内心也在挣扎着，"她也想过让他出去，只要把门打开，站到一边就行。"③但是"毫无疑问，让他出去就等于把他送上死路。"④因为高迪出去有可能睡在树林里，也有可能被车碾轧，玛丽宁愿杀死儿子，因为"她现在很清醒，从没如此警觉。黑暗中，她的脑袋嗡嗡作响，痛得要炸开……现在，她感觉到他前后摇摆，越来越快，就像往洞里钻的寻死的狐狸。往前，往后，往下。"⑤这几句自由间接引语让叙述者感同身受玛丽杀死高迪的痛苦和坚决。痛苦是因为母子连心，高迪是玛丽十五岁时生的第一个孩子。坚决是因为被酒精折磨得神经错乱的高迪需要死亡作为唯一的解脱方式。而玛丽不愿眼睁睁地看着儿子曝尸荒野，情愿让儿子有尊严地死在自己的手上。她杀死高迪后，"依旧坚定地坐在椅子上，紧握着斧头，不愿松开。"⑥读者此时可以感受玛丽紧握着斧头杀死高迪的力量：一种超越生死的爱的力量。玛丽用爱超越了其印第安女性的身份。

三、他人叙述：印第安女性多重角色的构建

在《爱药》中，尼科特、露露、莱曼、利普夏等人在各自的叙述中描述了玛丽在不同年龄阶段的角色。通过这些碎片，我们拼缀出一位爱意浓浓的印第安女性。她作为少女，自己选择丈夫，努力掌握命运；作为妻子，拯救迷途的丈夫；作为女人，原谅情敌，化解仇恨；作为外婆，珍视超越一切的爱，并希望后代能加以继承。玛丽这些多重角色的建立都是以他人叙述的方式完成的。

（一）丈夫眼中的玛丽：男人的征服者与拯救者

在《野鹅》中，尼科特拎着野鹅上山去修道院，在半路上碰到了下山的玛丽："她既像一辆没刹车的四轮马车，又像一列烦人的火车向我冲过来。她怒视着我，眼睛上方扎着褪色的床单。她的一只手紧紧裹在枕套里，就像拳击手的拳头似的。"⑦

---

① 路易丝·厄德里克：《爱药》，译林出版社 2008 年版，第 275 页。
② 路易丝·厄德里克：《爱药》，译林出版社 2008 年版，第 275 页。
③ 路易丝·厄德里克：《爱药》，译林出版社 2008 年版，第 276 页。
④ 路易丝·厄德里克：《爱药》，译林出版社 2008 年版，第 276 页。
⑤ 路易丝·厄德里克：《爱药》，译林出版社 2008 年版，第 276 页。
⑥ 路易丝·厄德里克：《爱药》，译林出版社 2008 年版，第 276 页。
⑦ 路易丝·厄德里克：《爱药》，译林出版社 2008 年版，第 66 页。

尼科特心里看不起玛丽，因为玛丽·拉扎雷一家都是酒鬼、盗马贼，所以他怀疑玛丽偷了修道院的枕头，并猜疑她的裙子里藏着圣餐杯。在尼科特眼里："她不过是个瘦得皮包骨头，肤色苍白的女孩，她家的地位低下，你根本不会把他们和喀什帕家族相提并论。"①面对尼科特的阻拦，玛丽毫不妥协，撞倒了他，用大笑震住了他。尼科特用身体压住了玛丽来使她妥协，但是玛丽用身体诱惑着尼科特。他握着玛丽在修道院受伤的手，"她的手变得又厚又烫，在我手里觉得很沉。我不想要她。但又想要她，我不能让她离开。"②十四岁的玛丽用自己特有的手段征服了男人，为自己选择了未来的丈夫。

在《纵身一跃》中，当尼科特觉察到露露准备嫁给一个城市的印第安人时，为是否放弃露露而犹豫不决。最后他写了两封信，一封是给玛丽摊牌的信，一封是向露露求婚的信。尼科特内心非常纠结：一方面，他担心露露会抛弃他，嫁给城里的印第安人，一方面又想象玛丽读完他写的信之后的剧烈反应。在这样的纠结中，尼科特扔掉了写给露露的信，没想到烟头烧着了信，并引起了大火，使露露家陷入火海之中。当尼科特准备转身时，他在想象中看到了十四岁时的玛丽："她站在那儿，高挑、笔直、严肃、如天使一般。她看着我。……我也准备葬身火海，但她伸手，把我扶起来。"③尼科特准备纵身一跃葬身火海，以死来寻求解脱时，是玛丽救了尼科特。透过丈夫尼科特的眼睛，我们看到玛丽是这样一位为自己选择婚姻的独立女性，一位内心纯洁如圣徒的女性，未来丈夫的征服者和迷失丈夫的拯救者。

(二)情敌眼中的玛丽：宽容的母亲

《求善的眼泪》是以露露·拉马丁的口吻叙述的。露露的眼睛在六十五岁时已经失明。在眼睛动过手术之后，露露向养老院申请一个帮手照顾她。此时，同住一家养老院的玛丽主动提出来照顾露露。在露露看来，"她的说话声像音乐一样，醇厚、轻柔。"④玛丽对露露过去和尼科特的私情已完全释怀。玛丽给露露滴眼药水时，露露感到，"光线模糊不清，但我已经能看见东西了。她像座朦胧的大山，慢慢俯下身来，身形模糊而庞大，在刚出生的婴儿眼里，母亲一定就是这样的吧。"⑤露露重见光明，同时也获得了心灵的解放，因为玛丽对她的包容像大山一样高大，对她的善意像母亲一样圣洁。

(三)情敌儿子眼中的玛丽：仇恨的化解者

在《战斧工厂》中，在莱曼·拉马丁作为露露和尼科特生的儿子看来，六十三岁的玛丽是一位圣徒般的母亲。他讲述了母亲和玛丽在尼科特死后发生的一次冲突。玛丽和露露在一起时尽量不提尼科特。一次，两人发生了口角，露露提出了禁忌的

---

① 路易丝·厄德里克：《爱药》，译林出版社2008年版，第66页。
② 路易丝·厄德里克：《爱药》，译林出版社2008年版，第70页。
③ 路易丝·厄德里克：《爱药》，译林出版社2008年版，第148页。
④ 路易丝·厄德里克：《爱药》，译林出版社2008年版，第297页。
⑤ 路易丝·厄德里克：《爱药》，译林出版社2008年版，第298页。

话题，玛丽致以反击，她的声音"就像刀刃划过光秃秃的地面"，①说穿了莱曼的身世。露露把碗里的黄珠子和蓝珠子一起倒进了玛丽装有绿珠子的碗里，这需要花上一天工夫才能把三种珠子分开。玛丽发出了惊人的一击："她发出独特的呐喊声，文蒂格似的号叫吓瘫了流水线上的所有工人，动员他们投入战斗。"②对待莱曼的道歉，玛丽向他伸出了手。莱曼感受到了玛丽对他的鼓励："她告诉我，溺水而死的人会不再流浪，会回家去……我是表里如一的人……我会东山再起……我会出人头地的……本能地也把手朝她伸过去。"③玛丽用刚被机器伤过的，历尽磨难的，充满爱意的手化解了内心的仇恨。

(四)外孙眼中的玛丽：爱的化身

在《世上最了不起的渔夫》中，玛丽的外孙女艾伯丁讲述了自己回家看望外公外婆的情景。在外孙女眼里，玛丽是一位慈祥、风趣、利落的外婆："……铁灰色的内卷发……裹着黑色小碎花外套的身体……我觉得她饱经风霜，像粗加工的雕塑一样魁梧，块头没那么大。"④在《爱药》中，外孙利普夏·莫里西见证了玛丽对尼科特的爱。此时的尼科特患上了老年痴呆症，却依然忘不了情人露露。玛丽想到了能让爱人回心转意的印第安魔药。玛丽将寻找爱药的任务交给了利普夏。为了让外公和外婆重归于好，利普夏将超市买来的两颗冷冻鸡心冒充黑额雌雄黑雁的心交给玛丽。玛丽吃了雌雁的心，并让丈夫吃了雄雁的心。心存疑虑的尼科特迟迟不肯下咽。玛丽一气之下，在他的肩胛骨中重击一掌，结果尼科特被噎死了。玛丽为此痛不欲生："外婆走回房间，我看到她跌跌撞撞的。然后她也倒下了。她就像一幢老房子，你不会相信房子已经经历了多年的风吹雨打，居然还矗立着，但在最恶劣的天气里突然倒塌了。"⑤玛丽告诉利普夏爱药的功效很强大，因为尼科特要她回到他身边。利普夏坦白了鸡心的事，并告诉玛丽自己的理解：不是超市里的鸡心让外公回来的，而是外公对外婆超越时空的爱让他回来的。玛丽虽然不相信利普夏的话，"然而她脸上流露出一种表情，就像母亲甜蜜地望着孩子。这是一种温柔。"⑥后来玛丽把念珠塞到利普夏手中，并紧紧地握着他的手。玛丽最终相信爱的力量是治愈一切创伤的良药，并努力将其传递给下一代。

结　语

路易丝·厄德里克在《爱药》中通过个人型叙述、作者型叙述和他人叙述这种多重叙述模式成功塑造了玛丽这样一位灵魂人物，用最能体现精神体验的个人型叙述

---

①路易丝·厄德里克：《爱药》，译林出版社 2008 年版，第 319 页。
②路易丝·厄德里克：《爱药》，译林出版社 2008 年版，第 320 页。
③路易丝·厄德里克：《爱药》，译林出版社 2008 年版，第 325 页。
④路易丝·厄德里克：《爱药》，译林出版社 2008 年版，第 16 页。
⑤路易丝·厄德里克：《爱药》，译林出版社 2008 年版，第 254 页。
⑥路易丝·厄德里克：《爱药》，译林出版社 2008 年版，第 259 页。

模式完成了玛丽作为印第安女性的精神之旅，用最为冷静超脱的作者型叙述见证了玛丽作为印第安女性的超越之举，用玛丽各种角色身份的对应人物叙述了玛丽作为印第安女性的不同角色身份。对各种最能体现人物身份的叙述模式的成功驾驭充分体现了厄德里克娴熟的叙述技巧和超凡的叙述能力。

重构记忆
——论《黑暗的心》中"想象"的运用

西安邮电大学　王菲菲

《黑暗的心》并非一部传统意义上的现实主义小说，整个故事打破了常规的叙事顺序，时空交错，晦涩难懂。仔细分析小说中的细节，笔者发现作者有意模糊了线性叙述模式，使整个故事存在于想象空间中，展现出了强烈的建构性，不仅为"揭露黑暗"，更是在"探索光明"。

前　言

自 20 世纪文学批评活动盛行以来，约瑟夫·康拉德（Joseph Conrad）的作品始终处于文学评论的焦点视野内，是"批评中的批评"。康拉德的小说之所以受到如此大的关注，不仅因为他丰富的人生阅历和高超的叙事技巧，更由于其作品既关心人类生存的外部世界，又不断反观自身，小说内容既不完全反映现实，又非虚无缥缈不可捉摸，因而能在不同的阐释视角中持续焕发出新意。

其代表作《黑暗的心》(*Heart of Darkness*) 描述西方帝国在非洲腹地刚果的殖民行为，涉及历史、政治、社会和人权等许多问题，经过批评者多年探讨，至今仍能为文学批评提供源源不断的话题。20 世纪文学思潮的变化充分体现在对这部小说的探讨中，从文本的内在特质到社会背景分析，再到对其隐含的意识形态的发掘，阐释方式之多，令人眼花缭乱。除了其明显的后殖民批评色彩之外，这部作品的另一个突出特点是：在呈现事件的过程中使用了并置、回忆、闪回等叙事手法，打破常规的时空顺序，"试图让读者去从空间上而不是从线性顺序上去理解作品中的某一瞬时间"[1]。在事件讲述者马洛的回忆里，许多细节密集地堆砌在一段短暂的时间中，叙事速度减缓，时间仿佛凝固起来。这很难让读者相信小说中的事件仅仅是对历史现实的记录，它更偏向记录马洛的所感所想，因而加内特称《黑暗的心》为一部"心理杰作"，[2] 盖拉德也认为马洛的旅程"是一次自我发现的精神历程"。

小说情节的绝大部分都来自马洛的回忆，但"过去的真实图景就像是过眼烟云，

---

[1] Irena·R·Makaryked. *Encyclopedia of Contemporary Literary Theory*, p.629.
[2] 王松林：《英美康拉德研究综述》，《英美文学研究论丛》2004 年，第 38 页。

它唯有作为在能被人认识到的瞬间闪现出来而又一去不复返的意象才能被捕获"①。记忆不是纯粹客观的,它展现出强烈的建构性,记忆的内容由记忆者当下的诉求决定。因而笔者认为:要深刻理解这部小说,不能仅仅将揭露"黑暗"作为最终的目的,而是要探寻来自作家生存的内心体验,看作者是如何以及为何在自己的想象中构建出小说发展的空间。也许在这"黑暗"的迷雾之后,"光明"才是作品最终想要呈现的。本文试图发掘蕴含在小说空间搭建、叙事手法和人物塑造这三个方面中强烈的主观建构色彩,以期更深入地理解作者是如何在"黑暗"的境况下表达对"光明"的"设想性看法"②。

一、隐秘的空间

康拉德在《水仙号上的黑鬼》(The Nigger of the Narcissus)的序言中提道:"我努力完成的任务是用文字的力量让你去倾听、去感受——最重要的是,让你'看到'。"③然而在《黑暗的心》中,作者向读者呈现的非洲景观却怎么都看不清,总是浓雾弥漫、影影绰绰,给人以无法确定之感。小说的空间并未随着情节的铺开向外延展,而是在一开始就被康拉德描述为"被人填满了河流、湖泊的图标和地名[……]。它已经变成了一块黑暗的地方"④。

在进入非洲腹地之前,叙述者马洛对地图上的"空白之地"怀有极大渴望,然而随着通信、交通手段的发展和制图工业的进步,"源自15世纪认为'世界广袤无垠'的看法在19世纪末显得难以为继,生活在维多利亚晚期时代的人们不再感到'向外扩张',恰恰相反,他们感到空间逼仄,觉得这个世界太小了"⑤。世界已经小到可以被轻易绘制在一张地图里,再也没有不为人知的地方。马洛眼看着地图上的"空白"一块块消失,探险活动的魅力荡然无存。作者之所以并不像他声称的那样让读者"看到",却在故事中打破线性的叙述方式,有意模糊时间和空间的确定性,大概恰恰是因为这个世界上已经没有什么神秘的、不确定的因素可以写了。

到达非洲之后,读者仍然无法借马洛之眼看到周围空间的真实样貌,马洛的观察似乎只是他内心投射的感受罢了:

> 我注视着海岸,眼望一片海岸从船舷旁滑过。这就像猜谜一样,那岸

---

①本雅明:《启迪——本雅明文选》,汉娜·阿伦特编,张旭东、王斑译,生活·读书·新知三联书店2014年版,第267页。
②王佐良:《王佐良全集》(第一卷),外语教学与研究出版社2016年版,第633页。
③Joseph Conrad. "Author's Note." *The Nigger of the "Narcissus."* Ed. Allan Simmons, p. 130.
④约瑟夫·康拉德:《黑暗的心》,智量译,华东师范大学出版社2013年版,第9页。
⑤Janice Ho. *The Spatial Imagination and Literary from of Conrad's Colonial Fictions.* Journal of Modern Literature, 2007, p. 2.

就呈现在你面前，有时笑意盈盈，有时愁容满面，有时招手引人，有时富丽堂皇，有时平庸简陋，有时枯燥乏味或是荒凉粗犷，而处处的海岸全都是沉默不言的，带有一副窃窃私语的神情。来吧，来发现一番吧。这片海岸几乎是毫无特色。

马洛眼中的非洲海岸线是一个"谜"，没有具体的形状。作者甚至用了一系列意义相互矛盾的词来形容它，看似是努力在描绘，可实际上没给读者留下任何清晰的印象。沿着刚果河向上，马洛目及之处尽是混乱不堪的景象——腐烂的机器零件，生锈的铁轨，翻倒在草地里的锅炉，轮子脱落的车厢朝天在那儿躺着。零乱的事物让空间失去了秩序感，读者无法勾勒出在这样的空间中发生了什么事情——或者说——能够发生什么事情，事件展开的环境不过是"一条空荡荡一无所有的河流，一种硕大无边的寂静，一座无法穿透的森林"。

作家艾伦·怀特(Allon White)在《晦涩的使用：早期现代主义小说》(The Uses of Obscurity：The Fiction of Early Modernism)中评论道："康拉德用隐秘且具有欺骗性的符号代替谜一般空洞的空间，这种话语系统的转变并不能传达出任何有效信息。"[1]作者有意遮蔽非洲殖民地的真实景象，实际也就遮蔽了帝国主义殖民行为贪婪与荒谬的本质。现实空间一旦缺失，想象空间就会被凸显出来。在作者的想象中，这片空间蕴含着野蛮与文明、欲望与恐惧、制度与混乱的交错冲突，其外在如迷雾一般黑暗、难以捉摸，这就诱使叙述者马洛(也包括读者)产生一探究竟的愿望，转而向内——从内心去发掘真实，寻找能带来光明的灵魂的救赎。"被想象力所把握的空间不再是那个在测量工作和几何学思维支配下的冷漠无情的空间。它是被人所体验的空间。"[2]人是具有主动性的生物，他们可以选择毫无节制、大肆劫掠，也可以选择停下飞速运转的汽船，在"奈莉号"这样的旧船上，在等待回潮的时间里，反思自己。

二、现实行为的荒诞无效

《黑暗的心》经常被人解读为一部反殖民小说——最终库尔兹的死意味着殖民行为的失败。然而仔细观察小说的故事叙述方式，就会发现殖民行为并非"最终失败"，而是"一直无效"，其无效性自始至终体现在小说情节的每一处。康拉德有意模糊了事件的完整性，代之以一些漫无目的的、无果的行为：黑人劳工受雇炸山修铁路，"峭壁并不挡路或是妨碍什么，但是这漫无目的的爆炸便是他们所进行的全部工作"[3]；一个白人说在养护道路，马洛却表示"我不能说我看到过什么道路或者什么养护"；业务站上干活的工人用的桶底部有个洞；造砖的业务因为材料不全而被搁

---

[1] Allon White. The Uses of Obscurity：The Fiction of Early Modernism. 1981, p. 117.
[2] 巴斯东·巴什拉：《空间的诗学》，张逸婧译，上海译文出版社2009年版，第8页。
[3] 约瑟夫·康拉德：《黑暗的心》，智量译，华东师范大学出版社2013年版，第19页。

置许久。总之，除了马洛最终完成了自己的行程，其余所有事件都显得虎头蛇尾、毫无动机。

在小说中，作者借马洛之口不止一次直接表达出所述事件是不真实的。马洛在讲述中不时会停下来问他的听众：

> 你们现在看见他了吗？你们看见这个故事了吗？你们看见任何东西了吗？我似乎觉得我是在设法对你们述说一个梦——我在白费力气，因为梦不管你怎么叙说，都无法传达出梦的感受来，那荒谬、惊讶和困惑在一种挣扎性反抗的战斗中融合为一体，那被作为梦的本质的不可思议的东西任意摆布的意念[……]你是不可能把这些东西传达出来的。

事件缺乏真实性，也就无法产生实际影响，就像贸易站经理和他的叔父野心勃勃地讨论着殖民计划，认为他们在非洲可以为所欲为，可他们的身影"缓慢地从高高地草丛上扫过，连一片草叶儿也不曾压弯"。

在叙述情节的过程中，康拉德的想象力发挥了主观能动性，按照他自己的说法，其目的就是要"使现实销声匿迹"，"内在的真实永远是隐而不露的"，这就需要读者不只从外在，更要从内心去探索事件的本质和真相。"对历史的批评会导致作品的'内省性'被遮蔽。"①在揭露历史上殖民行为"黑暗"本质的同时，康拉德更加关注行为背后的动机——究竟是什么因素导致了现实行动的荒诞无效？情节上的残缺配合着空间上的错乱，再次表明作者是在以构建过去的方式重述历史，将重点从故事发生的地理空间转向人进行反思的想象空间。这样看来，表面上被塑造为成功代理人的库尔兹，其悲惨的结局却恰恰说明他的失败。虽然他驯化黑人，捕获大量象牙，创造巨大财富，可他外在的成功并没有给他足够的力量去对抗黑暗，这也解释了为什么库尔兹在临死前对着某个幻影喊叫"吓人啊！吓人！"，那个幻影就是存在于他内心的空虚，是他放纵天性、毫无克制的体现。

三、人性沦丧与自我救赎

许多批评者认为马洛的刚果之行是一趟追寻自我、发现自我的旅程，最后他与库尔兹的相遇是发现了另一个自己，库尔兹只是代表了马洛内心深处凶狠、野蛮的一面。然而，小说中许多细节都表明马洛是完全不同于库尔兹的，这两人并非一对镜面形象，也不是互为替身，面对相同的诱惑，他们会做出截然不同的反应。

在未经开化的非洲腹地，库尔兹和马洛都曾目睹野蛮的原始人号叫、跳跃、旋转，扮出各种吓人的鬼脸，然而让他们不寒而栗、毛骨悚然的，"恰恰是你认为他们

---

① 叶琳：《布宁小说中西方"他者"形象的文本建构——以〈四海之内皆兄弟〉和〈旧金山来的先生〉为例》，《西安外国语大学学报》2019 年第 27 期，第 106 页。

是人——像你一样是人——认为如此野蛮而狂热地吼叫着的他们正是你的远缘亲属的想法"①。当意识到"文明人"和"原始人"本质无差,且在"对蛮荒落后之地进行文明启蒙"这个冠冕堂皇的理由的掩护下,库尔兹完全屈从于自己的欲望,在用武力和暴力疯狂压制非洲人的同时,又纵情加入他们的狂欢,将野蛮的天性发挥至极致,非但没有让"光明"照亮"黑暗",自己反而被黑暗吞噬,以至于马洛第一次见到库尔兹时,见他"咧开大嘴——这使他的容貌显得不可思议的贪婪,好像他要吞掉整个天空,整个大地,和所有他面前的人"。在相同的情境下,面对相同的诱惑,马洛并没有"上岸去吼叫一阵,跳一次舞",也否认是由于自己"情操高尚",而是"我没时间。我不得不把时间消磨在白铅粉和毛毡条上,用它们来包扎漏气的蒸汽管道,注视掌舵的情况,防备着那些树桩"。康拉德在小说中多次表示:当人类摆脱了文明世界里的种种束缚,工作——或者说劳动——成为防止人堕落的救赎力量,带给人巨大的安慰。马洛将他引领的"一堆废铁似的汽船"称作他的"有权势的朋友[……]再没哪一位有权势的朋友对我的用处比它更大了,他给了我一个能出来跑一跑的机会,让我发现我自己到底能干出点什么"。工作给了马洛发现自己的机会,让他能够体会自己的真实,而不是对别人而言的真实,只有内心有信仰并愿意为此付出的人才能免予像库尔兹那样成为一个"空心人"。

  野蛮本身并不一定导致罪恶。库尔兹的船上有30名当地招来的黑人船员,他们都来自野蛮部落,有吃人的习俗,却并没有因为饿鬼掏肚而攻击同在船上的5个白人。最初,马洛对此百思不得其解,后来渐渐意识到"有某种抑制性的东西,一种阻碍出现这种可能性的人性的奥秘"②起了作用。这种"人性的奥秘"就是"克制",毫无节制会让天性中的野蛮占据上风,导致人性的彻底沦丧。以库尔兹为首的殖民者——如书记员、经理、朝圣者和马洛船上的舵手——脱离文明社会的约束,恣意放纵自己的贪欲,非洲大陆的黑暗唤醒了他们心中的"恶",环境的野蛮与内心的野蛮交织在一起,使这些本来去征服"黑暗"的拓荒者反被吞噬,成了"黑暗"的俘虏。"他们不再是传统冒险小说中勇敢正直的青年,他们所面临的问题是在这一新的环境中如何重新定位、赋予自我存在的意义。"③与库尔兹一众不同,小说中以马洛为代表的另一些外来者——如来自俄国的"小丑"(the harlequin)、锅炉工以及《航海术要领探讨》的作者陶赛(Towson)——却是些心怀信仰、内心强大的人,他们对探险与劳动有切实的热爱,作者在描写他们的时候笔触显然是轻松明快的:那些名不见经传的书页,"虽然经过了许多岁月的沧桑,仍然能够[……]散发出光彩,使我[……]沉入那与某种决不会有误的真实东西终于相逢的甜美感受之中";"小丑"则

---

①约瑟夫·康拉德:《黑暗的心》,智量译,华东师范大学出版社2013年版,第46页。
②约瑟夫·康拉德:《黑暗的心》,智量译,华东师范大学出版社2013年版,第53页。
③岳峰:《康拉德非洲题材小说中欧洲"空心人"的道德救赎》,《文教资料》2011年34期,第29页。

坦诚、整洁、愉快，像个婴儿一样，连衣服上的补丁都补得非常漂亮。康拉德意在通过刻画这两类不同的人来揭示信仰丧失、内心空洞、克制力缺乏的可怕后果。

在作者的想象空间中，库尔兹被刻意塑造成为与马洛完全不同的人，代表"黑暗"的库尔兹终因放纵贪婪的欲望在惊惧的痛苦中死去，而代表"光明"的马洛却能穿越黑暗之门顺利回归。康拉德向读者揭示了对抗黑暗、寻求光明的方法与可能性。

结　语

《黑暗的心》这部小说的含义与其说可以被"解读"，不如说只能被"觉察"[①]——这是许多批评者的共识。康拉德想要借助现实的故事来解释被掩盖的真相，而马洛的叙述却如同一团浓重的雾，阴暗朦胧，充满了隐喻式的提示，可以看出作者是在以想象中乌托邦式的梦幻来代替现实生活，带领读者遁入一个与现实隔离的世界。随着想象中叙事的展开，马洛原本对库尔兹的追寻渐渐转化为对自己内心世界的探索。不同于传统的、以揭露现实为目的的殖民小说，《黑暗的心》更关注欧洲殖民者自身的困境，作者的意图很明确：他要以这些殖民者为窗口"去观察现代西方社会的通病和隐患，去探索现代文明人那复杂、变异、被扭曲的内心"[②]。

小说最后一幕记录了马洛回到欧洲后与库尔兹未婚妻之间的对话。当她问到库尔兹的遗言时，马洛不忍心告诉她真相，撒谎说他最后叫出来的是她的名字，因为真相"未免太黑暗了——实在太黑暗了。……"这是康拉德精心设计的结局。他在写给《勃腊克武德》杂志编辑的信里说："《黑暗的心》最后关于马洛同姑娘会见的那几页等于是把整篇三万字的叙述归结到对于一整个方面的人生的一个设想性的看法，这就把小说提到更高的平面，而不仅仅是一个关于在非洲中部发了疯的人的掌故了。"[③]这个"设想性的看法"即是在黑暗背后那点光明的希望。当库尔兹的未婚妻最后出现时，整个故事的色调一扫之前的阴霾，可以看到"她平滑、白皙的前额被不灭的信念和爱情的光所照亮"，"她的那头美发在它金色的一闪中仿佛捉住了夕阳的全部光辉。"面对这样一个光明的化身，尽管万分为难，马洛仍选择用一个谎言来保护她，同时也保住了对这个已经丧失其神秘性的世界仅存的浪漫幻想。"只有回到那坟墓一般的城市里，在对库尔兹未婚妻撒了谎同时也得到了救赎之后，马洛的经历才算真正结束"[④]。在他看来，虽然理想看上去不切实际，但若不对理想世界加以珍视和保护，现实就会变得更糟。在想象的空间内，康拉德借马洛之口用"迷雾"一般的故事表达了这样的想法——只有内心存有信仰并愿意为之献身的人，才能免于像库尔兹那样屈服于天性中的野蛮，逃离黑暗，找寻光明。

[①] Leo Hamalian and Edmond L. Volpe. *Ten Modern Short Novels*. 1958, p.194.
[②] 王佐良：《王佐良全集》(第五卷)，外语教学与研究出版社2016年版，第337页。
[③] 王佐良：《王佐良全集》(第一卷)，外语教学与研究出版社2016年版，第633页。
[④] Albert.J, Guerard. *Conrad the Novelist*. Harvard University, 1958, p.42.

英雄还是懦夫？这是个问题！*
——《时代的喧嚣》的叙事伦理批评

西北大学文学院　张慧慧

《时代的喧嚣》取材于苏联音乐家肖斯塔科维奇的人生经历，在朱利安·巴恩斯的虚构呈现下成为一部探讨极端社会环境下个体的生存状态和伦理诉求的优秀作品。巴恩斯采用灵活的第三人称视角，展示了主人公肖斯塔科维奇在一个独裁、暴虐、摧残人性的时代，如何在权力的胁迫下一步步地妥协退让，成为被人嘲讽和羞辱的"懦夫"。然而，主人公懦弱的表象下仍然保有一个坚硬的"内核"——用艺术敞亮生存，同时，作者在叙事过程中对反讽等叙事技巧的运用不断强化主人公"英雄"的一面。"懦夫"和"英雄"的悖论不仅揭示了不同的情境对个体伦理选择的重要性，也表明了经验自我与叙事自我的矛盾关系，以及叙事对个体身份建构的过程中彰显的伦理倾向。

《时代的喧嚣》是英国当代著名作家朱利安·巴恩斯继 2011 年荣获布克奖之后的又一部力作。该小说通过叙事者对三个场景的回忆呈现了苏联作曲家肖斯塔科维奇曲折离奇的一生，建构了一个既是英雄又是懦夫的肖斯塔科维奇形象。这一形象表现了个体在权力恣意妄为的专制社会中如何一步步放弃自己的原则，沦为权力的传声筒；同时，主人公在叙事过程中向读者敞开自己的内心世界，通过忏悔使自己的形象向英雄靠拢。这种懦夫和英雄在同一个体身上的矛盾统一不仅强化了生存环境的严苛，也为人类生存需要遵循的伦理秩序提供了反思空间。本文认为，巴恩斯对肖斯塔科维奇的身份建构，并不只是简单地展示其在困境中的伦理选择，从而使读者认同这一"懦弱的英雄"角色。小说中的肖斯塔科维奇形象是否真实并不是该小说的重点，关键在于作者建构这样一个肖斯塔科维奇形象的用意何在？他想表达什么样的伦理诉求？又是通过何种叙事策略达到这一目的的？

叙事作为一种以语言为中介的人类行为，其背后总有某种动机，并最终指向某种目的，这些动机和目的就隐藏在叙事形式中。叙事中总是有意无意地存在着某种道德立场和伦理追求。正如齐泽克所言："不可能存在一种让我们客观、公正地看待事物的中立视角：任何一个视角都是由一种被历史地决定了的、预先理解的视域构架的"（齐泽克《享受你的症状》24）。任何一部小说都是事先由作者的伦理倾向所决

---

* 基金项目：国家社科基金重大项目"中国当代文艺审美共同体研究"（2018ZDA277）。

定的。牛顿(Adam Zachary Newton)认为叙事伦理指的是故事讲述者、倾听者和见证者之间具有的对话交换体系，以及讲述行为带来的主体间责任(Newton *Narrative Ethics* 17—18)。它不仅涉及叙事内容所呈现的伦理意蕴，同时也包含叙事行为所体现的伦理态度和倾向。本文首先从故事伦理角度分析《时代的喧嚣》中叙事者的伦理诉求。叙事者通过呈现给读者的特定的社会情境以及主人公肖斯塔科维奇的两难选择从而建构了自己的伦理身份。其次，从作者对反讽和视角的运用来分析小说所蕴含的叙事伦理。作者运用不同的叙事技巧来建构人物的伦理身份以展示自己的伦理倾向。通过对具体情境下个体的伦理诉求进行评价和探讨，作者试图包容不同社会语境下伦理诉求的多样性，并在此基础上提出他自己的伦理诉求。在独裁权威被打破，世界日趋多元化的时代，人们所追寻的伦理规范也应该是多元的，由不同的伦理语境所决定的。英雄还是懦夫不仅取决于社会情境，也取决于叙事故事的塑造和他人的伦理评判。

一、叙事者的伦理诉求

《时代的喧嚣》通过主人公肖斯塔科维奇的回忆性叙事，呈现了一个懦弱和英勇集于一身的人物形象。故事伦理通过讲述故事，讲述个体的人生经历来展现某一具体伦理情境中人的伦理诉求，在叙事过程中，肖斯塔科维奇不断地强调他的懦弱。在个人生活中，他不敢反抗母亲的权威，没有办法赢得自己的爱人。在暴虐的社会环境中，肖斯塔科维奇从其音乐被批为形式主义错误而遭受被捕和死刑的威胁，到充当苏联艺术成就的象征性符号；从最初的拒绝为自己的音乐公开道歉，到自己否定自己的音乐和艺术原则甚至加入共产党。从经验自我的角度看，肖斯塔科维奇确实可以算是一个懦夫。叙事自我则是一个在专制、暴虐、摧残人性的社会环境中坚持自己对爱的信仰和对音乐的追求的英雄形象。"拉康把'英雄'定义为一个完全地承担其行动后果的主体"(齐泽克《享受你的症状》22)。当肖斯塔科维奇选择独自一人等待被捕，代表政府出访，加入共产党时，他做出伦理选择保护了他认为重要的东西——对家人的爱和对音乐的执着，而自己却承受着他人的羞辱和自己的蔑视，他独自承担了这些伦理选择的结果。正是因为他承受了自己的选择带来的痛苦和羞耻，他也就称得上是拉康意义上的英雄。

在对文本的故事伦理进行解读时，我们必须"回归到属于它的伦理环境和历史语境"(聂珍钊 19)。《时代的喧嚣》中，严峻的时代氛围是通过主人公肖斯塔科维奇的内心世界展露给读者的。这个环境最突出的特点是专制、暴虐，人在其中丧失了尊严、爱和自由。艺术以及人的思想被政治所压制，失去了表达的自由。权力通过死亡和流血来树立其权威，使人们屈从。作者呈现出这样一个专制暴虐的苏联时代，目的不是简单地对苏联指手画脚，而是探索在极端环境下什么是支撑人类生存的信念，不同的伦理环境下人类如何评判自我及他人。这样一个环境里，每个人的生存态度和伦理选择是不同的。在不断有人被捕杀害的白色恐怖下，普罗科菲耶夫怀着理想主义回到了自己的祖国，斯特拉文斯基和尼古拉斯·纳博科夫流亡西方国家，而肖斯塔科维奇留在祖国，成了权力的传声筒。

我们对个体某一行为进行解释和伦理判断时，也要将其置于他所处的时代环境中。肖斯塔科维奇代表苏联政府出访美国这一行为并非他的真实意愿，而是权力胁迫的结果。为了能够使艺术家们的音乐摆脱禁演的命运，他只好拿自己与权力交换。流亡美国的斯特拉文斯基只是基于肖斯塔科维奇的官方身份就粗暴地拒绝了见面的机会，而尼古拉斯·纳博科夫自以为了解苏联的暴政和肖斯塔科维奇的无奈选择，想要他当众承认苏联当局对他的胁迫。在叙事者看来这些生活在舒适的美国公寓的人道主义者们只是想通过揭露苏联的恶来显示他们的优越感。而另一些抱有共产主义信仰的西方知识分子无视艺术家们所处的极端环境和他们对现实的不满，为斯大林高唱赞歌。他们并不关心共产主义的真实现状，只是拒绝看到他们信仰的破灭。因此，我们"不能脱离意图来描述行为，也不能脱离环境来描述意图，对于行为者本人或其他人来说，这些环境使得这些意图可清楚理解"（麦金太尔《德性之后》260）。远离事情发生现场，我们就没有权力对他人指手画脚。肖斯塔科维奇通过呈现自己所处的环境为自己辩护，表达了他对时代的不满和谴责。

二、反讽叙事的伦理倾向

反讽指的是为达到某种修辞或艺术效果而采用的一种所言与所指的不一致、行动和结果不一致、表象和真实不一致的叙事策略。反讽总是包含着各种"口是心非"的矛盾和对立，因此，反讽作品总是能带给读者一种荒诞感（Cuddon 430）。反讽是一种看待事物的模式，对待生存的方式，所以反讽里的似是而非也包含着叙事者和作者的伦理选择。反讽不是陈述事实，而是需要作者或者叙事者的介入，表达一种主观态度。个体从自身的经验和认识来体察世界和存在，赋予他所认知的世界以荒诞性。

作者将肖斯塔科维奇认为"闰年会带来霉运"的观点作为小说的整个框架结构，三个闰年的时间构成了小说的三部分，试图暗示他的懦弱和对命运的顺从，因为迷信的人总是在命运面前显得怯懦。作者利用命运反讽建构出一个信命的懦夫形象。命运反讽指的是文学作品中仿佛有命运之神在操控着各种事件的发生发展，使主人公误会命运的指示，进行一番挣扎却最终仍然逃不脱命运的魔咒的叙事方法（Abrams 167）。命运反讽总是充满着各种意外，在这些意外中领悟到生存的困境。在《时代的喧嚣》中，肖斯塔科维奇的歌剧被批判封杀，多次目睹了周围人的被捕和判刑之后，他已经预知到了即将到来的死亡。而当他做好赴死的准备，准时去接受第二次审问和随之而来的死亡时，肖斯塔科维奇却在门口被告知审问他的人被捕了。这种等待死亡的恐惧与侥幸活命的唏嘘，准备赴死的严肃与命运的荒诞的反讽性对比突出了权力对个体命运的玩弄。穆拉杰利是紧跟着权力的脚步的作曲家，他自认为他的《伟大的友谊》优美动听，包含着对国家和社会主义现实主义的强烈热爱，肯定会得到领袖的肯定。然而，他对历史的阐释惹怒了领袖，最终其音乐也被批判为形式主义的"鸭叫和猪哼"。两种不一样的伦理选择却导致了同样的结果。

在命运反讽中，事物之间的因果关系被重构扭曲，显示出一种荒诞的逻辑，以此实现一种批判效果。随着叙事的推进，叙事者不停地为肖斯塔科维奇当年的行为开脱，将错误归于权力对人的异化，权力行使者的命运都透露着一种荒诞。肖斯塔科维奇在权力的胁迫下成了权力的行使者，但他并没有感受到权力带来的喜悦，而是煎熬在被迫丢弃自己的原则的羞愧中。反讽作品中包含的矛盾不断地邀请读者参与对文本的阐释。在某种程度上，叙事者和读者形成某种默契，将表面意涵作为一种保护自我的面具展露给外界，拥有对表面之下隐藏的真理的共享。同时，叙事者在表述了与读者共享隐藏的真理的愿望之后又表达了对读者的怀疑，这种怀疑加深了他对自我的厌恶和蔑视。

言语反讽指的是语言的表面含义与语言发出者想要表达的意义不一致。反讽陈述通常体现着叙事者的态度或评价，而这种态度或评价是与作者的整体态度背道而驰的（Abrams 165）。言语反讽是言说者意识到了事物的复杂性而采取的一种暗含嘲讽的语言，它能够委婉地表达出个体的不满等情绪。叙事者将工业的生产标准生搬硬套地用在艺术创作上，以委婉的反讽表现他对失去创作自由的不满。叙事者罗列出对歌剧的评论的看法，似乎是对评论者的控诉，将现实生活中无奈的屈服，通过文本形式表现出来。叙事者故意用一种天真的逻辑将事情进行因果归因："这可能是看待它的最佳方式：一个作曲家先是受到谴责和羞辱，然后被捕枪决，所有的原因只是因为管弦乐队的席位排列"（Barnes *The Noise of Time* 16）。

反讽的魅力在于它使人能够以一种智慧、超脱的态度面对生活的苦难，使当事人以旁观者的角度审视自己所处的社会。它能把人从仇恨、压抑、自卑等消极体验中解脱出来，使读者在轻松的阅读体验中与文本世界产生共鸣。叙事者在叙事过程中不断地暗示反讽是专制和暴虐的产物。当权力不允许人们说真话时，真话就不得不披上反讽的伪装。它可以让个体留住灵魂深处的硬核，以颠僧的面目对抗时代之恶，对抗权力的粗鲁和暴虐。"他的整个一生都依赖于反讽。他想象这种品质是从日常之处诞生的：是从我们想象，或以为，或希望生活所是的样子，与它实际所是的样子之间的裂缝中产生的。因此反讽成了自我和灵魂的防御"（Barnes *The Noise of Time* 189）。甚至肖斯塔科维奇的音乐创作都是反讽的产物。

在想象和现实之间，通过对反讽的运用，主人公可以在令人窒息的社会环境中保护他所珍视的对爱的信仰和对艺术的追求。反讽为主人公的生存提供了一个保护色，使他有可能以曲折隐晦的方式表达对时代的不满，揭示时代之恶。小说中对肖斯塔科维奇的懦弱的刻画，某种程度上强化了他英雄的一面。小说表面上是对肖斯塔科维奇懦弱性格的揭露，对他在权力胁迫下成为权力传声筒的选择加以谴责，实际上叙事者的叙述却从不同角度强化了肖斯塔科维奇英雄的一面，懦夫与英雄间的张力促使读者更深入地剖析主人公所处的伦理语境。

三、叙事视角的伦理意蕴

"叙述视角指叙述时观察故事的角度"（申丹，王丽亚 88）。不同的叙述视角、叙事技巧可以体现不同的情感立场、伦理认同和伦理态度。巴恩斯在创作之初将小说设定为第一人称叙事，但是进展很不顺利，最终改为第三人称叙事。"第三人称很灵活，你可以把镜头拉得很远，可以看到你笔下的主人公和他生活的时代的全景；也可以拉得很近，只看到他；还可以把他放在镜头后，以他的目光来看世界，第三人称就成了第一人称"（巴恩斯《时代的噪音》241）。小说里的第三人称可以分为两种不同的情况：一是可以客观、中立地呈现时代全貌的第三人称全知视角；二是可以深入某个人物角色内心的故事内固定人物有限视角，这个视角可以是基于目前叙事者的角度的回顾性视角，也可以是立足事情发生时刻的经验视角。《时代的喧嚣》对第三人称视角的灵活运用，可以更好地呈现肖斯塔科维奇所处的时代之全貌，读者可以通过叙事者肖斯塔科维奇的内心世界以及他对世界和他人的评价获知他的伦理倾向和态度。同时，叙事者在叙事过程中对自我的矛盾性呈现也邀请读者参与到对时代和主人公的伦理阐释中。

小说开篇肖斯塔科维奇在电梯口等待被捕时的意识流式的心理描写，以一种全知的上帝视角，潜入主人公的意识和灵魂深处，可以给读者营造一种与主人公合二为一的身临其境之感。这种混乱的回忆碎片栩栩如生地呈现了一个内心充满恐惧等待着死亡来临的懦夫形象。此时读者与叙事者同步，似乎读者也在怀着上帝的悲悯之心注视着这个怯懦的可怜人。这个形象随着穿插其中的来自叙事者的评论得到进一步加强。"命运就是你对无能为力之事的冠冕堂皇的称呼。当生活告诉你，'就这样'，你只好点头，称之为命运"（Barnes *The Noise of Time* 7）。肖斯塔科维奇的自我评价、叙事者对他的评论以及旁观者的评论都突出了他作为懦夫的特征。

小说中大部分的叙事是从肖斯塔科维奇的视角对他过往的人生进行回忆的，在这种回忆叙事中，作为叙事者的肖斯塔科维奇与作为叙事对象的经验自我的肖斯塔科维奇拉开了一定的距离，正如牛顿所言，"将'生活转变为故事'，暗示着个人和角色之间的虽小却重要的距离"（Newton *Narrative Ethics* 18）。叙述者会将发生在经验自我身上的事情进行删减排序、逻辑归因，建构出一个连贯的故事，并且以当前叙事者的眼光做出伦理评判。肖斯塔科维奇对其怯懦性的建构主要体现在以下几个方面：一是不敢反抗母亲的权威，无法摆脱对母亲的依赖；二是不知如何去爱、如何赢回自己的恋人；三是惧怕死亡、屈从于权力的胁迫。然而，随着回忆的继续，叙事者又在故事中呈现了肖斯塔科维奇不同的一面：他借莫泊桑的小说表达了对理想之爱的向往。正是他对家人的爱让他拥有了在电梯口等待被捕的勇气。这些叙述又可以证明他是拥有对爱的信念的。肖斯塔科维奇认为死亡会"将他的名字和他的音乐抹去"（Barnes *The Noise of Time* 48）。他并不是害怕死亡本身，而是害怕死亡带来的结果。死亡会使个体失去对自我身份的宰制权，使身份的建构落入权力的掌控中。

如果他活着，他就可以坚持用音乐揭示自我和社会，揭示人生的真相，也可以通过自己的叙事来构建自己的身份。

小说中作为叙事者的肖斯塔科维奇对其经验自我的忏悔和当时暴虐的社会环境的反讽性评论暗示了肖斯塔科维奇内心里的德性和善恶标准，从而构建了他英雄的一面。比如叙事自我对经验自我最初的反抗言论有着不一样的评价："面对最初的威胁时，他告诉朋友：'就算他们砍掉我的双手，我也要口衔钢笔继续创作'"（Barnes The Noise of Time 49）。而随着时间的推移，叙事自我的评价则是"他的那句话，充其量不过是愚蠢的自吹，甚或仅仅是一种修辞。权力对修辞没有兴趣。……从此以后，只有两种类型的作曲家：战战兢兢活着的和已经死掉的"（Barnes The Noise of Time 50）。读者可以感知到肖斯塔科维奇对权力和时代的认识有一个逐步加深的过程。当肖斯塔科维奇意识到从他自己嘴里念出对自己崇拜的音乐家伊戈尔·斯特拉文斯基的批判时，叙事者用了很长的篇幅以事件发生时的经验自我视角描写了当时肖斯塔科维奇内心的羞耻、纠结和慌乱。同时叙事自我以当前的伦理姿态为基础对当时的经验自我进行批评。这里现实行为上的麻木和冷漠与内心的羞愤和自蔑形成了鲜明的对比。叙事自我与经验自我的分离一方面使作为叙事者的肖斯塔科维奇对经验的肖斯塔科维奇作出伦理评价，是对经验自我的反思和忏悔。而另一方面，由于作为叙事者的肖斯塔科维奇已经脱离了过去事件发生时的伦理环境，权力和暴虐对他的威胁就大大地弱化了，所以，他可以更加大胆地表现他的不满——以想象的对话的方式揭示权力的暴虐和专断，以与莎剧中人物对比的方式揭露权力的残酷无情。在当时处境中做出屈从选择的主人公所表现出来的恐惧在作为叙事者的主人公眼中就显得可耻，因此，叙事自我对经验自我的懦弱行为表示忏悔，这种对时代的批判赋予了作为叙事者的肖斯塔科维奇一种英雄的身份特征。尽管叙事故事中不断地展现主人公的懦弱，读者常常会忽视他在现实生活中的懦弱表现，而被他的叙事情绪所感染，相信他在叙事中表现出来的真诚。

对人物的同情不是一个鲜明的道德判断问题，而是由在小说视角中新出现的这些可描述的技巧所制造并控制的（柯里《后现代叙事理论》22）。在《时代的喧嚣》中，读者的同情来自限制性全知视角的运用。首先，作为叙事者的肖斯塔科维奇在叙事过程中向读者展示了他所处的时代——一个暴虐与专制的时代，一个艺术被权力束缚的时代。叙事者突出时代之恶以表明肖斯塔科维奇当时的伦理选择实在是迫不得已。其次，叙事者将自己的内心挣扎栩栩如生地呈现给读者，叙事者讲述他对音乐的执着，对人类的爱以及未泯灭的良知对他的拷问，读者由此深入了解他的思想和灵魂，进而从情感上与主人公产生共情，原谅他身上的缺点以及所犯的错误。另外，作为叙事者的肖斯塔科维奇在叙事过程中对经验中的肖斯塔科维奇进行伦理评判，对过去的自我进行忏悔，从而使读者感知到主人公的真诚和勇敢。

然而，这样一种故事内视角的选择不可避免地带有叙事者自身的主观偏见。小说中除了肖斯塔科维奇的自我评价之外，他还对他同时代的毕加索、萨特、普罗科菲耶夫等人物作出了评价。这些评价有些可能与读者内心的原有认知吻合,有些可能与读者的内心评价相矛盾,这些相矛盾的评价就会诱导读者质疑叙事的可靠性,从而邀请读者重新审视对肖斯塔科维奇的伦理评判。因为当个体进行回忆时,总是倾向于为自己辩护,将错误归因于环境或者他人。此时回忆的不确定性被凸显,读者也就有理由对故事的其他部分提出质疑,从而对主人公的叙事和伦理身份重新定位。第三人称有限视角不仅展示了叙事者对他人和事件的独特看法,同时,其独特的视角也揭示了叙事者自身的性格和身份特征。

结　语

叙事者首先给读者呈现了主人公肖斯塔科维奇的恐惧和怯懦,然后随着叙事自我与经验自我距离的拉大,叙事过程中加入了反讽的语调,突出了对社会情境的批判,这为主人公懦夫形象的转变准备了条件。同时,主人公通过叙事干预表明了他对他人之见的看法,并向读者敞开自己的心灵世界,使读者得以知晓他内心所坚持的伦理原则和对自我的忏悔,这样,一个英雄的形象就通过叙事得以建构。小说也反映了作者的伦理诉求:艺术是表现人类生存和探寻生命意义的方式,艺术家应该忠实地呈现他所看到的客观世界以及自己的内心世界。在人性因为权力而扭曲、独裁和暴虐横行的社会语境下,唯有爱、自由和艺术才是可以支撑人们看到希望的信仰。

《洛丽塔》中的叙述主观化探析

北京外国语大学俄语学院　田佳宁

叙述主观化是文学篇章建构的重要方法，是俄罗斯文学修辞学的重要概念，与作者、作者形象、叙述者、人物、视角等文学篇章的核心概念紧密相连，叙述主观化的理论经过 В. В. 维诺格拉多夫（В. В. Виноградов）的提出、В. В. 奥金佐夫（В. В. Одинцов）的发展，和 А. И. 戈尔什科夫（А. И. Горшков）的完善已经至臻成熟，为文学篇章的分析提供了切实可靠的理论依据。《洛丽塔》是俄裔作家纳博科夫的成名作，被誉为 20 世纪世界最具争议和影响力的小说之一。小说的结构精巧复杂，叙事暗藏玄机，小说中对主观化叙事策略的巧妙运用，让读者稍不留神就会受小说主观叙事的影响，这也是小说引发诸多争议和误读的一个重要原因。本文主要根据戈尔什科夫的叙述主观化理论，结合视角理论和作者形象说，对《洛丽塔》中叙述主观化的视角选择、表现手段和主观叙述下潜在的作者形象进行分析，探究《洛丽塔》精妙的叙事魅力和深层的思想内涵。

引　言

《洛丽塔》又名《一名白人鳏夫的自白》，是著名的俄裔作家纳博科夫的代表作，这部作品从其出版时屡次遭拒，被打上"色情文学"和"低俗小说"的标签，再到后来名声大噪，享誉世界，成为 20 世纪最具影响力的文学经典，其经历可谓颇具传奇色彩。小说以第一人称"我"的主观叙述为主导，讲述了五十多岁的亨伯特对十几岁未成年继女洛丽塔的狂热迷恋引发的爱情与人伦悲剧。小说由雷博士的序言、"我"的主观叙述和作者纳博科夫的后记三部分组成。"我"既是故事的讲述者，又是故事的主人公，在以回忆录形式呈现的整部作品中，叙述主观化占有独一无二的重要地位。

"叙述主观化"（Субъективизция повествования）是小说语篇组织的重要原则，也是俄罗斯文学修辞的核心概念之一。1971 年苏联著名的文艺学家 В. В. 维诺格拉多夫在《关于文学言语理论》一书中首次提出这一概念，他指出"主观化的叙述是构建任何一个完整的文学语篇所必不可少的基础……事件或事物通过人物的视角被称谓……对于研究作者形象非常重要"，[①] 他的主观化叙述基于其作者形象论，他在指出作者的客观领域与人物的主观领域同时具有作品建构功能时，更加侧重作者形象

[①] Виноградов В. В. *О теории художественной речи*. М. Высшая школа. 1971. с. 165.

对讲述人和人物的主观叙述的影响。继维氏之后，1980 年 B. B. 奥金佐夫在自己的《语篇修辞学》(*Стилистика текста*)中对叙述主观化理论进行了更为深入的研究和理论的初步构建。与维氏不同，奥金佐夫在肯定叙述主观化与人物形象的关系的同时，强调了叙述者不容忽视的地位，因为"叙述者能够使作者把新的主题和人物带入文学作品，能够使作者以最适合的形式表达思想，能够使作者战胜文学语言传统。在这一方面首先表现出的是作者可以通过叙述结构创造情感表达力度。这样的复杂化能使作者把描述置于各种缩影及解释中。"①而后，А. И. 戈尔什科夫在《俄语修辞学》(*Русская стилистика*)一书中进一步发展了叙述主观化理论，他在奥金佐夫研究的基础上，进一步细化了叙述主观化的言语方法和结构方法。首先，他认为应该用"方法"(приемы)一词来代替奥金佐夫所使用的"形式"(формы)一词，因为叙述主观化的言语方法更多涉及文学语篇的内容方面，而结构方法反映的是形式。除了对叙述主观化手段的称名提出异议之外，戈尔什科夫还补充和发展了奥金佐夫的观点，奥金佐夫认为语层主体的所属性是衡量叙述主观化的重要指标，而戈尔什科夫则进一步指出区别各语层特征的核心是视角，发现了视角在叙述主观化中的重要作用。此外他还关注了叙述主观化的言语方法和结构方法在内部各自相互作用的现象，并且强调了两类方法之间的密切关系，指出："对于作品结构而言，言语方法具有本质性的特点，而结构方法必须通过语言来表达。"②通过对叙述主观化理论发展的梳理可以看出，叙述主观化和作者形象、视角等文学修辞学的概念密不可分，而叙述主观化的本质就是借助一定的言语或结构手段，实现由客观到主观的叙述视角的转移。在《洛丽塔》中叙述主观化的策略不可避免地导致了作者形象的隐退和读者价值判断受影响，是小说引发争议和误读的主要原因，借助叙述主观化的理论，探究小说主观化叙述策略下的视角的特征，呈现手段，深入挖掘主观叙述和作者形象之间的关系，才能避免误读，帮助我们在纳博科夫的叙事迷宫中，拨开层层迷瘴，领略《洛丽塔》的真正风采。

一、叙述主观化策略下"我"之视角的选择

叙述主观化与视角的选择密不可分，戈尔什科夫认为："重要的是什么区分出了作者、讲述人和人物的语层的特点——是视角，正是视角决定了语列展开和组成的结构特征，体现了各层次之间的相互关系和影响。"③戈尔什科夫强调叙述主观化中视角问题的重要性，并指出当视角主体由作者转向人物或讲述人时，作者的叙述就发生了主观化。在《洛丽塔》中叙事主观化明显体现为第一人称"我"的叙述视角的选择。亨伯特既是小说的主人公，又是小说的主要叙述者，文本世界中发生的一切都

---

① Одинцов В. В. *Стилистика текста*. М. Наука. 2004. c. 188.
② Горшков А. И. *Русская стилистика*. М. Астрель. 2006. c. 210.
③ Горшков А. И. *Русская стилистика*. М. Астрель. 2006. c. 205.

经由"我"之眼来见证,"我"之口来讲述,和"我"之头脑来思考和接受,而这一主观化叙述策略和视角的选择显然与叙述者亨伯特的辩护策略和目的相关。"第一人称的叙述特别适合做内心忏悔,因为人称本身就具一种独白性"①,通篇使用第一人称叙事,亨伯特可以直接将读者带到自己的内心世界,有助于拉近叙述者兼主人公亨伯特与读者之间的心理距离。在叙事过程中,亨伯特不遗余力地向读者灌输"宿命论""无罪论"与"魔性论",试图利用"我"的内视角的心理带入感来影响读者对事件的客观判断。亨伯特一开始就向读者大谈特谈自己十几岁时懵懂、美好却又带着悲剧色彩早早夭折的初恋:"我一再翻阅这些痛苦的记忆,一面不断地自问,是否在那个阳光灿烂的遥远的夏天,我生活中发狂的预兆已经开始,还是我对那个孩子的过度欲望,只是一种与生俱来的怪癖的最早迹象呢?"②由此来向读者一再强调爱上洛丽塔是痛苦初恋的必然结果,他也是这种不可抗拒的命运的俘虏。而在亨伯特回忆他在"着魔猎人"汽车旅店第一次占有了洛丽塔的情节时,他也竭力不承认自己是犯了强奸罪,而将责任推到了洛丽塔的身上,指责是洛丽塔诱惑了他。亨伯特甚至在叙述中反复强调洛丽塔并非纯洁,"我甚至不是她的第一个情人","我在这个美丽的巧夺天工的少女身上没有感觉出任何美德的蛛丝马迹就够了,现代综合教育,少年风尚,篝火欢宴等等已经将她彻底败坏难以挽回。"③在以亨伯特第一人称"我"为主导的主观化叙述中,本是受害者的洛丽塔,反而被打上了不良少女和道德败坏的标签,第一人称视角的选择大大影响了视角的真实性和读者的心理认同,亨伯特以忏悔为名完成了成功的自我辩护。

  第一人称视角下的叙述主观化策略的构建体现了纳博科夫作为一名一流作家的天赋,在客观现实世界的评价层面里被定义为恋童癖、乱伦者和杀人犯的亨伯特,在以"我"的主观化叙述视角为主导的文本世界里,则摇身一变成为一个为情所困的可怜人,第一人称叙事让亨伯特向审判员和读者们敞开了自己的心扉,同时也让读者不自觉地踏入主观叙事的陷阱,走进人物的内心就意味着从亨伯特的视角来感知整个事件的发展,读者被迫与亨伯特之间产生强烈共情而不自知,在亨伯特娓娓诉说自己的欲望、痛苦、悔恨和对洛丽塔至死不泯的爱情时,读者自我的价值判断遭到蒙蔽,而在"我"的主观化叙事的影响下对亨伯特和他的真挚感情产生了无限的同情,油然生出"问世间情为何物,直教人生死相许"的无限唏嘘。正如批评家特里林所说:"亨伯特无疑非常愿意说他是个魔鬼,无疑他是个魔鬼,但我们却越来越不急于说出他就是个魔鬼。当我们意识到以下这点时,我们被震撼了,这点就是,在阅读小说的过程中,我们实际上已经宽恕了小说中所展现的暴行,我们已经被引诱去纵容了这种暴行,我们允许自己去接受了本来我们要反对的事情。《洛丽塔》对我产

---

  ①徐岱:《小说叙事学》,中国社会科学出版社1992年版,第276页。
  ②纳博科夫:《洛丽塔》,主万译,上海译文出版社2005年版,第19页。
  ③纳博科夫:《洛丽塔》,主万译,上海译文出版社2005年版,第208页。

生的吸引力之一，是它的含混的语气……和含糊的意图，它能产生不稳定性，使读者失去平衡。"①

二、叙述主观化策略下"我"之同情的实现

抛开叙述主观化策略引起的对小说的诸多争议和误读，不得不承认小说借由此成功地建构起讲述人亨伯特的同情叙事，而这种同情叙事的实现，除了从第一人称"我"的视角控制叙事外，更与叙述主观化的言语手段和结构手段密不可分。奥金佐夫提出了将叙述主观化划分为言语形式和结构形式两种基本形式，而戈尔什科夫则在此基础上进一步完善，提出了言语手段和结构手段，其中言语手段包括直接引语、非纯直接引语、内心话语。直接引语和内心话语的话语主体属于人物，其主观色彩一目了然，是叙述主观化最常见和明显的手段，非纯直接引语是作者和人物言语相互作用的结果，是他人话语和作者话语的融合。在非纯直接引语中，充满具有明显的人物主观情感色彩的问句、感叹句、单部句、指示代词、情态词语与作者的客观叙述同时存在。结构手段包括认识手段、描写手段和蒙太奇。认识手段通常使用不定代词和不定副词，表示怀疑的插入语来表现由未知向已知、由不确定向确定的主观化发展。而描写手段则多通过修饰语、比喻、拟人的使用来塑造主观上的形象。蒙太奇手段描述的是借助人物的观察视角，通过视角的动态移动体现叙述的限制性和主观性。

为了达成亨伯特以自白为名的自我辩护，《洛丽塔》中使用了大量的内心话语这一语言手段来建构这种主观叙事。第一人称"我"的叙述让亨伯特这个被审判者以内心独白的形式来为自己所犯下的罪行进行陈述，把充分的话语主权交给了人物，整个故事的话语完全切合小说的另一个名字《一个白人鳏夫的自白》，文本中到处都充斥着亨伯特的内心话语，比如小说著名的开篇："洛丽塔，我的生命之光，我的欲念之火。我的罪恶，我的灵魂。洛——丽——塔：舌尖向上，分三步，从上颚往下轻轻落在牙齿上。洛。丽。塔。在早晨，她是洛，普普通通的洛，穿一只袜子，身高四尺十英寸。穿上宽松裤时，她是洛拉。在学校里她是多丽。正式签名时她是多洛雷斯。可在我怀里，她永远是洛丽塔。"②可以看出，不论洛丽塔有多少种不同评价色彩的称名，但是在亨伯特的内心话语中"她永远是洛丽塔"，这一亲昵的永恒爱称把亨伯特对洛丽塔炙热的感情展现得淋漓尽致，而亨伯特内心话语呈现的散文诗般的风格，充满情感色彩词语的刻意重复和语气的叠加，无疑让亨伯特的内心话语饱含诗意与深情，拥有了触动人心、博取同情和好感的效果。亨伯特全篇都在用这种真挚而充满诗意的内心话语进行陈述，有意用这种精心设置的话语技巧来弱化诱奸、囚禁继女以及杀人等客观事实的残酷、背德和血腥。

---

①转引自赵莉莎：《洛丽塔的叙事策略研究》，第10页
②纳博科夫：《洛丽塔》，主万译，上海译文出版社2005年版，第9页。

除了借助内心话语让亨伯特从正面进行自我辩护外，作者还借助结构上的描写手段和蒙太奇手段来从亨伯特的主观视角塑造洛丽塔的形象，让亨伯特从反面对自己进行辩护，赢得读者的理解与支持。在塑造洛丽塔这个形象时，大量带有主观色彩的修饰词以及比喻的使用，让呈现在读者面前的洛丽塔充满了亨伯特的主观化情感评价。他一面不断重复洛丽塔是自己的"小仙女"，称其为古希腊神话中的水仙女"宁芙"，另一面又不断向读者们透露洛丽塔的任性、粗鲁和轻浮，比如"对于她那不时发作的毫无规律的厌烦情绪，来势汹汹的强烈不满，她那种摊手摊脚、无精打采、延伸迟钝的样子，以及游手好闲的习性，我确实没什么准备……"①，在亨伯特的主观叙述下，洛丽塔俨然成为一个尖刻、媚俗、暴躁、粗鲁的问题女孩，大大瓦解了读者们对处于弱势地位的受害者洛丽塔的同情心。此外，在塑造小说后半部分嫁为人妇的洛丽塔时，作者借助了蒙太奇手段来描写亨伯特眼中久寻未果，又乍然出现的洛丽塔，尤其是连续式的蒙太奇描写。连续式蒙太奇最常见的叙述手法，多用来描绘人物对一系列景物的连续感知。处于静止或运动状态的人物，视线不断移动，迅速捕捉到新的景物，这些景物依次映入眼帘，景象呈现连续式变换。这种叙述方式往往给读者以强烈的镜头感，尤其当人物也处于运动中时，"这种描绘不仅建立在与人物视线完全重合的基础上，而且还处于运动中。该形式不仅能够反映所描绘场景的移动、变化，还有人物本身的运动，他的视角在空间中变动。"②在讲述亨伯特与洛丽塔阔别三年后的首次见面时作者就紧紧跟随亨伯特的视角展现了一系列连续的蒙太奇描写，"到处都是垃圾和臭水沟，满是蛀虫的菜园和小木屋，还有灰蒙蒙的细雨，血红色的泥浆，远处几个冒烟的烟囱"③，蒙太奇式的动态全景展现了洛丽塔现在生活环境之糟糕，而实际则投射了亨伯特对洛丽塔逃离自己的不满。而多年未见的洛丽塔则像一朵早早枯萎的花朵，"一副粉红色框架的眼镜，新做的高高堆在头顶的发式，显得变了样的耳朵……浅色雀斑的脸蛋瘪了下去，裸露的小腿和双臂失去了原来的棕褐色，那些细小的汗毛露了出来。她穿了一件褐色的无袖棉布连衣裙，脚上是一双十分邋遢的毡拖鞋。"④一系列近景细节的描写，体现了亨伯特眼中洛丽塔如今处境的落魄和其少女芬芳的褪色，然而即使是如今风采全无，潦倒不堪的洛丽塔，依然是亨伯特心中的挚爱，"我坚持要让世上的人都知道我是多么爱我的洛丽塔，这个洛丽塔，脸色苍白、受到玷污、怀着别人的孩子的洛丽塔，仍然是那灰色的眼睛，仍然是那乌黑的睫毛，仍然是赤褐和杏黄色的皮肤，仍然是卡尔曼西塔，仍然是我的洛丽塔。"⑤这一段赋予一系列蒙太奇式残酷现实描写之后的深情告白，让亨伯特对洛丽塔的爱显得感人肺腑，无比高尚与伟大，成功地让读者忽略

---

① 纳博科夫：《洛丽塔》，主万译，上海译文出版社2005年版，第233页。
② Горшков А. И. *Русская стилистика*. М. Астрель. 2006. с.196.
③ 纳博科夫：《洛丽塔》，主万译，上海译文出版社2005年版，第430页。
④ 纳博科夫：《洛丽塔》，主万译，上海译文出版社2005年版，第431页。
⑤ 纳博科夫：《洛丽塔》，主万译，上海译文出版社2005年版，第444页。

了亨伯特对洛丽塔施加的伤害，为亨伯特赢得了无限同情和好感。借助言语手段和结构手段使亨伯特主观叙事下的同情策略大获成功，然而这种制造同情的主观叙事也并非全无节制，结合叙述主观化和作者形象之间的关系，不难发现作者的声音也一直潜在于文本中，接下来我们就将进一步观照文本中叙述主观化和作者形象之间的关系。

三、叙述主观化策略下作者形象的隐在

叙述主观化是维诺格拉多夫在研究作者形象时提出的概念，叙述主观化和作者形象密切相关。叙述主观化和客观化虽然是作为相对概念提出的，但是二者本质上都同归于作者形象的统筹之下，"叙述主观化——围绕作者形象展开的语篇组织的重要层面，是作者多面孔性的表现之一，作者形象的组织焦点作用正是在叙述主观化中明显地表现出来。"①毫无疑问，作为"作品所有言语结构最高形式的联结，联结由作者派生出的诸多讲述人形象的思想——修辞的核心"②，作者形象可以借由演员的面具存在于篇章的任何角落，不论是主观化叙述还是客观化叙述，作者形象永远都存在于篇章的深层结构和修辞整体上。厘清叙述主观化和作者形象的关系，对我们正确解读《洛丽塔》至关重要。《洛丽塔》问世至今招致了无数争议，有一些读者和批评家将作者形象和作者本人混淆，将小说中亨伯特的罪过上升到纳博科夫本人，比如评论家塔米尔·盖兹认为："纳博科夫采用了一系列重要的修辞手段，赋予亨伯特以花言巧语的本领，对读者施加影响并使得读者失去方寸，并最终接受了亨伯特的忏悔，从而成为亨伯特的'帮凶'。"③这显然是没有弄清主观化叙述和作者形象之间的关系，并且将作者形象和作者混为一谈了。的确，《洛丽塔》精心设置的主观化叙事往往会让读者产生道德上的自我迷失和焦虑，第一人称视角的确定性和主导性造成了作者评价态度的含混和读者价值观的扭曲，从而给纳博科夫本人和《洛丽塔》这部小说招致了无数争议，比如著名的韦恩·布斯就在《小说修辞学》中指责纳博科夫在《洛丽塔》中没有担负起作家在道德和思想上正确引导读者的职责。他认为"一个作者负有义务，尽可能地澄清他的道德立场。对于许多作者来说，会有这样的时候，那时，在要显得冷漠和客观，同要使作品的道德基础绝对清楚来提高其他效果的义务之间，有着公开的冲突。没有人能为作者安排他的选择，但是，声称艺术选择永远只受纯洁性和客观性要求的指引，这就太荒唐了。当纳博科夫在《洛丽塔》中对于亨伯特的充分和无限的修辞策略不加控制时，我们读者忽略了他的反讽就丝毫不奇怪了……对于他没有给出清晰的道德立场，人们有权置疑。"④布斯指责纳博科夫在

---

①Поляков. Э. Н. *Субъективизация авторского повествования в прозе Валентина Распутина*. М. Литературный институт им, Горького, 2005. с.54.
②Виноградов. В. В. *О теории художественной речи*. М. Высшая школа, 1971. с.226.
③转引自王莉莉：《纳博科夫小说叙事艺术研究》，中国书籍出版社2016年版。
④韦恩·布斯：《小说修辞学》，华明译，北京大学出版社1987年版，第435页。

《洛丽塔》中讲述恶,但是却不对恶加以明确批判,反而任由恶人巧言善辩,混淆视听,这当然有一定的道理。然而不可否认的是,尽管连纳博科夫本人也一再强调自己反对"教诲小说",但是一部文学作品不可避免地受到作者的意识形态、价值观和世界观的影响,在《洛丽塔》中,作者评价态度的隐退并不意味着作者声音的消失,作者形象一直都潜在于文本的深层结构中,纳博科夫字里行间对亨伯特深情的自我剖白和狡诈的自我辩护透露出的淡淡的嘲讽意味,亨伯特表面上的忏悔自白和实际上的狡黠自辩,正是作者价值观的流露。

毫无疑问,无论亨伯特的主观叙述多么异彩纷呈、蛊惑人心,潜在的作者形象始终在发出自己的声音,"作者视角和人物视角不可分地融合于文本之中,我们由主人公的观点出发,接受他的感受时,始终同时听到作者本人的语调"。① 也就是说作者在充分赋予了人物话语权利的同时,也充分体现了作者话语对他者话语的影响。如文中提到的:"我想象出了她母亲的丈夫对他的洛丽塔所有滥施的抚抱。"②这明显是亨伯特的内心独白,讲述的是"我"对洛丽塔不可遏制的欲望,而这欲望可以卑劣到驱使亨伯特迎娶洛丽塔的母亲,只为能在父亲的名义下可以肆意拥抱洛丽塔。然而内心独白中没有使用"我的洛丽塔"而是"他的洛丽塔","他"这个称名的变化则暗含了作者的客观声音,"他的洛丽塔"是作者处于外视角对亨伯特对洛丽塔变态的占有欲的讽刺和揭露。再比如,"让我坦率吧:在那黑暗骚动的底层,我又感觉到了欲念的盘旋,我对那可怜的小仙女的欲望是多么可怕……换句话说,可怜的亨伯特·亨伯特非常不愉快了,一边开着车沉稳地茫然地朝利平维尔驶去,一边绞尽脑汁寻找俏皮话,希望靠机智的庇护能有胆量转向他的同座。"③在以冒号引出的亨伯特的一段自白中,亨伯特的主观叙述向听众传达出的是对自己不能压抑的炽热感情的痛苦、坦诚和忏悔,然而"换句话说"后面则语锋一转,话语视角过渡到了作者,这里作者处于客观的旁观者位置不无讽刺地指出,"可怜的"亨伯特·亨伯特,一面故作"沉稳"地维持自己道貌岸然的假象,一面又"绞尽脑汁"地希望用自己的巧言善辩迷惑众人。在《洛丽塔》中类似的例子有很多,可以看出作者话语相较于他者话语虽然是隐在的,但是却并没有缺席,纳博科夫在让亨伯特畅所欲言的同时,也一直都在隐晦地发表自己的见解。作者形象可以随时干预正在进行主观叙述的亨伯特,允许读者对主人公进行较为客观公允的外视角审视,"阻碍"亨伯特收获读者完全的同情与怜悯。可见,读者只有厘清叙述主观化和作者形象的关系,从话语和视角等方面对文本细致地研读与分析,真正解读出隐藏在第一人称评价视角下的作者隐含的价值评价,才能避免被亨伯特"支配",陷入文本误读,从而勘破《洛丽塔》中纳博科夫叙事的魔法。

---

① 鲍·安·乌斯宾斯基:《结构诗学》,彭甄译,中国青年出版社 2004 年版,第 37 页。
② 纳博科夫:《洛丽塔》,主万译,上海译文出版社 2005 年版,第 110 页。
③ 纳博科夫:《洛丽塔》,主万译,上海译文出版社 2005 年版,第 110 页。

结　语

　　《洛丽塔》中纳博科夫将叙述主观化手段运用得炉火纯青，视角的选择、言语和结构上的完美呈现，以及作者形象对主观叙述的适时介入无一不体现纳博科夫过人的文学才华，赋予了反英雄式的人物亨伯特永恒的艺术魅力。在纳博科夫精心搭建的艺术的庇护所中，洛丽塔实已然抽象成为叩问终极问题的多维符号，爱情能否超越世俗的一切藩篱？道德人伦是否是人类永不可触的禁忌底线？艺术真实和虚构的界限何在？纳博科夫在为读者们留下诸多疑问和争论的同时，也以其天赐的文学笔触展现了文学的魔力和永恒魅力，《洛丽塔》的主观化叙事策略让其争议永存，生命力不朽，为读者们留下了说不尽的"亨伯特"和"洛丽塔"。

文化记忆

——布尔加科夫作品中新经济政策下的住房文化

圣彼得堡国立大学　张英钰

布尔加科夫的作品中涵盖了许多创作母题，反映了他的生活遭遇和所处的社会环境，"住房"作为与他生活密切相关的事物也在作品中得到体现。洛特曼的文化符号学理论认为，文化是一个集体记忆的符号系统，文本是文化的载体。本文试通过洛特曼的文化符号学理论分析布尔加科夫作品中新经济政策时期的住房文化。

引　言

1921年，布尔什维克党的第十次代表大会通过了由战时共产主义过渡到新经济政策的决议。1924年列宁去世后，斯大林上台执政并领导苏联进行社会主义建设，新经济政策开始被慢慢废除。1928年斯大林公开宣布停止实施新经济政策，在全国范围内加速开展农业全盘集体化和社会主义工业化运动，逐步形成了代替新经济政策的斯大林模式。

在这段时间内，苏联文坛涌现出了一大批优秀的作家。他们有的针砭时弊，以辛辣的讽刺和黑色幽默揭露社会的动荡，有的以天马行空的创意和大胆的想象表达自己对当局的不满，有的则客观真实地记录生活，反映社会的热点问题。布尔加科夫就是其中之一，他抗击强权和暴政，笔下的大多数作品因为政治原因被雪藏，去世多年后其作品才重见天日，回归人们的视野。

洛特曼的文化符号学理论将文化视为一种集体记忆的符号系统，他的理论包括了"第二模拟系统""文化记忆""文本"和"符号域"等。使用者在使用文字符号建构文本时，也赋予了文本文化内涵供读者解读。俄罗斯民族的文化符号和文化文本就构成了一个自行存在和运行的文化空间，也就是俄罗斯民族文化的符号域。

符号域就是一个民族文化多个符号系统产生、活动、发展的空间。它又是多维度的，既有空间的维度，又有时间的维度。它不仅是整体，而且是所有的符号体系运作的环境，它是一个民族的文化背景、文化环境、文化空间，是民族历史、观念、习俗的聚合体，这个文化空间是现实的，充满具体的文化现象、文化事实，这些文化事物亦可称之为文化文本，由文化符号构筑而成。①

我们可以从布尔加科夫的文化文本中窥探到新经济政策下苏联社会的一角。在曲折的社会主义建设进程中，苏联出现了很多问题：温饱、失业、贫穷甚至是与民生最为密切的住房问题都亟待解决。例如《大师和玛格丽特》中就有这样的描写："有一扇门的牌子上写着'住房问题'。这个门前的队伍最长，一直排到楼下传达室。这里每秒钟都有人拼命往门里挤。"②

一、布尔加科夫的创作

(一)"住房"母题

布尔加科夫是20世纪俄罗斯文学"白银时代"的经典作家。他生活在一个具体的社会和时代，一生经历命运多舛，创作历程曲折坎坷。社会和时代在赋予他文坛地位的同时，也为他贡献了许多形态各异的创作母题。所谓母题，就是叙事作品中最小的情节元素。③"这种情节元素具有鲜明的特征，能够从一个叙事作品中游离出来，又组合到另一作品中去。它在民间叙事中反复出现，在历史传承中具有独立存在能力和顽强的继承性。它们本身的数量是有限的，但通过不同的组合，可以变换出无数的故事。"④

艺术来源于生活。布尔加科夫在自己的生活实践中，以自己敏锐的文学嗅觉捕获了大量的创作素材，并使它们在自己的创作中得以体现。布尔加科夫婚后的生活并不如意，频繁失业造成的动荡和贫困一度使他的生活陷入僵局。直到1922年，在他妹夫的弟弟鲍里斯的帮助下，布尔加科夫获得了茹科夫斯基空军科学院科学技术委员会主任一职，他们夫妻二人的生活才趋于平稳。但随之而来的还有一个更为严峻的问题：邻居一直觊觎他的住房，并想借助住宅公司的力量把他们夫妻二人驱逐出去。在朋友的帮助下，布尔加科夫终于注册到了大花园街10号楼50号房间。在布尔加科夫作品中出现的住房也是真实存在的。童年时期他居住在基辅的安德烈耶夫斜坡13号，母亲曾经居住的38号，婚后租住的列伊塔尔街25号，在莫斯科借住于大花园街50号妹夫家中，离婚后搬入34号房，再婚后租住的大尼基塔街46栋和大皮罗戈夫斯卡娅街35栋等。这些事情也被布尔加科夫加工糅合反映在他的几部小说中。

(二)《大师和玛格丽特》

《大师和玛格丽特》是布尔加科夫一生创作中的经典代表作品，这部魔幻现实主

---

①郑文东：《符号域：民族文化的载体——洛特曼符号域概念的解读》，《中国俄语教学》2015年第4期，第52页。
②布尔加科夫：《大师和玛格丽特》，钱诚译，人民文学出版社2016年版，第147页。
③温玉霞：《布尔加科夫创作论》，复旦大学出版社2008年版，第22页。
④陈建宪：《神祇与英雄——中国古代神话的母题》，生活·读书·新知三联书店1994年版，第11页。

义小说思考了善与恶、生与死、自由和向往等哲学问题，同时也反映了苏联20世纪30年代新经济政策下的人民生活。在这里，社会的庸俗与混乱，莫斯科人善恶美丑的斗争，机关单位的市侩和阴暗都真切地显露在我们面前。作为布尔加科夫呕心沥血的得意之作，书中浓缩了苏联当时社会的人生百态，也高度还原了集中化住房管理政策的种种纰漏和由此显露的人性弱点。

莫文协主席柏辽兹被沃兰德杀死后，他留下的房子便成了抢手货。"柏辽兹的死讯以神奇的速度传遍全楼，于是，从第二天（星期四）早上7点开始，博索伊家的电话就响个不停了。接着是许多人亲自登门递交要求占用死者住房的申请。两小时内博索伊共接到这类申请书三十二份。"①这位肥胖的住房管理所主任被弄得心烦意乱，人们为了得到房子的使用权也对他做出了种种承诺和保证。他经不住金钱诱惑和沃兰德的魔法，稀里糊涂地同意了沃兰德一行人的入住。最终这位老奸巨猾的骗子被指控倒卖外币，锒铛入狱。

尔后，柏辽兹的姑父跑波普拉甫斯基也想来分一杯羹，住在基辅的他早已不满意自己的住房，多次登报发布换房启示，甚至愿意以大换小，只求能够迁居莫斯科。得知侄子去世的消息，他确实感到惋惜，但是作为一个凡事讲求实际的人，他心急火燎地奔向莫斯科。"总之，不管有多大困难，必须把内侄在莫斯科花园大街那套住房继承下来。不错，这事很难办，非常复杂。但即使排除万难也要达到目的。"这位利欲熏心的姑父也避免不了被惩罚教训的下场。

在当时的苏联，一房难求，人们为了能够住得更加宽裕只得想方设法找出各种理由申请住房。无权无钱的普通人一家挤在小房间，有头有脸的人却可以坐享超出需求的住房面积。

(三)《狗心》

《狗心》作于1925年初，却被当权政府没收打字稿并封杀，直到1987年才在苏联首次刊出。医学教授普列奥布拉任斯基把一位斗殴被刺身亡的流氓的脑垂体移植到流浪狗脑中，狗出现了"人化"现象。这位人身狗心的沙里科夫智力低下，只想享受做人的权利，拒绝承担义务。讽刺的是，他还进入了国家机关并担任莫斯科公用事业局清除无主动物科科长。作为一个文学形象，沙里科夫的身上曲折反映了苏联社会现实生活中许多匪夷所思的现象。

医学教授普列奥布拉任斯基占用了七个房间，公寓委员会管理人员登门要求缩减他的住房使用面积，教授大为恼火甚至要求第八间房屋用作图书室。公寓委员会的施翁德尔对此大为不满。"毫无疑问，这是——借用腐朽的资本主义社会的说法——他的私生子。我国从事伪科学的资产阶级便是这样寻欢作乐的！他们每人都会占用七个房间，直到司法机关的利剑在他们头上闪起红色的光芒。"②沙里科夫拿

---

①布尔加科夫：《大师和玛格丽特》，钱诚译，人民文学出版社2016年版，第244页。
②布尔加科夫：《狗心》，曹国维译，漓江出版社2018年版，第99页。

到证件后也说道:"瞧,我是住宅合作社成员。我在普列奥布拉任斯基承租的五号里有权享用十一平方的面积。"①当时住房短缺问题是苏联社会主义建设的一大绊脚石,为了解决这一问题,苏维埃政府出台了住房市有化政策,也着手制定了住房分配政策。政策的核心内容是"紧凑使用住宅",其标准是遵循俄罗斯苏维埃联邦社会主义共和国卫生人民委员部在1919年颁布的法令,所有居民不分年龄一律人均8平方米。②

二、洛特曼文化符号学与文化记忆

(一)文化是一种符号系统

洛特曼的文化符号学将文化视为一种集体记忆的符号系统。他指出,从符号学的角度来看,文化是"集体记忆",因为人类的生活经验是以文化的形态体现的,文化存在的本身就意味着符号系统的建构以及把直接经验转换为文本的规则。在此基础上,他进一步论证了文化的符号学机制问题,认为集体记忆文本和集体记忆代码的"长久性",是文化得以在集体意识里组织和保存信息的基本机制。

文化与生物学上的个体一样也具有记忆机制。不同的是,文化的"记忆程序"不像动物性记忆根植于基因遗传,而是依靠一套复杂的、等级化的符号系统来实现。文化符号系统的等级化表现在人类文化既具有整一性,又具有内部的多级性。文化的整一性只存在于某种水平上,而文化符号系统的多级性则表现在共时和历时两个层面。③

(二)文化是一种记忆

1971年,在塔尔图——莫斯科学派的领军人物尤里·洛特曼与鲍里斯·乌斯宾斯基在《论文化的符号机制》中,提出了从记忆的视角来审视人类文化现象的立场。在他们看来,作为集体记忆的文化是组织和保存在社群意识中信息的机制,它与自然语言一样,可以生成结构性;同时,文化记忆还为人类创造出一种社会场域,使人类的社会生活成为可能,就像生物圈使生命成为可能一样。④

文化是一种记忆,文化也总是与历史相关联。"文化与历史"是洛特曼极为重视的命题。他认为,文化为同代人的交际服务,把分散的个人联为一体,自然具有现时性;文化又为人类储存前辈的经验和信息服务,体现了特定群体"非基因性"记忆功能,具有历时性。文化由代代传承的符号、象征和篇章所构成,因此,它的本质特点就是历史性。⑤布尔加科夫的作品中也对历史进行了加工组合,并以不同的方

---

①布尔加科夫:《狗心》,曹国维译,漓江出版社2018年版,第143页。
②张丹:《苏联新经济政策时期城市住房管理体制转型初探》,《俄罗斯研究》2012年第3期,第130页。
③康澄:《文化记忆的符号学阐释》,《国外文学》2018年第4期,第12页。
④余红兵:《文化记忆与文化遗忘的重新界定》,《俄罗斯文艺》2020年第1期,第134页。
⑤王立业主编:《洛特曼学术思想研究》,黑龙江人民出版社2005年版,第23页。

式表现出来。苏联新经济政策时期下的住房文化也得到了记忆性的保存。

(三) 文化的载体——文本

作为文化第一要素的"文本"是文化记忆符号论最重要的理论基石。文学作品作为文化的一种存在形态,或主观或客观地记录下历史的演进和交替。由于符号的记录性,历史文化的演进很大程度上依赖于语言文字的记录和传播。作家通过不同角度、不同主题对日常生活进行分析和记录、归纳整理,最终形成文学文本形态反映社会生活。这样的文学文本在一定程度上充当了人类文化的记忆载体。

文化是一种符号系统,但并不是把单个毫无联系的符号杂乱无章地堆积在一起,它是一整套明晰的符号体系,自身具有严密的逻辑性和所指功能,是文本的集合。民族文化的载体和人类的自然语有共通之处,这种和自然语异质同晶的关系也是符号域概念的价值所在。文本是洛特曼文化符号学研究中的重心所在,他指出:"文本是完整意义和完整功能的携带者(假如区分出文化研究者和文化携带者,那么从前者看文本是完整功能的携带者,而从后者的立场看,则是完整意义的携带者)。从这个意义上讲,文本可以看作是文化的第一要素(或曰基础单位)。"[①]

洛特曼认为符号圈中所有层次的符号都以各自独特的方式有机地组成一个整体,符号与符号之间绝不是二元对立的状态,而是呈现出多元互动的平衡画面。符号圈的提出为人们认识文本提供了宏观的考察方式。它是一个集合概念,洛特曼借鉴了拓扑学的观点,认为社会文化处于动态平衡之中,不管其表现形式如何变换,符号圈下的文化内涵总体是不变的。[②] 因此,从文化符号学视域观照布尔加科夫的文学文本,就可以全面地洞悉作者的写作动机和他所要影射和抨击的社会现象。我们可以把布尔加科夫作品中的莫斯科看作是一个符号圈,在那里的所有事物和发生的一切都可看作是不同的符号子系统,比如:住房号码、人名以及外貌等。通过解析这些子系统的作用和背后意义,就能在很大程度上帮助读者解码文本中没有明确显现出的思想。

三、新经济政策下的住房文化

(一) 住房政策

新经济政策既是苏维埃政权在经济领域政策的重大调整,也是其在文化政策和意识形态上的重大变化。但是新经济政策下的人民住房、失业、贫穷等问题也逐渐暴露,人性中的愚昧无知、狂妄自大在人民群众中逐渐蔓延,官僚主义和形式主义更是成为社会的主导风气。布尔加科夫的现实主义创作则是抓住了这些问题要害,

---

[①] 康澄:《文化及其生存与发展的空间——洛特曼文化符号学理论研究》,河海大学出版社2006年版,第19页。

[②] 陶悦、王永祥:《果戈理〈外套〉的文化符号学观照》,《俄罗斯文艺》2018年第4期,第136页。

通过对日常生活的考察和记录，住房这一关切民生的创作母题便真实反映了人民的生活和道德水平。

住房是人类生存的基本条件之一，关系到民众身心健康、劳动态度及社会和谐稳定等诸多层面，是各国政府最为关切的一项基本民生问题。① 战时共产主义时期，受到马克思主义理论和直接过渡思想的影响，苏维埃政府颁布了集中化的住房管理政策，试图迅速改善劳动群众的居住条件，一举解决住房危机。然而在实践中，因为国家无法独自挑起解决住房危机的重担，以及住房管理的责权关系不明确等原因，集中化住房管理体制既无法有效管理住房，也不能整治战争对住房事业造成的创伤和解决住房危机。到了新经济政策时期，为了继续解决住房短缺问题，苏维埃政府调整了住房管理政策，住房管理体制由国家集中管理向国家、集体和个人分散管理转型。但从中也产生了一系列问题：一些投机分子钻营取巧，通过人脉或私权霸占房屋。

新经济政策时期住房管理政策的调整还表现在打破国家单一渠道分配住房的机制，实现住房分配渠道多元化。通过战时共产主义时期重新分配住房，只有部分工人迁入资产阶级的大住宅里。这表明，通过国家单一渠道分配住房并不能一举解决住房危机。②

(二) 住房政策下折射出的人心

当事情牵扯到自己自身利益时，人性就逐渐显露。新经济政策时期的住房管理政策确实解决了一部分人民的住房问题，但是事物本身就具有矛盾性。问题解决的同时也会伴随着新问题的产生，如何保证住房分配的公正性和合法性也是管理部门需要纳入考虑的。《大师和玛格丽特》中为了得到柏辽兹住房的居住权，邻居挖空心思编造各种理由："申请书内容包括：祈求、威胁、中伤、告密、自费修缮住房的许诺、现住房拥挤情况的描述、'不能再同土匪们住在一起'的理由，等等。其中一个住在第31号住宅的人在申请书中以惊人的艺术技巧描写了他装在上衣口袋里的肉馅饺子被偷走的情形，有两个人以自杀相要挟，还有个女人如实地坦白了自己已非法怀孕而不得不申请住房的情况。"③

在布尔加科夫作品《四幅画像》中，房主是一名律师，名下有一套六个房间的大房子，为了防止房子被没收，他费尽心思，邀请亲戚入住，家中摆放破烂的物件并挂起了四幅画像。虽然打发走了监察官员，却每日提心吊胆，他最终花钱疏通关系解决了问题。布尔加科夫虽然同情知识分子，但是也对他们投机取巧、欺上瞒下的行为嗤之以鼻，深感厌恶。

---

① 张丹：《苏联新经济政策时期城市住房管理体制转型初探》，《俄罗斯研究》2012年第3期，第126页。
② 张丹：《苏联新经济政策时期城市住房管理体制转型初探》，《俄罗斯研究》2012年第3期，第136页。
③ 布尔加科夫：《大师和玛格丽特》，钱诚译，人民文学出版社2016年版，第244页。

结　语

　　"住房"这一母题存在于布尔加科夫的大多数作品中,在洛特曼文化符号学的观照下显得尤为突出。他的作品的锋芒所向并非仅仅揭露苏联新经济政策下社会的混乱黑暗和冷酷无情,更是直指人类本性的追求和欲望的普遍性。因此,只有把布尔加科夫的作品视为一个多层级的复合的符号系统,全方位剖析小说,才能真正走进社会历史。通过对文本的深度解码,沿着符号—文本—文化—符号圈的线索,我们透过"住房"走进了新经济政策下的苏联社会,感受到历史变化对人民带来的影响和作者对官僚主义的批判。

陌生化视角下的宝塔诗与立体诗对比研究
——以阿波利奈尔立体诗为例

西安外国语大学 马春蕾

西方立体诗与中国宝塔诗都带给读者耳目一新的感受，延长了读者的审美过程。本文将通过陌生化的理论视角从体式建构、语图关系、造型书写、阅读方式等外在形式构建上分析宝塔诗与立体诗如何通过打破原有惯常的诗歌格律模式，产生一种新的表现形式，带给欣赏者一种新奇的视觉体验；同时结合二者产生的社会背景探讨二者在陌生化视角下的本质，并对比二者在近当代的发展状况。

引 言

诗歌起源较早，在悠久的发展历史长河中，出现各种各样的诗体，例如西方的"十四行诗"和我国的"七言律诗"等。到今天，诗歌仍是国内外相关学者研究的特点。通过搜集图书、期刊等文献资料发现，国内外对于诗歌的研究主要集中在诗歌的理论、内容、韵律与情感表达的手法等，而忽略了诗歌的外在形式也是构成诗歌整体的重要因素。关注诗歌发展史，不难发现起源于西方的立体诗和中国土生土长的宝塔诗就是形式上较为显眼的诗体之一。

由于立体诗与宝塔诗都会给读者眼前一亮的感受，与东西方传统的诗歌形式十分不同，因而本文将从俄国形式主义中的陌生化理论视角出发，通过对比宝塔诗和立体诗的文本案例，分析二者如何运用陌生化手段达到延长读者审美过程，带给读者耳目一新的感受。此外，本文还要分析宝塔诗与立体诗的产生背景来证明本文的预期结论，即宝塔诗与立体诗在陌生化的视角下本质是相同的，其表现形式不同受到特定文化背景的影响。同时，本文还将关注二者在近当代的发展情况，为进一步研究打下基础。

一、文献综述

关于calligramme的中文翻译，学界普遍采用"立体诗""图画诗"与"图像诗"三种译法，因此在进行文献搜集整理工作之前，选择"calligramme"一词的中文译法是十分必要的。谈及calligramme，第一关联人是阿波利奈尔，因此笔者从阿波利奈尔的生活背景与文艺理论着手，尝试选取较为合适的翻译。首先，由于阿波利奈尔与立体派画家毕加索交往密切，曾为立体派与立体主义发表过宣言；其次，阿波利奈尔力图把立体派画的美感移植到诗歌中去,并出版了诗歌集 *Galligrammes*,其创作的 calligramme 能够同时带来视觉与听觉的立体感受,被认为属于立体派诗。基于以上两点,本文采用"立体诗"这一译法。

在进行国内外研究情况分析时,本文采用的搜索词是:立体诗,阿波利奈尔;宝塔诗;立体诗与宝塔诗。

(一)立体诗国内外研究情况

因为本文主要以阿波利奈尔的立体诗为研究对象,因此在进行文献资料搜集时,收集了同时谈及阿波利奈尔与立体诗(图像诗/图画诗)的期刊或者图书。

国外于阿波利奈尔立体诗的研究主要集中在三类:(1)从文艺理论,如立体主义、视觉理论、象征主义的角度分析整个作品或者某一作品;① (2)从语言学(符号学)的角度进行作品分析;② (3)从其社会功用(介入)角度分析作品。③

关于国内对于立体诗的整体研究状况,本文借助了"超星期刊"的数据分析。在超星期刊进行关键词汇搜索时,由于立体诗、图画诗(图像诗)的研究趋势图相似,因此,此处以"立体诗"搜索词汇为代表进行研究情况的简单说明。与立体诗相关的研究从1930年开始,在近几年的研究趋势呈明显上升情况,是一个研究热点。研究内容基本分为以下三类:第一类以阿波利奈尔的立体诗诗集《图画诗》(Calligrammes)为研究对象,分析其包含的文艺思想;④ 第二类是仅作为谈论西方图像

---

①例如,Debon C. "L'Ecriture cubiste" d'Apollinaire. *Europe*, 1982, 60(638):118. Grison L. VOYAGE:ESPACE ET POÉSIE DANS UN CALLIGRAMME D'APOLLINAIRE. *Mappemonde*, 1998(50):13-16. SILINGARDI G. L'esthétique de la simultanéité en peinture et dans la poésie figurative:à propos de quelques notes de Guillaume Apollinaire. 1989.

②例如,Abdelhakim M. La lettre et la figure dans Calligrammes de Guillaume Apollinaire. *Quêtes littéraires*, 2015 (5):109-118. Bohn W. Sens et absence dans les calligrammes d'Apollinaire. *Cahiers de l'AIEF*, 1995, 47(1):455-470. Goldenstein J P. Pour une semiologie du calligramme. *Que Vlo-Ve*, 1981:29-30. Hellerstein N S. Paul Claudel and Guillaume Apollinaire as Visual Poets:"Idéogrammes occidentaux" and "Calligrammes". *Visible Language*, 1977, 11(3):245-270.

③例如,Balakian A. Apollinaire and the modern mind. *Yale French Studies*, 1949 (4):79-90. Chevalier J C. Apollinaire et le calembour. Europe, 1966, 44(451):5. Jutrin M. "Calligrammes":Une Poésie "Engagée"?. *Neophilologus*, 1974, 58(3):294.

④例如,董双叶:《艺术史研究中的审美批判——从古典审美到罗杰·弗莱的形式主义批评和阿波利奈尔与立体主义观念》,《阅江学刊》2009年第3期,第143—148页。胡蓉:《想像化的虚构仪式——试论阿波利奈尔的图像诗》,《中国图书评论》2005年第2期,第41—43页。柳鸣九:《阿波利奈尔的坐标在哪里》,《当代外国文学》1992第2期,第143—148页。袁雪梅:《去人性化——阿波利奈尔〈图画诗集探究〉》,华中科技大学2011年版。郑克鲁:《传统与创新的统一——阿波利奈尔的诗歌创作经验》,《外国文学评论》1991年第3期,第93—96页。

诗体式的典型;① 第三类是阐述西方立体诗对我国诗体(近代立体诗的产生)的影响。②

(二)宝塔诗国内外研究情况

笔者并未搜集到与宝塔诗相关的外文期刊,因而只概述国内研究情况。

在超星期刊进行关键词汇搜索发现,对宝塔诗的研究可以追溯到1913年,根据学术研究趋势折线图,能够看出,对于宝塔诗的研究在研究初期数量比较多,继而在长达半世纪的情况下,宝塔诗并不受关注,而在近20年再次被部分学者研究。关于宝塔诗的学术型文献资料数量并不是很多,总的来说学界对于宝塔诗的研究主要分为三类:第一类是深入研究、探讨其文体价值,如王珂写的《宝塔诗在现代诗学视野中的文体价值》、朱晶晶的《论宝塔诗》;第二种是具体普及宝塔诗的相关知识(起源、定义、相关诗人及作品等),如戴伟华的《义净诗二首探微》;第三种是在中文异形诗中提到宝塔诗这一类别,例如徐元的《中国异体诗新编》、林戈的《奇诗揽趣》和唐正柱的《谈诗》。

(三)探讨宝塔诗和立体诗关系的研究情况

目前并没有搜索到具体的关于宝塔诗和立体诗关系的文献资料,仅仅在宋耀良主编的《世界现代文学艺术辞典》中提出立体诗是阿波利奈尔所独创的一种诗体,以及在庄涛主编的《写作大词典》中提出宝塔诗是我国最早的立体诗,可以粗略地将两者的关系建立起来。

通过文献综述可以得出:目前,并未涉及对于宝塔诗与立体诗之间的具体比较。但宝塔诗与立体诗都会带来视觉上的新奇感,且宝塔诗是中国图像诗的代表之一,立体诗是西方图像诗的代表之一,两者有着可比较性。因而本文采用陌生化的理论视角去分析宝塔诗与立体诗在表现陌生化上的操作方式,体现中西方社会文化对于诗体发展的深刻影响。

二、陌生化理论介绍

"陌生化"是俄国形式主义文论的核心概念之一。所谓陌生是相对于生活的本然样态,读者的前接受视野,一个时代文学中占统治地位的审美原则等。陌生化意味着对旧规范标准的超越、背反,它是对读者的审美心理定式、惯性和套板反应的公然挑战。③ 人所适应的、熟知的环境是惯常化的现实,在这个熟悉环境中,所有事

---

①例如,沈谦:《试论图像诗的体式结构作用》,《四川大学学报(哲学社会科学版)》1999第1期,第52—55页;谭捍卫:《漫谈西方视觉诗》,《文艺理论与批评》2006年第1期,第133—137页。徐畔:《中西形体诗的多模态话语解读》,《北京印刷学院学报》2009年第1期,第64—67页。

②例如,姜南:《略论犁青的诗歌艺术》,《宿州学院学报》2009年第2期,第76—78、153页。亚思明、王湘云:《论犁青的"流散写作"与"立体诗学"》,《南方文坛》2018年第6期,第103—108页。

③张冰:《陌生化诗学——俄国形式主义研究》,北京师范大学出版社2000年版,第8页。

物与事件都能够找到合理的存在性。而陌生化就是打破人所产生的惯常化思维，是一种有意识的偏离、变形或者异化。

由于经过陌生化处理的表现对象能给人以出乎意料、惊奇或陌生的感觉，有助于加深对表现对象的认识，因此陌生化也成为文学鉴赏与文学表达的重要艺术手法之一。陌生化作为艺术手法之所以必要，在于文学作品是以感受为其存在方式的基础的，离开感受，文学作品也就失去了其所以存在的根本理由。[1] 所以，无论是诗歌、绘画还是雕塑，感受是陌生化理论能够应用到文艺作品中的必要条件，也是它的一个潜在前提。这一观点也能在俄国形式主义主要代表人物什克罗夫斯基的著作中找到依据。

什克罗夫斯基在1917年发表的《作为手法的艺术》中提出："艺术的目的是使你对事物的感觉如同你所见的视象那样而不是如同你所认知的那样；艺术的手法是事物的'反常化'手法，是复杂化形式的手法，它增加了感受的难度和时延，既然艺术中的领悟过程是以自身为目的的，它就理应延长；艺术是一种体验事物之创造的方式，而被创造物在艺术中已无足轻重。"[2]

也就是说，文艺的美感特征首先是惊奇陌生的新鲜感，这一方法就是要将本来熟悉的对象变得陌生起来，使读者在欣赏过程中感受到艺术的新颖别致，经过一定的审美过程完成审美感受活动。在鉴赏活动中，陌生化注重的是鉴赏行为发生的过程与审美内心的感触，而非纯粹地得到一个鉴赏结果。

实现陌生化效果就要通过采取一定的方式来延长审美过程，通过制造某种类似于屏障的东西，来打破读者的惯性反应定式。从不同的方向及纬度，如外形、结构、意象等，做创造性变形，引发读者的感受兴趣或激发读者的感受能力，使读者更加关注审美对象。如狄更斯所言："要抓住一个新的角度，使对象不像它自己。"[3]

三、从文本对比看陌生化手段

诗意形象是诗歌语言的手段之一。[4] 在诗歌鉴赏过程中，诗歌文本的外在形象是最为直观的，也是陌生化这一艺术手法最易植入的部分。因此，本小节将从四个角度分析立体诗与宝塔诗在构建诗歌外在形象上所产生的陌生化现象。

(一) 体式建构

要注重艺术形式本身的陌生化，这就必然要对文学文本的形式特征进行特别关

---

[1] 张冰：《陌生化诗学——俄国形式主义研究》，北京师范大学出版社2000年版，第9页。
[2] 什克洛夫斯基等：《俄国形式主义文论选》，生活·读书·新知三联书店1989年版，第6—8页。
[3] 张冰：《陌生化诗学——俄国形式主义研究》，北京师范大学出版社2000年版，第228页。
[4] 什克洛夫斯基等：《俄国形式主义文论选》，生活·读书·新知三联书店1989年版，第4页。

注，并将形式前置，使之成为接受主体注目的中心，在这种前置中，文本的外在形式符号成为文本的价值中心。① 因而在对比立体诗与宝塔诗陌生化操作方式中，首先需要考虑诗歌的外在构建系形式。

宝塔诗一般从一字起句，逐句增加字数；由一组对仗构成，结构整齐；底宽上尖，呈等腰三角形；恰如一座宝塔，因而其整体形式为"塔"形或称为三角形。其结构细分为"一至七字""三五七字""单塔形"，打破常见的五言绝句与七言律诗诗体。此外，宝塔诗的行数并没有限制。（如文末图二）

立体诗的外在结构没有约束，排版由诗人发挥，创作出各种样式的图像，例如领带、马匹、手表等，突破传统法国诗"十四行诗""亚历山大诗体""十行诗""八行诗"等格式的约束，同时满足视觉与听觉。（如文末图一、图四）

总的来说，宝塔诗与立体诗都是在构建诗歌的空间感与图像感，不局限于传统诗歌的文本叙述性，突破了传统的诗歌形象，延长了读者的审美过程。虽然图像诗的体式结构是诗歌内容的直观表现，是诗人情感活动轨迹的外化形态，但对图像诗的理解也需要考虑诗的内容与其结构方式的关系。②

（二）语图关系

诗是一种动态的统一体，诗中的所有要素都处于相互关联形式之中，因而诗歌的形式与内容之间必定存在着特定的联系。俄国形式派的日尔蒙斯基也强调了形式与内容的不可分割性，指出了审美对象总是把二者水乳交融地连接在一起，统一为一个整体。③ 那对于立体诗与宝塔诗这类具有图像感和空间感的诗歌来说，形式与内容的组合方式也可以表现出陌生化。

在宝塔诗中，第一字（也是第一句），一般可以作为题目来规定全诗描写的对象和范围，但诗人并不总是按照这一规则作诗。在形式与内容的关系上，宝塔诗分为两类：形式与内容统一，形式与内容不统一。当描写山、塔等高耸入云的事物时，形式与内容就得到了统一，例如令狐楚的《一七令·赋山》，但多数的宝塔诗只是采用宝塔的形式而已，如白居易的《一七令·赋诗字》，元稹的《茶》，形式与内容脱离。（如文末图二）

立体诗的形式与内容一般都是统一的，诗人可以根据内容进行形式上的创作。读者可以实现通过图画了解诗歌主题或主要内容，通过文字解读图画的审美过程，如阿波利奈尔创作的《被刺杀的鸽子》。（如文末图三左）

立体诗具有的形式与内容的统一性，满足了诗歌在语图关系上的协调性；而宝塔诗中仅有一部分符合语图一致。尽管如此，我们仍可以认为，二者都打破了传统

---

① 杨向荣：《诗学话语中的陌生化》，湘潭大学出版社2009年版，第178—179页。
② 沈谦：《试论图像诗的体式结构作用》，《四川大学学报（哲学社会科学版）》1999年第1期，第54页。
③ 方珊：《形式主义文论》，山东教育出版社1999年版，第81页。

诗的时间线性发展特点而主要通过空间发挥作用，调和了莱辛在《拉奥孔》中认为不可调和的诗和画的矛盾。①

(三) 造型书写

诗与画的相互融合和结合与文字的造型艺术分不开。诉诸诗行几何安排，发挥文字象形作用，甚至空间观念，例如利用汉字的图形特性与建筑特性，将文字加以排列，以达到图形写貌的具体作用。② 这也是实现语图顺势关系的必要基础。

从外在形象上看，汉字虽存在多种书写体，但由于其具有平面、规整，方正的特点，即图形特性与建筑特性，因而并不能出现字体的大幅度变形。因此，对于宝塔诗来说，只能在每行诗的字数上进行变动，例如 11335577 或 1223344 等形式，同时改变字的摆放位置，但并不能影响"宝塔"的整体样式。(如文末图二)

而立体诗由于字母的特点，可以通过改变大小写、弯曲、拉长、波纹等方式，进行大幅度的线条创作，勾勒出不同的画面，因而在形式上相较于宝塔诗而言更为多样。(如文末图一左、图四)

无论是立体诗中的拉丁字母还是宝塔诗中的汉字，其本身具有的特点是诗人进行诗歌造型艺术的基础。进一步说，东西方文字与生俱来的特点是满足诗人对诗歌进行陌生化操作的重要前提。

(四) 阅读方式

韵律感是诗歌的重要组成部分，特别是对于中国古代的诗歌来说，讲究声韵和谐、朗朗上口。在韵律感中，节奏是必要要求而非押韵。节奏是诗最重要的形式因素，具有形式化的意义。③ 宝塔诗与立体诗都在阅读节奏上进行了创新，带给读者"陌生"的效果。

宝塔诗的阅读顺序比较丰富，取决于诗人的设计。例如《汉语异形诗再探》中一首写山的诗。一般情况下，宝塔诗是按照排列顺序从上往下读，诗行依次组合而成诗意。但有些构思奇特的宝塔诗，往往打破了宝塔诗的常规读法。读者如果不能正确去读，便会感到一头雾水，不明就里。如"弓"字形、"阶梯形"的阅读方式。(如文末图三右，"阶梯形"阅读方式)

立体诗的阅读顺序一般为自上而下、自左至右，一般会按照所构图像的绘画顺序进行阅读。在阿波利奈尔创作的立体诗中，没有出现标点符号，他力图以诗行的内在节奏来代替标点符号，这是其在诗歌形式上的大胆探索。④ (如文末图一、图三左)

---

① 谭捍卫：《漫谈西方视觉诗》，《文艺理论与批评》2006 年第 1 期，第 133 页。
② 卢婕：《比较文学视野下的中国图像诗歌发展动力研究》，《世界文学研究》2016 年第 1 期，第 16 页。
③ 张冰：《陌生化诗学——俄国形式主义研究》，北京师范大学出版社 2000 年版，第 141 页。
④ 郑克鲁：《传统与创新的统一——阿波利奈尔的诗歌创作经验》，《外国文学评论》1991 年第 3 期，第 96 页。

事实上中国古典的诗歌也并没有标点符号,因此宝塔诗和立体诗的阅读节奏、韵律并非通过标点符号确定,而由诗句本身的内在节奏来把控。在没有标点符号辅助的情况下,读者在阅读宝塔诗与立体诗时,就需要细心分辨诗人的语气与构思,这不仅增加了阅读的趣味性,在一定程度上也延长了读者的审美过程,满足了"陌生化"的条件。

四、起源背景与继承发展

经过对宝塔诗与立体诗的文本对比,我们发现在对外在形式进行陌生化手段处理上,二者有着众多的相同点:第一,二者分别打破了东西方传统诗歌的外在结构;第二,在语图关系的构建上,二者都存在语图一致性,即形式与内容的统一;第三,在书写方式上,二者都充分发挥自身字体的特点完成外在造型上的创新;第四,经过上述三种陌生化的操作方式,二者的阅读方式自然而然也有别于传统诗歌。由此看出,西方的立体诗与中国的宝塔诗在构建外在形式陌生化上的处理手段是如此的相似,那这两种诗体产生的背景或者社会条件是否有所关联呢?

一般来说,俄国形式主义反对形式与内容二分法,但是作为代表人物的什克罗夫斯基也把艺术作品的形式结构分析与社会历史相联系起来研究作家与作品。① 因此,形式主义也不是只关注文本本身,也关注文本样式产生的社会背景。

20世纪初,西方文学流派众多,加之第一次世界大战的爆发,整个社会都处于反传统的文化氛围中。艺术家想要在光怪陆离的世界中找到自我,突出自我,摆脱理性的过度桎梏。且在20世纪初,生物、科学技术也得到了迅猛发展,打破了人们原有的世界观与价值观。因此伴随着现代性的到来,文学上也必然会出现挑战古典与传统的思想与行为。

阿波利奈尔的立体诗作品集 Calligrammes 中大部分诗歌是在第一次世界大战的战壕中创作的。② 因此,阿波利奈尔的立体诗所表现出的奇特与异想天开的创新性与特定的历史环境分不开。阿波利奈尔的立体诗的出现可以被认为是现代与传统的割离,也就是说,其立体诗打破了传统的桎梏,为文学特别是诗歌带来了革新。

宝塔诗是我国唐朝十分盛行的一种诗歌类型。"塔"一般与佛教有关,而佛教在唐朝时甚为风行,目前国内保存的许多佛塔就于唐代所建,因此以佛教为代表的宗教使宝塔这种形体得以广泛传播。此外,隋唐佛学在我国哲学思想史上也占有举足轻重的地位,因而代表佛教的"塔"就具有了高尚的意义,也被文人墨客所推崇。那么诗歌突破原有的律诗绝句的固定格式,借用宝塔之形进行创作也就不足为奇了。

无论是在20世纪初西方现代性的环境下发展的立体诗,还是在我国盛唐时期流行的宝塔诗,总的来说,二者都是特定时代背景下的产物。但由于东西方文化背景

---

① 方珊:《形式主义文论》,山东教育出版社1999年版,第40页。
② 罗大冈:《阿波利奈简介》,《世界文学》1980年第6期,第267页。

的不同与文化符号的差异，使得二者采用了不同的陌生化手段来突破传统。

虽然立体诗与宝塔诗带来了同样的陌生化效果，但是在近现代的诗歌发展中，宝塔诗逐渐淡出诗人的视野。通过查找记录宝塔诗的文献资料发现，记录在册的宝塔诗几乎全部是古代文人流传下来的，能够搜集到的寥寥几篇近现代宝塔诗作品，基本上都失去了原有的风采，成为插科打诨的文字游戏诗体。

反观西方的立体诗在20世纪七八十年代，随着国外文艺思潮被大量引入和吸收之际，促使了我国图像诗派（立体诗）的产生与发展，其中台湾的图像诗理论率先萌芽和发展，但大陆的理论构建更具系统性。① 需要说明的是，在西学东渐的背景下，我国对于西方立体诗不可能完全借鉴，而是结合了中国汉字文化特色，进行立体诗创作。在近当代具有代表性的立体诗人有詹冰、尹才干、黎青、丁旭辉等，这些诗人都相应为图像诗的理论发展做出贡献，同时出版了多本图像诗集，大力推动我国图像诗（立体诗）的发展。

结　论

宝塔诗与立体诗通过打破原有惯常的诗歌格律模式，产生一种新的表现形式，带给欣赏者一种新奇的视觉体验，并由原来的图画想象释义文字转变成文字释义图画，改变了传统的鉴赏方式，延长了审美过程。因而其本质上是相同的，只不过由于中西方的符号形式与社会文化背景的不同，诗歌陌生化的手段途径不同而已。

但是，近现代，我国传统的宝塔式的诗歌创作形式并没得到很好的沿用，而西方立体诗在国内得到沿用与革新，相继涌现出了一批著名的图像诗（立体诗）人。是什么原因使得本质相同的二者，在诗歌史上留下了不同的身影？

附宝塔诗与立体诗文本案例：

你认识吧
这个可爱的人儿是你
戴着大大的草帽
眼
鼻
嘴巴
这是你的瓜子脸
你的香脖
最后是你不完美但被赞赏的上半身
如同透过一片云被看到
再低一点是你跳动的心

图一　阿波利奈尔的《女人》，选自 *Calligrammes*

---

① 侯爽：《比较文学视野下的中国图像诗歌发展动力分析》，《赤峰学院学报（汉文哲学社会科学版）》2016年第11期，第130页。

山
耸峻
回环
沧海上
白云间
商老深寻
谢公远攀
古岩泉滴滴
幽谷鸟关关
鸟西连陇塞
猿声南彻荆蛮
世人只向簪裾老
芳草空余麋鹿闲

茶
香叶　嫩芽
慕诗客　爱僧家
碾雕白玉　罗织红纱
铫煎黄蕊色　碗转曲尘花
夜后邀陪明月　晨前独对朝霞
洗尽古今人不倦　将知醉後岂堪夸

图二　宝塔诗 [第一首作者(唐)令狐楚，第二首作者(唐)元稹]

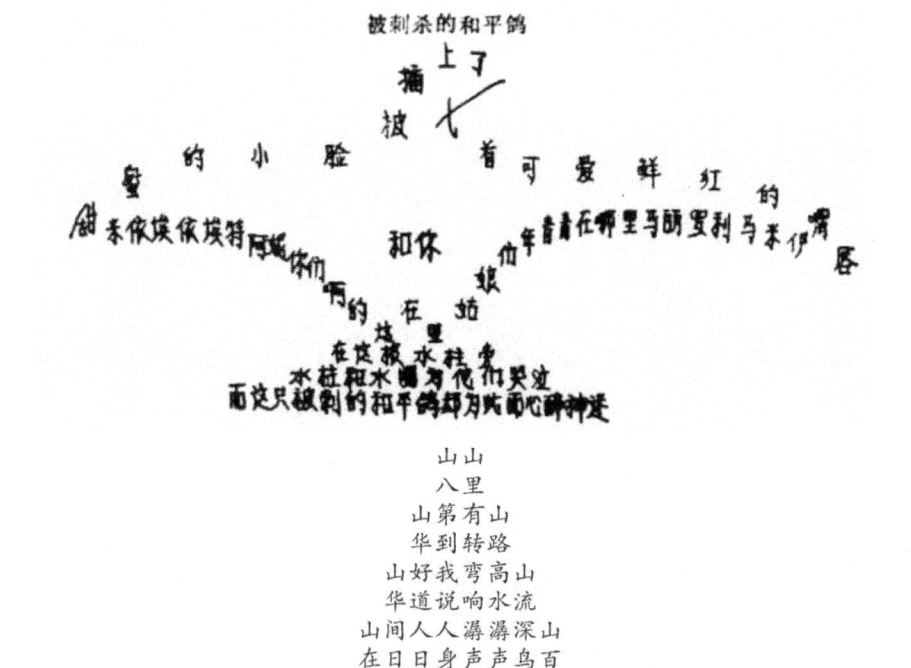

　　　　　　　　山山
　　　　　　　　八里
　　　　　　　山第有山
　　　　　　　华到转路
　　　　　　山好我弯高山
　　　　　　华道说响水流
　　　　　山间人人潺潺深山
　　　　　在日日身声声鸟百
　　　　　云游客孤叫路上行
　　　　　作莫君劝难步步人

山里有山路转弯，高山流水响潺潺；
深山百鸟声声叫，路上行人步步难！
劝君莫作云游客，孤身日日在山间；
人人说道华山好，我到华山第八山。

图三　第一首阿波利奈尔的《被刺杀的和平鸽》，第二首刻于浙江省东阳市一座山上的石碑上

陌生化视角下的宝塔诗与立体诗对比研究 ｜ 115

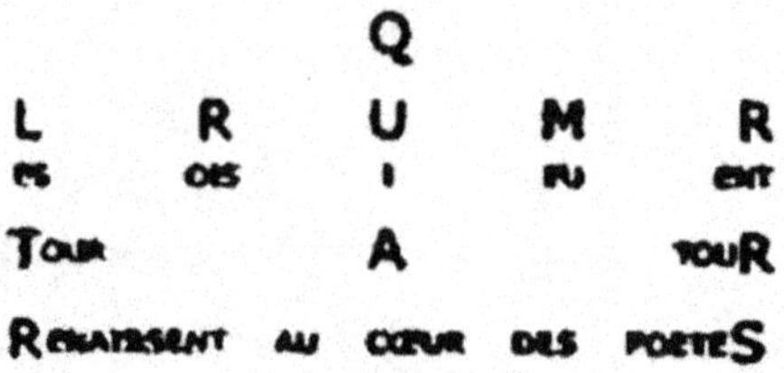

图四　阿波利奈尔的《皇冠》La roi qui mortent à tour renaissent au coeur des poètes.

鲍里斯·维昂文学作品的现代性初探

兰州交通大学　西安外国语大学　李　囡

鲍里斯·维昂是一位并没有受到太多关注的法国21世纪的作家,其文学作品似乎和他有着同样的命运,是一枚枚蒙了尘的宝石,如今被拂去尘埃,散发出智慧的温热和闪烁着旖旎的光彩。维昂的作品看似没有涉及国家政治命运也没有针砭时弊,却反映着作者对异化人类思想、高度统一和模式化的现代社会形态的揭露、抗议和反思与对人的生存境遇的高度关怀。本文结合维昂的《岁月的泡沫》《蚂蚁》《摘心器》《我唾弃你们的坟墓》这四部作品的具体内容,通过文本细读的方法,借用热奈特的叙事学理论和读者接受的相关理论,将视角聚焦于写作手法、审美价值、故事情节、人物塑造和文本叙事结构这五个方面,现代社会维昂文学作品极具主观的现代性,探讨作品背后的深层含义和维昂的真正意指。

一提到和"现代"有关的事物,就会联想到大企业、工业生产、高科技、时尚元素等。的确,"现代社会就是在工业化大生产开始形成之后,整个社会迈向标准化的模式发展的一种社会形态"。这样的标准化把人们的思想、欲望、需求等高度地统一起来。现代性的文学文本一方面(和传统文本一样)是反映社会的现状,另一方面就是表达对这种高度统一的社会现状的不满,和对现代性社会形态的反思。现代性意义依然集中表现在对于人、民族的命运的关注,但和传统的"仁爱""爱国主义"不同,更强调是民主、个性和人道等。本拟题试图以读者的视角为出发点,从以下五个方面来解读维昂作品的现代性。

鲍里斯·维昂这位20世纪法国文学界的奇才,生于一战后萧瑟的法国,目睹了气宇轩昂的工业革命,又经历了血腥的二战。他的文学作品极具现代性的光芒:有力地印证了时代变迁,号召着由于战火受到心灵重创的人们起来反抗命运的不公正,如战争、媚俗宗教、种族歧视等,也启示人们努力追求自我,追求生命中至爱(爱情、音乐、阅读等)而使生活变得有意义。

一、鲍里斯·维昂文本写作手法的"断裂"效应
——以《岁月的泡沫》为例

这里的"断裂"是指伊夫·瓦垡强调提出的"现代文学作品不仅在内容上体现了革命,而且在形式上体现了新的尝试和个性,与传统作家追求文本的连续性做法相反,现代作家通过种种手段打破这种连续性,制造'断裂'效应,也就是说他们更加

注重以暗示、对比、影射联想等象征的方法去建构文本意义……"①

在《岁月的泡沫》一书中，无论是在人物刻画、背景展示，还是在情节演变方面都是极具个性的。阅读时，读者在没有丝毫预感的情况下，多变的时间空间、离奇的情节便接踵而至，扑面而来，其间伴随着反语、通感、比拟、象征等修辞手法，真是让人应接不暇、瞠目结舌，如"水龙头里流出的鳗鱼""太阳萌发野芸豆的幼芽""太阳光像一束束黄色的汞柱，最后坠落在地，粉碎成一颗颗细小的珠子"。而且读者发现这是维昂轻轻松松、随心所欲写出来的。作者借助这些意象旨在营造一种和现实不同的个性化世界。

另外，维昂是使用修辞格的高手。在《岁月的泡沫》中，通感、象征、隐喻随处可见，比如高兰的可以做鸡尾酒的钢琴，让视觉、味觉和听觉很好地应和；用男人肉体来做武器用来揭示战争的残酷；用萨罗·保特这个人设来讽刺萨特的存在主义的自由选择观、无为思想和民众对学术权威的盲目崇拜……

为此，《岁月的泡沫》打破了传统文学创作，顺应了法国20世纪的超现实主义者提倡在文本创作中"以自由不羁的词语"为基础，以意象群叠化为特点，势不与传统不公平为伍，以追求自我、个性为内涵……这是维昂创作文本与众不同之处，是一种属于他文本创作时的"断裂"；对习惯于传统文学文本的读者来说，面对这样的文本显然会不适应，表现出一种读者在接受文本时的"断裂"，这就需要读者带着兴趣积极掌握语境知识参与到对文本的解读中，从而理解文本背后的深层意义。

二、以"暴力的意识"构建作品的审美价值
——以《我唾弃你们的坟墓》为例

在传统的文学作品中，"美"的就是善的、积极向上的、乐观的……但从雨果开始，"美"的存在意义逐步发生改变。雨果的"美丑"对照原则给予了解读文学文本新的审美方向："丑在美的旁边，畸形靠近着优美，丑怪藏在崇高背后，美与丑并存，光明与黑暗相通。"这种二元的审美观极大地影响着后来的象征主义、超现实主义等。波德莱尔的诗作《恶之花》赞美死亡，赞美撒旦，他在诗中寄希望于死亡之神毁灭一切，其实是作者在借助这种"善恶"二元论祈求着改变和新生。洛特雷阿蒙的《马尔多罗之歌》是受超现实主义者追捧的一部作品，这部现代性作品以恐怖为背景充斥着大量的荒诞的意象：本性残忍的动物、人与动物交配，撒旦、腐尸……作品中的主人公在做尽恶事后又在悔恨，可以看出主人公游走在美与丑、善与恶之间……现代性的"审美"观更加多元化，更加有辩证力度。

在《岁月的泡沫》中，作者用忧伤且诙谐的口吻来讲述三段爱情悲剧，读者可以在字里行间隐约感受到作者对现实的不满与反抗。那么在《我唾弃你们的坟墓》中，

---

①魏庆培等：《空洞、抵抗与断裂——论野草的现代性》，《泰安教育学院学报岱宗学刊》2002年第3期，第15—17页。

那种不满和反抗早已燃成熊熊的暴力之火：在20世纪的美国，混血黑人李·安德森长期作为白人的性奴，这样的不齿时不时在心中隐隐作痛；他的弟弟娃娃因为爱上一位白种女人而被白人设私刑烧死，触发了李复仇的念头。直当哥哥汤姆（汤姆肤色是完全黑色的）这位大学老师在争取黑人权利的时候被白人毒打到后来无家可归，李复仇的怒火被彻底点燃了。他通过精心策划用极其残忍的手段杀害了白人种植园主的两个女儿简和露，象征着向整个社会宣泄黑人被压迫的愤怒和反抗。

这部作品并没有像传统小说一样去歌颂爱情，相反维昂在小说一开始就开始诅咒爱情：李的弟弟就是因为追寻与白人姑娘的爱情而做了种族歧视的祭品。在作者极力渲染的悲观情绪中，李也是无视，甚至是鄙视爱情，到了最后竟然会利用爱情：和小镇上随便哪个姑娘做爱对李来说都是件无所谓的事情，都是用来打发寂寞。后来在舞会上看到白人种植园主的两个美貌的女儿，李便开始想方设法地引诱她们，但并不是因为爱情，而是因为"娃娃在地下向我招了招手"，是弟弟不让他和白人姑娘接触，是弟弟勾起他报复的念头，怎么报复？就拿简和露下手。书中关于两姐妹的仪态美、头发美、躯体美的片段象征着白人"优等"社会，但是当李杀害这两个女人时，就象征着要用暴力来报复白人世界。而且李的报复是绝对的、彻底的，当简告诉他怀了他的孩子时，他也没有半点迟疑，朝她的脖子开了两枪，确认她死了以后，趁尸体还有热气，愤怒地又强奸了一次尸体；杀露的时候，用尽全身力气用脚横踩在她的喉咙上。从小说的名字《我唾弃你们的坟墓》，也可以看出李为黑人世界报复的决心：连白人的坟墓也不会放过……种族歧视之恨、弱势群体之痛被诠释得淋漓尽致。

鲍里斯·维昂利用人物消极的情绪、暴力的情景构建文本的审美价值。从读者角度出发，在无聊的气息和荒淫的场面中体验白人世界中黑人的精神状态和生存境遇，从而给予暴力合理的存在。

三、维昂式的荒诞——以《蚂蚁》为例

维昂的《蚂蚁》被认为是"带有萨特式存在主义思潮浓厚色彩的代表作之一"。在这部作品中，二战盟军诺曼底登陆的战场和战后生活的片段被设立为故事展开的场景和主人公的"生存的境遇"。作者以冷漠的口吻来突显战场的残酷无情，以调侃的方式来描绘主人公形象：主人公在战场上显得手足无措，他总是小心地算计着用其他战士的身体来做自己的挡箭牌，时时刻刻担心自己战死。更可笑的是他都不知道自己在给谁卖命……荒谬的气息扑面而来：维昂借用无厘头的小人物事件来控诉战争的荒唐。萨特的存在主义是悲观的，他认为世界是荒谬的，人生是痛苦的。在《蚂蚁》中，主人公总是听说"战争快要结束了……"可是在战场上他为什么觉得战争没有停下的迹象？雅克丽娜的来信让他开心，他给她回信，让她等自己，但是"也许我这么做错了，不该被她俘获"……主人公是绝望的，在战场上看不到生的希望；他不敢奢望爱情，因为在战争的绑架下无法自由地恋爱。

和其他现代主义文学作品一样,存在主义文学作品遵从"反传统,怀疑一切"的创作倾向。在传统文学文本中,作者通常会或详细或笼统地介绍人物的生平,描述人物的外形特征。但在《岁月的泡沫》当中,高兰和克罗埃不仅没有姓,而且无父无母,二人的结合就象征着无拘无束的自由恋爱;在《蚂蚁》中主人公从头到尾都是以"我"出现,无姓无名,倒是有其他战士名字出现,但是刚刚出现在读者眼前时便牺牲了。有名字无名字有什么关系呢?作者之所以这么处理,就是为了影射那些在战争中无辜死去的、知道名字或不知道名字的人。维昂的这种反传统的创作手法看起来荒谬,其实他给读者提供了新的解读文本视角。

但是维昂并不是一味地遵从萨特的存在主义的思想。在《岁月的泡沫》中,萨罗·保特这个人物角色就是用来影射萨特的。保特随意让阿丽丝掏出自己的心脏,并认真观察自己的心脏的形状,维昂这样做的目的就是在抨击萨特的绝对自由选择观,他认为萨特这一观点并不积极向上,于是在书中就借助阿丽丝的手去毁灭它。相信很多人质疑过萨特,但维昂却旗帜鲜明且以一种荒谬的方式摆明了自己观点。

四、传统叙述模式框架下现代性的人物角色塑造

传统的小说看中的是具体的人物描写和完整的故事情节。而现代性的小说主张书写生活中的片段,取消人物与情节。这一点在《岁月的泡沫》中可见一斑。

《岁月的泡沫》便是依托传统的叙事模式展开讲述的。其中有具体的人物描写:帅气多金的高兰,漂亮的克罗埃,会烹饪美食的尼古拉,崇拜偶像且为此走火入魔的雅克,等等,也有三段完完整整的感人肺腑的爱情故事。但和传统的小说不同,这些人物只有名没有姓,没有具体年龄,没有父母没有家族(高兰和克罗埃结婚时都不见双方的父母),仿佛生来就是这个样子,他们只需要对自己的行为负责。这便展现出一幅与先前的生活经验断裂的场景。

在《摘心器》中人物角色的塑造表现更加独特。角色雅克莫尔一上场便和读者先前的阅读视野形成了强烈的冲击:在《岁月的泡沫》结尾雅克死了,阿丽丝正是用"摘心器"杀死了保特,而在《摘心器》中雅克莫尔(Jaquemort),分开来读意思是雅克死了,心被摘走了,于是这个人物是"空的"(这一点上与《岁月的泡沫》产生互文的效果)。雅克莫尔不仅无父无母而且一降生便是成人,没有什么记忆。他唯一的渴望和理想是用别人的秘密和想法填满自己"空空"的过去;拉格罗伊以整部作品的苦难担当的一面来挑战着读者的想象力:村民们给他金子,让他消受和背负全村人民的耻辱,但可笑的是,金子在这个地方一无所用;维昂在这部作品当中除了通过塑造苦难的人物来思考人生,还做到了兰波式的"通灵人"可以体察得到会飞的孩子的自由自在,黑猫被精灵附体后的神秘,听得懂小鸟的话语,感受到被砍倒的大树的疼痛……作家那纤细且敏感的神经从视觉到听觉,再到心灵完全融入大自然。

五、传统的叙述模式下的叙述层次化

《岁月的泡沫》的现代性主要表现在夸张的想象力和多彩的修辞手法上.《蚂蚁》

和《我唾弃你们的坟墓》在叙述层面将其创作的断裂更为强烈地表现出来。

《蚂蚁》中的主人公是"我"。"我"没有交代自己的从前,也没有展望未来。"我"仿佛扛了一台"摄影机",一个长镜头带着读者进入战场。"我"很明智没有主观地去介绍战争、评价战争,只是很客观地将瓦砾、尸骨、残荷碎片展现在读者面前,让读者做主去评判战争的是非。根据热奈特的叙事学理论,这种叙事角度类型是"外聚焦"型的,"即叙述人物有自己的言语与行为,但不进入人物意识,也根本不对他所见所闻做什么解释。"①但作者不仅仅局限于此,他根据"我"的角色的变换来调整叙述角度,因为在《蚂蚁》中,"我"不仅仅是叙述者,还是被叙述者,有的时候还夹杂着作者的情绪:当"我"说"海滩上空无一人,只有一堆一堆的死者、或者说一堆一堆的残尸碎骨,还有东一堆西一堆毁坏了的坦克和卡车……"当"我"看到"飞机投下了降落伞,不过这次投下的好像是人……跳伞的时候,两人一起往下跳,闹着用刀割对方的降落伞绳子,不巧,风把他们分开了,因为他们掉下来了,于是他们不得不用枪射击……"时,"我"是叙述者,当"我"和雅克丽娜互通情书的时候,"我"的心虽是为浮萍泛起了微微的涟漪,但最后仍然绝望地沉默了下去,如潭水一般的寂静,这个时候,"我"便是被叙述者;直到最后,"我"踩雷了,"我非得挪动腿不可,因为战争的滋味我尝够了,因为我的腿发麻,像有蚂蚁在上面爬。"这个时候,叙述者、被叙述者和作者都集中在"我"中融为一体。作者"我"通过被叙述者"我"将整个故事行为推到了最高点,通过叙述者"我"来讲述踩雷的时候的感觉:脚发麻,如同蚂蚁在往上爬,从而引出作品题目《蚂蚁》,点明了作者的深层用意:在不知以何名义发起的战争中,人就如同蚂蚁般存在,什么是爱情?什么是生命?这些在战争中都是冲向前线的炮灰。从以上分析可以看出,在《蚂蚁》短短的篇幅中,维昂独具匠心地通过第一人称"我"外聚焦型的视角把叙述处理得多层次化,使得作品虽短小却立体有型。

《我唾弃你们的坟墓》采取了层层镶嵌结构的形式,在作者统一的意识支配下将故事展现在三个层面上:第一层次,叙述者叙述行为层,是该文本的一条明线,主角李·安德森用第一人称"我"将读者带入自己在巴克屯的浑浑噩噩的生活和复仇的行为中;第二层次,是叙述者没有经过叙事安排的故事内容层,也是穿隐在该文本的一条暗线,主角李·安德森仍用第一人称介绍在其浑浑噩噩生活下,勾勒出了"我"心中涌动的暗流,"我"的有色人种的事实,"我"为什么要接近白人姐妹,还有"我"的哥哥因肤色受屈辱和"我"的弟弟因肤色被杀害,从而让读者明白"我"如此残忍复仇是合情合理的。维昂是"穿针引线"行文走字的高手,既然是一条暗线,作者便不会浓墨重彩地渲染,只是星星点点的提点便使得真相昭然若揭。试想一下若作者按照传统的单一的叙事结构来处理,要把人物关系、事件前因后果、事件的影响和作者的思想和情感讲清楚,那势必又是一部洋洋洒洒的《悲惨世界》;第三层次,

---

① 孟枢庆,杨守森:《西方文论》,高等教育出版社2015年版,第291页。

即文末回到了外聚焦式的作者叙述层，也就是说，李·安德森作为被叙述者，以第三人称"他"的称谓出现，这时作者和叙述者合二为一，从旁观者的角度来叙述李·安德森是如何死去的，并且"拍摄"到一幅画面：村里的人因为他是有色人种，把他的尸体吊了起来。

请读者来评析在种族歧视的社会中，到底什么是真正的不平等？谁才是社会的不安定因素？正是这样的结构安排，在增强作品立体感的视觉色彩的同时，突出了作品的主题，强化了作品的逻辑和节奏感，"黑色"的情节迎合了当时期待改革的年轻人的口味，请读者走进了作品，加深了他们的体验，拓宽了他们的期待视野。

六、结语

工业革命以来，科技的发展使人类社会进入前所未有高速运转的阶段，虽然丰富的物质生活大大提高了人们的生活水平，但随着二次世界大战的爆发，人的精神世界也面临着前所未有的困境。鲍里斯·维昂的文学作品便诞生在这样的时代背景下。维昂在创作中不忘传统又超越潮流，使其作品的外延和内涵之间极具张力。维昂把《岁月的泡沫》《摘心器》《我唾弃你们的坟墓》这三部作品套嵌在传统的叙事框架下，但故事内容与传统叙事形成了明显的断裂：《岁月的泡沫》在笔者看来是一部现代版的爱情悲剧，其中充斥着丰富的奇怪意象，而且在人物塑造、时空变换、故事情节建构上脑洞大开、独具匠心。维昂在《摘心器》中将他的想象力发挥到了极致：空桶一样的人、会飞翔的孩子、会呻吟的树等。在《我唾弃你们的坟墓》中，读者再也找不到传统作品中所宣扬的真、善、美，反而，维昂和洛特雷阿蒙站在了一起，试图以恶制恶，用暴力来惩罚这世间的不平等。很多人认为《蚂蚁》是存在主义的实验性作品，但维昂在创作时更为大胆，在书中他注入了荒诞戏剧派的元素：在战场这个绝对境遇中，人和物（坦克、飞机、头盔）的作用是一样的，都是战争的牺牲品。人物在这部作品中已经失去了传统的文学作品中的价值，已经不是声音的载体。本文中，笔者借用这四部文学作品，对其进行文本分析，以期展示维昂文学作品的现代性魅力，对其文本内涵做深层的挖掘。

生命意志的悲剧书写

——三岛由纪夫《狮子》论

西安交通大学外国语学院　胡莉蓉

《狮子》被认为是"三岛由纪夫最成功的短篇小说之一"。它以古希腊悲剧《美狄亚》为原型,再现了被时代压抑,遭丈夫背叛的女主人公对压迫自我的日本战后社会和时代的复仇悲剧。通过对文本的细致研究发现,女主人公繁子所直面的是一个秩序颠倒、伪善横行的失序世界。或者是对物质利益的汲汲渴求,或者耽溺于精神的自恋与空想。繁子对丈夫的复仇,并非出于嫉妒,而是以强烈的生命意志和悲剧意识,实现对庸俗的"幸福",对压抑个体的近代理性和过剩的感受性的反抗。回归古典,回归生命本能的冲动是三岛抵抗战后日本社会的方式,也是他对时代命题的构图。

三岛由纪夫的短篇小说《狮子》改编自古希腊悲剧家欧里庇得斯的悲剧《美狄亚》,作品在登场人物设置和情节安排上与原作保持了高度一致性,可谓古希腊神话"美狄亚复仇"的现代版叙述。美国学者唐纳德·金认为,它是"三岛最成功的短篇小说之一"[1]。三岛在后记中也说道,它却"作为我对欧里庇得斯的解读具有重要意义。女主人公的美狄亚式的奇特理论,包含了以后的作品如《爱的饥渴》中女主人公的理论中关于'自我'的积极一面,以及戏剧《圣女》《夜的向日葵》中女主人公向绝对的命运献身的一面"[2]。因此,可以说《狮子》对于我们准确把握三岛这一时期的创作风格及悲剧意识具有"种子"和"原型"的意义。

日本关于这部作品的研究主要涉及小说的希腊悲剧式的结构之美以及围绕作品的时代背景对作品中主人公的象征意义所做的分析及评论。例如田中美代子认为,繁子"绝不想成为自己以外的东西,即成为英雄的意志,毋宁说是符合男性的性格。通过凌驾于男性的令人恐惧的女性的信念表达出来,可以看成是反映了一种时代精神"[3]。论者敏锐地指出了主人公作为反叛者的精神实质,但她并未进一步就主人公代表了怎样的时代精神展开论述。结合作者的审美思想,运用相关的理论资源以更全面、更深刻地剖析这部作品,仍是有待解决的课题。三岛与尼采有诸多相似之处,

---

[1] 长谷川泉、武田胜彦编:《三岛由纪夫事典》,明治书院1976年版,第182页。
[2] 三岛由纪夫:《三岛由纪夫全集》26卷,新潮社1976年版,第265页。
[3] 田中美代子:《鉴赏日本现代文学》23,三岛由纪夫,角川书店1980年版,第59页。

也受过尼采思想的影响。尼采在《查拉图斯特拉如是说》里将人的精神境界分为三个层次："骆驼""狮子"和"孩子"。"骆驼"负重前行，没有思想，敬畏并仰慕信仰；"狮子"渴望精神的自由，虽然没有创造新价值的能力，却有权力为了创造新价值和获取自由而抗争；"孩子"代表忘却与天真，是新的开端和生命原初的状态。从主人公繁子为追求"生的确证""精神的自由"而展开的复仇行为来看，她正可谓是尼采"狮子"精神的实体化表现。三岛将作品题目定为《狮子》，或许也受到了尼采生命三段论的影响。

基于以上问题意识，本文将以二战后的日本社会为切入口，结合叔本华的"生命意志"和尼采的"精神境界说"，采用文本细读和比较的方法分析《狮子》的悲剧意蕴。探讨在传统的价值秩序已然崩坏的战后日本，主人公繁子的悲剧命运及其复仇的现实意义。

一、"颠倒"与"失序"

日本战败解除了三岛的死亡威胁，也让他死于战争的梦想彻底破灭。"我带着暧昧的乐观心情度过了连续一年的时光。……我什么也不关注，也没什么来关注我。我学会了与年轻僧侣长于世故的微笑。我没有感觉到自己是活着还是死亡"①。这是一种失去存在之真切感受的，暧昧的对于"生"的空虚。在回忆性散文《我青春漫游的时代》中，他也多次提及自己对于战后的疏离。面对战后颓败中的生机，"我却经常感到茫然无措，怀疑其眼前的现实来。之前自己把握到的现实飞往何处了？"②具体到作品中，三岛对战后社会现实的恐惧和不解以主人公的梦的形式表现出来。

> 醒来时就有一种不快的预感。清晨令人害怕，那是如对病人来说的夜晚一般的早晨。繁子从残酷的不祥的噩梦中醒来，感到嘴里满是血腥味。难道是在噩梦中流血的印象还留在嘴里？并不是这样。在来月经的日子里，繁子常常是带着这种感觉醒过来。这一整天吃什么都带有血腥味。③

日本战后文学派通常将二战视为一场残酷血腥的噩梦，8月15日的战败宣言则意味着噩梦的苏醒。然而，三岛在作品中却刻意将繁子噩梦的起始设置为8月15日，用以表明自己与战后文学派的对立立场，同时表达对战后现实的不满。正如藤田佑所提出的，对于作者而言，"终战才是'噩梦'的开始，繁子如今还被'噩梦'纠

---

① 引自亨利·斯格特·斯托克斯：《美与暴烈——三岛由纪夫传》，于是译，北京联合出版公司2020年版，第94页。
② 三岛由纪夫：《我青春漫游的时代》，邱振瑞译，生活·读书·新知三联书店2016年版，第91页。
③ 三岛由纪夫：《三岛由纪夫全集》第2卷，新潮社1974年版，第601页。(之后引用，在正文中随文标注页码)

缠。接下来发生的事不过是'噩梦'的延续"①。不过论者并未就噩梦的内容及深层寓意展开分析。一般认为，睡眠时的"梦"和清醒时的"意识"共同建构起人类的精神世界。弗洛伊德将"梦"解释为日常被压抑的欲望——力比多的变形。艾瑞克·弗洛姆则认为梦有其固有的独立性和现实性，它既是白天理性世界的延伸，也反过来影响白天的理性，二者相互作用共同构成"现实"世界。因此，对于繁子之所以会在来月经的日子做血腥的梦可以有两种解读：一是被丈夫冷落的繁子渴望与丈夫的性爱；二是被遣散时亲历的血腥场面以梦的形式再现，并影响理性世界——"一整天吃什么都带有血腥味"。在人类文化学的隐喻中，太阳消逝后的夜晚寓意死亡，清晨则代表光明和新生。繁子则不同，于她而言，"清晨"与"夜晚"，"睡梦"与"清醒"已胶着难分，她所生活的是一个不分白昼与黑夜的混沌世界。同样，"月经"代表女性正常的生理周期，但寓意健康和生育的经血对于繁子而言，成为引发噩梦的存在。威尔赖特说："原型性象征'血'具有一种不寻常的紧张感和自相矛盾的性质。它的完整的语义范围既包含善的因素又包含恶的因素。"②这里，战争流血的记忆与正常的生理现象在繁子身上发生了错乱，如果说昼夜更替和女人的生理周期象征着和谐有序的人类秩序，那么心理和生理同时发生混乱的繁子则直指战后日本社会的失序。

不仅是繁子，在其他登场人物身上也或多或少地发生了变化。作品中最为直接的表现是奶妈阿胜和管家横井的用餐问题。叙述者开篇说道，"川崎家一向保守。战争结束后，今年夏天老主人去世，老规矩也渐渐被过去为维护家规做出过贡献的这两个老人破坏了，最先吃早餐的事就是一例。"（p597）过去的有功之臣如今成为家规的破坏者，从中不难看出作者的讥讽态度。事实上，他们破坏规矩的原因并非别的什么高深的理由，仅仅是因为年龄和两位老人情感上的需求。如果说以前的家规代表着基于身份等级所建立的旧社会秩序，那么如今"写进家庭宪法附款的"两位老人的用餐习惯则意味着旧秩序的破灭和新秩序的建立，且新秩序的建构基础是个体的生理本能。

作品中的另一个关键人物是繁子悲剧的间接制造者——菊池圭辅。他自称是"繁子父亲精神上的儿子"，但并不认同他的"精神"，认为其"缺乏理性"。"理性"最初为人们摆脱中世纪的教会统治，确立人的主体地位发挥了重要作用，但随着科技成为第一生产力，"近代理性却逐渐蜕变为工具理性，丧失了除实现利益最大化以外所有的特征"③。其具体表现是迷信逻辑、崇拜物质。此处看似是新老资本家的不同，深层体现的却是传统与现代、价值感性与工具理性的对立。以美国电影为代表的西方文化是他获利的工具，也是他为精神失序的日本给出的"良方"。

---

①藤田佑：《三岛由纪夫〈狮子〉论》，《日本近代文学》2017年第97期，第35页。
②叶舒宪：《神话—原型批评》，陕西师范大学出版社1987年版，第218页。
③张啸：《论近代欧洲启蒙运动下的科技理性及其异化》，《求索》2012年第6期，第192页。

> 他是个彻底享乐型的利己主义者,只要在女儿眼里是个"好父亲",在职员眼里是个"好经理",在朋友眼里是个"好伙伴",在一般人看来,"确实是个好人",也就心满意足了。(p607)

叙述者以全知视角介入圭辅的内部世界,揭示这类"'幸福的人'的冷血本色"①。他以自我为中心,淋漓尽致地展现了虚伪的沽名钓誉者的形象。《美狄亚》中,美狄亚以留下孩子做诱饵才让敌人放松戒备接受她带毒的礼物。《狮子》却不具备这一合理性,圭辅为何能在伤害繁子的同时还接受她的馈赠呢?繁子在复仇时说道,"他像蹩脚的理发师,被师兄弟的剃刀伤了脸,十天也忘不了;自己伤了客人的脸,五分钟就忘得一干二净。"(p638)三岛在论述"精神"时说道,"司汤达的自我主义发现了客体。(中略)近代主观主义却将精神的样貌变为汪洋一般的东西,任谁都无法清楚地抓到纳西塞斯水中倒映的影子。"②即不同于"自我主义"的向内审视,近代主观主义是纯粹的精神性自恋。繁子的复仇之所以能够成功,正是利用了圭辅作为主观主义者的自私、自恋和自大。他们曾关于孩子有过一次争论,圭辅说孩子天真可怜,繁子则讥讽他们是"不像样"的孩子,"大人们无论走到哪里,喜欢的只是鼓掌喝彩,孩子对此心领神会,为了让大人高兴,也就养成了鼓掌喝彩的习惯。"(p618)繁子看似是说讨要糖果的孩子,实则针对派发糖果的大人。圭辅以川崎家恩人的身份随意出入繁子家中,向其展现浅薄的怜悯和虚伪的善意。但追求精神自由的繁子拒绝因利益向伪善低头。她的话既戳穿圭辅的自欺欺人,同时也将自身暴露在时代洪流面前,为个人的悲剧埋下伏笔。繁子说,"我原打算回到国内,就能看到真正的孩子。"(p618)所谓"真正的孩子"正是查拉图斯特拉所说的"是无辜和遗忘,一个全新的开始"③。然而,孩子不仅没有开启全新的世界,反而被迫成为背负大人们精神虚荣的"骆驼"。繁子的混乱对应三岛在战后的迷失,她对孩子的失望同时也反映出三岛对以自由为代价获取物质满足的战后现实的失望。

二、"空想"与"实在"

美狄亚在帮助伊阿宋盗取金羊毛后逃跑时,为了阻止追兵不得已手刃自己的亲兄弟。繁子密告哥哥的行为则发生在她和寿雄已经结婚生子的战后。因此,与美狄亚的被动相比,繁子主动捍卫爱情的意志更加强烈。事后她的"冷静的微笑"和"眼睛里闪现的阴险的光"也表明其内部超越亲情伦理的生命意志。与美狄亚用昔日的恩惠挽留丈夫的理性行为相比,繁子是作为非理性的存在,追求爱情时她"不做算计",维护爱情时她不顾一切。在崇尚利益和理性的近代社会,她的爱情悲剧具有必

---

① 田中美代子:《鉴赏日本现代文学》23,三岛由纪夫,角川书店1980年版,第58页。
② 三岛由纪夫:《小说家的休假》,新潮社1982年版,第42页。
③ 尼采:《查拉图斯特拉如是说》,孙周兴译,上海人民出版社2016年版,第24页。

然性。遭到丈夫背叛后，美狄亚终日以泪洗面且不自觉地怀念起被她抛弃的祖国，迫使她真正下定复仇决心的其实是国王克瑞翁的驱逐。繁子则不然，她首先想到的就是复仇。"对于悲剧来说，致命的不是邪恶，而是软弱"①。正是这种强烈的自我意志使她比美狄亚更具有悲剧色彩。

"我要惩罚敌人"
"当然可以"
"还要杀人"
"当然可以"（p605）

这是故事在发展到寿雄要抛妻弃子，抢夺繁子家产这一剧情高潮之前，繁子与奶妈阿胜之间的对话，也是对接下来的剧情的预告。喜欢佐藤红绿的阿胜，在空想中"一边扮演着仆人应该扮演的角色，一边期待着被嫉妒驱使的繁子的复仇剧"②。即她并未将繁子的苦恼视为现实的苦恼，只是依照大众小说的情节去解释主人的痛苦，并将其复仇的言语视为小说剧情的需要。"当然可以"的背后是一种空想的、戏剧的精神。因此，对于繁子实施的复仇行为阿胜既没有预期也无法真正理解，从而折射出主人公不为世人所理解的心理困境。

同样的情形也发生在儿子亲雄身上。在古代，"由于父权制时代思想观念的影响，子女同父母的关系除了自然的感情而外，更重要的是作为父亲的生命、权力、荣耀、地位和财产的体现存在的，尤其是作为父亲生命的一种延续存在"③。因此，为了最大限度地惩罚丈夫，美狄亚有杀害孩子的必然性。近代社会的繁子却不然，她原本只是打算陪孩子用完最后一餐后单独赴死，但母亲的"过分亲切"和"慈祥"让亲雄很快感染了母亲的悲伤。"那不光是天真的尊敬，也是一种对强烈的悲剧性的冲动的恐惧，希望自己投身到那种不幸中去。他想成为比母亲更为不幸的人，使自己与母亲不祥的慈爱，真正具有相同的价值。"关于亲雄的对悲剧性的憧憬，田中美代子评价他"虽然年幼但却是具有悲剧性意志的英雄，是母亲的分身"④。藤田则认为亲雄是生活在悲剧童话中的空想主义者，他的死并非"悲剧愿望的实现，而应解释为他梦想的'童话'的不幸破灭"⑤。与阿胜一样，亲雄也是陶醉在一种自以为是的悲剧精神之中，当空想变为现实时他们立刻反悔并试图挣脱作为现实悲剧的存在。藤田无疑准确地揭示出亲雄与阿胜类似的于空想中追求悲剧的精神性的一面，值得肯定。但并未分析阿胜与亲雄对繁子复仇的催化作用。阿胜对复仇的认同和亲雄对悲剧的

---

①朱光潜：《悲剧心理学》，安徽教育出版社2006年版，第95页。
②藤田佑：《三岛由纪夫〈狮子〉论》，《日本近代文学》2017年第97期，第39页。
③聂珍钊：《论希腊悲剧的复仇主题》，《外国文学研究》2001年第3期，第27页。
④田中美代子：《鉴赏日本现代文学》，角川书店1980年版，第60页。
⑤藤田佑：《三岛由纪夫〈狮子〉论》，《日本近代文学》2017年第97期，第42页。

憧憬虽然是出于一种精神的空想，但对于对想象缺乏敏感的繁子来说，这无疑是对她作为现实的悲剧性的存在和复仇的确认。因此可以说，繁子最后的复仇是自我意志与他人精神合力的结果，阿胜和亲雄都在无意中充当了繁子复仇的帮凶。

作品结尾，万般痛苦的寿雄极尽侮辱地以讽刺性的语气说道，"即使如此，我打心底里爱的人只有你一个，难道你没有察觉到吗？"对此繁子异常冷静地回答，"我也知道，我连一次都没有怀疑过。"(p656)对于这个完全不同于美狄亚的，意外的结局，松本彻认为繁子借此成功地实现了从爱的乞求者到爱的施舍者的转变。然而，正如藤田所批判的那样，在丈夫看到孩子的尸体时复仇已经完成，因此没有再以言辞追击丈夫的必要。笔者认为，此处恰恰体现出寿雄与繁子在观念认知上的不同。从繁子应答的对话身份来讲，她并不具备行为的主动性。使用"侮辱的"带有"讽刺性的"言语的寿雄显然是要以爱之名义颠覆繁子复仇的意义，此时繁子为了完成复仇似乎别无选择，但这并非意味着繁子要实现地位逆转。与寿雄对峙时，从绝望转至愤怒的繁子用强硬的语气说道："我不想听那种开脱话。说起来，我们已在向爱与不爱之争的彼岸走去。你爱不爱我，现在只不过是小事一桩。"也就是说，她关心的是事实上寿雄是否出轨。叙述者这样评价寿雄：

> 他既没有思想体系，也没有稍难的哲学。不过，像繁子身处其中的那种深深的苦恼，他认为是不值一提的，自己对此是否负有责任，当另作考虑。据说她睡不着觉，可既然活着，就该睡上几个小时；据说她喝不下水，但不喝水就没法活……(p630)

三岛由纪夫曾这样描述战后，"那个时代，即使是被因习侵入骨髓的男性，也应该能够感到一种前方一片黑暗的解放感。那实际上是一个肉欲的时代。完全没有倦怠的影子，明天是不确定的，那个时代具备所有使肉欲变得敏锐的条件"[①]。寿雄此时作为没有精神的肉体性的存在，不知疲倦地奔走于战后却仍然无法把握确定的明天，只能依靠圭辅。在他的意识里，物质和性欲的满足是人生的第一要义。而就是这样的肉体性存在，却妄图以精神的纯洁为身体的出轨开脱，这无疑是极具讽刺性的自欺欺人。繁子最后的回答是对寿雄自以为是的谎言的戳穿，更是对压抑自我的精神性的反抗。作品中，在清晰地预见到圭辅父女毒发身亡的场景并长久地沉浸在一种残忍的感官性的享受之后，叙述者说道：

> 她不知不觉忘掉了"折磨丈夫"的原因和目的，而把这看作是她生来就有的一种思考方法。

（中略）

[①] 三岛由纪夫：《小说家的休假》，新潮社1982年版，第8页。

然而，繁子这种毫无道理的生存方式，说不定是危险性最小的。最危险的应该说是对"幸福"的考虑。给这个世界带来战争，把恶劣的希望，虚伪的明天，夜里鸣叫的鸡，极其残酷的侵略，带到这个世界上来的，正是这种对"幸福"的考虑。繁子并不注重幸福。在这个意义上，也许她正在为一种高层次的安宁秩序效劳。

繁子把自己所剩无几的幸福做了抵押，去求购一种实在的不幸。（p640）

叔本华认为，痛苦来自对生命意志的肯定，"残忍恶毒在某种意义上更能体现人的意志"[1]。三岛在短篇小说《幸福这种病的疗法》中将平庸的幸福视为一种病。村松刚据此指出，针对战后蔓延开来的"幸福"这种"小市民病"，"《狮子》的繁子和《幸福这种病的疗法》的主人公，拒绝这种病，拒绝一切救济，守着他们自己的'至福'"[2]。所谓的"至福"，正是在肯定生命意志下的作为人的痛苦和"实在的不幸"。不仅是战后，近代以来，人们以追求"幸福"为名义所进行的一系列活动，包括战争，实际上都是在被工具理性驱使下的，以牺牲个体作为现实的存在来换取群体的物质满足。"理性意味着虚构，忽视了自我，忽视了生命"[3]。繁子以浅薄的幸福——儿子亲雄和自我做牺牲，对丈夫的背叛，及圭雄的诡计展开的残忍的复仇，看似毫无理智可言，实则是以强烈的生命意志反抗现代理性。她所追求的"高层次的安宁秩序"也即三岛所致力寻求的，一种"与生活密切相关的不幸"，一种摒弃现代理性和精神性的沼泽回归现实和人之生命本能的冲动。

三、"沉默"与"反抗"

美狄亚原本为科尔喀斯的公主，但在追随丈夫伊阿宋来到科任托斯之后，便陷入一种在政治、经济和情感上都得不到任何保护的悲剧之中。作为他国文明的局外人，他们的婚姻并不受希腊法律的保护，她被丈夫嘲笑"野蛮"和"暴力"。面对丈夫的背叛，当地妇女组成的歌队劝慰她，丈夫爱上别人是再平常不过的事。因此，美狄亚的遭遇可视为建立在男权和夫权基础上的"新的社会秩序和新的伦理道德关系确立以后所带来的一系列社会问题"[4]的具体表现，她的复仇是对压迫她的社会，也是对不合理的、扭曲人性的现代文明。《狮子》显然援引了这种寓意。回国后的繁子面临与美狄亚相同的境遇：社会秩序颠倒，伪善横行，不管是大人还是孩子，要么耽溺于一种精神性的空想之中，要么执着于工具理性下的物质繁荣。繁子的复仇

---

[1] 转引自王干才：《叔本华与尼采》，《唐都学刊》1996年第3期。
[2] 村松刚：《三岛由纪夫的世界》，新潮社1990年版，第184页。
[3] 高海燕：《尼采对近代理性主义文化的批判》，《南昌工程学院学报》2019年第2期，第8页。
[4] 聂珍钊：《论希腊悲剧的复仇主题》，《外国文学研究》2001年第3期，第27页。

既是对这种虚弱的、功利的社会现实的反抗，也是对现代理性和过剩的精神性的否定。

复仇之前，美狄亚说服雅典国王埃勾斯给她提供复仇之后的避难所。繁子同样求助了来自美国的艾格乌斯少校。艾格乌斯少校理解繁子的苦恼并非出于嫉妒而是"要确证自己的生的意志"，但并不认可其复仇的行为。他试图用"苦恼是为充实的人生提供的机缘，或者为走进宗教式的生活提供的机缘"，人生就像果实一样，只有经历夏天的酷暑才能得到秋天的成熟等"众生皆苦"的观念来安慰繁子。

"可是，这种苦恼是属于我的，不是其他任何人的。"
"你不能把自身的痛苦看得那么重。"
"那就是让我'别活着'"（p636）

艾格乌斯少校作为一个基督教徒，试图用宗教的受苦为繁子开启精神救赎的窗户。精神作为基督教的发明，试图用"来世"压抑个体"此世"的生命意志。对于繁子来说，艾格乌斯少校所说的"人都是不幸的"在否定痛苦的个体性的同时，也否定了她作为痛苦的主体的存在。同时，作为美国人，艾格乌斯少校虽然热爱日本茶道，但高大的身躯只能蜷缩在狭窄的茶室里。仿照表千家的不审庵所建造的茶室代表着日本的古典，而手戴金戒的艾格乌斯少校则是西方现代文明的象征。艾格乌斯少校在进入茶室时的窘迫无疑暗示了日本古典与西方现代文明的不协调。他告诉繁子"你应该"看轻并承受这种烦恼，其本质是和美狄亚周围的妇女歌队一样，希望她们沉默，像骆驼一样跪下来，渴望并承受这种重负。他深层要表达的不就是："兄弟们，精神中何以需要狮子呢？那断念而敬畏的可载重的动物有何不足吗？"[1]这是一个被理性、过剩的感性所压抑导致个体被遗忘的世界，选择现实的忍耐或寻求宗教的救赎都不过是对个体意志的否定。"悲剧实际上是人类对自身文明发展中已发生、正在发生及将要发生的变化所做出的最直观的表述"。[2] 繁子的悲剧中有过去战争遗留下的死亡的阴影，有正在如火如荼地进行着的社会变革的影响。她的复仇是与时代进行对抗，是以"狮子"的强烈生命意志寻求自我存在确证的一首英雄主义赞歌。

欧里庇得斯将目光转向普通人的悲剧心理和现实苦难，给予原本处于男性附属"物"的位置的女性以重要地位。因此他被认为是"首先在希腊文学领域里发现了女人"[3]。虽然三岛在现实生活中充满对女性的轻视，但在他作品中，居于社会幕后的女性却常常成为他笔下悲剧的主角。受制于原作的关系，《狮子》将女性设置为主

---

[1]尼采：《查拉图斯特拉如是说》，孙周兴译，上海人民出版社2016年版，第24页。
[2]吴晓群：《〈美狄亚〉与女性历史地位的再思索》，《国外文学》1998年第4期，第108页。
[3]《外国文学教学参考资料》选编组：《外国文学教学参考资料》第1册，福建人民出版社1980年版，第169页。

人公有其必然性，但在秩序等待重建的战后，让一个普通女性发出这样反时代的声音也不得不说寓意深刻。他将处于社会弱势地位的女性置于舞台中央，让其获得反抗并超越男性的意志，从而实现对以男性为主体的战后日本社会的批判。

杜拉斯"跨种族效应"的行为寓指和对于叙述的影响

西北大学 廉 鹏

"跨种族效应"(cross-race effect)是一个非常重要的心理学概念，但在社会学中体现最为突出。同时，跨种族效应在文学中也非常明显。杜拉斯的作品是受跨种族效应影响的典型之一，其特殊的身份背景和多重层次的意识形态差异使得其作品的跨种族效应越来越值得挖掘。本文以杜拉斯作品中的跨种族效应为题，主要研究跨种族效应对于其作品的影响，以及其中涉及的潜意识寓指，以实证的方式和文本细读的方式探求杜拉斯的跨种族效应下的真实内心世界。

"跨种族效应"(cross-race effect)是一个心理学概念，指无法准确辨认出其他种族的人的面貌，根据无辜者计划(The innocent project)的记录，325起冤假错案中，共有235起案件(占72.3%)来源于刑事辨认，而其中，被指认者75%都是少数族裔[1]，这种差错来源即是跨种族效应，因为不同种族之间很难区分对方的面部特征，由此经常将嫌疑人和被指认的对象混淆。[2] 杜拉斯的创作在很大程度上体现了这种跨种族效应，对亚裔民族的跨种族偏见使她的作品形成了一种种族固化模式，像罗伯特·里卡特(Robert Ricatte)评价的那样："她将自己类型人格的人的行为普遍化，并将这种行为与一种准宗教的感觉联系在一起"[3]。这种固有化偏见根深蒂固，成为杜拉斯创作的一种普遍准则。杜拉斯的"跨种族效应"有一个基本前提，即"跨种族效应"并非来源于外界社会环境，而是来源于其民族基因，所以，即便从小生长在越南，她也逃脱不了这种跨种族效应的影响，生活的时间越长，对黄种人的印象偏见反而越深，成为其作品突出的症候之一。

一、"跨种族效应"的社会影响以及对杜拉斯的影响

杜拉斯的作品很大程度上受跨种族效应影响，除了先天的血统基因外，也受当

---

[1] 布兰登·加勒特：《误判：刑事指控错在哪了》，李奋飞译，中国政法大学出版社2015年版，第61页。

[2] 戴维·迈尔斯：《社会心理学》，张智勇、乐国安、侯玉波译，人民邮电出版社2006年版，第243页。

[3] Robert Ricatte, *Silences et échos chez Marguerite Duras*: Le Ravissement de Lol V. Stein et Le Vice-Consul, Littérature, Vol. 102, No. 102. Mai 1996, pp. 5.

时的社会文化影响。当时的西方和东方,正是处于文化融合和对立的状态①,杜拉斯眼中的东方,并不是"真实"的"东方",而是一种想象体,如萨义德的观点"东方是欧洲人创造出来的东方"②一样,杜拉斯对东方人有一种固化偏见,在杜拉斯的叙述中,东方人一直是一种不优雅、低俗的形象,例如,《情人》里的这段描写:"在堤岸声名狼藉的地区这类事每晚都有发生。每天夜晚,这个放荡的小丫头都跑来让一个中国下流富翁玩弄。"③在杜拉斯看来,中国富人都是肥头大耳、粗鄙庸俗,喜欢逗弄年轻姑娘。另外,杜拉斯在《情人》中,对女主人公的儿子的外貌进行不经意的描写:"他人很瘦,瘦得像一个乌干达白人似的。"④更加体现了跨种族效应使她对其他民族产生了刻板的外貌观。同时,由于童年经历,这种偏见又得到了加强,杜拉斯从小生活在殖民地中,对越南政府产生了强烈的恶感。杜拉斯的母亲早年经商,在面临天灾时,寄希望于殖民地政府,杜拉斯将母亲的这种行为称为"天真的行为",认为母亲相信殖民地政府,是一个巨大的错误,杜拉斯眼中的殖民地政府,上上下下都收黑钱,腐败成性,杜拉斯从小便对殖民地政府充满着恨意,这种恨意成了跨种族效应的催化剂。

这种对于东方人的偏见,不仅体现在对于外貌的描写上,还体现在描写东方人的行为习惯和自身素质上。例如,在《情人》中,对中国人的生活进行了描写:"我们走进一家有几层楼的中国饭店……从这些大楼发出的声音在欧洲简直不可想象……我们来到最清静的一层楼上,也就是给西方人保留的地方,菜单是一样的,但闹声较轻,这里有风扇,还有厚厚的隔音的帷幔。"⑤这种浓浓的贬义显然是以偏概全,是当时的文化灌输环境使然。与对东方人的偏见相对应的是,杜拉斯对西方人流露出极致的推崇,西方血统的杜拉斯在潜意识上还是更靠近自身的母文化。从对美国人玛丽·克洛德·卡彭特的描写中,可以看出她对白人的推崇,而反观杜拉斯对于黄种人的情感判断和相貌评价,则是猥琐居多,如《抵挡太平洋的堤坝》中的诺先生,虽然杜拉斯并没有明确诺先生的种族身份,但从生活习惯和细节描写上,可以确定其为黄种人,体现了杜拉斯的跨种族效应带来的混杂性。和《情人》中的男人一样,诺先生是怯懦的,更为严重的是,相貌上也更差了一些,同时,杜拉斯还在每个对白中渗透了不利因素,如诺先生对苏珊说过:"因为我体质弱,海水浴使我

---

① 如果"东方"是相对于西方而言引申出来的概念,那么"西方"又将如何界定?这是一个悖论。所以,广义上的西方,一般指基督教以及天主教的政治、文化地区。
② 爱德华·萨义德:《东方学》,王宇根译,生活·读书·新知三联书店 2007 年版,第 119 页。
③ 玛格丽特·杜拉斯:《情人》,王道乾译,上海译文出版社 2014 年版,第 107 页。
④ 玛格丽特·杜拉斯:《情人》,王道乾译,上海译文出版社 2014 年版,第 16 页。
⑤ 玛格丽特·杜拉斯:《情人》,王道乾译,上海译文出版社 2014 年版,第 58 页。

感到厌倦。"①杜拉斯潜意识里认为黄种人都是体弱的,诺先生在苏珊家人看来是"猴儿",个子矮小,长相丑陋,并且在苏珊家人面前充满着胆怯。从这种对于西方人和东方人的对立描写中,可以看出杜拉斯受跨种族效应影响很深。

二、杜拉斯"跨种族效应"的两个基本心理出发点

杜拉斯的全部童年都在异域度过,这种特殊的生活环境使她的心理十分敏感,她独特的民族身份和家庭环境使她产生两种状态,从而直接影响了她的创作,并在创作中体现出来,杜拉斯的跨种族效应并不简单表现在对于不同种族的分类认知里,更体现于心理层次上的潜意识思维,而形成这种思维的出发点便是报复心理和征服感所引起的代偿心理。

(一)报复心理

首先,受母亲长期心理压迫的影响。杜拉斯长期受母亲的专制管制,母亲在生活不顺时经常打骂她,杜拉斯曾回忆道:"我的幼年,我的梦,充满着我母亲的不幸。"②同时,在杜拉斯与中国情人莱奥交往时,母亲大发雷霆,因为母亲不能容许女儿和黄种人交往,并处于歇斯底里的状态,这无异于加重了杜拉斯的跨种族效应——为什么在殖民地处刁难她们的,高高在上的都是黄种人,而我与黄种人恋爱也不可以呢?于是杜拉斯决定对母亲进行报复,在血统上对母亲进行背叛,所以这加速了她与莱奥的相恋,更准确地说是交往,因为她对中国情人的爱,是值得怀疑的,很大程度上是出于报复心理,有一个细节可以暴露出杜拉斯的这种报复心理,在车上,莱奥吻了她,她感到十分反感,并一直往手帕上吐唾沫,想清除掉莱奥的印记,③这一本能反应暴露了她心底上对莱奥还是有抵触的。所以,杜拉斯并不是用真心来对待莱奥,而是掺杂着任性的报复。杜拉斯比任何人都清楚这段爱情的结局:"但这种爱情不会有结果。因为他是一个中国人,不是白人。"④她已经预料到了结局,但她并不在意,因为莱奥在某种程度上可以被认为是一个被利用的工具。

其次,是跨种族身份的矛盾所引发的孤独感。杜拉斯的"跨种族效应"最大的表现,是一个矛盾点,这个矛盾点在于,她极度渴望自己的原属国文化,想在殖民国文化面前拥有潜在的优越感,而自己又不被原属国所认同,是一种建构—破碎的矛盾心理。杜拉斯在《瘦小的黄种人》中很是在意地谈过这个问题:"我和哥哥都是瘦小的克里奥尔人,与其说是白种人,不如说是黄种人。从不分离……她呢,她是法国人,没有出生在那里。我当时大约八岁。"⑤所以,杜拉斯的童年乃至青年的部分

---

①玛格丽特·杜拉斯:《抵挡太平洋的堤坝》,谭立德译,上海译文出版社 2000 年版,第 99 页。
②凌小汐:《因孤独而相爱:杜拉斯传》,万卷出版公司 2019 年版,第 32 页。
③凌小汐:《因孤独而相爱:杜拉斯传》,万卷出版公司 2019 年版,第 83 页。
④玛格丽特·杜拉斯:《情人》,王道乾译,上海译文出版社 2014 年版,第 62 页。
⑤Marguerite Duras, *Outside*, Paris: P. O. L, 1984, p.277.

时期，处于一种自我怀疑状态，这种自我怀疑所产生的无根心理给她带来了巨大的孤独感。杜拉斯在潜意识里每时每刻都在对自己的无根状态进行定位。她不止一次说过："我习惯低着头走路。"并说自己"那睡相像个寻求容身之地的难民"①，体现了她的痛苦。即便很贫穷，也有精神上的优越性，每次放学，母亲都会找专车接送，并嘱咐司机保证她的安全充分②，体现了杜拉斯母女的优越感，并且，在专车里，她也坐在"专门留给白人乘客坐的位子上"。③ 在殖民地，白人拥有比当地人更高人一等的血统，这种被殖民民族对于殖民民族的特权设定，更加深了杜拉斯的种族思想矛盾，物质上的贫穷使杜拉斯母女陷入自卑中，但这种民族性的高贵感使她们保持最为刻意的自负，如凌小汐所言："但不论现实境况到达哪一种地步，在一个越南人的面前，她那身体里流淌的来自异国的血液，都足够让她居高临下。"④这也是跨种族效应使他们充满精神矛盾的体现。

不仅仅是自己的跨种族身份和童年影响，包括20世纪欧洲动乱的时代也给杜拉斯带来了很大的精神困境，这种精神危机使杜拉斯精神敏感，渴望从情爱中进行自我确证。⑤ 这种对于痛苦的描写在《广岛之恋》展现得淋漓尽致，丽娃的德国爱人的死亡是一种欧洲母文化断裂的隐喻，是一种"集体性和历史性"⑥的痛苦记忆。同时，德国情人的死亡，也代表着一种悲剧结束，体现了杜拉斯受种族身份影响的一种解脱，"将她从法国悲剧中解脱出来"。⑦ 德国情人的死亡，代表着杜拉斯法国母文化情结的短暂结束，从而暂时回归于亚洲文化，带来心灵上的短暂转换，从而获得愉悦，因为这个时期，正是杜拉斯对欧洲文化失望的时期，战争加剧了她与生俱来的绝望和孤独，她在《痛苦》(*La douleur*)中将这种孤独记录了下来，这种对于死亡的探索和生离死别的亲历使她不断反思，反思战争，反思文化，反思民族，在《痛苦》中，她写道："与死亡的斗争即将开始。你必须温柔、优雅、机智地去面对。它从四面八方向他逼近。"⑧世界的动乱加剧了杜拉斯对于种族的文化矛盾，心中的两种文化依靠都面临倒塌的危险，这种精神困境是她受跨种族效应从而产生报复心理的重要出发点。

---

①玛格丽特·杜拉斯：《来自中国北方的情人》，周国强译，春风文艺出版社2000年版，第203页。

②玛格丽特·杜拉斯：《情人》，王道乾译，上海译文出版社2014年版，第11页。

③玛格丽特·杜拉斯：《情人》，王道乾译，上海译文出版社2014年版，第11页。

④凌小汐：《因孤独而相爱：杜拉斯传》，万卷出版公司2019年版，第63页。

⑤Julia Kristeva, *The Pain of Sorrow in the Modern World*: The Works of Marguerite Duras, PMLA, Vol. 102, No. 2. Mar 1987, pp. 139.

⑥户思社：《构建历史与记忆空间的广岛之恋》，《外语教学》2004年第5期，第58页。

⑦Julia Kristeva, *The Pain of Sorrow in the Modern World*: The Works of Marguerite Duras, PMLA, Vol. 102, No. 2. Mar 1987, pp. 142.

⑧Marguerite Duras, *La douleur*, Paris : POL, 1985, p. 57.

（二）征服感所引发的行为代偿

杜拉斯由于其自身的精神困境，使她急于在其他方面得到补偿，所以，杜拉斯向往爱情，追求爱情，而这种"爱情"更多的则是一种征服行为，她越来越满足于这种征服成功的快感，其在学业之余，把大多数时间都用来社交，参加舞会，体现了她巨大的征服感需求。并且，周游于每个情人之间，她都游刃有余，杜拉斯结婚后依然爱上了情人迪奥尼斯·马斯科罗，但她能协调好情人和丈夫的关系，杜拉斯和丈夫还有情人做到了和平相处，丈夫罗贝尔和情人迪奥尼斯不仅无丝毫嫉妒，还成了好朋友，这体现了杜拉斯强烈的征服感和强大的社交手段，因为这种征服感，她会有这种驾驭别人的野心，从而愿意耗费精力来周游于丈夫和情人之间。杜拉斯的这种征服感还来源于童年影响，安娜·玛丽·斯特雷特给童年的杜拉斯很大的震撼，有人为安娜自杀的传闻在当地非常流行，年幼的杜拉斯开始对"爱情"有了自己的看法，这时的杜拉斯已经将这种有人为自己自杀的行为看作是一种荣耀，当成一种绝大的征服感。多年以后，让·拉格洛雷和罗贝尔都选择了为杜拉斯自杀，所幸被朋友劝止。可见，杜拉斯的征服行为取得了很大的成功。

杜拉斯的跨种族效应使她能有一个优越感基础，即使处于白人社交圈中最为贫穷的一部分，却能心安理得地将优越感对向黄种人，而《情人》系列中的黄种人形象，也暗含了杜拉斯的征服感意识。杜拉斯认为，身为"高贵"白种人，母亲却经商失败，而《情人》里的中国人一家却经商成功，身处富贵当中，坐拥家产，所以杜拉斯感到了一种极大的不平衡，所以这种人物的形象塑造也融入了杜拉斯的种族心理，所以杜拉斯潜意识里将中国人塑造成事业成功，但人格魅力不足的形象，这是一种报复行为，也是她征服欲的一种体现。

三、杜拉斯作品中"跨种族效应"的行为寓指和对于叙述的影响

（一）性爱：征服感的寓指

"性爱"在欧美文学中扮演着不可或缺的角色，在杜拉斯笔下更是如此。杜拉斯笔下的性爱来源于"欲"，这种"欲"来源于多种方面，但表达形式只有一种，那就是"性"，弗洛伊德在评论"欲"时说："处于心理的东西和躯体的东西交接处的一个边缘概念，是从躯体深处传出并到达心理的种种刺激的一种心理上的表示，是由于心理同躯体相联系的结果而在心理上产生的一种需要行动的状态。"[1]杜拉斯的这种欲望，不仅来源于生理和心理交融所产生的刺激，更是一种对于未知的好奇探索，一种"尝试"[2]，杜拉斯享受这种尝试所带来的征服感，通过这种对肉体的征服，从而

---

[1]西格蒙特·弗洛伊德：《弗洛伊德后期著作选》，林尘，张焕民译，上海译文出版社2005年版。

[2]南小妍：《论杜拉斯〈情人〉中情人关系产生的必然性》，《文化学刊》2018年第1期，第81页。

达到精神上的控制,从而满足自己的征服感。

杜拉斯因为受跨种族效应的影响,在内心深处潜藏着深深的自卑,所以她要征服欧洲男人,无论是肉体上,还是精神上,所以,她自青年时期回到欧洲后,便四处留情,和很多男人都有过感情,并且杜拉斯将这种征服感升华为操控感,通过对男人的操控,满足自己的精神虚荣。例如,杜拉斯面对朋友的情人,也有过强烈的征服欲:"我想把海伦·拉戈奈尔带给那个男人,让他对我之所为也施之于他身。"体现杜拉斯的操控感。多年以后,面对比她小三十九岁的扬·安德烈亚的求爱,杜拉斯不为所动,但因为旧疾发作,住进医院,自以为不久于人世时,她才想起扬,并给扬回了信,她这时才体会到扬·安德烈亚在她心中占有很大的分量,成为她生活中不可替代的人,但实际上,这正是她在病危之际的空虚所致,当她好转之后,她对扬的需求消失了,甚至为自己曾对扬产生强烈的需求感到羞耻,[①] 这体现了她的操控感。并且,杜拉斯发现扬是同性恋后,反而更兴奋,她强迫他爱她,让他屈服于自己的身体。这种近乎变态的内心欲望,体现了受跨种族效应影响的杜拉斯的长期积郁的心理状态。

(二)跳舞——对抗的寓指

在杜拉斯的作品中,跳舞寓指决战,一种精神上与胆量上的决战。受跨种族效应的影响,杜拉斯笔下的所有"情人",都是一种怯懦的形象,这种怯懦的体现方式则是紧张,这种紧张在西方人看来是种缺陷,亚洲人的怯懦与紧张在亚洲人看来是正常和谦卑的表现,但在杜拉斯看来,是一种极度不自信,这种不自信满足了杜拉斯的征服感和代偿感,杜拉斯通过跳舞来与男人进行博弈,她用跳舞来对男人进行考验,同时也用跳舞来安抚男人,例如,当她觉得冷落情人时,她会用跳舞来"补偿",对于她而言,这是一种具有魔力的手段。

杜拉斯的所有作品,都包含跳舞的片段,例如《情人》,杜拉斯通过跳舞来狩猎,来判断猎物的性格和人格魅力,从而想出应对措施:"那样的形象早在他走近站在船舷前面白人女孩之前就已经开始形成……她就知道他心有所惧,有点怕,这,她是知道的。"[②]杜拉斯通过跳舞前的观察,已经明白了对方的性格和气质,从而形成了自己的判断。"他的手直打颤。这里有种族的差异,他不是白人,他必须克服这种差异,所以他直打颤。"[③]杜拉斯将东方人的形象刻画为怯懦,在跳舞这一博弈场上生动地表现出来,体现其巨大的种族思维偏见,可见跨种族效应对其影响之深。

(三)语言:思维的外在表现

跨种族效应也对杜拉斯创作的语言技巧形成了较大影响。跨种族效应并不是一种生理现象,更是一种社会现象,美国学者库尔特·胡根伯格(Kurt Hugenberg)和迈

[①]米歇尔·芒索:《闺中女友》,胡小跃译,漓江出版社1999年版,第183页。
[②]玛格丽特·杜拉斯:《情人》,王道乾译,上海译文出版社2014年版,第43页。
[③]玛格丽特·杜拉斯:《情人》,王道乾译,上海译文出版社2014年版,第40页。

克尔·伯恩斯坦（Michael Bernstain）通过实验证明，跨种族现象不仅仅由于不同种族的外貌特征才得以产生，同时也会因为不同种族的社会行为表现产生①，所以杜拉斯在东方生活的十余年，使她对东方的种种行为产生了固化的偏见，包括语言。杜拉斯曾评论过中文："中国话说起来像是在吼叫，总让我想到沙漠上说的语言，一种难以想象的奇异的语言。"②杜拉斯虽然对中文并不了解，并流露出对中文的跨种族偏见，但她生长于越南语拉丁化初始时期，对越南语拉丁化时期之前的汉字和喃字越南语了解一二，所以间接受汉语影响，从而在写作中具有东方思维，更注重简洁的叙事。同时，杜拉斯的文本可视化更是带动了叙述时态的改变，威廉·沃特（William Wert）论述过杜拉斯的语言技巧，用"正在那里"（being there）和"曾在那里"（has been here）来对观赏客体进行了区分③，实际上这是一种可视化文本和纯叙述文本的差异，电影相对于文本，其叙述有一定的滞后性，杜拉斯的电影叙述，即文本可视化极具东方风格，将时态模糊，不受欧洲语言，尤其是偏重于时态的拉丁语族影响④。另外，不仅在时态上，在用词上，也体现出杜拉斯受跨民族效应影响所呈现的语言模糊性，例如，在《情人》中，一句话中包含两个修饰，分别是"皮肤支离破碎"和"容颜被摧毁"⑤，杜拉斯用"lacéré"和"cassée"这两个近义的词来表达⑥，体现一种重复性，类似于汉语的排比，而在法语书写里是很避讳这一技巧，杜拉斯很享受与这种东方式的用词技巧，得益于其年少时所掌握的零散的越南喃字，类似的用词特点在其小说中还有很多。

同时，名称是杜拉斯受跨种族效应影响，在语言方面的最明显表现之一。在杜拉斯《情人》里，她的情人原型，也是一个富有的中国人，杜拉斯叫他"莱奥"，而无论是在《情人》里，还是在《来自中国北方的情人》里，女主人公的情人一直没有姓名，杜拉斯一直用符号代指这个男人，这体现了杜拉斯在潜意识里的民族自负，因为她羞于让身边的人知道这段关系，无论他如何富有，用符号代替情人，也能说明杜拉斯并不怀念他，而仅仅怀念这段时光。受跨种族效应影响下的杜拉斯，很难从内心改变对东方男人的思想偏见，并且，内心的民族优越感是不允许自己全心全意爱上一个东方男人的。由此可以看出，由于两种文化的交汇，杜拉斯的语言呈现出

---

①Kurt Hugenberg, Jennifer Miller, *Categorizationand individuation in the cross-race recognition deficit: Toward a solution to an insidious problem*, Journal of Experimental Social Psychology, Vol. 43, 2007, pp. 334-440.

②玛格丽特·杜拉斯：《情人》，王道乾译，上海译文出版社2014年版，第50页。

③William Wert, *The Cinema of Maguerite Duras: Sound and Voice in a Closed Room*, Film Quarterly, Vol. 33, No. 1(Autumn, 1979), pp. 25.

④法语属于拉丁语族，拉丁语族语言包括：法语、意大利语、西班牙语、葡萄牙语和罗马尼亚语等。

⑤玛格丽特·杜拉斯：《情人》，王道乾译，上海译文出版社2014年版，第5页。

⑥Marguerite Duras, *L'Amant*, Paris: Minuit, 1984, p. 10.

犹疑、模糊和矛盾的特点。

结　语

　　杜拉斯作为欧洲最著名的作家之一，见证了 20 世纪初期世界范围内的殖民变革，以及 20 世纪 60 年代发生在法国的思想革命，她有充足的理由来发表对于东西两种文化的看法，但必须警醒的是，这种看法是充满偏见的，是被建构起来的，跨种族效应并不仅仅是一种心理现象、文化现象，它更是深刻烙在基因里的一种深层枷锁，任何作家都不能避免，即便在异域文化中生活很久，也不能扭转，因为跨种族效应是一种与生俱来的心理现象，所以，杜拉斯的作品，存在着很大的思维偏见，我们需要认识到这点，不能将杜拉斯的作品当作西方人对于东方人最为中肯的评价标准。

新文科视域下的陕西当代外国文学研究*

陕西师范大学　西安外国语大学
刘一静①　李雪凤②　陈柯桦③

随着社会的不断发展，"新文科"已成为新时代背景下人文社会学科建设的重要目标与方向，新时代的外国文学研究也面临着新的命题。文本立足于以陕西外国文学研究，客观分析陕西当代外国文学研究的发展现状与特点，并在新文科建设背景下，尝试提出陕西当代外国文学研究未来发展的可行性路径。

"新文科"这一概念由美国希拉姆学院于2017年率先提出，是指对传统文科进行学科重组、文理交叉，即把新技术融入哲学、文学、语言等诸如此类的课程中，为学生提供综合性的跨学科学习。"新文科"在我国自2018年教育部产学合作协同育人项目对接会上被提出以来，已成为新时代背景下人文社会学科建设的重要目标与方向。从全球范围与国内战略两大角度把握新文科建设的时代背景，不难发现第四次工业革命催生下形成的新时代特点，是新文科建设得以推动的首要动力与重要保障。当下，"数字化"与"智能"的深度融合与推进正在改变着人们的生产模式和生活方式，5G、互联网、区块链等智能技术的"硬件"更新与人文精神、科学素养层面的"软件"调整相伴而行，通过技术与社会两层革命的相互影响与协同推进，这场覆盖人类社会全方位的革命带来的不仅是科学技术的突破，而且势必催化着人文学科开展适应时代背景的内在转化与角色确证。

一、新文科建设的时代背景及其内涵

无论是全球性的科技浪潮还是国内明确的战略需求，都对新时代文科建设提出了新要求。"第四次工业革命中的科学技术不仅在内部呈现出更强的综合性，而且面临着与人文科学开展更深度整合的内在需要和无限可能，日新月异的技术变革不仅

---

* 课题项目：本文为陕西省哲学社会科学2021年度重大理论与现实问题研究项目"当代陕西外国文学研究的传承与创新（立项号：2021ND0497）"阶段性成果。
①刘一静（1982—），女，陕西师范大学教育博士，西安外国语大学英语师范学院讲师。
②李雪凤（1994—），女，西安外国语大学比较文学与世界文学专业研究生。
③陈柯桦（2001—），女，西安外国语大学汉语言文学专业在读。

是文科的时代挑战,更意味着文科不能缺席。"①一方面,面临新技术进步带来的各个学科领域的转型升级,人文社会学科也需要面向这一变化做出适应性的积极调整,在与其他学科、技术的融合碰撞中进一步完善我国的学科体系;另一方面,如何在这一调整中发挥民族特色,构建具有中国特色的哲学社会科学体系,是亟待解决的问题。

近年来,学界对新文科建设所展开的讨论愈发热烈,对于"新文科"的概念与具体内涵有着不同维度的思考与阐释。张俊宗从学科维度、历史维度、时代维度和中国维度四个方面对新文科内涵进行了详细论述,着重突出了立足于中国立场的意义解读②;权培培等则强调了"新文科"的提出与传统文科的发展脉络之间的不可割裂性,基于后工业时代的社会背景,充分把握了新文科的几大突破性意义,提出"新文科"是一种文科知识生产与再生产的新形态,也是文科知识规训的新模式、新手段③。王铭玉等认为新文科是在新的时代背景下对传统文科的转型升级,具备战略性、创新性、融合性、发展性四大特点④。综观学界对新文科的定义与阐释,可以看到国内诸多学者在新文科的时代背景与创新性特点上达成基本共识,同时均从相关角度提出了各具侧重的"新文科"具体内涵与意义。结合已有的学界共识与获得的初步探索成果,可以肯定的是,"新文科"应是充分对接时代需求的一种包括学科建设与人才培养在内的新的文科建设思维与建设理念,也是有别于传统文科的新的文科体系。这一体系具体"新"在学科建设导向、学科建设方法与学科建设核心等方面。

作为人文学科的一大组成部分,外国文学在现阶段正面对"新文科"建设要求,如何在外国文学学科领域实现"新文科"建设已然成为外国文学研究中需要认真思考和探索的问题。在2021年举办的中国外国文学学会第十六届双年会中,专家学者针对"新文科"带来的当代外国文学研究的新命题进行了深入探讨,杨金才教授在会上指出要在新时代精神文化的烛照中对西方观念、思想和文论进行有效的"中国化"阐释;曹莉教授同样从新文科历史背景出发,借鉴剑桥英文的发展历程,强调了世界史、国别史和"两希"文明对外国文学的重要意义⑤。"新文科"建设在新经济革命、

---

①权培培、段禹、崔延强:《文科之"新"与文科之"道"——关于新文科建设的思考》,《重庆大学学报(社会科学版)》2021年第1期,第280—290页。

②张俊宗:《新文科:四个维度的解读》,《西北师大学报(社会科学版)》2019年第5期,第13—17页。

③权培培、段禹、崔延强:《文科之"新"与文科之"道"——关于新文科建设的思考》,《重庆大学学报(社会科学版)》2021年第1期,第280—290页。

④王铭玉、张涛:《高校新文科建设思考与探索——兼谈外国语言文学学科建设》,《天津外国语大学学报》2019年第6期,第1—7页。

⑤刘宇婷:《理论创新·中国立场·多元视角——中国外国文学学会第十六届双年会综述》,《当代外国文学》2021年第2期,第173—176页。

科技革命的时代背景下应运而生,主动回应时代需求,从专业分割转向交叉融合,从闭门造车式的发展模式转向开放包容的发展新形态。在这一学科建设环境下,外国文学研究也应主动求变,在对外国文学自身学科属性充分认知的基础上,结合已有的研究成果与现状特点,提出创新性的发展方法。

二、陕西当代外国文学的研究现状与特点

从苏联、俄罗斯文学研究到国别研究和影响研究,再到当下兴盛的跨学科研究,陕西当代外国文学研究愈加突出自身的优势与特色。

首先,立足本土文化译介是陕西当代外国文学研究新的落脚点。陕西作家在中国文坛拥有重要的地位,从柳青、路遥到陈忠实、贾平凹,"红色延安"的文学传统与浓烈的乡土情怀滋养着一代又一代陕西作家,为我国当代现实主义文学不断注入新的活力。近年来,陕西文学的译介与传播也日益得到重视,早在2009年,"陕西文学海外翻译计划"就已启动,2011年,美国经典文学刊物《新文学》第一期以三分之一页码刊登了胡宗锋译贾平凹中篇小说《黑氏》,高敏娜等翻译的叶广芩长篇小说《青木川》、杨孝明英译《白鹿原》以及20位当代陕西著名作家的短篇小说集《陕西作家二十人》也于此后陆续出版。在《陕西作家二十人》中,贾平凹的《黑氏》、陈忠实的《李十三推磨》、路遥的《姐姐》、高建群的《舐犊之旅》、叶广芩的《雨》、莫伸的《永恒的山林》、冯积岐的《刀子》、京夫的《手杖》等作品均收录其中。到了2019年,红柯的《狼嗥》英文版和吴克敬的《血太阳》英文版分别于1月、2月,由英国峡谷出版社出版发行。其中,吴克敬的《血太阳》包括2部中篇小说和7篇短篇小说,红柯的《狼嗥》包括2部中篇小说和6篇短篇小说。这是西北大学胡宗锋教授、罗宾·吉尔班克副教授翻译团队在英国峡谷出版社正式出版发行的,继贾平凹长篇小说《土门》、叶广芩短篇小说选《山地故事》、杨争光短篇小说集《老旦是一棵树》之后的第四、第五部"陕西故事",也是西北大学"哲学社会科学繁荣计划"中的"陕派作家作品译介与地域文学英译理论构建"项目的系列成果。陕西文学正以繁荣的姿态走出国门,为世界读者所认识和接受,丰富着中国文学的同时对传播中华民俗文化有着重要意义。

其次,打通式跨学科研究是陕西当代外国文学研究的又一重要方向。陕西文学具有鲜明的地方语言特色与民俗文化特点,而任何地域的文化都涉及多学科、多领域的综合问题,如服饰饮食、宗教节日、婚丧嫁娶等,不仅涉及文学概念,更包含美学、历史学、伦理学、心理学等学科内容,甚至涉及经济学、材料科学等更加多样化的领域。在这样的背景条件下,传统的单一学科研究很难再适应现代社会综合性的文化研究,因而交叉、融合、协同的跨学科研究方式既是地域文化本有的特性,更是新文科建设的要求。陕西作家和研究者们也在积极践行着此类研究,如陕西师范大学即设立了"跨学科实验中心",依托陕西师范大学中国语言文学的一流学科背景,整合优势资源,探索文理融合、产学研结合的多学科综合发展之路,在人才培

养、科学研究、学科建设以及社会服务诸方面发挥着日益重要的作用。总之，从2009年"陕西文学海外翻译计划"正式启动，到著名学者叶舒宪引导下的陕西学者李永平、苏永前等人进行的文学人类学研究，以及西安外国语大学建立的人工智能与语言认知神经科学重点实验室，等等，打通式跨学科研究在陕西外国文学研究中的作用越来越明显。

三、新文科视域下的陕西当代外国文学研究方向

对于当下陕西外国文学研究，学科的"新文科建设"并非要完全脱离传统文科的发展轨道，而是基于我国传统文科的发展现状，以"新文科"为方向对传统文科体系进行短板弥补与积极调整，同时创新性地建设新文科体系，在研究方法与研究领域、人才培养与文化交流传播等方面贯彻"新文科"理念。

（一）在研究方法与研究领域方面

作为时代的产物，"新文科"建设的诸多要求与具体方法都脱胎于切实的社会现实。新时代科学技术的巨大变革对于人文学科来说应是挑战与机遇并存。"数字化为人文社会科学研究带来了新的历史发展机遇，我们要推进大数据、人工智能等信息技术与人文社会科学研究的深度融合，进而全方位、全领域、全要素地建构数字化时代人文社会科学研究体系。"[①]学科间的交叉融合从而形成"跨学科"研究已是各人文学科在研究方法上得以提升的重要方向。但与此同时，新文科强调的"跨学科"并不是简单的文理交叉或文文互通，一方面它是紧跟时代发展，对接国家战略前沿与全人类发展需求的发展框架；另一方面，"跨学科"的首要前提是充分了解本学科的学科属性，应避免完全混淆学科研究范畴与知识体系的"跨学科"研究。新文科背景下的"跨学科"旨在破除传统学科体系下我国学科专业目录长久以来所试图扶植的体系化、秩序化的知识体系及其所造成的专业壁垒与学科障碍。

纵观外国文学的学科发展历程，由于缺乏本土研究经验与较为适合的学习借鉴对象，尽管经过长期的不断完善与提升，我国的外国文学研究在研究方法上仍有极大的进步空间。而回望陕西省外国文学研究，从新中国成立后的传承延续到当下的创新发展，外国文学研究取得的成果与突破不可忽视。在2010至2020年的十年中，陕西省外国文学研究蓬勃发展，这一阶段，陕西外国文学研究在各类学科的交叉影响下寻找新的研究对象，已逐步产生了跨学科的研究领域，如文学人类学研究等[②]。因此，在新时代背景下的陕西省外国文学研究应继续着重于探索更凸显中国特色的且适合中国国情的研究方法。在已有的"跨学科"研究成果上汲取有益经验，同时针

[①]马费成：《推进大数据、人工智能等信息技术与人文社会科学研究深度融合》，《光明日报》2018年7月29日。

[②]刘一静、高一杲：《陕西外国文学研究的回顾与反思（1980—2020）》，《陕西理工大学学报（社会科学版）》2021年第39卷第2期，第49—54页。

对研究过程中出现的问题与不足给予解决与完善的方法。除了与邻近学科如语言学、历史学等进行深入融合,在与自然科学学科、工程技术的交叉融合中也应予以积极尝试。

研究方法上的创新势必带来研究领域的进一步扩展。新时代陕西省外国文学研究应在横纵两个维度上谋求研究范围上的突破。首先,横向上延展外国文学研究的代际(时间)范围,对过去外国文学成果进行更为系统的梳理,同时站在当下作品研究的视角下积极展望未来外国文学的发展方向;其次,纵向拓宽研究的国别(空间)范围。以往的外国文学研究往往集中在典型国家、经典作家与经典作品上,而新时代外国文学的研究范围应逐步打破地域上因国家、民族带来的局限,以世界性的、全人类的研究视野观照外国文学研究,对外国文学研究中获得的人类社会发展的共性成果予以思考;但同时,陕西省外国文学研究作为极具地域特色的学科研究,应继续发挥区域特色与优势,结合地方经济社会的发展情况,充分利用区域范围内的教育资源,如高校人才、科研平台等,形成区别于国内其他地区的外国研究独特范式,既不拘泥于本土同时又能克服因地域限制带来的交流不足才是陕西省外国文学研究未来的良好发展形态。

(二)在人才培养方面

新文科背景下,伴随着学科研究方面的创新,人才培养与建设创新是必然也是应然之举。"跨学科"的研究方法与进一步拓宽的研究范围,不仅要求外国文学的研究人才具备多学科的知识储备与驾驭交叉学科研究的核心竞争力,同时也要求相应的科研平台的助推与保障。在人才培养体系上,近年来已有多所高校提出并做出了联合学位培养模式、现代书院制度、大类招生等积极尝试。由于外国文学研究自身的特殊性,这种跨境式人才培养能够较好地弥补因语言限制与文化差异带来的研究不足。而现代书院制度、高校大类招生等专业设置举措在本科阶段即对人才培养模式进行调整,高校可结合当下外国文学研究的前沿问题与需求针对性地培养相关复合型人才。

近年来,陕西省诸多高校开始逐步重视外国语言文学学科建设,引进了大量归国优秀学者,在此基础上参照国内其他高校的发展经验,继续扩大陕西外国文学研究队伍,充分发挥高校作用才能够更好地促进陕西省外国文学研究在"新文科"背景下的发展。良好的科研生态需要研究平台予以支持与引导。首先,通过高校联盟、社会学术组织搭建科学的外国文学研究平台,为研究人才给予充足的研究资源与实践机会。其次,包括陕西省外国文学学会在内的各学术组织应主动结合国家战略与学科研究需求,通过科研项目的牵引与优秀成果及资源的宣传,对人才培养与学科研究进行方向引导,吸引更多优秀人才与专家学者的加入。

(三) 在提升文化自信方面

"新文科"建设是构建中国学科体系、学术体系、话语体系的必然要求①，而"新文科"建设也是发挥中国特色，形成"中国气派"的学科建设。经济、政治与文化从来都是互动紧密的"三位一体"关系，当下经济社会的不断发展，受经济等多重因素影响下的各国间政治关系也日渐趋于复杂；而作为一门跨国际的人文学科，外国文学的研究不可避免地会受到其他国家的影响，因此构建立足本国立场的话语体系，形成具有中国特色的学术标准、学术观点、学术命题，是外国文学研究不可回避的历史任务；不仅如此，在运用"中国方法"分析文学作品的同时，应将研究成果进行适应性转化，汲取适应我国国情的精华部分用以社会实践，理性看待应文化差异带来的分歧。

近年来，以贾平凹等为代表的陕西作家作品的影响接受研究以及译介传播研究成为陕西外国文学研究的独有特色。在经济全球化、文化多元化背景下，陕西文学在国际舞台上的对外传播与交流是中国文学与文化"走出去"的重要实践。在这一文化交流碰撞的过程中，学者应着重思考如何克服语言屏障与文化差异带来的理解困难，进而传递中国特色、陕西特色。一方面，应关注文学作品中折射人类社会共性与本质的内容；另一方面，在译介研究中探索得到国外读者的阅读特点，从而逐步完善本土作品向外传播的形式，结合当下新兴宣传技术以达到更好的文化输出效果。

综上所述，新文科视域下的陕西当代外国文学研究正在不断产出富有地域特色与时代特色的多样化成果，充满着新鲜与活力。而作为身处其中的研究者，立足时代语境，主动革新理念，才能焕发学科发展与专业发展的时代活力，承担起应尽的职责，实现学科的使命与价值。

---

①张俊宗：《新文科：四个维度的解读》，《西北师大学报(社会科学版)》2019年第56卷第5期，第13—17页。

言说的着装

——《坎特伯雷故事》中服饰符码研究

陕西师范大学　李　莉

衣服不仅仅是保护身体的外衣，它更是同其他社会符号系统相互联结的一个符号系统，通过着装可以对诸多社会符号系统进行编码，例如身份、情感、性别、社会地位等。杰弗里·乔叟在其著作《坎特伯雷故事》中展示了高超的艺术技巧，在塑造人物形象的过程中巧妙地运用了大量的服饰语言，每一个时尚术语都有助于人物的特征化。通过对《坎特伯雷故事》中三个主要等级：骑士、教士和农民的服饰符码进行分析，探讨其能指及对应的所指，一个个鲜明的人物形象跃然纸上：荒谬可笑的托巴斯先生、奢侈虚伪的修士、坚贞仁慈的格丽西达等。同时乔叟对三个等级不同的情感态度也一目了然：对骑士的贬抑、对教士的讽刺和对农民的肯定。

服装是人类社会最重要的符号之一。在自然属性上，服装是区分人和动物的符号；在社会属性上，服装是区分不同年代、不同阶层、不同文化、不同身份的符号。柴丽芳指出，服装服饰是人的第二皮肤，先天的发肤不可改变，而服装服饰常变，人们通过服装来保护、美化、改变和表达自己。因此，无论对于个人还是对于时代和社会，服装服饰都可称为无声的语言[①]。服装服饰的色彩、面料、图案等都可拆解成不同的符号，这些符号组合在一起，用服饰语言叙述着着装者的身份和社会文化秩序等。索绪尔指出，语言是一种符号系统，符号是能指和所指的组合，罗兰·巴特在《流行体系》中对能指定义为"服装，其术语皆为具体的、物质的、可数的、可视的"[②]，如服饰的面料、版型、款式、颜色、命名等都是作为能指的服饰及其表征[③]。"非物质的所指即世事或流行，依具体情况而定"。服装的修辞所指包含三种模式：文化或认知模式、情感模式和细节模式。《坎特伯雷故事》中出现了众多服装符号，本文拟通过对这些符号能指的分析，尤其是西欧中世纪社会三个主要等级的着装符号，来探讨其对应的所指，进而了解当时的世事和流行，以期从更多的角度解读该作品。

---

① 柴丽芳：《广府裳音——近现代广府服装服饰的符号学研究》，中国纺织出版社2020年版。
② 罗兰·巴特：《流行体系》，敖军译，上海人民出版社2016年版。
③ 张贤根：《遮蔽与显露的游戏：服饰艺术与身体美学》，武汉大学出版社2017年版。

一、骑士之装：背离传统，衰落之装

苏珊·弗莱(Susan Frye)曾指出，"华丽的穿戴用品和骑士的服饰……值得注意的服装、变装和伪装往往是传奇故事(romance)不可或缺的组成部分"[1]。"高文诗人"便遵循了这一传统，在《高文爵士和绿衣骑士》中对高文出发寻找绿衣骑士前的装备描写占用了25~28四个诗节的篇幅，极其详尽：镀金镶银、闪闪发光的甲胄，式样讲究、做工精细的宫廷披肩，漂亮的胫甲配之以擦得通明铮亮的护膝铠甲，华丽精美的外衣，引以为豪的金马刺，嵌有钻石的精致头盔，闪亮的护颈铠甲，赤色的闪光盾牌上用纯金绘制出五角星图案[2]。而乔叟一反传统，在《坎特伯雷故事》中对骑士的装备描写与之大相径庭。首先乔叟在"总引"对众香客的介绍中，第一位出场的便是骑士，但对其着装描写仅有4行：讲到他的装备，他的马是俊美的，但他身上的衣着却不华丽，穿着一件斜纹布衣，全部都被他的甲胄擦脏了[3]。

第二个例子便是《骑士的故事》，该故事讲述了两位年轻的贵族骑士帕拉蒙(Palamon)和阿赛特(Arcite)，被外邦国王忒修斯(Theseus)打败并囚禁，后来他们为了得到忒修斯的妹妹艾米莉(Emelye)的爱而进行比武大赛。在比赛开始前，乔叟对参战双方武士们的装束进行了详细的描写：有的穿着鳞铠、胸甲和短襟，有的带着普鲁士式的盾牌，有的裹上讲究的护腿，挈起斧钺或钢锤；这里可以见到罕有的精致富丽的甲胄，竭尽钢、金、锦绣之工致，明亮的盾、马饰、钢帽、金盔、鳞铠、缀纹的披挂，马背上的公侯，装束华贵；武士的家从，以及侍者钉着枪矛，扣上盔帽，挂起盾牌，编穿皮革(《乔》：346—347)。尤其是对帕拉蒙一方中的色雷斯大王列可格斯(Lycurgus)和阿塞特一方中的印度大王伊米屈厄斯(Emetreus)的装备描写，占去将近60诗行(详见《乔》：341)，而对作为本次比武主角的帕拉蒙和阿塞特，乔叟竟未提及两人的着装，对至高无上的国王忒修斯的着装也一笔带过：打扮得俨然一位坐在王位上的天神(详见《乔》：347)。乔叟对次要人物进行详细的着装描写，而刻意忽略对主要人物的着装描写，不难看出其弦外之音，即对当时骑士精神的质疑和思考。乔叟对帕拉蒙和阿塞特持有一种矛盾心理，他赞扬他们的骑士精神和对艾米莉的爱，但又对这两兄弟进行了嘲讽。他们因爱情斗得你死我活，都对艾米莉一见钟情，并为之争吵，阿赛特自己形容他们两个争吵的场面，像是两只争夺肉骨头的饿狗(详见《乔》：325)。

在整部作品中，托巴斯先生是唯一一位作为故事主人公且其着装得到重视的骑士。首先，乔叟描写了其日常着装：他的鞋是用西班牙皮革(cordewane)做的，他的

---

[1] FRYE S. Pens and Needles: *Woman's Textualitiesin Early Modern England*. University of Pennsylvania Press, 2011.

[2] 沈弘选译：《英国中世纪诗歌选集》，浙江大学出版社2019年版。

[3] 乔叟：《乔叟文集》，方重译，上海译文出版社1979年版。

褐色袜(hosen brown)是法兰德斯的布鲁日的产品，他的衣料是华丽的花缎(syklatoun)，相当值钱。Cordewane 是西班牙科尔多瓦皮革，在中世纪为非常珍贵的皮革，用其制成的皮鞋档次最高①，暗示了托巴斯先生的身份及经济状况。正如帕特丽夏·威廉姆斯(Patricia Williams)所言，"质量好的鞋子构成了身份的象征②"。Syklatoun 是一种金线丝毛织品，在 14 世纪晚期和 15 世纪初期为最昂贵的衣料，只能从低地国家进口至伦敦③。詹姆斯·普朗什(James R. Planche)将其描述为"一种用昂贵的材质或丝绸制成的布料，产于基克拉迪群岛，这种布料通常织有金线，曾为亨利三世和他的王后在加冕礼上所用的布料，还用于骑士们穿在盔甲外的外套以及用毛皮装饰的披风"④。然而当谈及托巴斯先生的袜子，却出现了不协调。他的袜子是褐色的，褐色在中世纪为不流行的颜色，《中世纪英语词典》对 brown 定义为"暗的""沉闷的""不愉快的"和"阴郁的"⑤。约翰·门罗(John Munro)也指出，"褐色在中世纪很罕见，因为其被认为是丑陋的颜色"⑥。身着材质昂贵的皮鞋和外衣，却搭配了少见的褐色袜子，表明了托巴斯先生对服装审美品位的缺乏。

除此之外，乔叟还详细呈现了托巴斯先生的作战装备：他的白皮嫩肉上贴身穿的是透光细麻所制的裤衫，上面一件夹毛紧身衣(aketon)，再加一件铠甲(haubergeoun)，以免心胸被刺。再上面一件铁板鳞铠(hawberk)，是犹太人的手工产品，他的外氅(cote-armour)像水仙样洁白(whit)。根据克劳德·布莱尔(Claude Blair)对骑士的装备描写可知，1330—1410 年间骑士装备顺序如下：首先为亚麻布制成的贴身衣物，如衬衫、马裤和长筒袜，然后是腿铠(mail chausses)、带护膝的腿甲(cuisses)、护腿套(greaves)、护脚甲(sabatons)、马刺(spurs)，再外面依次是夹毛紧身衣(aketon)、胸甲(hauberk)或无袖短锁子铠甲(haubergeon)，最后是甲衣(coat of plates)⑦。显然托巴斯先生在夹毛紧身衣外同时穿了胸甲和无袖短锁子铠甲，属于过度装备，暗示其对骑士装备构成的不熟悉，同时也透露出他的怯战心理，对即将面临的与巨人(Olifaunt)间的战争并没有十足的把握。当读到"他的外氅像水仙样洁白"，给读者造成了强烈的视觉冲击，而且洁白的外氅并不像适合作战的装备。布鲁

---

①倪世光：《西欧中世纪骑士的生活》，河北大学出版社 2004 年版。
②WILLIAMS P. *Dress and Dignity in the Mabinogion*. Medieval Clothing and Textiles，2012，(8)：83-114.
③OWENCROCKER G，COATSWORTH E and HAYWARD M. *Encyclopedia of Medieval Dress and Textiles of the British Isles*，C. 450-1450. Leiden and Boston，2012.
④PLANCHE J. *An Illustrated Dictionary of Historic Costume：From the First Century B. C. to c. 1760*，Dover Publications，2003.
⑤https：//quod. lib. umich. edu/m/middle-english-dictionary/dictionary? utf8 = %E2%9C%93&search_field=hnf&q=broun[2021-02-20]
⑥MUNRO J. *The Anti-Red Shift-to the Dark Side：Colour Changes in Flemish Luxury Woollens*，1300—1550. Medieval Clothing and Textiles，2007，(3)：55-98.
⑦BLAIR C. *European Armour circa 1066 to circa 1700*. The Macmillan Company，1959.

尔(Brewer)认为其打扮古怪夸张，尤其白色的外氅很荒唐可笑①。哈梅尔(Hamel)指出，这里的白色象征着托巴斯先生身份的空白，甚至暗含对其骑士身份的怀疑②。乔叟继续描写托巴斯先生的装备：他的盾是赤金的，饰有一颗红玉和一个野猪头。他的胫甲是坚革，刀鞘是象牙，铜盔闪烁，马鞍是鲸牙，他的马缰照耀像日月之光。他的枪矛是柏木，尖头磨锐，杀气腾腾。盾牌是骑士的重要护卫工具，托巴斯先生的盾牌却是金子制成的，又软又重，其强度无法提供足够的保护；护胫甲是皮革而非钢铁制作，刀鞘是象牙制的却并未提及刀剑；还有闪烁的铜盔和马缰。浮夸的装备极其荒谬，乔叟对资产阶级的嘲讽溢于言表。综观乔叟对托巴斯先生的着装描写，不难发现他使用了大量的细节描写。罗兰·巴特指出，细节模式是服装修辞所指三种模式中最具生命力的模式，一点微乎其微的东西即可改变一切，仅仅一个细节就可改变其外表：细节保证了你的个性。这种"细微之处"的重要性在于衍生，而不是扩展，从细节到整体有一种繁殖过程，细枝末节可以意指一切。从这些细节中可看到乔叟刻意强调的是其装备的质量而非骑士自身品质；对武装场面的描写本应像《高文爵士和绿衣骑士》一样，使主人公愈发崇高，使读者愈发激动，此处大量细节描写的堆积却令人厌烦，托巴斯先生给人的印象便是虚张声势，徒有其表，令人发笑。弗罗(Furrow)认为乔叟的托巴斯先生是可笑的，原因在于其对传统骑士拙劣的模仿，在于其对传统浪漫传奇中骑士行为和虔诚语气的背离③。

结合乔叟在整部作品中对骑士的着装描写，不难发现其对骑士的贬抑态度。原因在于乔叟生活在一个动荡与变革的年代，14世纪英国经受着百年战争、黑死病、农民暴动以及政治变革带来的创伤。与此同时，由于商品货币经济的不断发展、采邑制的破坏、雇佣兵的兴起、新型武器和军队的出现、文艺复兴和宗教改革运动在思想观念方面的否定等，骑士制度逐渐走向衰落和瓦解。乔叟清醒地意识到了这一切，因此不时通过作品表达其对现实骑士精神的质疑和思考。

二、教士之装：追随潮流，欲望之装

贝尔(Bell)指出，衣服对于我们大多数人来说都是我们的一部分了，我们不可能对环境完全漠不关心：穿在我们身上的那些纺织品就像是我们的身体乃至灵魂的自然延伸④。张贤根也指出，"不同样式的服饰与身体的关联，又以其特有的符号象征性特质，表征着人的身体及欲望与诉求，以及与这种欲求相关联的社会与文化意

---

①BREWER D. *The Arming of the Warrior in European Literature and Chaucer*// Brewer D. Tradition and Innovation in Chaucer. Palgrave Macmillan UK, 1982.

②HAMEL M. *And Now for Something Completely Different：The Relationship between the 'Prioress's Tale' and the 'Rime of Sir Thopas'*. The Chaucer Review, 1980, 14(3)：251-259.

③FURROW M. *Expectations of Romance：The Reception of a Genre in Medieval England*. Cambridge：Brewer, 2009.

④BELL Q. *On Human Finery*. London：Hogarth Press, 1976.

义"。在《坎特伯雷故事》中,乔叟笔下的两位教会人士着装之时髦奢华给人留下了深刻印象,无声地揭露了他们充满欲望的灵魂本质。

乔叟在"总引"中对修士(monk)的着装描写如下:我看他那衣袖口所镶的细软灰皮是国内最讲究的货色,一颗金铸的饰针扣住兜颈;宽的一端还有一个情人结。他的秃头光亮如镜,脸上也是一样,似乎擦了油一般……鞋靴是细软的,他的马也有十足的傲态。他的确是一位不平凡的僧侣。14 世纪时尚界流行在衣服上点缀昂贵、奢侈、精致的装饰品①,这位修士的穿着打扮紧跟时尚潮流,在袖口镶有灰色毛皮,且是国内最讲究的货色,虽视觉效果愉悦,却明显不符合其道德立场,留给读者的感官印象与道德期待背道而驰②。埃德蒙·瑞斯(Edmund Reiss)指出,灰色毛皮来自灰色的松鼠,一种在中世纪象征着贪婪的动物;同时也跟野兔一样被看作淫欲的象征③。因此,灰色毛皮在这里象征着这位修士对世俗财富的渴望以及他的身体欲望。除此之外,这位修士还戴有一颗金铸的饰针。配饰是穿着主体的身份地位、经济状况和生活状态的主要符号之一。中世纪修道院教规禁止修道士使用除圣餐杯以外的金银饰物和器皿④,这位修道士却全然不顾,不仅佩戴金铸的饰针,饰针一端还有一个情人结,表现了其对世俗爱情的渴望。细软的鞋靴是这位修士追求奢侈生活的又一证明。埃德蒙·瑞斯认为鞋靴之所以是细软的,是因为它们得到了很好的呵护,尤其是因为它们被经常擦油⑤。镶着毛皮的袖子、金铸的饰针、傲态十足的骏马、华丽的鞋子——这一切能指不仅象征着这位修士的社会地位,而且显示了其对自身财富的炫耀和卖弄,更诉说着乔叟对教会人员腐化糜烂的生活方式的讽刺。连这位当得起僧院院长的修士也认为圣摩尔或圣本纳脱的教条已经陈腐而且有些太严格,他宁可让这类旧式老套消逝,也要追逐新异的事物,圣人教义也不能限制他的自由。身为一名修士,他一切的娱乐却都寄托在骑、猎两件大事上,这与他的身份是何等的不相符。

在《磨坊主的故事》中,乔叟还对一位教堂管事阿伯沙龙(Absolon)的着装进行了描写:他的皮鞋上有网状的细眼,好似保罗教堂的窗。他走出来,穿得精巧清爽,红袜、淡蓝的外衣;上面嵌有美观的厚饰带,套上一件漂亮的法衣,像枝头的花朵一样雪白。红色、蓝色、白色——阿伯沙龙着装的颜色给人留下了深刻的印象。作

---

①NORRIS H. *Medieval costume and fashion*. Courier Corporation,1999.

②MANN J. *Chaucer and Medieval Estates Satire*:*The Literature of Social Classes and the General Prologue to the Canterbury Tales*. Cambridge University Press,1973.

③REISS E. *The Symbolic Surface of the Canterbury Tales*:*The Monk's Portrait. Part I*. The Chaucer Review,1968,2(4):254-272.

④LAWRENCE C. *Medieval Monasticism*:*Forms of Religious Life in Western Europe in the Middle Ages*. Routledge,2015.

⑤REISS E. *The Symbolic Surface of the Canterbury Tales*:*The Monk's Portrait. Part II*. The Chaucer Review,1968,3(1):12-28.

为诸多的能指样式，不同的颜色有其独特的性格象征以及与之相关的社会、心理与文化品位。贺玉庆也曾指出，"色彩在服饰中是最响亮的视觉语言，通常是最先吸引人们视线的一个因素。色彩除了是一种具体可感的形象外，还具有一种'表情'的属性，从而形成一种'语言'，这种语言的与众不同之处在于，尽管含蓄，但它所表达的思想和情感最具感染力"①。鲜艳色彩的大胆组合在整个中世纪晚期都很流行。中世纪盛期的经典颜色主要为白色、红色和黑色，晚期则流行更广泛的颜色，红色和绿色、蓝色和红色是中世纪晚期服装中常用的颜色搭配②。阿伯沙龙的着装颜色搭配表明其深谙且紧随当时的时尚潮流。在中世纪，正如赫尔曼·普雷（Herman Pleij）所言，"颜色强调财富，因此被用来表达权力、炫耀、结果和区别"③。中世纪晚期，红色是一种昂贵的染料，从一种形状小又圆，名叫胭脂虫的昆虫中提取而来，此类昆虫主要生活在地中海国家的大红栎（kermes oak）上，这种染料是在5月或6月成熟雌性胭脂虫准备孵化卵子时收集它们的身体，然后用醋将卵子过筛制成粉彩，再装在皮袋里船运至英国④。阿伯沙龙脚穿红袜，表明其经济状况良好。红色还象征着欲望，阿伯沙龙作为教会人士，却能歌善舞、沉迷享乐、满心情焰。乔叟说："我敢保证，如果她（木匠的妻子）是一只鼠而他是一只猫，他一定会立刻把她攫住。"乔叟的比喻深深讽刺了那些口口声声宣称禁欲主义的教会人员。

在传统的基督教道德观念中，时髦的外表是世俗虚荣的象征，在宫廷生活发展过程中，衣服着装是权力和辉煌的标志⑤。上述两位教会人士修士和教堂管事阿伯沙龙均罔顾教规，行走在时尚的前沿，追求奢侈时髦的衣着打扮，明显不符社会规范，世事和衣服之间的关系被破坏，书写服装成为被言说的执行，乔叟对其着装的书写揭露了他们追随时尚潮流、沉迷奢侈享乐、渴望世俗爱情的本质，讽刺了他们虚伪的禁欲主义。"关于不同阶层的着装规定，可认为是等级社会的符号；同时，个体依从这些规定进行着装，规范制度又是其所指的社会表征。规范制度与着装个体的行为是一对关系紧密的能指和所指关系，应彼此参照。个体不遵从规范要求，证明了社会制度的强制性失效，社会状况往往是动荡不安，并预示着变革"。乔叟笔下两位教士的着装均未遵从规范要求，与中世纪晚期因黑死病、饥荒、百年战争和农

---

①贺玉庆：《张爱玲小说中服饰符号意蕴探析》，《湘潭大学学报（哲学社会科学版）》2010年第3期，第112—115页。

②STAMATAKI A. Dress, *Identity and Visual Display*: *Self-Fashioning in Middle English Romance*. Durham University, 2018.

③PLEIJ H. *Colors Demonic and Divine*: *Shades of Meaning in the Middle Ages and After*. Columbia University Press, 2004.

④CROWFOOT E, Pritchard F and Staniland K. *Textiles and Clothing*, c. 1150-c. 1450. Boydell Press, 2006.

⑤KOSLIN D and SNYDER J, eds. *Encountering medieval textiles and dress*: *objects*, *texts*, *images*. Springer, 2016.

民起义等肆虐,导致英国社会动乱不安密切相关。

三、格丽西达之装:"变"与"不变",坚贞之装

《学士的故事》讲述了出身贫寒卑贱的农夫之女格丽西达(Griselda)嫁给国王窝尔忒(Walter)后以非凡的忍耐和顺从默默承受了丈夫对她的一系列残酷考验的故事。整个故事中格丽西达经历了三次变装、四次考验。正如罗杰·拉姆齐(Roger Ramsery)所说,着装的变化标志着她社会地位的转变①。格兰特·麦克拉肯(Grant McCracken)也认为,"着装是在仪式惯例中行使隐喻和执行力量的主要因素……被用来标记甚至影响仪式中从一种文化类别到另一种文化类别的转变"②。格丽西达从农夫女儿到王后,再到被休弃后恢复农女身份,最后重返后位,每次身份转变的标志都首先是着装的变换,四次考验中夫妻二人的对话也都紧紧围绕着装这一话题。

第一次考验发生在格丽西达刚生完女儿之后,有一天晚上国王窝尔忒单独来到她的卧室,正言厉色地向她说道,"格丽西达,那一天我把你领出困境,换掉旧衣(povere array),授给你显贵的地位(putte yow in estaat of heigh noblesse)——你该还没有忘记罢……"。窝尔忒假装要将他们刚出生的女儿杀掉来平息臣民的不满,特意提到了格丽西达过去的衣服,在他眼里旧衣就代表着穷困,华服就是上层人士的标志,是荣华富贵的象征。他需要确认格丽西达不会因为穿上了新衣、提高了社会地位就改变原有的美德,因此开始了他的第一次考验。听完这些话,格丽西达表现得异常沉着冷静,在言语上和神情上都没有丝毫惊动,并表达了自己一切都遵从窝尔忒意志的心意。窝尔忒听完暗中喜悦,格丽西达顺利通过了第一次考验。考验之后,格丽西达仍是镇定温柔,一如既往地侍候他、敬爱他,且一字也不提女儿。

四年之后,当格丽西达为窝尔忒生下第二个孩子,而且是个男孩的时候,他又控制不住自己,想要再一次对妻子进行考验。这一次他又假装要杀死他们的儿子,格丽西达回应如下,"你是我们的主宰,你可以任意处理你自有之物,不必问我,我来此时已把一切衣物留弃在家,我也就照样抛开了意志与自由,穿戴了你给我的衣饰,所以我求你依着你的心愿去做,我唯有顺从……"在格丽西达眼里,旧衣服代表着她的意志和自由,脱掉旧衣服,穿上丈夫赐予的新衣服就意味着抛开了自己的自由和意志,接受了丈夫的意志。玛格丽特·加斯特(Margaret Rose Jaster)也指出,"格丽西达的声明加强了衣服与身份之间的联系——当她接受窝尔忒的衣服时,她就

---

① RAMSEY R. *Clothing Makes a Queen in the Clerk's Tale*. Journal of Narrative Technique, 1977, 7(2): 104-115.

② MCCRACKEN G. *Clothing as Language: An Object Lesson in the Study of the Expressive Properties of Material Culture*. Reynolds B and Stott M. Material Anthropology: Contemporary Approaches to Material Culture. University Press of America, 1987.

放弃了自己的意志，这是她以前社会身份的一部分"①。对格丽西达而言，新衣服是她忠贞不渝的象征，代表着丈夫的意志，而对窝尔忒来说，新衣服代表着格丽西达身份的提高，是一种具有潜在欺骗性的身份象征，因此要不断试探她的德操和耐心。格丽西达再次以她的坚忍通过了丈夫的考验，儿子被带走后，"她的心地和面容都是始终如一，她年岁愈大，爱他的心愈真切，伺候愈辛勤，他俩似乎只有一条心，窝尔忒的意向就是她的寄托所在"。

然而窝尔忒并不满足，他始终不肯停止他那残暴的行为，一心只想试探他的妻子，于是他再一次骗格丽西达说因臣民抱怨，他必须另娶，而且新夫人已在路上。面对要被丈夫休弃的考验，她一如既往的镇静："……我的主君，我的一度的心灵所寄，现在你既然愿意我离去，我必依照你的心愿而去。但是你提出的我原有的妆奁，我很清楚，那不过是我的破烂衣服，现已不易寻得……"格丽西达提到她曾经的旧衣服现已不易寻得，此处的旧衣服不单单是衣服，更是曾经的自我。在她眼里，从她嫁给窝尔忒穿上华服的那一天开始，她就抛下了曾经的自我，一切以丈夫的意愿为首，现如今要被休弃了，经过这么多年找不到的不只是旧衣服，更是曾经的自我。格丽西达第一次提出一个要求："你一切的意志我愿乐从，但我希望你不至于情愿看我一件衬衣不穿而走出你的宫廷……为了偿还我带来而不再带回的童贞起见，愿你允许我套上一件常穿的衬衫(smok)，庶几这个曾经做过你妻子的身体，好有些遮蔽。我不敢多烦扰你，我的夫君，现在就告辞了"。窝尔忒欣然答应："你穿在身上的衬衣不必脱下，穿着去好了。"此时就衣服的所指，两人首次达成了共识，这件衬衣象征着格丽西达曾经的妻子和母亲身份，这是不可否认的事实，故窝尔忒同意她穿着衬衣离开。

格丽西达回到父亲家后泰然自若，在人前或是独处，从不懊丧埋怨。窝尔忒仍然不死心，于是开始了第四次考验，这一次他假装要求格丽西达回宫帮忙迎娶新娘。"格丽西达，这位女郎将为我的夫人，我决定明天正式接进宫中……你多年来很懂得我的好恶，你虽衣着褴褛，不堪入目，但至少你知道如何尽心去做。"格丽西达被剥夺了婚姻、孩子和华服，却依然和悦谦卑，没有半点怨气，并马上开始筹备婚宴。面对身着华服的新后，衣衫褴褛的格丽西达不仅毫无怨言，还真心赞赏。面对格丽西达的坚贞，窝尔忒终于良心不安，停止继续对她的考验，如实说出了真相，并再次脱下她的破旧衣服，重新换上闪耀夺目的锦袍，又为她戴上嵌满珍宝的冠冕，她愁惨的日子终于获得了喜乐的结局。

从敝衣遮体到锦袍加身，再到褪尽华服，最后重被冠冕，变换的是着装，不变的是格丽西达的坚贞仁慈。富贵之日她未尝夸耀得意，向来卑躬自处，从没有娇生惯养的习气，总是忍耐、谨慎、正直，对丈夫温柔忠贞；贫困之日也依然泰然自若，

---

① JASTER M. Controlling Clothes, *Manipulating Mates*: *Petruchio's Griselda*. Shakespeare Studies, 2001, (29): 93-108.

未曾懊丧埋怨。乔叟对农女格丽西达的赞美溢于言表,"这篇故事的主旨只是奉劝世人应像她一样在遭遇不幸的时日中坚定意志"。丁建宁认为,"在中世纪男权的、等级制度社会中,世袭伯爵与农民女儿之间,只能是统治与被统治、征服与被征服的关系,两者的婚姻结合使这种关系更加外显和固化。她的克制与忍让既是为妻的妇德,也是为民的本分,是男性统治阶层鼓励、普通大众(包括女性在内)认同的品德"[1]。乔叟对格丽西达着装变换的描写无声地言说着其对当时农民阶层的同情和赞美。

结　语

《坎特伯雷故事》中服饰的各种元素及其构成都与符码密切相关,而服饰本身就是一种有待编码与解码的符码,每一特定的服饰符码都有其独特的情感诉求与文化象征意味。通过对作品中服饰符码的分析,一个个鲜明的人物形象跃然纸上:荒谬可笑的托巴斯先生、奢侈虚伪的修士、坚贞仁慈的格丽西达等。乔叟对中世纪社会三个等级不同的情感态度一目了然:对骑士的贬抑、对教士的讽刺和对农民的肯定,这与乔叟自身的经历密不可分。乔叟生命的最后十五年,是他创作的辉煌时期,也是英国政局最为动荡时期,这期间他作为肯特郡的治安法官,接触了各阶层的英国人,真正了解了他们的社会生活,于是通过作品真实反映了不同社会阶层的生活。

---

[1]丁建宁:《德行,抑或是策略?——"学士的故事"中的三重克制》,《外国文学研究》2007年第1期,第111—117页。

斯蒂芬·金小说中神性和魔性错杂的人性探究

陕西师范大学 王 文 兰州财经大学 罗天霞

以恐怖小说享誉世界的斯蒂芬·金（以下简称金），是迄今为止美国文坛创作奇幻小说、魔幻小说、科幻小说以及非虚构小说数量最多的作家，其作品为影视改编提供故事蓝本的数量创下了吉尼斯世界纪录。他多才多艺，在文学、影视、音乐、出版业都有所建树，身兼导演、编剧、制片、演员、吉他手和作家身份于一体，是少有的跨领域创作奇才。金的作品无论采用何种体裁，驾驭何种风格，他对边缘群体生活困境和精神症候的观照和悲悯以及对人性弱点的叩问和思考从未从故事中缺席。他擅长用后现代的拼贴、重构、戏仿、解构的策略来雕琢人物、创设情节和营造氛围，将一个个挣扎于现实的生命个体与超自然元素交织混融成魔性和神性兼具的人物，以层层剥离复杂人性的方式昭显生活的价值和生命的意义。本文将透过金笔下亦幻亦真、滑稽怪诞、恐怖吊诡的故事洞察他的人性观照，经由他对生命的理解和演绎而接近人性的真相和本质。

斯蒂芬·金以近60部长篇小说和200多篇短篇小说的高产量占据文坛畅销书作家的霸主地位，但因其作品怪诞的美学表现形式和恐怖的故事内容而一直饱受争议。在遭遇严肃小说为主导的学术界的严苛挑剔之后，作品渐获认可。先后揽获六次布莱姆·斯托克奖，摘得美国国家图书基金会颁发的"杰出贡献奖"，获得美国推理作家协会的"埃德加·爱伦·坡奖"的大师奖以及世界奇幻奖的"终生成就奖"。在近半个世纪的创作积淀中，金的小说和影视改编作品能获得世界范围的受众追捧，取得的文学成就和商业回报不仅与他跨领域探索的创新实验精神有关，还有他始终如一保持着对生命个体的人性观照和悲悯情怀，这也正是他对人性的神性和魔性能展开丰富想象和自由创造的心理动因所在。金惯用的后现代主义拼贴、重构、戏仿、解构等艺术手法不仅打破了传统恐怖小说与奇幻小说、科幻小说和恐怖小说之间的隔阂，更在美学表现上超越了后现代标榜的文艺美学价值。金的作品展现出美国现实社会下隐匿在暗黑处不易察觉的疮痍和顽疾万象：家庭成员之间剑拔弩张的关系，社会弱势群体和少数族裔的生存境遇和精神困惑，局部社会环境中的暴力、酗酒、吸毒和性放纵，强势父权和不平等的两性待遇，美国政治下的民众的战争后遗症、生化危机、环境污染、人类未来的生存危机等，金以极度恐惧和极度焦虑的形式表现出自己对生命的忧患。读者从他笔下寻求的并非只是充满恐怖意象的怪诞世界带来的视觉震撼和心理惊悚，而是通过他层层剥离和揭露潜藏在每一个生命个体面具之下，那交织着魔性和神性的人性真相，他的呐喊和呼吁就是为了启发和警醒年青一代回归正确的价值观轨道。从这个意义上而言，金虽以通俗化的语言和大众化的内容诠释对人性的洞察和理解，但却剥离出人们最不敢触碰的禁忌话题和最不敢面对的尖锐冲突，形式上是通俗式的恐怖和吊诡，实则是为了用假借的通俗体裁掩饰其对社会体制的声讨，从而引发大众深度的社会思考并实现其教育功能，以这种独特的方式，金成功引领恐怖小说跻身美国文学的主流。借助文字放大人性中隐匿的神性和魔性，用恐怖的形式清晰而透彻地演绎人伦惨剧，提倡复归到正确的伦理道德观中，这对青少年的未来发展和道德信仰危机的预防有着积极的意义，也是他的作品深受大众喜爱而经久不衰的原因之一。无论是在虚构的超自然小说《魔女卡丽》《闪灵》《宠物公墓》《它》中，还是在严肃小说《伴我同行》《纳粹追凶》《丽塔海华丝和肖申克的救赎》《危情十日》等里，金对生命个体的生活困境和精神症候的观照，以及对人性弱点的叩问和思考从未从故事中缺席。

一、通俗小说中的神魔对峙的人性刻画

在人性的解构上，金不仅描写生命个体与他者的冲突，外化内心生活的表现，而且更擅长描写"产生思想和感情的隐蔽过程"①，因为只有详尽细化心理活动过程的起点与终点才能将人性表述得更完整，因此他创设出种种具有神性和魔性的超自然元素，为复杂的人性融合创造了众多不可思议的熔点。在每一个充满正义与邪恶之争，善良与丑恶对决的故事中，都有着人性与神性和魔性的交叉与弥合，金把自己对人性的洞见倾注在每一个有着本能、欲望、情感和动机的人物身上，投射出困顿于现实生活和挣扎于精神漩涡中每一个读者和自身的生活图景和精神面影，因此人性用放大镜的形式演绎出来更能引发大众的情感共鸣。正是这些契合着大众深层精神思考的人性探索，才是金作品的精髓思想，也是他把现实社会中最严肃的社会问题以夸张和放大的形式进行怪诞化和恐怖化创作的意义所在。之所以要把人性设定在恐怖故事里肆意扭曲和恣意放纵，是因为在现实社会中人性的丑恶常常是伪装和隐藏起来的，而金的职责和任务就是通过天马行空的想象和通俗易懂的语言，将严肃的问题通过放大和夸张的手法逐层剥离，更为犀利和彻底地抽丝剥茧呈现真实的人性。

金的小说最扣人心弦而又令大众欲罢不能的就是对人物心理的演绎和人格的外化。金偏爱通过弗洛伊德精神分析学中人格的欲望、动机等无意识因素探索人的本质特性。因为人的行为发自动机，而决定着人的动机的则是人性。人性即为人的本能和本性，其良善与丑恶潜藏在心理结构深处并存共生，交织互融，并相互影响，在特定环境、道德和法律的约束下展现的人性只是一部分，而在特殊条件下，则会展现另一部分。金通过人物的神性和魔性来表现人性，常常夸张和放大潜藏在人性

---

①方汉文：《西方文艺心理学史》，陕西人民出版社1999年版，第297页。

中的善与恶,这样他才能精准而清晰地将人性的本质透视得更全面更彻底。金笔下充满了善良和丑恶的对决、正义与邪恶的交锋,神性和魔性的对峙都是人性斗争的一种表现。金之所以偏爱创造各种似有非有、亦幻亦真的超自然元素,因为它可以是真善美和伪恶丑最贴切的隐喻,也可以是神性和魔性最契合的表征。首部成功出版的恐怖小说《魔女嘉莉》中,金塑造了一个"从来不喜爱"的少女嘉莉,从"我"的视角他觉得嘉莉可怜,但作为作家,金认为"她的同学也可怜,而曾几何时我也是其中一员"①。这种发乎于本能的厌恶之情正是金对于潜藏在自己内心以及每一位读者心中的集体无意识下的人性外化。金塑造了从小失去父亲,缺失父爱的嘉莉,被母亲的宗教思想桎梏得近乎愚钝和麻木,师生和邻居们无意识的疏离和冷漠让原本性格自卑又内敛的嘉莉无助又恐惧,她从不会使用天赋的意念移物的超能力去害人,但是同学们对她月经初潮的嘲讽和羞辱,无休止的恶意和身心伤害,激发了她内心的怒火,在本能的自我防护之下她引发了张伯伦小镇的火灾,最后几乎所有加害过她的人都被火焰吞噬。嘉莉的复仇引发的群体死亡悲剧,看似是少女复仇而用了神力的意念移物变成了狂怒的反击,而反击却在无意间引发了大火。酿成悲剧的诱因是隐藏在每一个善良人躯壳下的魔性,他们作为一个群体共同选择了伤害他人,而并非将嘉莉从苦难中拯救出来。无论他们是无意识的,还是有意识地冷眼旁观,最终都把嘉莉从受害者转变成了释放魔性的加害者。读者通过金变换的视角认识的嘉莉,不是一个天生的魔女杀手,而是一个被母亲压制天性,被群体孤立和恣意加害的可怜虫。嘉莉的自我防御机制作出自我保护的信号,她的意念移物产生的反击力量强大,随着那股力量喷涌而出的不只是善良的人性,还有置人于死地的魔性。随着金的多重视角,大众共睹的是一个受母亲宗教思想掌控压抑而只会顺从他人的生命个体,性格软弱的她被群体冷漠地推向了魔的一面。

金的悲悯情怀随着他的创作意识置身于人物处境感同身受地思考,也会具备置身事外地以旁观者视角对人性中的善良与丑恶层层剥离的客观和犀利,因此他演绎的悲剧故事总会把人性透视得更清晰更彻底,让大众从免受灾难之苦的幸灾乐祸中获得反思。在金的道德指向下,大众自我叩问:"是否自己也是悲剧的助推者和参与者?"毋庸置疑,从故事中宣泄的情感是恐怖、恐惧和惊悚,更是让他们得到启示和教育,每一个生命个体都会或是曾经对他人无意识地造成伤害,看似不经意的忽视和冷漠,以及没有底线的嘲笑和愚弄,都会是一场灾难可能的诱因。嘉莉和母亲以及失去生命的张伯伦镇居民的悲剧不单单是痴迷宗教家庭和校园暴力事件产生的连锁反应,还有美国单亲家庭中紧张窒息得几乎没有情感的成员关系,以及群体对边缘群体的冷漠和忽视,种种不堪的社会矛盾在一场集体死亡的火焰中变得灼人心智,令大众从逃离悲剧的幸灾乐祸中陷入对校园暴力、家庭矛盾、群体疏离、宗教歧视

---

①斯蒂芬·金著:《写作这回事——创作生涯回忆录》,张坤译,上海文艺出版社 2014 年版,第 68 页。

等问题的反思。无论何种语境，生命个体面对的社交恐惧、童年梦魇、家庭和校园以及特定社会环境下的肢体暴力和冷暴力、性侵害、同性恋、个人权利与欲望的博弈、物欲与名利之争以及社会体制下暗黑面、政治纷争和战争创伤等，每一种能触发读者创伤记忆的社会问题都在金的集体无意识书写中产生共鸣，得到的不仅是情感的疏解和恐惧的释放，更是及时地从反思中遏制悲剧的发生。金书写出隐匿在人性里的魔性，表达了人性中一旦有了无底线的恶，彰显出的魔性必定导致悲剧的发生，而当人性偏向正义、良善与博爱的神性时，救赎的不仅是自己的灵魂和肉体，更会赦免他者的恶，甚至会以牺牲自我的高尚神性去救赎他人。金的这种人伦道德观从《魔女嘉莉》开始就成为作品内涵最具价值的部分，同时也构成了金创作意识的精神力量，被有意识或无意识地投射在笔下人物的精神结构以及隐喻为梦境的符号、单词、数字和意象中，人性中一旦被魔性占了上风，就会造成他人和自我的悲剧，由此延拓出的人性探讨正是金创作故事的目的所在。

二、严肃小说中的神魔交锋的人性描摹

除了在恐怖、奇幻、魔幻和科幻题材中对交织着魔性和神性的人性进行夸张和放大的想象性解构，金在严肃小说中，会正襟危坐地进行对人性的深入探讨，旨在警醒众人预防悲剧的发生，正因为金敢于面对，才偏爱用开放性结局触发读者思考用可能的方式去避免现实社会可能发生的悲剧。收录于《四季奇谭》中的四个故事《丽塔海华丝和肖申克的救赎》（译作《肖申克的救赎》）、《尸体》（也译作《伴我同行》）、《纳粹追凶》和《呼吸呼吸》以及《桃乐丝》《危情十日》等严肃小说，没有哥特式的血腥恐怖，也没有超自然元素的虚无悬疑，唯有透过精神症候表现出人性在魔性和神性边缘上的纠结和挣扎，金用后现代的手法将其演绎得淋漓尽致。金在《肖申克的救赎》中塑造了被诬陷判处终身监禁的安迪·杜甫瑞，以及披着法制外衣并信奉上帝的典狱长诺顿，安迪的天性中被赋予救赎他人的神性，诺顿的人性则在欲望和利益诱惑下蜕化成魔性。安迪具有惊人的智慧和温雅的外表，入狱前银行经理的体面工作让他受人尊敬，入狱后的他循规蹈矩但绝对不屈服于狱中的恶势力，势单力薄但却敢于与恶人交锋，誓死不屈于同性恋的性侵犯，在得知申请保释被驳回的原因是典狱长从中作祟后，则不动声色地开始构思反击计划。他乐观面对狱中生活，每一个小小的举措下都藏着深思熟虑的动机：用挖隧道刨出的碎石雕刻是为了更好地转移隧道石砾；倾尽余力帮助年轻囚犯学习只求他们出狱后可以找到工作；不辞辛劳向州长写信请求扩建监狱图书馆是为了囚犯们提高素养；要求监狱改善囚犯们的生存环境是出于对囚犯们存有的关怀。安迪用对神一样虔诚的信仰引导自己逃离肖申克监狱通往自由之地，一方面，从精神上救赎狱友；另一方面，收集证据让腐败的典狱长难逃法网，他每一个举措都闪耀着神性的光辉。与安迪的神性形成反差的人物是披着法制外衣的典狱长，总是虔诚用《圣经》中的良言金句来启迪肖申克的每一个人，在众人面前维持神一般的"救赎者"形象，而面对权力和欲望的诱惑，他

却从一个"执法者"变成了收受贿赂洗黑钱、不择手段残杀囚犯的"违法者",神的外表下藏着魔鬼的本性。在金的人性构建中,诺顿是人性中魔性的隐喻,正义化身的外表下是十恶不赦的恶人。安迪则是人性中神性的表征,救赎自己也救赎众生,协助犯人们改过自新从德行善,让诺顿在畏罪自杀的自我解脱中完成精神的自我救赎,也让自己有了新的身份成为自由人,实现肉体和灵魂的双重救赎,这正是金对于耶和华救赎众生的理解,也是金透过人性中神性和魔性的象征性演绎揭露司法体制下的黑暗与罪恶。

三、自传体小说中的神魔共存的人性袒露

金从不放过以任何一个机会来描绘人类的性格成因和心理感受来凸显人性,尤其不惜浓墨重彩以个人经验和自我情感体验创作自传体小说,毫无保留地袒露作家面对身心困境产生恐怖和焦虑的挣扎和苦痛,让读者清晰看见存在于作家群体精神结构深处的梦魇和难以察觉的欲望,真情实感地呈现作家在面对生命抉择时人格中善恶交织,人性中魔神共存。毋庸置疑,金的小说中真善美与伪恶丑的决斗无处不在,借由空间环境的挪移,时代背景的想象和情感体验的真实言说,呈现在字里行间的是人们隐藏在深层精神结构中的集体无意识,当这种难以察觉的集体无意识被唤醒,读者就会和故事中与自己有着相同处境的人产生情感的共鸣,从而正视和辨识存在于自我人性中的神性与魔性。金对于人性本质的理解旋绕于用人伦道德观表现的善恶斗争中,他笔下没有绝对的善人,也不存在完全的恶者,而是让读者在人物人性的神性和魔性交锋中做出抉择。金的每一个角色中都藏着一个不为人知的自己,在以自我经历为素材创作的自传性小说《危情十日》(*Misery*,1987)、《黑暗的另一半》(*The Dark Half*,1989)、《手机》(*Cell*,2006)演绎出自我人性中神性和魔性的斡旋。金借《危情十日》的保罗之口,呼吁作家的创作不是作家的单向输出,也不是作家按照读者的个人旨趣创作,而是亟须建立在满足双方情感需求和精神共鸣的双向交流之上,作家不能完全不考虑读者阅读旨趣和情感需求而创作,读者也绝不能绑架和强加自己的意愿迫使作家创作。作家与读者的关系是被崇拜者与崇拜者的关系,是平等交流的平衡的关系,一旦关系失衡势必会产生不受读者欢迎的作品,反之,作品给读者传输的价值导向会产生负面效应。金把自己的个人经验和个人意识分设在故事中任何一个角色上,恐怖作家保罗的遭遇是金作为作家遭受读者意识绑架的一种身份投射,而女护士安妮身上也同样有着金的影子。当安妮从雪地里救起保罗,她开始以书迷身份照顾着保罗,在阅读了保罗的小说手稿之后要求他按照自己意愿更改小说中苦儿的结局,遭到保罗拒绝后的十天里,安妮和保罗之间书迷和作家之间的崇拜者和被崇拜者关系,成了护士和病患的拯救和被拯救的关系,平衡的自由沟通关系被性情暴戾的安妮打破,变成了安妮控制和独裁的单项输出,神一般的拯救变成了魔鬼一般的折磨,安妮敲断保罗的腿,限量用药控制精神,密室关押限制自由,残忍折磨保罗,而身心俱疲的保罗失去了崇拜者的关爱和呵护,从天

堂掉下了地狱，神一样的身份陨落为任人宰割的羔羊，最后保罗拼尽全力反抗逃离魔窟。《危情十日》不仅书写出金对于读者严苛要求而产生创作焦虑的心理，也表现出在面对偏执读者模仿自己的小说中的暴力情节犯罪的反思，作家在作品中的价值导向对社会造成的影响是巨大的，因此他作为作家的使命异常艰巨，在满足大众热衷暴力情节时收获的不仅是读者的暴力期待，也收获了巨大的商业价值，利益和欲望的满足同样是作家人性中神性和魔性的抉择。

金在大部分自传性作品中都塑造了精神分裂出的两个身份的两种人格，是对人性中神性和魔性的象征和隐喻。他把作家潜意识深处对于名利的追求，创作动机以及创作困境的思考延续到《黑暗的另一半》里，让这部具有明显自传性色彩的作品成为通俗小说和严肃小说两派争端的裁决书，让金有机会为通俗作家一直以来受到文学界的歧视和区别对待做出反击。故事中，金借用作家赛德的身份隐喻严肃作家身份，而在胎儿时期就被赛德吞噬的同胞兄弟暗指通俗作家身份，通过两种身份下的欲望和需求之争，通俗作家和严肃作家的派别之争，名利追求、身份认同的探讨全都搁置在人性的视域之下，每一种人生的抉择都是人性中神性和魔性的对决。他以赛德的身份向读者坦白了自己就是曾以笔名发表过恐怖故事的作家，真实经历给故事注入了真实的情感，让自己作家身份下作为普通人的精神处境能得到读者的理解。金以夸张的手法告诫读者，作家也如常人一般，在面对抉择时必须用理性遏制住人性中的魔性，用真情、正义、希望遏制住恶念的释放。人性并非只有善，还交织和隐匿着恶念和欲望。关于作家在命运抉择中展现的人性善恶对决，金在《秘窗》中用精神分析学做出更为深广的诠释，主角雷尼是金从自我的作家人格加以虚构的身份，但有别于《闪灵》中杰克在日益滋长的贪欲和酗酒的臆想中亲手撕碎了自己的家庭关系，雷尼则是被妻子背叛之后无法从精神困境中重生。金隐形在作家雷尼的身份之后，以自己曾经长期酗酒和药物上瘾的经历袒露出作家群体挣扎于创作瓶颈中可能产生的精神危机和生理创伤。雷尼的人性共存着神性和魔性，在遭遇抄袭指控时，在发现妻子不忠时，他选择纵情于酒精的自我麻醉，沉沦于幻想的自我欺骗，试图在另一个虚构和假想的精神世界里释放压抑、焦虑和欲望。在神性和魔性之间，人格中的善与恶难分胜负，考验人性的不只是雷尼承认原创手稿的作者是谁？而是他对于爱情、婚姻、家庭和事业做出的最后抉择采取的是人道的善还是不人道的恶，是完成作家使命开始新生活还是毁灭他人的自我毁灭，神性在于救赎他人的自我拯救，魔性在于毁灭他人的自我毁灭。在自传性小说中，金敢于直面真实的自我，敢于剖视自我人性中的魔，以自我身份的个人经验传达出自我意识中对人性的理解，与其说金在亦幻亦真的故事情节中找到一个与读者分享宣泄的出口，不如说金是通过作家的焦虑展现作家群体面对现实生活选择人性的神性和魔性时的撕裂与难以改变现状的身心创痛。

结束语

金对人性的理解，无论是以极端反常的怪诞故事演绎，还是以逻辑理性的严肃态度诠释，呈现的人性中都共存着良与莠，兼具着善与恶，是神性和魔性交织错杂而成的具有社会属性的综合体，既闪耀着神性的光辉，也有着魔性的张扬。在表达自己对人性的理解时，金从不吝啬袒露出一个压抑着本能和隐藏着欲望的真实的本我，也不惧怕分享一个在面对是非对错时遵循传统信仰以及道德观念而纠结和挣扎的善恶兼具的自我，也不谦逊于彰显一个追求作家梦想捍卫通俗作家尊严而与严肃作家斗争到底的超我。作品虽以他者身份探索着人性的本质，但却是金以各种身份展露出有着人性弱点的真实的自己。在表现人性的善恶对峙和神性与魔性对决上，金从来不会错过对人类心理症候的深度解构，无论生命个体是何种身份，面对抉择时产生的情感体验都是相同的，但是抉择不同就会产生行为的对错之分，最终导致人性的善恶之别。虽然，金的故事常常会无数倍放大人性的神性和魔性，也会衍生出各种虚构的超自然意象和超自然力量，但他都会以极大的同理心投入每一个身份中面对和对抗精神结构深处的魔性，唤醒读者心中沉睡的集体无意识，一起从明暗交错的人性善恶交锋中找寻走出现实困境的答案。

读《房思琪的初恋乐园》和《同意》再谈文学功能*

哈尔滨师范大学 王 雪

文学发源于诗歌，诗歌乃虚构和谎言，这是否就是文学的真谛。我们一直在探讨文学的本质、价值和功能。《房思琪的初恋乐园》和《同意》两本书的女性作者有着类似的经历，前者为作者用生命书写的遗作，后者于2020年年初刚刚出版，这两部作品有着很高的文学价值。两位女性作者对于文学和书写中的虚构性有着类似的感受，又无意识地投身最为真实的写作。

绪 论

台湾女作家林奕含在北京联合出版公司于2015年出版了简体版《房思琪的初恋乐园》，后又通过游击文化于2017年出版了电子版，2020年7月精装纪念版由贵州人民出版社发行。无独有偶，2020年1月法国女作家瓦内莎·斯普林莫拉（Vanessa Springora）的著作《同意》在格拉塞（Grasset）出版社艰难问世。①

《房思琪的初恋乐园》这本书就如作者林奕含本人访谈中所说的那样："这个故事其实用很简单的两三句话可以说完。很直观，很直白，很残忍的两三句话就可以说完'就是有一个老师，长年利用他的老师的职权在诱奸，强暴，性虐待女学生'。"然而本书为林奕含的唯一也是最后一本著作，在接受采访后不久她便自杀离世，没有继续她所承诺的"为精神病者去污名化"的写作。

《同意》这本自传体小说共有六章：童年、猎物、精神控制、摆脱、烙印、书

---

* 本文为2020年黑龙江省教育厅青年创新人才项目"汉法平行语料库的构建、对齐和应用研究"（项目编号：UNPUYSCT-2020137）的阶段性研究成果。

① 之所以说问世艰难，是因为斯普林莫拉书中所写基本上为她亲身所经历的真人真事，书中男主人公是法国文学界非常知名的作家加布里埃尔·马茨涅夫（Gabriel Matneff）。这本书自出版起就被广泛议论，1968年，法国爆发"五月风暴"，这是一场由学生和工会发起的反对法国旧秩序的社会运动，而马茨涅夫正是这场运动的产物和受益者。在"禁止'禁止'"（C'est interdit d'interdire）的口号下，运动的参与者反抗一切，一些人主张废除同意年龄法律，称这样做能让孩子摆脱父母的统治，并让他们得到彻底的性解放。马茨涅夫是当时提倡废除这一法律的主要作家之一。

写。① 这本小说是一个父亲缺席、身为编辑的母亲疏于管教的 13 岁女孩和一个"大"作家之间"被同意"的爱情关系的开端、中段和结尾不加修饰的见证。这些事过去三十多年后，瓦内莎·斯普林莫拉以令人吃惊的清晰逻辑，卓越的语言写就了这本书。她在书中描写了她所遭受的不可逆转的精神控制的过程和得到母亲默许的"爱情犯罪"中可怕的模糊性。除了她的个人故事之外，她还拷问了一个时代的罪行，以及被才华和名声遮蔽双眼的人们对这件事的纵容。

一、自我虚构与这两本书

西方文论近些年来的关键词之一为"autoficiton"，国内有两种翻译方法："自我虚构"（Forest，2016；车琳，2019）和"自撰"（杨国政，2005），虽然法国文论学家如杜布罗夫斯基、罗兰·巴特、热奈特及其弟子科洛纳对其进行了不断深入的研究甚至分类。其创始人杜布罗夫斯基 2001 年于一次访谈中对"autofiction"的定义为"自我虚构是一种以完全自传性内容为题材、以完全虚构为写作方式的叙事作品"（qtd. in Forest, "Je & Moi"24）。

但是就像福楼拜所言"包法利夫人，就是我"，极端来说，虚构与真实并非泾渭分明，任何文学作品都可以认为是"自我虚构"。所以说，自我虚构并不一定需要如科洛纳所定义的那样，叙述者、人物和作者三者完全等同，素材也不需要完全自传，手法亦无须完全虚构。

那么是不是就可以认为这两部女性作家的作品都可以算作"自我虚构"呢？题材完全是个人经历，写作手法却是完全虚构。我们通过细读文本可以发现两本书中的相似之处：

受害者少年时期被诱奸；

诱奸者为知名作家和国文老师（文学素养很高，思想体系同样畸形）；

受害者后期发现前者对多人施加伤害；

受害者受到精神控制；

诱奸者和受害人之间关系具有模糊性；

由受害人写书。

然而，如果我们仔细阅读这两本书，还是会发现很多不同：

《同》采用第一人称叙事，《房》采用的是第三人称叙事；

《同》的故事情节基本按照时间顺序讲述，《房》的三章乐园、失乐园和复乐园是以倒叙方式讲述；

《同》中受害人父母默认同意了这段关系，《房》中这段关系不为受害人父母所知；

---

①原文为 L'enfant, la proie, l'emprise, la déprise, l'emprise, écrire。法文部分皆为笔者自译，以下不再说明。

《同》只有第一人称有限视角，《房》为全知视角。

《同》的第一人称视角的讲述使得故事只局限在她个人的经历中，而《房》这个故事根据林奕含的父母林炳煌医师、赖嘉芳夫人通过通信软件发表对外声明所说，第三条中提道："书中的女主角，思琪、晓奇、怡婷等人，都是奕含一人的亲身遭遇，但她为了保护父母和家庭，才隐晦分写。"然而此话并不完全正确，我们当然可以理解东方人的思维不同于西方人，但林奕含在构思这本书的时候是非常清醒的，她并没有将自身形象分成几个部分分摊到各个人物形象上。

林奕含在访谈中提到，她借用契诃夫的《套中人》说明其作品有好几个套子，套内的李国华的原型是胡兰成，是"缩水了又缩水了的赝品"。最开始这个故事的构思里只有房思琪和李国华的形象，作者塑造出文学品位还不成熟的房思琪形象。后来又有了怡婷，思琪和怡婷是思想上的双胞胎，怡婷和思琪不同之处在于容貌，因为容貌怡婷"幸存"下来，她就好像平行世界中思琪的另一个自我。而稍微年长的伊纹文学素养很高，是思琪和怡婷的文学导师，是她们本来要成为的样子，却被李国华歪曲了文学道路。故事中还有饼干、晓奇等受害者人物形象。这本书不仅仅是为了宣泄、揭露某些真相，还是经过作者精心设计的。

《同》这个故事中 V. 是通过 G. 的笔记确认 G. 是一个毫无疑问的恋童癖者，他清楚地明白自己的行为违反了法律。他在自己的写作中炫耀自己在青少年不那么受保护的地区，比如菲律宾马尼拉强暴小男孩的性爱之旅，时不时地在某个"网络"中提出要求；系统地在破裂家庭或与至亲疏离的家庭中选择未成年女孩的恋童癖。甚至他还在"性爱传记"（pornographie）中详细记录了自己的经历。

《同》的名字"同意"指的是谁的同意呢？少女 V. 同意了和 50 岁著名作家 G. 的同居，而她的家人也同意了她这样做。这是不是很奇怪？可能是因为他是一个 V. 的母亲也仰视的大人物，因此在各种内心挣扎之后，这个母亲放弃了自己应当承担的责任，转而默许了他们俩的恋爱，认为女儿能从这段感情中获益。房思琪和李国华，少女 V. 和作家 G.，两者之间是恋爱关系吗？

社会舆论争论的是这种关系属于婚外恋还是诱奸？故事中的思琪和故事外的作者林奕含为什么没有求助？为什么没有在第一次暴行之后就告诉父母或者选择报警？法国少女 V. 选择了向外界求助吗？

《房》这本小说给了我们一些答案，故事外的访谈和文字也给了我们一些答案。故事中的房思琪跟父母亲提到过两次：

> 刚刚在饭桌上，思琪用面包涂黄油的口气对妈妈说："我们家好像什么都有，就是没有性教育。"妈妈诧异地看着她，回答："什么性教育？性教育是给那些需要性的人。所谓教育不就是这样吗？"思琪一时间明白了，在这个故事中父母将永远缺席，他们旷课了，还自以为是还没开学。（p. 32/121）
>
> 思琪在家一面整理行李，一面用一种天真的口吻对妈妈说："听说学校

有个同学跟老师在一起。""谁?""不认识。""这么小年纪就这么骚。"思琪不说话了。她一瞬间决定从此一辈子不说话了。(p. 41/121)

对朋友也试图找机会倾诉：怡婷对于这件事情的态度是嫉妒老师和思琪之间的关系，她并不是一个合适的倾诉对象。而她们的忘年交伊纹本人受到家暴也并未向其他人袒露过。所以在一次接近真相的谈话中：

思琪说话了，"姐姐，对不起，我没有办法讲。"……伊纹说："不要对不起。该对不起的是我。我没有好到让你感觉可以无话不谈。"思琪哭得更凶了，眼泪重到连风也吹不横，她突然恶声起来："姐姐你自己也从未跟我们说过你的心事！"(p. 36/121)

故事外的作者林奕含本人也表示她的丈夫和她一起搜集过证据，故事中的女孩子不同程度地收到过李国华的钱财、购买的名牌包和鞋子等物品。故事中郭晓奇在网络上发帖表明自己被诱奸，但是社会舆论并没有那么友好：

郭晓奇出院回家之后，马上在网页论坛发了文，指名道姓李国华。她说，李国华和蔡良在她高三的时候联合诱骗了她，而她因为胆怯，所以与李国华保持"这样的关系"两三年，直到李国华又换了新的女生。(p. 92/121)

网络上同情的话语很少，舆论一边倒，侮辱性和恶意的揣测不断，甚至后来晓奇还遭到了李国华的报复。李国华在补习班女老师的帮助下进行了第一次犯罪，屡次得手之后作者写出了这样一段话：

从此二十多年，李国华发现全世界有的是漂亮的女生拥护他、爱戴他。他发现社会对性的禁忌感太方便了，强暴一个女生，全世界都觉得是她的错，连她都觉得是自己的错。罪恶感又会把她赶回他身边。(p. 40/121)

当然我们不能不提到房思琪本人的问题：

最终让李国华决心走这一步的是房思琪的自尊心。一个如此精致的小孩是不会说出去的，因为这太脏了。(p. 24-25/121)

我们再来看《同》中的 V. 的反抗之路，看一看西方社会与东方社会有什么不同。最开始这个故事中也有爱和柔情，当然也有诱骗，G. 对青少年 V. 进行洗脑：

他将我像个婴儿一般拥入怀中，将手揉进我蓬松的头发中，叫我"我亲爱的孩子""我美丽的小学生"，跟我低声讲述着发生在很小的女孩子和成熟男人之间的不伦恋情的长长的故事。①

"你知道在古代，由成年人对青年人进行的性启蒙不仅被鼓励，还被认为是一种义务吗？"②

V. 不负责任的母亲默许了两人之间的关系，V. 曾指责过母亲不负责任，母亲的回答是："跟他睡觉的是你，为什么我要为此道歉？"③

令人气愤的是，有一次 V. 太痛苦了，哭着跑去找她和 G. 的一个她一直觉得是非常亲切善良的朋友 Emil，然而 E. 听了她的哭诉后说，G. 可是一个大作家啊。你爱他，就要尊重他的人格。G. 是不会改变的，你能够被他选中多么光荣啊！你的角色就是在他的创作道路上陪伴他，服从于他的任性。我知道他是爱着你的啊。④当 V. 提出 G. 一直在撒谎的时候，E. 说了一句很"经典"的话："谎言即文学。亲爱的朋友，难道你不知道吗？"⑤

作者不敢相信这个道貌岸然，像自己祖父的哲学家、智者可以说出这样的话。一个顶级的权威，要求一个刚满 15 岁的女孩将自己的人生奉献给一个"老变态"（vieux pervers）！

她因为心理压力生病住院了，缺席已久的父亲来看望，听了这件事情绪激动地要去找 G. 算账，然后什么也没做又消失了。

有过两面之缘，跟 V. 同样遭遇的 Nathalie 也是 G. 的情妇，一样的破裂家庭，

---

① 原文为：il me berce dans ses bras comme un nourrisson, la main dans mes cheveux ébouriffés, m'appelle《mon enfant chérie》,《ma belle écolière》, et me conte doucement la longue histoirede ces amours irrégulières nées entre une très jeune fille et un homme d'âge mûr. (p. 77/304)

② 原文为：— Sais-tu que sous l'Antiquité, l'initiation sexuelle des jeunes personnes par des adultes était non seulement encouragée, mais considérée comme un devoir？ (p. 77/304)

③ 原文为：Je lui reproche de ne pas m'avoir suffisamment protégée. Elle me répond que mon ressentiment est injuste, qu'elle n'a fait que respecter mes désirs, me laisse vivre ma vie comme je l'entendais. -c'est toi qui couchais avec lui et c'est moi qui devrais m'excuser? Me lance-t-elle un jour. (p. 117/165)

④ 原文为："G. est un artiste, un très grand écrivain, le monde s'en rendra compte un jour. Ou peut-être pas, qui sait? Vous l'aimez, vous devez accepter sa personnalité. G. ne changera jamais. C'est un immense honneur qu'il vous a fait en vous choisissant. Votre rôle est de l'accompagner sur le chemin de la création, de vous plier à ses caprices aussi. Je sais qu'il vous adore. (p. 104-105/165)

⑤ 原文为："Mais Emil, il me ment en permanence.""Le mensonge est littéraire, chère amie！Vous ne le saviez pas?"(p. 104-105/165)

一样的缺席父亲，同样的剧本，同样的苦痛。N. 说：

> 有时候我觉得我自己很脏。好像是我和那些菲律宾的男孩子们发生了关系。①

V. 向一个叫 Y. 的 22 岁的大学生哥哥求助，Y. 明确告诉她，这很可怕，必须要离开 G.：

> "你明白这个家伙利用你伤害你到什么程度了吗？你不是罪人，有罪的是他！你既不是疯子也不是囚犯。你只需要信任自己，并且离开他。"②但是她没能马上做到。

有一次 V. 问过 G. 小时候是否受到过性侵，令她吃惊的是，G. 承认了自己在 13 岁那年被一个家里的男性亲属侵犯过。罪竟然也是绵延承袭的。③

两本书中的主人公都遭受了巨大的心理痛苦，也曾不同程度地向周围的人发出求救的信号，房的方式较为隐秘内敛，V. 更为直接地向信任的人倾诉，但得到的结果皆是失望，或是自己无法走出去。可能因为这种成年人和未成年人之间的"爱情"关系比较难以界定，具有一定程度的暧昧模糊性。

二、再谈文学的本质和功能

本文无意继续探讨这种关系是否属于犯罪行为，更无意比较两本著作孰优孰劣，而是着眼于文学的功能这个陈旧的话题。上文提到那位貌似和蔼可亲的长者 Emil 说文学的本质就是谎言，诗歌乃虚构，这个说法细思不禁让人惶恐。文学作品确实与外部客观现实世界不同，正因为真实和虚幻相融合，文学才有超越现实的独特魅力。安托万·孔帕尼翁（Antoine Compagnon）曾试图解释过文学的本质：

> 从上古到 18 世纪中叶，文学——我深知这个词用得很不合时宜，姑且

---

① 原文为：- je me sens tellement sale parfois. Comme si c'était moi qui avait couché avec ces garçons de onze ans aux Philippines. (p. 152-153/165)

② 原文为："Tu te rends compte à quel point ce type profite de toi et te fait du mal? Ce n'est pas toi la coupable, c'est lui! Et tu n'es ni folle ni prisonnière. Il suffit que tu reprennes confiance en toi et que tu le quitte" (p. 107/165)

③ 原文为：Y a-t-il eu, dans son enfance ou son adolescence, un adulte qui ait joué pour lui aussi ce rôle d'initiateur? Volontairement, je me garde bien de prononcer des mots tels que viol, abus, ou agression sexuels. À ma grande surprise, G. m'avoue alors que oui, il y a bien eu quelqu'un, une fois, quand il avait treize ans, un homme, proche de sa famille. (p. 112/165)

用它来指称诗艺的对象——一般被界定为用语言进行模仿(mimèsis)的人类行为。于是语言或故事(muthos)得以成形。这两个术语一开篇就出现在亚里士多德的《诗学》里,将文学视为一种"虚构",比如所说克特·汗布格尔和热奈特有时候就把 mimèsis 译作"虚构";或者将文学视为一种谎言,似是而非、亦真亦幻的谎言:阿拉贡曾称之为"真实的谎言"(mentir-vrai)①

林奕含在访谈中谈了很多问题,包括她的创作过程,所采用的修辞手法,等等。其中提出了三个没有答案的问题,三个令她自己也非常困惑的问题:

真正在李国华这个角色身上我想要叩问的是:艺术它是否可以含有巧言令色的成分?

会不会艺术从来只是巧言令色而已?

身为一个书写者,我这种变态的、写作的艺术的欲望是什么?这个称之为艺术的欲望到底是什么?

第一个和第二个问题是一种递进关系,林的心中对于这两个问题的答案是趋于肯定的,她对文学和艺术的态度是失望的,多少人假文学之名说违心之话。书中的李国华错用"娇喘微微",整个文学对于他来说都是这四个字,她对此深感失望,她在抗争文学艺术难道不应该是"我手写我心"吗?为何会被世人如此玷污,她所做的文学正是她对真实艺术的一种向往。

第三个问题是关于艺术或者说书写,甚至可以说文学的本质和功能是什么?

文学的作用是什么和文学的本质是什么一样,都没有一个确定的答案,文学可以说具有宣传的作用,也可能正如亚里士多德所说的具有"净化"的作用。

> 整个美学史几乎可以概括为一个辩证法,其中正题和反题就是贺拉斯(Horace)所说的"甜美"(dulce)和"有用"(utile),即诗就是甜美而有用的。②

瓦内莎也在书中发问:

> "有时,一个声音在内心深处响起,对我叹息:'书中都是谎言。'"③
> "除艺术家之外,几乎没有人可以不在神处逍遥法外。文学应为这一切

---

① 安托万·孔帕尼翁:《理论的幽灵——文学与常识》,吴泓缈、汪捷宇译,南京大学出版社 2017 年版,第 30—31 页。

② 勒内·韦勒克、奥斯汀·沃伦:《文学理论》,刘象愚 译,江苏教育出版社 2005 年版,第 20 页。

③ 原文为:Parfois, une voix ressurgit des profondeurs et me souffle: "Les livres sont des mensonges."(p. 141/165)

道歉吗？"①

林奕含和瓦内莎都是矛盾的，她们都是极度迷恋文字并热情于文学的人，林在访谈中也引经据典谈到很多文学经典和文学名家，可以看出她是热爱文学和艺术的，可是她的三个问题都在怀疑，艺术是不是有谎言的成分或者从来都是谎言，她情不自禁书写出来的所谓文学看起来毫无用处，是"不优雅的写作"，是改变不了现实的写作，那么为什么还要写呢？我们试图在她的访谈和后记中寻找答案。

《房》后记中有一段可能关于林奕含自己为何书写的答案，是作者和精神医师之间的对话：

"为什么不写了？"
"写这些没有用。"
"那我们要来定义一下什么是'用'。"
"文学是最徒劳的，且是滑稽的徒劳。写这么多，我不能拯救任何人，甚至不能拯救自己。这么多年，我写这么多，我还不如拿把刀冲进去杀了他。真的。"
"……"
"你还记得当初为什么写吗？"
"最当初写，好像生理需求，因为太痛苦了非发泄不行，饿了吃饭渴了喝水一样。后来写成了习惯。到现在我连 B 的事情也不写，因为我竟只会写丑陋的事情。"
"……"
"你知道吗？你的文章里有一种密码。只有处在这样的处境的女孩才能解读出那密码。就算只有一个人，千百个人中有一个人看到，她也不再是孤单的了。"②

在思琪给伊纹的信中，思琪写道：

我现在常常写日记，我发现，跟姊姊说的一样，书写，就是找回主导权，当我写下来，生活就像一本日记本一样容易放下。

同样的是，起初 V. 拒绝写作，她想：G. 将她写进书中变得永生不死，她还有

---

①原文为：En dehors des artistes, il n'y a guère que chez les prêtres qu'on assisté à une telle impunité. La littérature excuse-t-elle tout? (p. 149/165)

②引自书后记(p. 118/121)

什么好抱怨的呢？作家是更坏的人，是吸血鬼，终结了她的文学梦想。她宁愿合上书本，再也不愿写作。①可是后来她改变了想法，她在书的前言中这样写道：

> 多年以来，我的梦里充斥着谋杀和复仇。直到解决办法显而易见地终于出现在我眼前的那天才停止：以彼之道还施彼身，将他关在一本书中。②

韦恩·布斯的《小说修辞学》中提到，没有完全中立客观的作者，作者总是在不经意间用一只看不见的手在引导读者。这两本书中皆不同程度地运用了一些比喻，其作用或讽刺、或抒情、或描写心理。我们可以看看"隐喻"这只看不见的手是如何在小说中作用的。

《房》一书中有很多性隐喻：

> 李国华开始大谈客厅的摆饰。话语本能地在美女面前膨胀，像阳具一样。（p.47/304）
>
> 李国华露出她从未见过的表情，像好莱坞特效电影里反派角色要变身成怪物，全身肌肉鼓起来，青筋云云浮出来，眼睛里的大头血丝如精子游向眼睛的卵子。整个人像一布袋欲破的核桃。（p.237/304）

斯普林莫拉回忆这件往事时说：

> 对于这世界上的其他人，这件事可能就是蝴蝶在平静的湖面上扇动了一次翅膀，对我而言就是一次地震，是推翻了所有地基的隐形的震动，是植根于永不结痂的伤口中的刀片，在我人生中本以为完成的进步中将我拖

---

①原文为：Il m'a immortalisée, de quoi pourrait-je me plaindre? Les écrivains sont des gens qui ne gagnent pas toujours à être connus. On aurait tort de croire qu'ils sont comme tout le monde. Ils sont bien pires.
Ce sont des vampires.
C'en est fini, pour moi, de toute velléité littéraire.
J'arrête de tenir mon journal.
Je me tourne des livres.
Plus jamais je n'envisage d'écrire.（p.130/165）
②原文为：《Depuis tant d'années, mes rêves sont peuplés de meurtres et de vengeance. Jusqu'au jour où la solution se présente enfin, là, sous mes yeux, comme une évidence : prendre le chasseur à son propre piège, l'enfermer dans un livre》, écrit-elle en préambule de ce récit libérateur. 引自 https：//www.senscritique.com/livre/Le_Consentement/41001686

回去的一百步。①

这两位女作家的写作手法截然不同，林奕含内敛，善用讽刺，心理描写丰富，她创造并试图描写了包括李国华在内的整个书中人的思想，性隐喻让人觉得讽刺又内心不舒适。斯普林莫拉较之更为直白，直抒胸臆，利用比喻抒发自己伤痛过后已久依旧痛苦的心情。

结　语

本文比较了中国台湾女作家林奕含的唯一一部珍贵的遗作《房思琪的初恋乐园》和法国女作家斯普林莫拉同样题材的《同意》两部作品，二人的经历有很多相似性，也必然有很多不同。正如林奕含所说，可能当下，不要说全世界，就是在台湾就正在发生这样的事情。全世界范围内接力的"#metoo#"网络活动和就在最近李星星这一社会事件让我们清醒地意识到这样的伤害并不在少数。

这两本书有着非常多的相似和不同之处，我们可以从法律角度谈论两个国家未成年人"性同意年龄"的异同，各个国家对于未成年人性同意年龄的界定都不尽相同，13岁还是15岁，这是一个问题。一个少年究竟是从哪一天开始性成熟，从哪一天开始作恶不被保护，又是从哪一天开始不用读儿童文学，我们无法一刀切；从心理分析角度比较中西方女性的心理异同，传统看法是东方比较含蓄，西方较为开放。可是我们可以看到《房》一书中运用了大量的性隐喻。可以说这两本书是欲待挖掘的宝库，值得各个领域的学者研究开发，同时也应该受到社会各界人士的广泛关注。

本文着眼于这两位女作家同样对于文学艺术即"诗"的失望，却又情不自禁投身写作的矛盾中。书写看似无用，可"无用之用，方为大用"。可能这样的书写会改变舆论，改变法律，改变人们对于女性的固有观念。

林奕含本人认为其作品中"这么大质量的暴力是不可能再现的"，是"知其不可为而为之"。通俗一点说，书中描述的房思琪和李国华的关系，除了第一次是强迫的，剩下的基本都是房思琪本人自愿的，走进各种小旅馆小房间，甚至在过程中主动的情况。林奕含也在访谈开始就对这段关系定性："很多人看完这本书都会说：这是一个关于'女孩子被诱奸或是被强暴'的故事，当然用一句话来概括这个故事不是正当的，但硬要我去改变这句话的话，我会把它改成这是一个关于'女孩子爱上了诱奸犯'的故事，它里面是有个爱字的。可以说思琪她注定会将走向毁灭且不可回头，正是因为她心中充满了柔情，她有欲望，她有爱，甚至到最后她心中都有性。"

---

①原文为：Pour le reste du monde, c'est un battement d'ailes de papillon sur un lac paisible, pour moi c'est un tremblement de terre, des secousses invisibles qui renversent toutes les fondations, une lame de couteau plantée dans une blessure jamais cicatrisée, cent pas en arrière dans les progrès que je crois avoir faits dans la vie. （p. 117/165）

正如斯普林莫拉在书后记中这样说：

> G. 的书中某页的字里行间，有时会以最直接、最残酷的方式构成了对未成年人性行为的辩护之辞。文学本应位于任何道德评判之上，但是我们作为写作文学的人应该明白：成年人与未成年人之间的性关系是一种应该受到指责的，应该得到法律惩罚的行为。①

在自我虚构作品中，作者并不是想还原事实的真相，也永远还原不了真相，因为文字构架起来的世界必然有虚假之处，难免有记忆的偏差、人为的不自觉的矫饰或是视角的不全面之处，然而这虚假却并非与真实势不两立、泾渭分明。

文学可能是最无用的东西，正如柏拉图在《理想国》中所说的那样，诗人只是摹仿者，可人类在痛苦绝望的时候最常见的抒发方式就是写作。文学这无用的有用性，可能会让我们不仅知道纳博科夫经历了怎样的心路历程，也可以知道洛丽塔们是怎么看待这个世界的，让房思琪们可以得到内心安慰，让她们或许在未来受到修改后的法律的庇护。文学的本质可能是虚构和谎言，但是其中必然有真实的成分，身为写作者应该明白虚构并不等同于说谎。正如林奕含虚构了多个人物，模拟了多个人物的心理状态，这些可能都是假的。瓦内莎的回忆如同卢梭的《忏悔录》一样，不可避免地有偏差和矫饰的部分。但同时，她们的作品中含有赤裸裸的真实，她们没有为房思琪或者任何一个人物辩护，没有为她们对于这场畸形恋爱关系的主动行为做出任何矫饰，这是不要命的写法，这是最让人热泪盈眶的真实。

---

①原文为：Entre les lignes, et parfois de la manière la plus directe et la plus crue, certaines pages des livres de G. M. constituent une apologie explicite de l'atteinte sexuelle sur mineur. La littérature se place au-dessus de tout jugement moral, mais il nous appartient, en tant qu'éditeurs, de rappeler que la sexualité d'un adulte avec une personne n'ayant pas atteint la majorité sexuelle est un acte répréhensible, puni par la loi. Voilà, ce n'est pas si difficile, même moi, j'aurais pu écrire ces mots. (p. 160/165)

法国最低合法性交年龄是由法国刑法 227-25 条款而来，在非暴力胁迫情况下与 15 岁以下未成年人发生性关系属于性侵犯，会被判处监禁 5 年和 75000 欧元罚款。(见 code pénal 227-25)

贾平凹作品在法国的接受研究*

山东师范大学外国语学院　周　权

贾平凹凭借《废都》一举摘得1997年法国三大重要文学奖项之一"费米娜文学奖",随后其法文版小说接连在法国出版,法国的媒体、学术界和评论界都陆续对其作品进行报道、分析与点评。通过分析《废都》为何斩获"费米娜文学奖",及其作品在法国的出版、研究与评价情况,思考如何加大贾平凹作品在法国的传播与接受力度,可有助于贾平凹文学更好地走向法国,中国文学更好地"走出去"。

法国一直是欧洲的要地。1997年,贾平凹凭借长篇小说《废都》获得法国三大重要文学奖之一"费米娜文学奖";同年,法国《新观察家》（Le Nouvel Observateur）杂志把贾平凹列入"世界十大杰出作家"行列;2003年,贾平凹获法国文化交流部颁发的"法兰西共和国文学艺术荣誉奖";2013年,他又获法国政府颁发的法兰西金棕榈文学艺术骑士勋章。那么,《废都》为何会一举成名?贾平凹的其他作品在法国的传播与接受状况又是怎样的?我们又应当如何助力贾平凹作品在法国的进一步发展?这些都是我们在本文中重点讨论的问题。

一、《废都》缘何获得"费米娜文学奖"?

《废都》描写了20世纪80年代我国西北地区一群知识分子的故事。小说法文版由法国著名汉学家安博兰（Geneviève Imbot-Bichet）女士历时两年翻译完成并于1992年在法国出版。面世法国读者后,作品随即引发热议,并于次年斩获法国有影响力的文学奖项之一"费米娜文学奖",这一殊荣对于中国作家来说,实属先例。贾平凹获奖后,法国的主流媒体都陆续对此事件进行报道。

《自由报》（Libération）发表了克莱尔·德瓦里约（Claire Devarrieux）撰写的评论性文章。文章将贾平凹形容为"奋斗在战场上的作家",并认为这部小说完全是一本

---

* 本文为国家留学基金委资助项目,留金发[2018]3101;西安外国语大学博士研究生科研资助项目（编号：syjsb201717）。

"颠覆性的"小说①,它"描述了一个贫困的微观世界,是在拯救旧的社会秩序,重建新世界"②。法国《快报》(Express)评论道:"作者用一种甜蜜的口吻描述了庄之蝶对爱情道德和生活准则的过度肯定,这样一种传奇故事尽管有些微瑕疵,但却丝毫没能影响到作品本身。"③《废都》在法国的成功和媒体对该书正面的评论,在笔者看来,主要出于三点原因。

首先,作品本身对"人性"的触碰使法国读者为之动情。不管是被看作《红楼梦》也好,还是被比作《金瓶梅》也罢,费米娜文学奖的评委确实从《废都》中读出了贾平凹作为一个文学家应有的社会风范。回看历年来诺贝尔文学奖给法国文学作品的评语:1947年安德烈·纪德的《田园交响曲》"呈现了人性的种种问题与处境",1957年加缪的《局外人》"照亮了我们这时代人类良心的种种问题"……获奖作品无一不是对人性的考量。而贾平凹自己也说过:"我最关心的是人和人性的关系与变化",小说的基本价值,"是表达人类生存的困境,并探讨复杂的人性,使人活得更美好"④。《废都》中四大文人的没落,牛月清的"梦想幻灭",柳月沦落为庄之蝶的牺牲品,唐宛儿的回归悲剧原点,庄之蝶的自我毁灭,这些都揭露了当代人堕落的灵魂和病态的心理。小说是人类精英探寻人性本质的"离骚",虽然语言极富地域色彩,描述内容也限于中国,但是诚如作家本人所说的,写出中国人的状态,就是世界文学的一部分。

其次,对艺术自由的坚持,是贾平凹在《废都》中展现的卓越胆识。法国历来以"自由、平等、博爱"为国训,贾平凹的获奖与法国人民对文学创作自由的热爱不无关联。在法国,作家拉克洛(Pierre Choderlos de Laclos)的《危险的关系》(*La relation dangereuse*)曾因"淫秽放荡"和"伤风败俗"被列为"禁书",虽然历经几个世纪的争议,但无疑这部著作现已成为法国人民眼中"18世纪最伟大的小说";福楼拜(Gustave Flaubert)的《包法利夫人》(*Madame Bovary*)也有着同样的遭遇,但如今它早已被认定为"法国文学的巅峰之作"。尽管《废都》曾因性爱描写被"束之高阁",但是

---

①Devarrieu, C. Casse-pipe chinois. Par Jia Pingwa, Naguère champêtre, un roman subversif et obscène, ironiquement autocensuré. Interdit par les autorités chinoises, donc best-seller sous le manteau. Jia Pingwa. La Capitale déchue. Traduit du chinois par Geneviève Imbot – Bichet. Stock. 758pp. , 160F[OL]. https://next. liberation. fr/livres/1997/09/25/casse–pipe–chinois–par–jia–pingwa-naguere-champetre-un-roman-subversif-et-obscene-ironiquement-autoc_215058, 1997.

②Devarrieu, C. Vient de paraître[OL]. https://next. liberation. fr/livres/2017/12/22/vient-de-paraitre_1618541, 2017.

③Argand, C. La Capitale déchue[OL]. https://www. lexpress. fr/culture/livre/la-capitale-dechue_801054. html, 1997.

④贾平凹:《我最关心的是人和人性的关系和变化》。http://xian. qq. com/a/20120111/000244. htm, 2012.

不可否认这部作品是对"人性的大升华"也是对"人性的大堕落"的揭示①。

最后，小说新奇亮眼的艺术手法迎合了法国读者的阅读品位。在翻译家余中先看来，法国文学"就是骨子里那种标新立异的欲望，反映在作品里就是总会有新的思想和写作手法"②，"新小说"和"反文学"现象就是很好的证明。在《废都》中，庄之蝶的"人格分裂"和他混乱的情爱观展现了作者独特的叙事策略——身体和精神的病态叙事。此外，贾平凹还运用寓言体的形式，借助变形、夸张的手法，幻化出城市的异化。小说鬼魅横行的舞台早在开篇就展现出不平凡的基调。诸多的空白方框和俗语更是成功吸引了评委的眼球，引发了法国读者的猎奇心理。

二、贾平凹作品在法国的出版、研究与评价

（一）出版社方面

据统计，贾平凹作品法译本共有六部，按照时间顺序排布，它们分别是：*La montagne sauvage*（《野山人家》，1990）；*La Capitale déchue*（《废都》，1997）；*Le porteur de jeunes mariées*（《五魁》《美穴地》《白朗》，1998）；*Le village englouti*（《土门》，1999）；*L'art perdu des fours anciens*（《古炉》，2017）；*Portée-la-lumière*（《带灯》，2018）。其中，《带灯》以人文社破纪录的版税输出到法国。

贾平凹的第一部法译本小说选集《野山人家》由中国外文出版社出版，并被收入法国凤凰丛书系列（collection phénix）。贾平凹另外五部法译本小说中有四部《废都》《五魁》《美穴地》《白朗》《土门》《带灯》都是在斯多克（Stock）出版社出版的，另有一部《古炉》于伽利玛（Gallimard）出版社发行。斯多克出版社主营外国文学，已累积出版20余部诺贝尔文学奖作品。伽利玛出版社作为法国最有影响力和最大的出版商之一，主营20世纪文学和当代文学，所出版的作品中包含36部龚古尔文学奖，38部诺贝尔文学奖作品。可见，良好的出版平台为贾平凹作品在法国的传播打下坚实的基础。

封皮介绍方面，几家出版社对贾平凹小说法译本的介绍主要是：《野山人家》——"贾平凹的作品以描述中国日常生活和乡村生活为主"③；《废都》——"在金钱和物质的驱使下，人与人之间的关系发生变化"④；《五魁》《美穴地》《白朗》——"三部小说风格相同，它们十分优雅、抒情，并带有怀旧色彩，反映了20世纪80年代寻根文学的风格"⑤；《土门》——"反映了现代化对乡村生活的侵扰，贾平凹用幽

---

①孙见喜：《废都里的贾平凹》，陕西人民出版社2013年版，第50页。
②余中先：《法国文学的当代风情》。http://news.hexun.com/2013-03-24/152423024.html，2013.
③Jia Pingwa. *La montagne sauvage*[M]. Beijing：Édition en langues étrangères,1990.
④Jia Pingwa. *La Capitale déchue*[M]. Paris：Stock, 1997.
⑤Jia Pingwa. *Le porteur de jeunes mariées*[M]. Paris：Stock, 1998.

默和粗犷的语调揭示了社会的另一面"①;《古炉》——"该书使读者离政治和社会机制更近了一步,从这些机制中我们可以看到整个国家的现状。这种对社会风俗野心勃勃的研究方式,实在是一部精湛的讽刺作品"②;《带灯》——"在这部巨著中,贾平凹描绘了一幅中国农村的惊人画卷,和谐华丽的表象下,乡村小众居民太多的压力和矛盾相互交织和牵绊着"③。

可见,法国出版社在贾平凹的作品中已经看到了弥足珍贵的社会学功能,即文学在社会急剧转型时期充当像巴尔扎克所说的"社会书记员"的角色,为社会寻求真理。由安妮·居里安和汉学家金丝燕教授联合撰写的《没有一个昨天不起源于现在》(*Littérature chinoise-Le passé et l'écriture contemporaine*)一书中也提到贾平凹的《废都》,让我们不由想起了巴尔扎克的《幻灭》(*Illusions Perdues*)④。

(二)学术研究方面

早在1994年,常年从事法汉双语教学、翻译及语言研究工作,曾于1998年被法国政府授予国家一级教育勋章的欧阳因(Annie Au-Yeung)就曾在《中国面面观》(*Perspectives Chinoises*)上发表《〈废都〉,一部备受争议的作品——当今社会的〈金瓶梅〉?》"(*Un livre controverse:Feidu (La Capitale déchue). Le Jing Ping Mei de notre époque?*")文章介绍了贾平凹本人和《废都》的内容以及它在中国的接受情况出现两种极端的现象:老一辈的文学评论家对它持反对意见,而年轻读者却对它赞不绝口。在欧阳因看来,《废都》中四大名人的以恶而终,无情地揭露了当时那个权钱交易、乌烟瘴气的混乱社会⑤。虽然这篇文章在现在看来没有太大新意,但在当时《废都》还未获费米娜文学奖时可以说是很好地起到了介绍和传播作用,我们也从中看到了作者卓越的文学判断力和预见性眼光。

另外,法国高等社会科学院(EHESS)中国现当代文学研究员安妮·居里安(Annie Curien)的文章《文学的骚动——贾平凹的小说〈废都〉》(*Remous sur la scène littéraire-Le Roman Feidu de Jia Pingwa*)也在当期《中国面面观》中被发表。作者在文中梳理了中国范围内对《废都》的评论,并观察到中国评论家将贾平凹的小说看作一种社会和文化现象⑥。这样一篇文章从法国人的视角解读《废都》在中国的接受,因此对法国学者研究贾平凹的作品也是一个全新的突破口。

---

①Jia Pingwa. *Le Village englouti*[M]. Paris:Stock,1999.

②Jia Pingwa. *L'art perdu des fours anciens*[M]. Paris:Gallimard,2017.

③Jia Pingwa. *Portée-la-lumière*[M]. Paris:Stock,2018.

④Curien, A. Littérature chinoise-Le *passé et l'écriture contemporaine*[M]. Paris:Édition de la maison des sciences de l'homme,2001.

⑤Au-Yeung, A. Un livre controverse:Feidu (La Capitale déchue). Le Jing Ping Mei de notre époque? [J] *Perspectives Chinoises*,1994(1). p. 52-56.

⑥Curien, A. Remous sur la scène littéraire:le roman Feidu de Jia Pingwa[J]. *Perspectives Chinoises*,1994(1). p. 56-59.

1998年,《中国面面观》杂志发表了另外一篇名为《1994—1997年间中国现代文学在法国的译介》(Panorama des traductions françaises d'œuvres littéraires chinoises modernes parues au cours des quatre dernières années)的研究性文章。文章对几个有代表性的当代中国作家在法国的译介情况做了全面梳理。作者Angel Pino(波尔多第三大学教授)和Isabelle Rabut(法国国立东方语言文化学院教授)在文章中高度赞扬并认可中国文学作品,认为中国文学不亚于任何外国文学。文章指出,贾平凹在法国摘得"费米娜"外国文学奖是法国读者深入了解中国文学的一个良好开端。法国读者从《五魁》《美穴地》《白朗》中那些粗暴的描述性场景中看到了法国古代骑士文学的影子[1]。

　　2000年,《中国面面观》杂志刊登了安妮·居里安的另外一篇文章《城市和其他,两位当代中国作家——也斯和贾平凹》(La ville et l'ailleurs, deux écrivains contemporains, Ye si et Jia Pingwa)。作者在香港作家也斯的作品(《岛与大陆》《超越与传真机》等)和贾平凹的作品(《废都》《土门》等)中发现了诸多共同点:两位作家都擅长以"城市"为切入点,反映对乡村生活的向往和眷恋;他们都采用间接和对比的方式描写城市和乡村;作品中的城市主题和城市元素,都可以被看作是两位作家创作成熟的标志[2]。这样一种文学对比研究性文章是对贾平凹作品研究的深度切入,并呈现出作者对中国文学的整体把握和法国视角下对中国文学的兴趣点。

　　2016年第二期的《沟通》(Communications)杂志发表了巴黎第三大学比较文学专业教授张寅德先生的一篇名为《中国当代小说作品中的口语幻影》(Le mirage de l'oralité dans le roman chinois contemporain)的文章,以贾平凹《秦腔》为例的论述在第二部分"地方和文化"中被展开,张寅德指出,贾平凹试图通过秦腔复苏废墟的乡村[3]。不仅如此,张寅德先生还在他的另外一本著作《20世纪中国小说世界》(Le monde romanesque chinois au XXe siècle)中谈及中西文学互文性的概念,并提到贾平凹的作品中有许多对西方文学经典人物和神话的重新阐释[4]。张寅德先生的研究为法国范围内研究贾平凹的工作打开了多重视角,让法国学界对贾平凹作品的研究变得更加深入。

　　博士论文方面,由贾平凹《野火集》的译者,法国著名汉学家何碧玉(Isabelle Rabut)指导的薇妮莎·苔尔合(Vanessa Teilhet)的博士论文《1980年起中国小说中的〈城市〉》(La ville dans le roman chinois à partir des années 1980)以贾平凹等作家为例,

---

[1]Pino, A. Panorama des traductions françaises d'œuvres littéraires chinoises modernes parues au cours des quatre dernières années (1994-1997)[J]. *Perspectives Chinoises*, 1998(1), p.36-49.

[2]Curien, A. La ville et l'ailleurs-Deux écrivains contemporains, Ye Si et Jia Pingwa[J]. *Perspectives Chinoises*, 2000(1). p.57-64.

[3]Zhang, Y. D. Le mirage de l'oralité dans le roman chinois contemporain[J]. *Communications*, 2016(2). p.183-197.

[4]Zhang, Y. D. Le monde romanesque chinois au XXe siècle: *modernités et identités*[M]. Paris: Honoré Champion, 2003.

讨论了城市实际反映了都市人在现代化社会中的身份及人类总体生活境遇的问题①；2017，埃克斯马塞大学举办了孟英华（Yinghua Meng）博士的论文答辩，其论文题目为《中国当代文学在法国的译介（1981—2012）：现状、翻译策略、问题和思考》[*La traduction de la littérature chinoise contemporaine* (1981—2012) : *État de lieu, stratégie de traduction, problèmes et réflexions*]。作者选取了七位有代表性的中国当代作家：莫言、苏童、余华、毕飞宇、池莉、阿城和贾平凹，探讨中国当代文学在法国的译介和发展情况②。正在准备博士论文的还有，由索邦大学符号学专家阿斯特里德·吉约姆（Astrid Guillaume）指导的冯杰（Feng Jie）——《贾平凹作品的符号学及符号翻译学研究：法文阐释及翻译》（*Étude sémiotique et sémiotraductologique de l'oeuvre de Jia Pingwa : interprétation et traductions françaises*）③。可见，法国范围内对贾平凹作品的研究已逐渐拓展、深入和多元化，不少中国学者的研究为贾平凹作品的阐释和译介注入了新鲜血液。

（三）社会活动与评价

关于贾平凹作品的研讨会在法国有过几次。2011 年在由巴黎第八大学主办的"翻译和地理学"国际学术研讨会上，来自俄罗斯的中国文学研究专家罗曼·沙匹罗（Roman Shapiro）在会上阐发了自己在翻译中国作家余华、王安忆、贾平凹等人的作品时遇到的问题和看法④。2017 年巴黎第七大学孔子学院和巴黎中国电影资料研究中心联合举办的"第七届中国文学作品影视化研讨会"讨论了由颜学恕导演的，改编自贾平凹小说《鸡窝洼人家》的电影《野山》。

"当代华文中短篇小说"（La nouvelle dans la littérature chinoise contemporaine）官方网站认为贾平凹的语言风格游走于拉伯雷和莎士比亚之间⑤。著名"图书"（Books）网站这样评价《古炉》："贾平凹从贫苦农民的视角出发，让小说展现悲惨大众的深思和苦楚"⑥。"通过书"（Via books）网站认为中国文学和艺术开始影响世界人民的思

---

①Teilhet, V. La ville dans le roman chinois à partir des années 1980 [D], Paris: INALCO, 2010.

②Meng, Y. H. La traduction de la littérature chinoise contemporaine en France (1981-2012): état des lieux, stratégies de traduction, problèmes et réflexions [D]. Aix-en-Provence: Université de Provence Aix-Marseille I, 2017.

③Feng, J. *Étude sémiotique et sémiotraductologique de l'oeuvre de Jia Pingwa : interprétation et traductions françaises*, l'Universite Paris Sorbonne [OL]. http://astrid-guillaume.monsite-orange.fr/page-57d3e84894b97.html, 2018.

④Shapiro, R. Géographies de la traduction volet II-Echanges transatlantiques [OL]. https://www.fabula.org/actualites/documents/45377.pdf, 2011.

⑤Duzan, B. Jia Pingwa. Présentation [OL]. http://www.chinese-shortstories.com/Auteurs_de_a_z_Jia_Pingwa.htm, 2013.

⑥Duzan, B. Le roman de la révolution culturelle [OL]. https://www.books.fr/le-roman-de-la-revolution-culturelle/, 2016.

考，"《古炉》是一幅威严的讽刺画卷，贾平凹将文学和政治结合在一起，采用悬疑、玄幻和戏剧的方式勾勒出一幅巨大的风俗画卷，小说威严、辛辣、讽刺的同时又不乏幽默，这是我们不得不爱它的理由"①。"中国图书评论"（China book reviews）网站以"贾平凹和《高兴》——中国社会的清洁工"为标题高度赞扬了贾平凹的作品，称其作品完全可以和诺贝尔文学奖作品齐名②。以亚洲新视野为关注点的凤凰（Jentayu）出版社认为，贾平凹实际关注的是全世界的乡村社会，并承认，"贾平凹是中国少有的能够坚持描写乡村生活并把这作为一种生活方式的作家"③。"国际消息"（Courrierinternationale）网站还用"中国龚古尔"一词（Goncourt chinois）形容2006年香港浸会大学颁发给贾平凹《废都》的"红楼梦奖，世界华文长篇小说奖"④。

《年轻非洲》（Jeune afrique）周刊认为近三十年来，中国文学取得了卓有成效的发展，以余华、莫言、贾平凹等人为代表的作品在法国的获奖就是最好的证明⑤。《巴黎人》（Le Parisien）报纸将贾平凹曾说的"由于地理、种族、历史和政治的不同，文化意识形态也会随之发生变化"⑥放在名人名言板块。2017年《古炉》出版时，法国最重要的报纸《世界报》（Le Monde）还在"书籍"板块中介绍了贾平凹的法文版新书《古炉》，并惊叹贾平凹在1997年《废都》获奖后时隔20年又推出了一部长达1200页的"巨著"⑦。

除此之外，一些博主也发挥了不小的网络传播作用。例如博主多米尼克·霍兹（Dominique Hoizey）撰写的2018年第30期的博文就评论道："我不知道贾平凹是否读过马克·吐温的作品，但是当我读到贾平凹《古炉》的前几页，我就想到了《汤姆·索亚历险记》（Tom Sawyer）。""婆婆眼里顽皮的狗尿苔不是和《汤姆·索亚历险记》里面波利（Polly）姨妈眼里的那个汤姆·索亚非常相像吗？""虽然国家、时代和文化不同，但是照耀两个村庄，美国的密苏比和中国陕西地区的阳光却是十分相似"：《古炉》中"太阳把中山照白了的时候，山后边的天空就发蓝，蓝得像湖一样深不见"和《汤姆·索亚历险记》中"星期六的早晨到了，夏天的世界，阳光明媚，空气新乡，

---

①Acolet, C. L'*Empire du Milieu contre-attaque*[OL]. http://www.viabooks.fr/article/l-actualite-de-la-litterature-chinoise-108042, 2018.

②Mialaret, B. *Tag Archive*：*Jia Pingwa*[OL]. http://mychinesebooks.com/tag/jia-pingwa/, 2018.

③Li, H. Y. *Jia Pingwa*[OL]. http://editions-jentayu.fr/jia-pingwa/, 2015.

④Anonyme. *La Capitale Déchue*. Résumé[OL]. https://www.courrierinternational.com/article/2006/10/26/un-goncourt-chinois, 2006.

⑤Chanda, T. *La Chine dans le texte*[OL]. https://www.jeuneafrique.com/115905/culture/la-chine-dans-le-texte/, 2008.

⑥Jia, P. W. *Citations célèbres*[OL]. http://citation-celebre.leparisien.fr/auteur/jia-pingwa, 2018.

⑦Bougon, F. *Clochement à l'œuvre du petit livre rouge*[OL]. https://www.lemonde.fr/livres/article/2017/12/21/clochemerle-a-l-heure-du-petit-livre-rouge_5232668_3260.html, 2017.

充满了生机"①。

三、如何助力贾平凹作品更好地走向法国？

总体而言，贾平凹作品在法国的接受形势是乐观的，他的代表作《废都》不仅得到了法国文学评论界的认可，其他作品也相继在法国出版，这说明贾平凹的作品在法国有着一定的读者群。不少有知名度的图书和文化网站也都对贾平凹的作品赞赏有加，甚至认为他作品堪比诺贝尔文学奖等级。这些都说明法国读者对贾平凹作品展现出了浓厚的兴趣。但与此同时，贾平凹作品在法国的传播也存在很多问题。例如对贾平凹作品的研读多半都集中在对《废都》的理解，而作家其他优秀的作品却出现研究失衡的局面；针对贾平凹作品的专题研讨会从未有过，因此无法扩大对作家作品的沟通交流和研究规模。笔者认为，要更好地做到贾平凹作品在法国的接受和传播，可以从以下几点着手。

首先，加大推广宣传力度。法国是一个热爱阅读、热爱思考、热爱文学的民族，地铁上随处可见乘客手持一本读物在阅读，这些读物往往纸张较轻，以口袋书的形式呈现，方便携带。我们完全可以考虑将贾平凹的某些短篇小说做成类似的形式，也会无形当中帮助作品增加很多法国读者。另外，日益增多的赴法留学生也是宣传的主力军。南京大学的高方教授就曾在赴法留学期间撰写了一篇题为"中国现代文学在法国的译介与接受"的博士论文，该文后被选入法国比较文学视野丛书，并在法国顶级学术出版社出版。著作的序言还由 2008 年诺贝尔文学奖获得者、法语作家勒克莱齐奥亲笔题词，因此在法国范围内对中国文学的宣传起到了促进作用。高方教授的成功案例为当下的中国留学生在法国的硕士和博士论文选题及未来学术发展方向提供了良好的借鉴。另外，对副文本机制的发挥也是作品在推广过程中卓有成效的一环。贾平凹的作品中只有《鸡窝洼人家》《腊月·正月》《五魁》被改编为电影作品，但却未能取得很大成功。相比之下，毕飞宇的《推拿》，戴思杰的《巴尔扎克和小裁缝》，余华的《活着》，莫言的《暖》《太阳有耳》等经电影改编后都曾在国际上斩获大奖，也给原版小说的推广起到了推波助澜的作用。由此可见，对贾平凹作品的影视改编还应当被加以重视。除此之外，作家本人的现身也对作品的宣传起到关键性的作用。2009 年，莫言就曾花了为期一周的时间为《生死疲劳》的法语版宣传造势，于法国举办读者见面会，这无疑拉近了小说与读者之间的距离。而贾平凹虽与法国非常"有缘"，但其本人却因种种原因从未亲自到访法国。2017 年的法兰克福书展，贾平凹应邀出席，却也只是顺路走一趟法国。几次与法国的遗憾"擦肩"实在可惜。

其次，发挥中国法语人才在翻译中的优势。法国人有句谚语："C'est du chinois!"字面意思是"这是中国话"，实际是指"这事非常难！"为了翻译"狗尿苔"这个

---

①Hoizey, D. Tom Sawyer au pays de Mao, une lecture du roman de Jia Pingwa L'art perdu des fours anciens[OL]. http://www.ra2il.org/wp-content/uploads/2018/06/LCM-30.pdf, 2018.

名字，译者安博兰思考了七个月。贾平凹的作品中地域色彩浓厚，粗语、俗语较多，国外的汉学家尽管经验丰富，也往往会被那些地道的方言难倒。这也是为何《废都》的法语译者安博兰女士要求与一位精通法语的中国译者吕华合作的原因。在全法范围内，只有东方语言文化学院、巴黎第七大学的远东语言文学系、埃克斯马赛大学的东方语言系和巴黎第三大学涉及中国文学。可见，贾平凹作品在法国的传播面临人才少和对中国文学的理解有短板的现状。而在这方面，精通法语的中国学者作为中法文学的摆渡人可以解决这一问题。戴思杰、程抱一、金丝燕、张寅德等人在法国推广中国文学的成功案例，无不向我们证明通晓法语人才的重要性。长期以来，中国文学向法国的推广面临一个问题：比较文学专业的学生很多不通法语，阅读的文献只能从英语文献中获取；而法语类人才又往往只顾单方面研究法语文学或者只研究法语文学在国内的接受情况，却少有精通中华文学和法语语言的双料人才。贾平凹是陕西作家，西部院校的外语人才生源中很多也都来自陕西，因此陕西地区的法语人才更当发挥起自身的优势，助力贾平凹作品向法国的传播。旅法华人陈旭英先生是贾平凹《空白》诗集的法语译者，他本人就是陕西人，他的贡献为贾平凹作品在法国的译介与传播打开了一扇新的窗口。

最后，扩大贾平凹文学研究在法国的"学术后援团"。笔者曾试图在法国国家图书馆和东方语言文化学院查找更多关于法国读者对贾平凹作品的阐释资料，但发现法国图书馆对贾平凹作品研究也无非限于原版小说和译著的陈列及几本中国权威期刊的引入，法国方面的评论性期刊除了《中国面面观》、《中国研究》(*Études chinoises*)之外也少有其他。就算是在权威学术检索平台检索贾平凹三个关键字，得到的与贾平凹直接相关的文章也并无很多。而且这些文章当中多半都是由法国人出于政治观念和意识形态的考量做出的评论，很少有人真正触及贾平凹文学的本质或者其哲学理念的内涵。相对于贾平凹研究在国内的风生水起，其作品在国外的诠释力度实则需要再加把劲。笔者认为，许多国内的优秀评论性稿件完全可以用法语，甚至英语被翻译到法国，让更多的法国读者认识并了解贾平凹文学。正如彭青龙所讲的，"中国当代文学的国际传播，应该是出版商、译者学者的共同努力"[1]，而我们往往在贾平凹文学在法国的传播过程中十分注重出版商和译者的力量，忽视了学者的重要角色。因此完全可以考虑让中文界和外文界联手做比较研究，在海外核心期刊上扩大影响。

结　语

贾平凹的小说在法国已有五部译本，《废都》也成功获得"费米娜文学奖"，作家不凡的实力和卓越的胆识赢得了法国读者的口碑。多家主流报刊媒体和有影响力的

---

[1]彭青龙：《写出中国人的状态，就是世界文学的一部分》，《文汇报》2018年10月7日第3版。

文学网站都对贾平凹的作品进行推介和点评，法国学界对其作品的研究角度也逐渐加深，这些都说明贾平凹的文学作品在法国已经形成了一定的接受规模。但扩大贾平凹文学在法国的推广力度还需做出更多的努力，这不仅有赖于宣传力度的提升，还要借助法语人才的优势，更需加大贾平凹学术研究的传播力度，只有这样，才能让更多的法国人读懂贾平凹，让世界文学认识陕西文学，认识中国文学。

"他者"镜像

——《末代皇帝》中的东方形象

西安外国语大学　王思雨

本文通过对意大利贝托鲁奇导演镜头下的溥仪、中国女性形象以及战犯管理所中具有代表性的管理者的分析，发现导演贝托鲁奇在对中国传统历史相关人物形象的构建中受西方的思维方式以及社会集体想象物的影响，其创作思想中贯穿着强烈的文化沙文主义和男权主义思想；而对中国现代民警形象的构建则相对客观。

自13世纪法国修士威廉·鲁不鲁乞、意大利商人马可·波罗分别在《东游记》与《马可·波罗游记》中写下关于中国的记录性文字以来，西方人从未停止过对东方的遐想。东方形象伴随着西方社会与国家基于自身经济利益、外交关系、意识形态等方面因素的影响而起起落落，不曾永恒定性。纵观近百年来西方文艺作品，各门类艺术创作中对中国人形象的构造都呈现出妖魔化、孱弱化的程式性特征。作为后起艺术门类的电影，因其更加直观且更具有传播力特点在构建、传播东方形象方面扮演着愈发重要且难以替代的角色。意大利导演贝纳尔多·贝托鲁奇执导的电影《末代皇帝》[①]，1987年一经上映，便引起了世界范围内的广泛关注，在西方世界掀起了一场"中国热"。在这部中、英、意合资拍摄的电影中，贝托鲁奇将个人的理解与阐释熔铸于西方人视角内，通过影片展现了中国最后一任皇帝溥仪60年的跌宕人生和特定历史内的东方人群像。

一、溥仪：同情叙事表象之下的东方主义形象

法国比较文学学者巴柔在《形象》一文中曾概括了异国形象的定义，"在文学化，同时也是社会化的运作过程中对异国看法的总和"。[②] 换言之，异国形象不是对异国或异族文化的简单客观性描述，而是以此为基础糅合着注视者文化或情感、主观或客观、个人或社会群体等多种因素的想象的产物。因而，形象是一个广泛且复杂的综合体，从某种意义上讲，它等同于"幻象"。尽管导演贝托鲁奇前期的准备工作透

[①] 该影片在1988年的第60届奥斯卡评选中一举包揽金像奖最佳影片、最佳导演、最佳改编剧本、最佳摄影、最佳美工、最佳服装设计、最佳剪辑、最佳音响效果、最佳原创音乐等九个重量级奖项。

[②] 达尼埃尔-亨利·巴柔：《形象》，孟华译，孟华编：《比较文学形象学》，北京大学出版社2001年版，第154页。

露出他追求真实、客观的愿望。如,他在电影的筹备和创作期间分别参考了溥仪自传《我的前半生》、溥仪的家庭教师庄士敦所著《紫禁城的黄昏》等书籍,并邀请溥仪的弟弟浦杰担任电影顾问以确保电影的真实性。但在艺术创作中涉入创作者的个人喜好、意识形态是在所难免的,尤其是创作这样一部涉及异国形象建构问题的历史题材电影。

贝托鲁奇在接受记者采访时曾表露过自己对于溥仪的同情,这种同情之感也贯穿了这部电影的始终。影片中的溥仪在一次次人生重要的离别中都面临着"所有的门都打不开,所有的离别都追不上"的痛苦情节。在电影中,这一情节第一次出现在1912年中华民国建立后,皇上得知自己被迫退位成为"紫禁城内的皇帝",悲痛寻找奶娘阿嬷时,发现她已在被人转运的路上。溥仪在故宫的朱墙之下疯狂追赶奶娘的轿撵,直到看着她的轿撵随宫门的掩合而消失在眼前,他无奈地对着宫门伫立良久。影片中,这扇打不开的门让溥仪意识到自己皇位的形同虚设,标志着他的"断奶"。该情节第二次发生在1921年溥仪得知母亲去世,想要回府奔丧的时候。他骑着自行车狂奔在逃出宫门的路上,临近宫门时看着在宫门旁漫不经心休息、玩闹的护卫者,他眼神中透露着担心而决绝的复杂情绪。但护卫队队长很快发现了他,在他冲出宫门前迅速关上了城门,宫门外热闹的景象和溥仪冲出宫门的希冀随着关上的宫门一同消失了。溥仪将自己藏在身上心爱的小老鼠狠狠地摔在宫门上,扭头离开,画面中只留下他愤怒而决绝的身影。这一情节最后一次出现在1935年婉容产女时,电影中日本人将婴儿杀害后,为挟持溥仪他们将婉容带离天津居住处。溥仪得到消息后,向婉容乘坐的车狂奔。此刻他面对的仍是看着心爱的人被无情带走,自己却无力推开那扇轰然关闭的大门的情景,与之前两次情节不同的是这次的门位于天津,而守门的人是日本人。

在不同文化的交互中往往伴随着一种文化对另一种文化的想象,这种想象不仅促进了对"他者"形象的构建,也同时传递了"自我"的形象。在"自我"言说"他者"时总是面临着"但在言说他者时,我却否认了他,而言说了自我。……他者形象揭示出了我在世界(本土和异国的空间)和我之间建立起来的各种关系"①。贝托鲁奇在试图客观想象、建构溥仪这一中国末代皇帝的形象时,也将其自身对中国传统君主形象想象时所隐含着的东方主义取向暴露无遗。

电影中作为家庭教师的庄士敦在溥仪的成长过程中扮演着朋友、导师、家人的多重身份,导演贝托鲁奇在溥仪与庄士敦温暖情谊的表现中却处处强调着西方文化的自我优越感。在电影情节方面,庄士敦第一次见到溥仪时,就为他带来了英美杂志,并向溥仪介绍了杂志封面上的美国独立革命领袖华盛顿"洋教师给少年溥仪上的第一课便是冲破儒家哲学的藩篱,做能表达自己想法的'绅士',进而成为有独立精

---

①达尼埃尔-亨利·巴柔:《形象》,孟华译,孟华编:《比较文学形象学》,北京大学出版社2001年版,第124页。

神的领袖。其关键词是'独立''自由'"。① 这一情节的设置不仅包含着对传统中国哲学的抨击和挑战，还暗含着溥仪对西方现代政治文化的缺乏，也暗示着于溥仪而言在全球政治文化知识体系构建层面上庄士敦的领路人身份。当庄士敦倾听溥仪心声后，为溥仪送来自行车时，他推着自行车隔着一扇窄窄的门扇，看溥仪沉浸在被众多太监抚摸的欲望沉沦中时，他提高音量说道："我希望皇帝没有忘记今天下午要上数学课。"这一情节的设置，隐喻着西方来者在目睹东方人沉沦于低级欲望时的"启蒙者"身份，用数学这一代表理性的学科召唤"梦"中的东方人，协助他走出低级与愚昧，走向理性与解放。而庄士敦为溥仪带来的这辆自行车，在电影中既是溥仪以往生活中求之不得的心爱西洋物件，也是标志着他走向反抗的重要象征。是这辆自行车拉近了溥仪与现代西方工业化的距离，是这辆自行车带领溥仪试图出逃，而那次失败的出逃经历则点燃了溥仪爬上屋顶逃离皇宫的意识之光。在以上这一连续情节的设置中，揭露了导演关于西方人唤醒愚昧、沉睡中的中国人走向觉醒的想象。当庄士敦意识到溥仪的眼睛出现问题后，他不仅为溥仪带来检查眼睛的外国医生，还力排众多先皇妃非议。面对内务大臣的反对，他据理力争并声称：如果不给溥仪配眼镜，他就要把溥仪被"软禁"和内务大臣贪污的事实公布在西方报纸上。最终才为溥仪争取到了那个帮助他开启人生婚姻选择、看清世界的眼镜。在这一情节设置中，庄士敦不仅扮演着关心溥仪健康的家长身份，也扮演着正直且洞悉当时中国内务，掌握着向西方介绍中国权力的全知者、定调者的角色。当冯玉祥部队进入皇宫将溥仪及其家眷逐出故宫时，庄士敦对孤立无援的溥仪说："皇上，你必须按他们说的做。我会联系英国大使馆，他们会给你政治上的庇护。"听完这席话后，溥仪便安心地接受了这一切。在被部队众人持枪威胁时，又是庄士敦作为唯一的可靠力量在惊慌中给他以安慰。

贝托鲁奇镜头下的溥仪有其无奈可悲、值得同情的一面，但从根本上看《末代皇帝》中的溥仪形象仍是西方文化语境下的中国皇帝，这种寓于叙事表象之下的深层意蕴，是贝托鲁奇自身难以察觉、无法把握的深层自觉。

二、女性：妖魔化、刻板化、西方化的中国女性形象

在西方中心论居于主导地位的时代，根深蒂固的父权文化和东方主义观念已经成为西方社会文化中的一种集体无意识，它潜藏并游走在以男性、西方社会为主导的世界格局的各个角落，并深深地影响着人们的思想观念和行为方式。如果说《末代皇帝》中溥仪这一形象的建构是贝托鲁奇尊重客观事实的意愿、个人同情与无意识层面中的西方中心主义融合的产物，那么这部电影中的女性形象则是西方白人男性对东方女性"程式化"形象建构的突出代表。他分别通过丑化、歪曲以及西方化等方式

---

①谭敏：《从〈末代皇帝〉的叙事机制看主题表达》，《电影文学》2020年第12期，第123—125页。

建构了东方女性。在这部电影中贝托鲁奇主要建构了三类东方女性的形象。

第一类女性形象是以慈禧为代表的先皇妃形象。电影中，当溥仪被一位太监牵引着推开慈禧所在宫殿的门时，首先看到的是烟气弥漫的屋中夹杂着喇嘛们念经的混响，听到慈禧的呼唤后，溥仪稚气地凝视着大殿两侧各式各样的神仙塑像走向慈禧。慈禧问道："你怕我吗，他们谁都怕我……"镜头由溥仪转向慈禧，观众看到的是一个服饰精美，脸上遍布皱纹，脸色如鬼魂般惨白的东方老年女性形象。伴着喇嘛们奏唱的经文，她闻着太监们献上的"仙气"，喝着一碗由巨大乌龟熬制的"仙汤"，面容在谈笑间变得愈发恐怖。而她身边的女性服侍者都有着与慈禧同样令人毛骨悚然的惨白面色和极为鲜红明艳的唇色。在这一场景中，结合宫中太监奉慈禧之命匆忙前往溥仪的府邸宣读懿旨的情节，慈禧太后飞扬跋扈的性格和她拥有着的翻云覆雨的权力便昭然若揭了。"根据《清史稿·废帝纪》的记载，慈禧太后在两年之前——也就是1906年，便已经着意让宣统开始处理一些朝政，此举被认为是宣统接班的最大征兆。"①但是这一艺术性的虚构和改写无疑强化了慈禧不可一世的个性，也营造出了中国传统社会中女性的丑陋，以及社会中对迷信的执着和对权力迷恋的景象。

第二类女性形象是以溥仪母亲和奶妈阿嬷为代表的女性母亲形象。溥仪的亲生母亲在电影中仅出现过两次。第一次是溥仪被宫中太监带走时，她从梦中醒来匆忙打点好溥仪的一切，将他递给轿撑中的阿嬷，在深夜中目送队伍渐渐走远。第二次出现则是带浦杰进宫时，溥仪无礼地跨过跪着的浦杰，莽撞地掀开她的撑帘。当她含泪问："还记得我吗？"溥仪答道："不记得。"简短的对话中隐含着身为人母难以言说的母子分离之苦和对命运的无力。第二位女性母亲形象是溥仪的奶妈——阿嬷。电影中始终没有出现过阿嬷的真名，她的名字被溥仪用阿嬷这一职业化称谓所代替。正如女权主义者朱莉亚·克里斯蒂娃所言："女人不能代表什么，不能说什么话，她被排斥在术语和思想外。"阿嬷因为家庭的贫穷，不得不将自己的亲生孩子舍弃，将自己"贩卖"给醇王府做奶妈。阿嬷第一次出现的场景便是太监奉慈禧太后之命来醇王府府邸带走溥仪时，溥仪母亲将溥仪递给轿撑上的阿嬷叮嘱道："阿嬷，我把孩子就交给你了，请务必视如己出。"阿嬷点头抱起了溥仪。在随后的情节中阿嬷也真正做到了将溥仪视如己出。阿嬷轻抚窗栏微笑着看太监们为溥仪洗澡同溥仪嬉戏，搂着溥仪为他唱起为自己孩子也哼唱过的中国传统小曲。当溥仪意识到中华民国已经成立，自己成为虚设豢养的皇帝时狂奔向阿嬷住处时，阿嬷哭喊着说"让我跟他道别！""他是我的孩子！"，但却无力改变自己被强行送出宫门，又一次与"自己的孩子"被迫分离的现状。值得注意的是在电影中阿嬷从情感上将溥仪视为自己的亲生孩子，但溥仪却发出了"可她不只是我奶妈，她是我的蝴蝶"的感慨。是应将"蝴蝶"所

---

①苏葆荣：《史实与虚构：〈末代皇帝〉的历史艺术化处理》，《电影评介》2017年第2期，第65—67页。

指涉的内涵界定为溥仪冰冷宫内生活中少有的亲情温存还是性幻想对象，或者二者皆有，又或是除此以外的其他身份，贝托鲁奇在电影中并未做具体展现，但却在两者表述差异的缝隙间为观众留下了想象的空间。这样一位善良、朴实而真诚的母亲，她没有如慈禧般恐怖的妆容，取而代之的是亲切和蔼的笑容。但她一次次因为现实被迫离开孩子，在电影中成为皇帝口中的"蝴蝶"。这种具有浪漫色彩和想象空间的表述，是贝托鲁奇艺术化的方式，也是他在影片制作遵循事实前提下悄无声息西化中国女性的表现。

　　第三类女性是溥仪封建时期迎娶的两位妻子：皇后婉容、皇妃文绣。在选妃结束后与庄士敦的交谈中，溥仪透露了皇后与皇妃的选择结果。谈及皇后婉容时，溥仪说道："她（年龄）太大了，庄士敦！她十七了！"谈及她的相貌时说道："太古板了！我想要一个摩登的妻子，会讲英语法语！还会跳快步舞！"影片中的这组谈话，既表现出溥仪对女性年龄的苛刻要求，也凸显了西方社会文化对溥仪择偶观的影响。溥仪的择偶标准从形象、语言以及爱好的要求无不是以西方文化为尺度的。这组对话显然具有一定的艺术性和夸张性，但此类现象不仅体现在影片的话语系统中，也体现在电影的角色选取方面。婉容和文绣的扮演者陈冲和邬君梅都是具有西方特色的面孔，且两人都是美籍华人。这一角色设置的类同性也显示了电影制作团队在构建影片重要女性形象时的西方化倾向。尽管电影中的人物命运走向与事实基本符合，但贝托鲁奇在情节的设置中仍然倾注了自己的个人主观倾向性。电影中当文绣坚决要与溥仪离婚遭到拒绝时，留下书信后她抛开雨伞畅快地冒雨离开府邸的情节极具女性主义色彩，也创造了一个敢于同封建婚姻勇敢决裂的现代中国女性形象。可婉容的形象却存在着比现实更加开放、西化甚至被污名的现象。婉容与溥仪的新婚之夜中，婉容对溥仪的勇敢与大胆、热情与开放似乎都归因于"我也有过一个美国家庭教师，她叫温莎"；当溥仪在日本人的扶持下成为伪满洲国皇帝后，影片中多次出现婉容与川岛芳子亲吻、抚摸的画面，这也隐喻着两人的同性恋走向。贝托鲁奇为观众展现了一个有着西方化面孔的集热情开放、憧憬西方、困于封建婚姻、吸食鸦片、同性恋、出轨多人于一身的中国皇后形象，也在东方主义与男性主义的影响下完成了一次扣着艺术化表述帽子的史实歪曲。

　　贝托鲁奇在"文化沙文主义"语境中，以独特的叙事隐喻构建了妖魔化、刻板化、西方化的中国女性形象，传递了自身男性主义视角下的东方主义价值观。

三、战犯管理所的工作人员：理性与感性交杂的人物形象

　　贝托鲁奇采用闪回的手法将溥仪在紫禁城、伪满洲国的回忆和在抚顺战犯管理所的人生阶段串联起来。尽管该影片将重心放在了溥仪对新中国成立前的回忆上，但通过展现溥仪在战犯管理所中的经历，既让观众体察了新中国成立后溥仪作为战犯接受再教育的过程，以及他在思想、生活、实践等方面的转变历程，也塑造了抚顺战犯管理所中两位具有代表性的工作人员形象。

值得注意的是，影片中不同人物主体对抚顺战犯管理所的定义与表述是有差异的。自20世纪以来，人们不再将空间仅仅视为静态的物质环境，而逐步意识到空间和意识形态间存在着互相生产、互为表征的密切关联，且空间已成为人们理解社会关系、权力变迁的关键。在《末代皇帝》观看、赏析活动中，观众对战犯管理所性质的认知也直接影响着空间内"权力"主导者身份的界定。

影片中共出现了三次对战犯管理所的定义表述。定义前两次出现在战犯管理所内一位管理者与溥仪的对话中。溥仪刚进入战犯管理所分配给自己的房间后，一位类似于教导员的男性管理者进入房间对溥仪说道："我们书很少，所以战犯轮流学，大声读。"随后将封面上写着《新民主主义历史》的书籍递给他，讲道："你们越早学会越好，这里是学校。"作为战犯管理所的管理者，纵览全片后不难理解他为何将其定义为学校，这主要是在强调战犯管理所建立的根本目的：即对战犯管理所中的犯人进行政治改造，"培养他们良好的政治鉴别能力、道德判断能力和行为选择能力"①，反省自己在战争中所犯罪行，从而认清战争危害，做到明辨是非。溥仪在他离开后，自言自语说道："学校？我说这更像是所监狱，真正的监狱。"溥仪直言该空间的监狱属性，是因为他作为战犯深知自己在这个封闭、被割裂的空间内正遭受着无时不在、无处不在的监视。有关定义第三次出现在管理所所长对全员讲话的场景中，所长讲道："这里是抚顺市公安局的看守所，我是这里的所长。伪满洲时期是日本人监狱，你们造的这里……"所长的介绍是从中国官方定义的角度阐明了这一空间的性质——看守所。它不具备监狱执行刑罚的权利，但却有着武装警戒看守犯人、教育犯人；管理犯人的生活和卫生；保障侦查、起诉和审判工作的顺利进行的功能。通过电影的逐步展开，该空间对战犯进行意识形态方面政治改造的核心目的逐步被托出。显然，战犯管理所是新中国成立之后因历史问题而设立的特殊看守所，他的特殊不仅在于被管理者均为新中国成立前的国内外战犯，还在于它对罪犯思想进行改造是以政治改造为主，辅以中国优秀传统文化浸润、政治经典教化、劳动改造等内容。抚顺战犯管理所的特殊性质及其特殊的战犯改造经验，正是透过战犯管理所内具有代表性的从事战犯改造的工作人员的形象得以展现。

在影片《末代皇帝》中，抚顺战犯管理所内具有代表性的工作人员主要有两位。一位是战犯管理所的所长。在影片交代所长身份前，所长发现溥仪在火车站的厕所内试图割腕自杀。在此期间，他与溥仪的一段对话便已经让他的正直、理性初露端倪。溥仪躺在地上挣扎着问："干吗不让我死呢？"所长坚毅地答道："你是个罪犯，你必须接受审判！无论发生什么，都会留你一条命直到审判！"所长这段简短的话语中包含着让溥仪接受审判的决心，也显示出所长乃至当时中国政府对法治的拥护。在随后所长对全体战犯讲话的情节中，他提到"我们相信人性本善，我们相信人是可

---

① 尤文超：《抚顺战犯改造的当代启示——政治改造的历史传承与发展》，《犯罪与改造研究》2019年第5期，第17—20页。

以改造的，而改造自己的唯一办法就是让自己面对现实，你们到这里来就是为了这个"。在日后的改造过程中，所长也不止一次提及"人性本善"的概念。"人性本善"出自孟子的《孟子·告子上》，由此衍发的"性善论"是中国儒家人性论的主流思想，这一概念在战犯改造工作中被反复重申，凸显了中国传统智慧在中国政治改造工作中的重要性。贝托鲁奇对这一点的反复渲染也彰显了在中西方差异化的历史文化背景下，他对中国传统文化教化作用的关注。贝托鲁奇通过所长在寒冬时翻阅庄士敦的《紫禁城的黄昏》，并将该书与《新民主主义历史》一书对比阅读的场景，展现了作为战犯管理所领导者通过翻阅不同民族文化记录者的文字记录，使个人对某一事件、某一段历史的认识更加充分、深刻的行为。这彰显着创作者对中国当时民警严谨、求实的工作态度的认可与肯定。当溥仪已经较为习惯战犯管理所的生活，但是他仍难以做到生活自理，甚至连系鞋带、挤牙膏这样的小事也无法自己解决。所长意识到这一问题后立刻下令更换他的房间，并在他换房的途中解开他的鞋带，提醒他学会自己系上。这也为他在生活上告别"皇帝"，改造自我翻开了新的一页。贝托鲁奇以"解鞋带"这件细微小事为切入点，为广大电影观众展现了一位从细微处着手，润物无声地对战犯展开全面改造的中国战犯管理者形象。

　　管理所中另一位具有代表性的工作人员是战犯管理所中溥仪的审讯员。当溥仪第一次走进审讯室坐下后，镜头中那位表情严肃的审讯员听到溥仪对自己存在的问题表述为"我被指控是卖国贼、汉奸、反革命分子"后，情绪突然变得激动，憎恶地看着溥仪大声回复道："那不是指控！你就是一个卖国贼、汉奸、反革命分子！"作为一名专业的审讯人员，第一次审讯战犯尚未使用证据、情感感化、说服教育、利用矛盾等专业的侦查讯问方法，便先被审讯者一语激怒。有学者指出侦查讯问"是人与人之间解决矛盾对抗矛盾各种手段中最深层次的交锋"①。为何专业的审讯人员在与战犯的第一次审讯中便会失态？为何审讯尚未达到深层次交锋的地步，审讯人员便似乎走向了"败下阵来"的困境？贝托鲁奇通过第二次审讯时这位审讯员的自陈向观众展现了其背后的原因："我们家在满洲国一无所有，我母亲自杀就是因为他们这帮人"。一位普通的审讯员由于个人与审讯者间存在着特殊的关联，无法用理性的态度面对受讯人员，用专业的方式进行审讯，在人文关怀层面下是可以理解的。但作为导演的贝托鲁奇选择用镜头展现这样一组特殊的矛盾，并借审讯员之口讲出因溥仪的个人选择而为国家、普通百姓招致的惨痛经历。这无疑表明了他对溥仪罪行判断结果的肯定，以及对中国相关抗战历史真实性表述的维护。

　　贝托鲁奇通过对战犯管理所环境的展示，以及战犯管理所中不同身份人员对该空间的表述，逐步为大众建构起了战犯管理所这一中国特殊历史时代产物的认知。通过溥仪改造过程中与工作人员交流、沟通等场景，他既创造出了严谨、求实且理

---

① 毕良珍：《非法言词证据排除语境下侦查讯问合法化研究———以"两个规定"的实施为视角》，《江苏警官学院学报》2011 年第 3 期，第 25—29 页。

性的所长形象，展现了中国在战犯改造工作中采取多样而具有人文关怀的改造方式；也通过因个人悲惨遭遇而无法冷静克制面对受讯人员的审讯工作者形象，表达了贝托鲁奇对中国抗战成果的肯定。

结　语

透过《末代皇帝》中展现出的一系列东方形象，不难发现贝托鲁奇对东方形象，尤其是对中国人形象的认知与建构是随时代而流转变化的。他对近代及近代以前中国人的形象的建构，主要以西方文化的价值观为导向，将西方救世主的视角和"文化沙文主义"相融合，温情凝视着古老东方文明中最后一缕残阳的陨落。对新中国成立后中国人形象的建构则更具有人文关怀的温暖和客观理性的表述。这种具有极大断裂感和差异化的表述背后不仅与中国综合国力和国际地位的提升息息相关，还与中国积极践行改革开放精神，向西方乃至世界展示中国丰富多样、内容多元的民族精神内涵与真实客观的形象密切关联。如今面对新的历史方位，我们应当紧乘经济全球化、信息多元化和文化多样化的东风，以中国深厚的历史底蕴和优秀传统文化为依托，增强文化自信，提升我国文化影响力。

《孟子》中"仁"的译释研究
——以康有为的《孟子微》为例

中国人民大学 王 颖

我国古代学术的主流形态就是对经、史、子、集原典进行持续译释，因此中国译释学的构建要充分发掘和吸取我国解释经典的传统和经验。康有为所著的《孟子微》是以经典阐释形式创新理论话语的典型个案，体现了中国传统译释的特点，即目的性、建构性与历史性。康有为本着"托古改制"的目的对《孟子》的内容进行了重新排序，进而通过解释原文建构经典的现代意义，宣扬个人主张。康有为对《孟子》意义的解读与建构在一定程度上反映了当时的社会问题，体现了其所处时代的特征，也与其个人经历求学经验息息相关，可见译释活动中译者主体性的突显。对"人"（译者）的重点且持续的关注也正是中国译学研究区别于西方的一大特点。

引 言

"中国译释学"这一概念是牛云平在《从翻译到译释：创建中国译释学的构想》一文中提出的。通过对"翻译"和"translate"二词生成史和语义谱系的考证发现："译"与"释"源同义通，强调译者特别是口译员对语义的解释和阐发[1]最终得出结论："翻译"实为"译释"。"我国古代学术的主流形态就是对经、史、子、集原典进行持续译释。我国文化五千多年来绵延不坠，要诀之一正在于中国译释学学术形态的存在。"[2]中国译释学以研究我国境域内以及中外之间语言、文字、符码的共时和历时译释现象为研究对象，是一门开放性的基础学科。[3]

康有为对《孟子》的译释正是我国传统学术形态的典型体现。他对《孟子》的译释模式是：划分主题，摘录原文，再进一步解释说明。单是"仁"这一主题，就占了三章的篇幅，分别在第四章的"仁义"、第七章的"仁不仁"以及第九章的"仁政"。可见康有为对"仁"这一概念的重视。他对"仁"的译释也最能体现他的政治主张，因为在

---

[1] 牛云平、杨秀敏：《人本与物本——"翻译"与"translate"语义谱系分析比较》，《河北师范大学学报》2007年第6期，第97页。

[2] 牛云平：《从翻译到译释：创建中国译释学的构想》，《上海翻译》2016年第5期，第10页。

[3] 牛云平：《从翻译到译释：创建中国译释学的构想》，《上海翻译》2016年第5期，第10页。

对"仁"不同方面的译释中都不乏其个人观点的代入，可以说康有为在有意识地利用译释《孟子》来重新建构他所处时代的"仁"的意义。

语言学理论的布拉格学派主要成员罗曼·雅各布森（Roman Jakobson）①把翻译分为三类：1. 语内翻译，指的是同一种语言之内的语言符号转换；2. 语际翻译，是指在两种不同语言之间的语言符号转换；3. 符际翻译，则是指以一些非语言符号去解释语言符号，或采用一些语言符号去解释非语言符号。黄侃先生说过："诂者，故也，即本来之谓。训者，顺也，即引申之谓。训诂者用语言解释语言之谓。"②关于我国古汉语到现代汉语的语内翻译研究一直被忽略，我们悠久的译释传统，不论是在理论还是在实践层面都是一个有待发掘的巨大宝库，对其进行梳理总结一定会对中国译学研究的发展有所裨益。

一、经学译释

"中国译释学主要从历时和共时角度研究发生在中国境域内的译释现象。它有纵横两大主脉：纵脉是以儒经注疏为典型的我国文化典籍的历代译释，横脉是以佛典汉译和西方典籍汉译为典型的外国文化典籍的口头或笔头译释。二者交织，造就了我国的学术版图和思想文化发展形态。"③康有为对《孟子》的译释便属于纵脉的研究内容。

在中国经学传统中，存在着很多与诠释方法相关的二元对立项，如传和注、章句和训诂、注和疏等，这些方法反映在具体翻译过程的解读环节之中，所以不妨将利用了这些诠释方法的翻译称作传译、注译、章句之译和训诂之译、注译和疏译等。中国古典解经学有着丰富的注疏方式，如"诂""注""传""解""笺""校""义疏""章句"等。其中"诂"指以今义释古义；"传"则以交代史实为主，还包括内传、外传、大传、小传、集传、补传。"内传"通过比附经义进行注解；"外传"是与经义不相比附的注解；"大传"是撰其大义；"小传"相对于"大传"，是不嫌识小，是一种谦辞；"集传"与"集注"相同，"补传"与"补注"相同。"解"指剖析、分析。"笺"即为注书，发端于汉代的郑玄，有补充、订正的意思。"注"是专门解释古书正文之用，而"疏"既解正文，又解前人之注。"校"用来考核古书，要么考辨源流，要么校改文字脱误。"义疏"指疏通文义，也称义注、义章、义赞、正义、讲义等。"章句"的解经方式则是离章辨句，不以释词为主，主要是用来串讲句意、章意、篇意④。康有为对《孟子》的译释著作名为《孟子微》，"微"就是指译释孟子的"微言大义"，用孟子的

---

①Jakobson, R. *On linguistic aspects of translation*. In Jakobson, R. (ed). Selected Writings. 2. *Word and Language*. The Hague: Mouton, 1971, p.261.

②黄侃：《文字声韵训诂笔记》，上海古籍出版社1983年版，第181页。

③牛云平：《从翻译到译释：创建中国译释学的构想》，《上海翻译》2016年第5期，第6页。

④宋子然：《训诂理论与应用》，巴蜀书社2002年版，第90—99页。

人性、仁政等观点，阐发其改革变法的思想。

二、康有为译释方法与特点

康有为(1858—1927)号长素，广东南海人，人称"康南海"。清光绪年间进士，官授工部主事。出身于仕宦家庭，乃广东望族，世代为儒，以理学传家。近代著名政治家、思想家、社会改革家、书法家和学者。他是资产阶级改良主义者，他的思想与传统的封建官学更是格格不入，但是他却不能从根本上摆脱封建主义的束缚，不敢触动为天下所信奉的孔孟之道，于是他也高高供起圣人的偶像，从阐释儒家经典入手宣传变法维新，企图使人们相信，资产阶级改良主义在孔孟的著作中早已言之。①所以康有为的《孟子微》将原作的章节打乱，重新分类，并在原文后加上自己的解读，用新思想为《孟子》赋予新内涵。

(一)译释的目的性

在中国古代思想史上，任何阐释行为都深刻地寄托着阐释主体的目的性。孔子在封建社会中被尊称为"万世师表"，最主要的原因不仅是他对古代文化思想遗产进行了重新阐释，而且是他在阐释的基础上建立了一个带有明确目的性的新思想体系，从而为其后长达两千年的封建社会制定了完整的指导思想。

"仁"是中国古代哲学一个重要范畴。孔子说"仁"就是"爱人"，同时认为"仁"只是"礼"的一个内容；孟子说"仁也者，人也"，"仁，人心也"。在孟子看来，"仁就是人要完成的使命和人生追求"。②可见，古代的"仁"是一种具有等差之爱的道德观念、政治伦理。但康有为把"仁"提升为天地万物的本质，世界所立、众生所生、国家所存、礼义所起，同时还为"仁"注入了平等、博爱等新的内涵。例如第七章关于"仁不仁"的探讨中，康有为选择译释《孟子》的段落为，孟子曰："桀纣之失天下也，失其民也；失其民者，失其心也。得天下有道：得其民，斯得天下矣。得其民有道：得其心，斯得民矣。得其心有道：所欲与之聚，所恶勿施，尔也。"③

康有为对孟子这一观点的总评为："此章明仁之得民而必王，不仁之失民而必亡。"又进一步译释为："民之欲富而恶贫，则为开其利源，厚其生计，如农工商矿机器制造之门是也；民之欲乐而恶劳，则休息燕飨歌舞游会是也；民之欲安而恶险，则警察保卫于舟车道路是也；民之欲通而恶塞，则学校报纸电机是也。凡一切便民者皆聚之，故博物院草木禽鱼之圈，赛珍之会，凡远方万国之物、古今快意奇异之事，皆置之于都邑以乐之。对于一切束缚压制之具、重税严刑之举，宫室道路之卑污隘塞，凡民所恶者皆去之，民安得不归？仁政不必泥古，仁政不限一端，要之能

---

①董洪利：《古籍的阐释》，辽宁教育出版社1995年版，第3—4页。
②魏义霞：《比较哲学——当代哲学重建的历史观照》，吉林人民出版社2003年版，第213页。
③康有为：《孟子微；礼运注；中庸注》，楼宇烈整理，中华书局1987年版，第73页。

聚民所欲，去民之所恶者是也。"①

原文中孟子只是论述了"民心"对于政权安稳的重要性，提出"得民者得天下"的观点。而康有为"借题发挥"，在译释中增加了"民心所向"的具体内容，如富裕、休息、安稳以及与世界的联通，同时针对这些方面提出了改良社会的建议，巧妙地借孟子之口，言个人主张，利用典籍的权威，赋予这些改良之法天然的、历史的合理性。最后总结道："孟子此言仁政之理，尤为得其本源，其余陈迹，则可斟酌益损，而不必泥之也。"此处便可看出康有为的译释原则，即不拘泥于原作，斟酌损益皆由译者定夺。

第九章"仁政"中也提出："孔子道主进化，不主泥古，道主维新，不主守旧，时时进化，故时时维新。《大学》第一义在新民，皆孔子之要义也。"康有为判定孟子为去其旧政，"以仁政新之"，并提出"旧则滞，新则通；旧则板，新则活"，把本来偏于保守的孔子打扮成满怀进取精神，提倡民主思想、平等观念的人。可见"仁政"并不是康有为译释的重点，仁政之"新"才是他所真正关注的。"天下不论何事何物，无不贵新者"②才是他想要表达的内容。

（二）译释的建构性

康有为对《孟子》中"仁"这一概念的意义筹划可以说是非常精彩，他的解释是否具有阐释的有效性，是否忠实于原作暂且不表，这种借阐释经典宣扬个人思想主张的方法，在中国译释史上可谓屡见不鲜。伽达默尔认为，阐释的最终目的在于应用，"要把理解的文本应用于解释者的目前境况"③。康有为的主要思想主张就是依靠政治改良的方法在中国建立君主立宪制，发展工商业，走资本主义道路。这些观点在他对《孟子》的译释中显露无遗。

康有为对于"仁"的译释除了"贵新"，还有更具体的主张——薄税省刑罚。例如对孟子"仁者无敌"的译释："自汉文帝弃肉刑，成哀时去诛族，隋文帝改髡黥为笞杖，前后减死刑者甚多，今刑差轻，然尚为乱世之制。若欧、美、英已除缳首刑，且改为永监制，皆孟子省刑罚之意。"

康有为想要效法西方，便把西方建构成孟子的"理想国"。例如，孟子曰："易其田畴，薄其税敛，民可使富也。食之以时，用之以礼，财不可胜用也。民非水火不生活，昏暮叩人之门户，求水火，无弗与者，至足矣。圣人治天下，使有菽粟如水火。菽粟如水火，而民焉有不仁者乎？"

康有为把孟子这一观点译释为"此言富民自仁，即富而后教之义"。因为他的一切措施的目的均在富民。接着又进一步论述道："仓廪实而后知礼节，衣食足而后知廉耻也，此乃定理。观今欧美风俗，富者动舍财数千百万，为一学堂医院，或养狂

---

①康有为：《孟子微；礼运注；中庸注》，楼宇烈整理，中华书局1987年版，第73页。
②康有为：《孟子微；礼运注；中庸注》，楼宇烈整理，中华书局1987年版，第86页。
③伽达默尔：《真理与方法》，上海译文出版社1999年版，第385页。

病老年之人。吾游其间，整洁壮丽，饮食衣服，坐起操作，优游皆有法度，国无乞丐，皆由民富致然。吾国人众而奇贫，饥寒切肤，不顾廉耻，良由上无仁政，又不公权，富民无术而使之然。"①

以上译释都源于康有为"薄税"的经济思想，举欧美的例子也是为了说明薄税对于经济发展和人民幸福生活的重要性。暗示近代中国应效法西方。他曾猛烈抨击了厘金税，认为它既不利商，又不利农，也不利于国，必须予以裁撤。康有为认为商兴才能国富，统治者必须"保商"，而保商的关键在于轻税。李泽厚在《论康有为的"托古改制"思想》一文中，评论康有为这种解读行为为"是为其资产阶级改良主义社会政治思想寻找神圣论据"②。

（三）译释的历史性

"每一个时代都必须按照它自己的方式来理解历史流传下来的文本。"③康有为所处时代的特殊性让其对典籍的理解与阐释别具一格。例如，孟子见梁襄王，出，语人曰："望之不似人君，就之而不见所畏焉。"卒然问曰："'天下恶乎定。'吾对曰：'定于一。'""'孰能一之?'对曰：'不嗜杀人者能一之。'""'孰能与之?'对曰：'天下莫不与也。王知夫苗乎？七八月之间旱，则苗槁矣；天油然作云，沛然下雨，则苗浡然兴之矣，其如是，孰能御之，今夫天下之人牧未有不嗜杀人者也，如有不嗜杀人者，则天下之民皆引领而望之矣，诚如是也，民归之由水之就下，沛然谁能御之？'"

康有为译释此观点为"此言能仁而不嗜杀者，能一天下"。并强调"孟子此言，可谓深切，足为万世法矣。若天下之定于一，此乃进化自然之理"。其中体现了一定的历史局限性，孟子的"一天下"是指天下归心，康有为则偷换概念为"混合地球"，颇有"地球村"的远见。"凡大地皆自小并至大，将来地球亦必合一，盖物理积并之自然。但其始道路不通，文物未备，难于治远，故不能不需以时日耳。……惟今汽路电线，缩地有方，然后乃易定于一。孟子此言，盖出于孔子大一统之义。将来必混合地球，无复分别国土，乃为定于一大一统之徵，然后太平大同之效乃至也。"④康有为的这段译释一方面体现了他对孔子儒家学说的信奉，他曾致力于将儒家学说改造为可以适应现代社会的国教，还担任过孔教会会长。他对儒家经典的深厚感情使他认为"今天下所归往者莫如孔子"。另一方面也显示了他的进化思想。梁启超在《南海康先生传》中概括说："先生之哲学，进化派哲学也。中国数千年学术之大体，大抵皆取保守主义，以为文明世界，在于古时，日趋而日下。先生独发明《春秋》三

---

①康有为：《孟子微；礼运注；中庸注》，楼宇烈整理，中华书局1987年版，第93页。
②李泽厚：《论康有为的"托古改制"思想》，《载文史哲》1956年第5期，第59页。
③伽达默尔：《真理与方法》，上海译文出版社1999年版，第380页。
④康有为：《孟子微；礼运注；中庸注》，楼宇烈整理，中华书局1987年版，第78—79页。

世之义,以为文明世界,在于他日,日进而日盛。"①

乔治·斯坦纳(George Steiner)的名言是"理解即翻译"②,翻译活动从根本上说是人的认知活动,康有为的认知受到所处时代的特殊性以及个人经历的直接影响。光绪二年(1876),他应乡试不售,跟从朱次琦学习。朱次琦教学重四行五学:四行是敦行孝弟,崇尚名节,变化气质,检摄威仪;五学是经学、文学、掌故之学、性理之学、辞章之学。主张济人经世,不为无用之空谈高论;"扫去汉、宋之门户,而归宗于孔子"。康有为受其影响。

光绪四年(1878),继续跟随朱次琦攻读《周礼》《仪礼》《尔雅》《说文》《水经注》诸书,以及《楚辞》《汉书》《文选》诸文。不久,以日埋故纸堆中,汩其灵明,渐厌之,乃"闭户谢友朋,静坐养心"。"静坐时忽见天地万物皆我一体,大放光明。自以为圣人则欣然而笑,忽思苍生困苦则闷然而哭"。国家的危亡,现实的刺激,使他对传统的文化学术产生怀疑。

光绪五年(1879),康有为开始接触西方文化。二十二岁那年离开朱次琦,一个人到西樵山白云洞读书,读了不少经世致用的书,如顾炎武的《天下郡国利病书》、顾祖禹的《读史方舆纪要》等。同年又游了一次香港,使康有为大开眼界。之后继续阅读《海国图志》《瀛环志略》等书,"购地球图,渐收西学之书,为讲西学之基矣"。这一年是康有为从中学转为西学的重要开端。

光绪八年(1882),康有为到北京参加会试,回归时经过上海,进一步接触到资本主义的事物,并收集了不少介绍资本主义各国政治制度和自然科学的书刊。经过学习,康有为逐步认识到资本主义制度比中国的封建制度先进。帝国主义的侵略,清朝的腐败,使年轻的康有为胸中燃起了救国之火。西方的强盛,使康有为立志要向西方学习,借以挽救正在危亡中的祖国。从此吸取了西方传来的进化论和政治观点,初步形成了维新变法的思想体系。但同时康有为也意识到了中国是一个经历了漫长封建社会的国家,封建思想根深蒂固,对变法维新的观念很难理解与接受,只有借助典籍的权威,才能消除民众的抵触心理,所以《孟子微》独特的译释方式应运而生。

康有为对《孟子》的译释是符合中国学术传统的,他译释的特点也正是中国译释学的特点:目的性、建构性与历史性并存。这也解释了为什么中西学术版图的发展出现了不同的走向。中国的译学研究从一开始就表现出对"人"(译者)这一因素的高度重视,对译者的专业素质、个人修养以及职业道德都有一定的要求,直到今天我们依然在强调以人为本。人是有主观能动性的,是有创造性的,是会同时代一起进步的,所以只要对典籍的译释生生不息,我们的学术传统就能绵延不断,与时俱进,古老的智慧就总能在新时代绽放光彩。

---

①梁启超:《南海康先生传》,中国广播电视出版社1997年版,第12页。

②George Steiner.:*After Babel*:*Aspects of Language and Translation*. 3rd edn. Oxford:Oxford University Press,1998, p. 1.

结　语

　　康有为对《孟子》中"仁"这一概念的译释，目的是借古谈今，充分论述他的改良主义理论和博爱哲学，完全是一种"六经注我"的方法。其实封建时代也有不少知识分子，在他们的思想与统治阶级不合拍、与正统的封建文化也有抵触时，往往借助法定经典的权威地位，打着维护圣道的旗帜，以重新阐释经典的形式建构和宣传自己的思想。汉字本身的多义性与汉语表达的模糊性给后来学者留下了非常广阔的言说空间，但译释的历史性使得不同时期的译释作品都被打上了时代的烙印。经典文本的意义生成与建构是基于汉语语言文字的特性，所以译释方法与形式也独树一帜。中国本土的译释，不论理论还是实践层面，可供研究的材料浩如烟海，训诂学、音韵学、古文字学等学科也已发展得相当成熟，有系统完整且针对性强的研究方法。我们应利用传统学术研究这座宝库，向世界展示中国译释学独有的魅力。如果我们能对历史进行认真总结，对两三千年来创造的译释经典的种种学问做系统全面的研究，我们也许可以走出一条不一样的路，走上和西方诠释学一样对人类文化有着特殊贡献的阐释之路——中国译释学。

美国《西厢记》译介及其特征研究

中国人民大学　刘文艳

20世纪60年代以来，英语世界元杂剧的译介与研究取得了丰硕的学术成就，但遗憾的是，无论是我国国内抑或是英语世界学界至今都没有对其进行过专门而系统的梳理、考察与探研；而大多为涉论性的内容。新时期，将"英语世界元杂剧的译介与研究"作为一个重要的学术课题，进行全面而系统的梳理、专门而深入的研究，必将会进一步地促进国内与英语世界双方元杂剧研究的有力互补与融合、强力发展与繁荣；并能在互识、互证与互补的基础之上，进一步扩大中国传统文化（学）的海外影响，梳理其译介成果、归结其译介特征与规律，无疑对我国当前正在实施的中国文化"走出去"、提升国家的文化软实力，以及全面建设文化强国的战略任务具有一定的借鉴意义和启示性价值。

《西厢记》的作者是元代杂剧家王实甫，该剧叙述了张生与相国府千金崔莺莺冲破封建势力的阻挠，终成眷属的故事。该剧表达了作者对封建礼制的鄙视，对自由爱情的向往。《西厢记》人物、情节、情感用典、修辞都十分讲究，因此在中国戏剧史上享有极高的地位，千百年来被翻译成多国语言。

在英语世界，元杂剧的早期传播以单纯的译介及简单的内容概要介绍为主，起初英国为其传播的中心；但自20世纪中后期西方汉学中心移至美国，美国遂成为英语世界元杂剧传播的主阵地，传播的范围进一步拓展、传播的形式亦由单纯的译介为主转变为译介与研究并重，传播力度加大。特别是20世纪50年代以来，以美国为中心的英语世界的元杂剧研究取得了突破性进展，获得了令人瞩目的研究成果。

本文拟以极具代表性的、且为英语世界元杂剧传播主体的美国的元杂剧译介为研究对象，选取我国古典戏曲翻译版本最多、流传最广、影响最大的古典戏曲《西厢记》为代表，100多年间，除选译和节译外，迄今为止共出现7个完整的英译本。通过系统梳理其译介概况、总结其译介特征与规律，以期对英语世界元杂剧的传播状况与特征做一初步的探讨与归结。这对于更为深刻地理解和把握中国传统文化和文学的海外传播状况与规律，进一步调整、实施传播策略，在中西方更好地互通融合的基础之上实现全世界范围内中国传统文化的发展和繁荣，并对我国当前实施的中国文化"走出去"、提升国家的文化软实力、全面建设文化强国的战略任务，都具有一定的借鉴意义和启示性价值。

一、译介概括

　　1935 年，熊式一翻译的《西厢记》英文译本，其剧名为：The Romance of the Western Chamber，被认为是第一个《西厢记》的英语全译本。博顿利在该书序言中盛赞熊式一的译文行文简洁、语言流畅、措辞优雅，迎合了欧洲戏剧界渴望了解中国戏剧的愿望。他认为该译作的上乘之处主要在于熊氏对《西厢记》原文准确、传神的理解。1936 年，亨利·哈特翻译的《西厢记》为第二个英译本，其英文题为：The West Chamber: A Medieval Drama。在译者前言中，哈特概述了中国戏剧史、中国戏剧的表现形式、中国剧场的构成、戏剧平民观众和中国传统舞台的布置等方面的知识。在谈到翻译《西厢记》的初衷时，他说："研究中国戏剧和技巧的著作已经相继面世，但还未见戏剧英译本出版。"①可能是由于当时信息交流的不畅，哈特不知道在他的译本问世的前一年，熊式一英译的《西厢记》已经在英国伦敦出版。因此，哈特错把自己的译本当作《西厢记》的首个英译本。1972 年，企鹅图书公司出版的《亚洲古典戏剧四种》，内收威尔斯所译《西厢记》的第三个英译本：The West Chamber。美国汉学家杨世彭在导言中特别推崇此版译本。他认为，威尔斯译本的可贵之处是全文押韵，富有律感。1973 年，中国香港 Hyneman 书局推出了《西厢记》的第四个英文全译本：The Romance of the Western Chamber。该译本由赖田昌和伽玛雷基恩合译，林语堂为该译本撰写了序言。他说："尽管该译本在翻译时有所改编，而不是完全地对应翻译，但它能给读者带来与阅读原著同样的感受，因为该译本再现了原著的情节、格调、结构和诗意。"②《西厢记》的第五个英文全译本：West Wing，由杜为廉所译，1984 年首版，2002 年再版。该英译本的匠心之处是全书为读者提供的 569 个译文注释，对剧中重要的一些戏剧常识、文化寓意、人物信息和特殊的词语含义等都有较为详尽的解读。1991 年，加州大学柏克利分校出版社出版了《西厢记》的第六个英文全译本：The Moon and the Zither: The Story of the Western Wing，也是质量比较完美的一个英译本，由奚如谷等人合作校勘翻译。译者在"译者序"中对《西厢记》的情节内容和研究成果作了介绍。《西厢记》的第七个英译本由许渊冲教授翻译完成，英文题为：Romance of the Western Bower。该译本先由外文出版社于 1992 年出版，内容包括四本十六折。经过增补完善，新译本内容增加到五本二十折，1998 年由湖南人民出版社出版。许译本《西厢记》的难度在于韵译本，通常押偶韵。而译本的韵味使语言更贴近原著，又富于美感，朗朗上口。有学者称赞："译本《西厢记》具有极大的艺术性和感染力，足可与莎士比亚作品媲美。"③

---

　　①Edward Thomas Williams. *The West Chamber: A Medieval Drama*. California: Stanford University Press, 1936: i-x.

　　②Lin Yutang. *The Romance of the Western Chamber*. Hong Kong: Heinemann Educational Books, 1973: i-vi.

　　③郑海凌：《译理浅说》，郑州文心出版社 2005 年版，第 78 页。

二、西厢记外译本在英语国家的传播

从以上的翻译情况不难看出，中国戏曲典籍《西厢记》的跨文化译介主要呈现两种传播形式：一种是外国汉学家或翻译家的"译入"；另一种是中国学者或翻译家的"译出"。前者是异国文化系统在自我发展的过程中，根据自身的意识形态发展与文化需求对中国戏曲的一种主动式译介，后者是在中国自身文化的繁荣和发展过程中，为了对外传播中国戏曲文化、提升国家的形象与地位而面向异国文化系统的一种推介翻译。无论是哪一种形式的译介，中国戏曲《西厢记》在国外的传播都对一些相关国家产生了较大的影响。许多外国学者和民众通过这部戏曲的译本增加了对中国戏曲的了解，并对中国戏曲产生兴趣。

早在18世纪初，欧洲上层社会对中国戏剧文化就极为推崇，这种兴趣开始逐渐汇合成了一股中国戏剧热的高潮。《西厢记》的对外英译的传播更是盛况空前，它大致经历了三个阶段。第一个阶段（1898—1935）出现了一个节译的《西厢记》英译文和一个《西厢记》全译本。19世纪末，在《西厢记》的第一个节译本问世期间，英国的发展正处于巅峰时期，其政治、经济、文化等各方面实力较强，而中国的综合国力相对较弱。这种国力上的悬殊不仅体现在两国的外交关系上，也同时反映在两种文化之间的交流上。中国戏曲的对外输出处于冷落的地位，难以融入英语民族的文化中，为当时的英国所不屑。因此，当时只选择《西厢记》中的一折进行英译恐怕只是一时兴起，权作点缀而已。到了1935年，作为使用英语语言的两个大国之一的美国已发展成为世界强国，而中国各方面的综合实力仍远远落后于英国。尽管中国戏曲的英译传播在当时的社会背景下仍无法融入英美文化的主流中，但与以前不屑一顾的情况相比，英美文化对来自异国戏剧文化的接受度已有了明显的转变。因此，熊式一的《西厢记》英译本一经出版，就立即受到了当时英美文化的关注。《西厢记》英译的第二个阶段（1936—1972）的特点是两个改译本的出版：亨利·哈特的译本和亨利·威尔斯的译本。这两个译本的主要翻译策略是采用了归化译法，译者根据译入语文化的需要对译本内容进行了较大的调整，刻意追求其政治需求。虽然中国戏曲在这一时期的对外译介中，译者改编了翻译的策略和方法，但其主要目的还是为了迎合西方学界和读者的兴趣与口味，译本的主要功能仍是为了维护和强化主流的英语本土文化。这种主观随意的翻译态度也反映了中国戏曲的英译传播仍处于弱势文化地位。《西厢记》的英译到了第三个阶段（1973—2000）情况有了显著的变化，这一阶段出现了4个英文全译本：赖田昌和伽玛雷基恩合译的英译本、杜为廉的英译本、奚如谷等人合作翻译的英译本，以及1998年出版的许渊冲英译本。这一时期，中国的综合实力有了显著提高，中国在世界文化中的地位逐渐上升。译者合作翻译的思想开始萌动，版本选择的意识开始加强，其译文也开始趋向成熟。译者的翻译策略逐渐由归化译法为主转向异化译法，力图再现原文蕴含的文化美和韵文的语言美。在这样的背景下，能够充分传达原作文化价值和艺术魅力的《西厢记》新译本便应运而生。

综上，《西厢记》作为元杂剧的经典剧目，从古至今、无论中外都获得人们的热切推崇和广泛赞誉。美国的《西厢记》译介已有近百年的历史，翻译主体各异，既有独著也有合著，既有香港学者亦有美国本土汉学家、大学教授；翻译所依原著版本不同，大都以金圣叹批本和弘治本为主；翻译策略不同，既有直译、押韵式的异化翻译方法，亦有意译、散文化的归化翻译方法；既有完整忠实于原著的翻译，亦有改编删节通俗化的翻译；翻译水平各异，既有通俗化的大众读物，也有学院化的学院派译本。这都是文学翻译上的常态，不同的译者有不同的解读和改写策略、不同的翻译目的，"一万个译者就有一万个《西厢记》"，而这恰也说明《西厢记》文本在人类文学史和精神史上的经典地位。

三、译介特征

综合考察，美国的元杂剧译介具有如下特征。第一，译介主体以学院派汉学家为主。早期传教士汉学家只有卫三畏一人且为简单的节译，华裔学者虽也参与了元杂剧的译介，但仍以美国本土学者为译介的主力，这与英国的元杂剧译介极为不同。而以元杂剧为选题对象的在读博（硕）生，也进行了相关元杂剧的译介。第二，就译介对象或内容而言，与英国主要以译介元杂剧四大家的作品不同，美国的元杂剧译介剧目更多，公案剧、水浒戏、四大家杂剧，多点开花，体现了美国学者对元杂剧的多元学术旨趣。但以关汉卿、马致远、郑光祖、白朴、王实甫、纪君祥、李潜夫为代表的元杂剧家无疑仍是元杂剧在美国的译介重点，究其原因，所涉相关元杂剧文本的经典性、可读性、可译性及其蕴含的独特审美特质、人文情感与西方特定时期的历史和文化语境的契合性无疑是其中最主要的因素。第三，就译介途径（载体）而言，美国的元杂剧译介载体主要有三种：专门的译著、研究翻译结合的研译著（包括博士论文）以及文（选）集。各种文（选）集在美国的元杂剧译介中发挥了举足轻重的作用；而对于译介专著、研译著，往往含有译者的译介策略、目的以及对具体元杂剧作品的深度解析，译介与研究并重、相互融合，体现了美国元杂剧译介的广度和深度。第四，具有鲜明的时代衍变特征。如上而言，早期的元杂剧译介大都以介绍故事梗概为主，即使翻译也大致是些节译或改译。随着美国学界对元杂剧认识的不断深入，译介手段更多样，译本也趋向完整，更能忠实于原著，再现原作艺术魅力和文化意蕴。而且，一些大部头的译著诸如《窦娥冤》《西厢记》也不断涌现，翻译水平也不断提升。第五，就译介的方法或策略而言，总体来说，美国的元杂剧译介既有恪守中文原作形式与音律特征、采用逐字直译与押韵技巧翻译的异化翻译，亦有散文化处理，顾及英语世界读者阅读和审美心理、趣味的归化翻译。以《西厢记》为例，哈特的译本是散化自由诗体，体现的是一种典型的归化翻译；威尔斯的译本则力在纠偏哈特的翻译方法，为突出元杂剧独特的韵文特征而采取了严整的押韵翻译，体现为一种典型的异化翻译；伊维德、奚如谷的译本为迎合英语世界读者阅读理解和审美需求，在剧中诸如生旦净末丑等人物角色的译介上则采取了一种归化翻译的方法：以具体剧中人物的人名直接代之，而其他方面则更多采取了异化翻译的方法。具体而言，不同的译者，其具体的翻译策略又各具不同；然而不论译者采取何种翻译方法，如何生动、最大限度地再现中文原作的审美特质和文化意蕴，以及使英语世界读者更好地阅读和理解译文，仍是包括美国学者在内的英语世界元杂剧译者们在翻译过程中所追求的最大翻译目标。比如，时钟雯的《窦娥冤：翻译和研究》一书，采用了一边原文、一边拼音，然后是英文翻译和脚注阐释的翻译方法。其中，拼音是逐字逐句的翻译，无标点。而伊维德和奚如谷的《西厢记》译本则以其前附有的长达百页的导言取胜，为读者阅读该著提供了必要的文化和审美语境，该译本具有鲜明的学院派特征。第六，关于译介的价值和意义。综观美国的元杂剧译介，历时悠长、译作丰富。特别是20世纪以来，包括华裔学者在内的更多的专业汉学家参与其中，他们的学术素养保证了元杂剧译介的较高水平。翻译是不同人类文明间进行文学和文化沟通的一种重要渠道，以美国为代表的英语世界的元杂剧译介无疑是中西文化和文学交流史上的一件盛事。它对于中华文明的西传和异质人类文明之间的沟通具有重大的历史和现实意义。

结　语

　　元杂剧是中国传统文化和文学中的杰出代表，长期以来，以美国为中心的英语世界的学者对其进行了不遗余力的译介和研究，取得了较为丰硕的学术成果，他们为元杂剧的西播、流传做出了杰出的历史贡献。今天我们重新梳理和审视他们的译介成就以及译介特征和规律，就是为了从中汲取宝贵的学术价值、探析一些启示性的学术问题。他们特有的中西兼具的学术涵养使得其译介成果和译介策略，包括他们译介中存在的一些问题于国内学界而言都极具借鉴性价值。我国正处于全面建设文化强国、提升国家文化软实力的关键历史阶段，实现中国文化"走出去"战略任务，在不遗余力地向国外推介中华传统优秀文化的同时，更要关注国外中国传统优秀文化的传播和发展，双向交流会通，才能更好地实现全世界范围内中国传统文化的发展和繁荣。以此而论，全面梳理考察英语世界元杂剧译介与研究的内容、特征及方法，探研其意义与价值，并进而窥探英语世界整个中国文学译介与研究的基本特征和价值；既能进一步拓展中国文学的研究视域、完善其研究方法、提升其研究水平、融合接轨国际学术，又能在"将'他者'的眼光转化为'他国化'的方法"[1]的基础之上，进一步扩大中国传统文化(学)的海外影响，从而更好地实现当下中国正在实施的中国文学和文化"走出去""文化强国"的伟大战略任务。

---

　　[1] 曹顺庆：《英语世界中国文学译介与研究》，《中外文化与文论》2013年第3期。

文字记载传播的力量

——意大利长篇小说《约婚夫妇》的汉译

江苏大学　谢佩佩

　　1924年，王希和编著的《意大利文学》首次出现了意大利作家曼佐尼的名字，随后的1935年，贾立言和薛冰首次将《约婚夫妇》汉译本呈现在中国读者面前。作家和小说展现的爱国情怀和信仰，多次被写进欧洲文学史类的书籍中。1949—1987年则是长达近半个世纪之久的空白期，未出现新译本，贾薛译也逐渐淡出了大众的视野。直至1987年，意大利语言文学领域的专家吕同六重拾《约婚夫妇》，从原文翻译而来的部分章节与读者见面，著名翻译家王永年和张世华也倾力贡献。学界对于小说的翻译和研究再次兴起，许多优秀的译本被选入出版社的外国古典文学名著丛书。近20年，中意文化交流频繁，学者们的国际化视野使得研究角度也愈发多元，时刻关注文学翻译和文学研究并进，中西方的文学理论被广泛应用于作品鉴赏和解读。距今200多年的意国文学瑰宝《约婚夫妇》挣脱了历史的框架，在如今的中国焕发着新的活力。

　　亚历山德罗·曼佐尼（Alessandro Manzoni）和他的代表作《约婚夫妇》（*I Promessi Sposi*）绝不是陌生的字眼。前者是浪漫主义的领军人物，对于语言和文学方面的贡献尤为显著，后者被誉为意大利近代第一部长篇历史巨著，是意大利中学生的必读书目，影响了一代又一代的意大利人，为人津津乐道。小说主要讲述了普通的年轻男女伦佐和露琪亚，[1] 历经艰难险阻，最终携手迈入婚姻的殿堂。小说不是一本简单的言情小说，作家将普通劳动者的遭遇置于十七世纪上半叶意大利的历史和社会环境中，从细节和对比深入，描写各种形态的畸形人。故事以小见大，借古讽今，巧妙地处理了现实（历史）和虚构的界限。曼佐尼在创作过程中，真实自然的文本语言由方言（伦巴第和托斯卡纳地区）、法语和拉丁语组成，并融入现代意大利语的习惯用法。

　　根据作家本人署名的手稿，创作开始于1821年4月24日，小说原名为《费尔莫与露琪亚》，即1827年首版（27版），在经过多年的语言润色和修改之后，1842年最终版（40插图版）问世，全文由引言和38个章节，以及附录《耻辱柱的历史》构成，

---

[1] 注：本文出现的译名均参考吕同六译本。为避免歧义，吕同六译本简称吕译，吕裕阁译本则不简略。

插图是由画家弗朗切斯科·戈宁（Francesco Gonin）和作家商议后，为小说量身打造的。自出版以来，27版、40版和作家的手稿一直是意大利学界、欧洲乃至全世界研究的焦点。两个版本自问世以来，已经被译成多种外国文字。仅1827—1840年间，短短13年，各个语种27版的传播已经遍布全欧洲和美国。翁贝托·埃科（Umberto Eco）曾以《玫瑰的名字》向《约婚夫妇》致敬，并将个人的解读写进了适合青少年阅读的《约婚夫妇的故事》。除此之外，它还被改编成电影、戏剧、音乐剧和戏仿等艺术表达形式，是各界的"宠儿"。

国内译者参考的意文版均是40插图版。为大众所熟知的曼佐尼形象，来源于1841年画家弗兰切斯科·阿耶（Francesco Hayez）为作家绘制的油画，现收藏于意大利布雷拉画廊。小说最常见的译名《约婚夫妇》出自贾立言和薛冰，沿用至今，最早的英译名《已订婚者》则是郑振铎的译述。

在意大利文学史上，《约婚夫妇》堪比《神曲》和《十日谈》，其地位相当于《红楼梦》在中国文学上的地位。据统计，目前中文译本共有7种，分别是贾立言、薛冰译本（1935）、王永年译本（1996）、张世华译本（1998）、孟志刚译本（2000）、吕同六译本（2001）、吕裕阁译本（2005）和牟利璘译本（2013）。

一、新中国成立前的汉译萌芽

新文化运动使得一大批优秀的外国作家，包括意大利的作家被译介到中国，多从英语、日语或者俄语等版本翻译相关著作。面对中国文学的百废待兴，责任落在了从事文学的工作者如郑振铎、赵景深和徐调孚等人的身上。正如郑在多篇文章里反复阐述的一样，首先，各位文人和文学工作者有必要正视文学的价值和力量，文学处于时代的前沿"为人与地的改造的原动力"①，能够超越时间和空间，甚至人种，从而实现全人类最高精神与情绪的沟通；其次，中国的新文学必须从落后混乱的旧文学中挣脱，汲取世界各国文学的养分，切不可只关注单一国别的研究。

（一）早期汉译：贾薛译

根据《中国新文学大系（1927—1937）》的出版信息，②《约婚夫妇》一书的中文译本最早出现在1935年8月，属于"世界文学名著"系列，由贾立言（A. J. Garnier）和薛冰（本名冯雪冰 H. F. Peng）翻译。分为上、中、下三册，由上海商务印书馆出版发行，属于白话文译作。三册的封面上标明了作品意文、英文名"*I Promessi Sposi（The Betrothed）*"和正确的作家名，译自意大利文"Translated from Italian"，另《评传》中"本书所据以翻译的乃是意大利原文标准的版本"，③ 这影响了胡瑛的判断，在《读

---

①郑振铎：《文学大纲》，商务印书馆2015年版，第3页。
②参见《中国新文学大系（1927—1937）》（第20集）的史料、索引（第2卷），上海文艺出版社1989年版。作家国籍"[法国]曼苏尼"和名字"Alesandro Manzoni"的信息出现错误，应为"[意大利]"和"Alessandro Manzoni"。
③曼佐尼：《约婚夫妇》，贾立言、薛冰译，商务印书馆1935年版，第17页。

了曼苏尼的〈约婚夫妇〉》中陈述了"根据意大利文的标准版本译成了中国文"这一事实。① 笔者根据译文中实际出现的外文，如 square、Turin 和 Florence 等词，可以合理推断两位译者参照的原文是英语版，而非意大利语原文。

关于译者的身份，贾立言是晚清时期来华的浸理会传教士，薛冰是虔诚的基督徒。其翻译的初衷是宣扬基督教教义，在广学会的支持和推广之下，传教士们看重小说内容的宗教性。译文存在多处删减，如第一章的注解标明了将多段描写的史事概括成一段，增加了贵族豪绅的说明。

见刊的不仅有胡瑛的读后札记，强调阅读体验与托尔斯泰《复活》和屠格涅夫《贵族之家》一样，文笔流利，叙述委婉。②《出版周刊》还刊登了上述两位译者翻译的《巴比尼论〈约婚夫妇〉》，借由文学评论家、"曼佐尼拥护者"乔瓦尼·巴比尼（Giovanni Papini）《葡萄园工人》（*Gli operai della vigna*）的片段，"饥荒、兵燹和疫病"交织的灾祸贯穿在人间故事中，《约婚夫妇》是一部"可歌可泣的悲喜剧"。③

（二）意大利文学史书的兴起

针对意大利文学，民国时期相关书目的时间线一般从中世纪起源，展现文艺复兴的风貌，讲述到现代文学。

在一段历史背景的陈述后，自然地引出震动全欧洲的浪漫主义，又在法国革命的刺激下，带动了全意大利统一的爱国热潮，便形成了这一时代意大利文学的特征。意大利民族复兴运动时期，意大利作家们借古喻今，创作出大众喜闻乐见的作品，号召人民为祖国的独立而参与解放斗争，并起到了激励的积极作用。这正契合多位作者的写作动机：借由曼佐尼文学表达里与现实生活中坚守一生的爱国心和信仰，可以从思想层面上增强当时国人的爱国心。对《约婚夫妇》的评价，不止一次引用了歌德的评价"（小说）如完全成熟的果子一般使我们满足"，或者含有比较文学方法的论述"以后没有一部别的意大利作品比它更流行"④，"一直到现在该小说在意大利是《神曲》后最伟大的书"⑤，"空前绝后的意大利小说"⑥，使目标读者群深切地感受作品出版后在文学界所引起的轰动，以及蕴含的文学、社会等价值，提升读者对外国文学的认同感，给人以启发。

1924 年王希和撰写的《意大利文学》出版，于 1930 年和 1936 年再版。其中，曼佐尼以戏剧作家的身份被记录在"意大利文学第二次之复活及现代之趋势"一节。大型文学月刊《小说月报》的主编郑振铎和其得力助手徐调孚很重视 19 世纪的南欧文学，特别是对曼佐尼的述评部分。郑参考的英译本小说来自"彭氏丛书"，《大纲》再

---

①胡瑛：《读了曼苏尼的〈约婚夫妇〉》，《出版周刊》1935 年 11 月 23 日，第 17 页。
②胡瑛：《读了曼苏尼的〈约婚夫妇〉》，《出版周刊》1935 年 11 月 23 日，第 17 页。
③贾立言、薛冰：《巴比尼论〈约婚夫妇〉》，《出版周刊》1935 年 10 月 19 日，第 6 页。
④郑振铎：《文学大纲》，商务印书馆 2015 年版，第 922 页。
⑤徐调孚：《五：约婚夫妇》，《小说月报》1927 年第 18 卷第 3 号，第 12 页。
⑥傅绍先：《意大利文学 ABC》，上海书店 1930 年版，第 39 页。

版时，加入了意裔美国人诺里奥·罗托洛(Onorio Ruotolo)的插图。

1927年，在"近代名著百种"板块中，徐延续了郑的综合叙述，强调了这本"模仿司各特"的小说具有极高的价值，不仅在意大利本国流行，还得到了欧洲国家作家们的认可，如德国的歌德、法国的夏多布里昂和英国的司各特。徐直接指出了其作品不及英国前辈的地方："惟偏重历史的事实，缺乏想象。"这一说法，可能与上述英译本的序言内容和英国长年流行的司各特小说有关。

二、新时期汉译的重新起步和全面繁荣

1949—1987年长达近40年，文学和政治紧密交织在一起，作品也趋向于政治化。这期间属于中国文学发展的时期，外国文学的传播逐渐萧条。故对于《约婚夫妇》的译介处在完全停摆的状态。

20世纪70年代末以来，中国对外文化交流更加频繁，从事意大利语文学翻译的队伍不断壮大，译者多数具有海外留学背景。其实，60年代初，由中国社会科学院外国文学研究所、人民文学出版社和上海译文出版社共同研究制定的"外国文学名著丛书"，已经将该小说列入选题。读者也无法习惯早期的贾薛译，难以理解拗口的白话文词句。适合新时期现代汉语的重译本应时而生。不同于萌芽阶段的转译，该时期的译本多译自意大利语原文，注重与意大利文学评论界同步，序言不再只是介绍曼佐尼的成长经历和创作过程，而是多引用名家赏析，例如，弗朗切斯科·德·桑提斯(Francesco de Santis)对于小说的影响力和对于曼佐尼的高度赞扬、朱塞佩·彼得罗尼奥(Giuseppe Petronio)对小说特点的阐述、贝内德托·克罗齐(Benedetto Croce)和朱塞佩·威尔第(Giuseppe Verdi)的读后感，使得论述显得更有条理，真实可信。读者能够更加正确和准确地理解曼佐尼花费20多年创作、修改《约婚夫妇》的用心，以及小说的叙事机制和人物塑造。

(一)经典译本问世：王译和张译

王永年的中文首版是为了纪念"曼佐尼诞生二百一十周年"，他是唯一拥有神学教育背景的译者，对于《约婚夫妇》中的宗教信仰有更专业的解析。其译本于1996年出版，被收录于人民文学出版社"世界文学名著文库"丛书。原文来自1935年新意大利出版社(La Nuova Italia)的版本。正如序言中写的一样，小说是"一曲爱情的颂歌"，① 以年轻男女的爱情为主线，取材于历史，描写时代特有的民间生活，将真实的米兰瘟疫历史事件和虚构的人物、情节描写结合，是欧洲现代小说的典范之一。

张世华译本于1998年10月由译林出版社出版，收录于"译林世界文学名著·古典系列"丛书。同年，出版信息刊登在《外国文学动态研究》的"译林出版社新书"，1999年2月24日《光明日报》以"意文学名著《约婚夫妇》中文版在沪首发"为题，报道了新译本的问世。该译本也受到了意媒的关注：1998年12月15日的《帕多瓦晨

---

①曼佐尼：《约婚夫妇》，王永年译，人民文学出版社2020年版，第1页。

报》和《科莫省报》分别以《曼佐尼小说中文版》(Manzoni in cinese)和《首本〈约婚夫妇〉汉译本出版》(Promessi sposi - esce la prima edizione in cinese),纷纷报道了出版喜讯。① 通过对曼佐尼创作过程和小说历史感逐步构建的回顾,译者也总结了历时长达三年的翻译周期和对于译本"唯恐没能把原著中深邃的内涵和蕴藉的神韵恰如其分地通过文字表达清楚"的担心。

以上提及的汉译本已经引起了意大利学者的关注,将译文作为研究对象,比如:《〈约婚夫妇〉汉译本:翻译选择比较》一文,正是将张译和王译进行了对照。尽管两位译者采取不同翻译策略,却都使译文读者得到与原文读者大致相同的感受。出于源语和译语之间的差异性,成语被两位译者大量运用,小说中的人物阶级身份也得到合理的意译处理,力求忠实于原文。通过对语句和语段的"还原翻译"(Back translation),表现出译者们对于曼佐尼式语序的调整,以符合中文的表达习惯。因帕拉托还提及了译文中不免出现的误译,译者在文学语篇中考虑词、短语和句子等的对等。王译本尤其着重归化,如对埃吉迪奥的描述"un giovine, scellerato di professione"被翻译成"不务正业的青年Q",使国内读者联想起《阿Q正传》里的"阿Q"。人物标签化的运用,拉近了与译文读者的距离。

(二)新译本百花齐放

哈尔滨出版社的"百部世界文学名著",以广大的青少年为目标读者群,《约婚夫妇》于2000年出版,由孟志刚翻译。该译本未按照原文的章节排序,而是分成四卷,第1章至第10章为第一卷,第11章至第19章为第二卷,第20章至第29章为第三卷,第30章至第38章构成了第四卷,缺少引言部分。

吕裕阁翻译的版本被收录于花城出版社的"意大利古典名著丛书"。吕同六为该系列作总序,以简短的篇幅梳理了小说的译介史和译者的一些翻译经历,"第三等级的史诗"也是评论家对于小说的界定。同年10月的《人民日报》报道了出版消息。

北京理工大学出版社推出了"哈佛百年经典"系列,2006年该系列的英文原版已经由万卷出版公司引进。2013年问世的《约婚夫妇》由牟利璘从英文版转译而来。②查尔斯·艾略特(Charles Eliot)在序言中对曼佐尼的生平进行了大致的介绍。主编点明了这部意大利历史小说当时在欧洲的影响力和英国读者的阅读同理心,在"威弗利小说"(Waverley Novel)盛行的年代,司各特的《威弗利》曾引领了相同类型小说的创作风潮。曼佐尼正是选择了最为贴近群众和喜闻乐见的文学体裁,进行长篇小说的模仿和再创作,填补了在意大利文坛的空白。

(三)吕同六的卓越译介

与其他译者不同,最先进行《约婚夫妇》研究的吕同六,其译本并不是最快出版

---

①Francesco Maria Imparato. *I promessi sposi in lingua cinese: scelte traduttive a confronto*[J]. Culture Annale del Dipartimento di Lingue e Culture Contemporanee della facoltà di Scienze Politiche dell'Università degli studi di Milano, 2008(21). p. 269.

②英文系列中《约婚夫妇》是第21卷,中文版是第3卷,出版顺序有所变动。

的，他格外重视文学研究和翻译并进，两者相辅相成，"研究贯穿翻译全过程。研究是翻译的前提。离开研究，文学翻译，文学翻译的水准和质量势必得不到保证。同时翻译的过程，又是对作家、作品的认识和理解的不断深化、不断升华的过程"①。这是吕同六对意大利文学的研究、翻译和评论长达40余年的坚持。作为研究曼佐尼的重要专家，他留意着研究的广度和深度，长年笔耕不辍。不仅从意大利原文翻译，而且围绕相关主题，撰写了许多评论文章，发表于《世界文学》《外国文学评论》等杂志。

为了应对各种编辑和主题需求，吕同六尽量选用不重复的章节进行翻译，以突出小说各个章节所体现的艺术特色、延续着前辈"文学研究和翻译融为一体"的风格。吕同六试图亲自揭秘曼佐尼的心路历程。

1987年，在《世界小说佳作丛书》中，应编委会的要求，吕同六从1965年蒙塔多利出版社（Mondadori）的意文版中，灵活选择了一个独立成章的故事《蒙扎修女的故事》，摘自第九章和第十章（有所删减），其叙事结构完整，是"小说中的小说"，也是翻译初阶段的实验章节。后来，该故事也被编进了《中国翻译名家自选集·吕同六卷》。

2001年，被选入"外国文学名著丛书"的小说全译本终于问世，上海译文出版社推出了平装版和精装版，这正是吕同六多年查阅、揣摩和修改译文的成果。译者看重文本的可接受性，将所用语言简单化，避免华丽的辞藻；根据译者个人的阅读舒适程度，译文的实际段落数相比于原文有所增加。

进入21世纪，意大利文学的学者数量有所增加，普通大众对于意大利文学的认知停留在知名小说家、诗人或剧作家群体。在市面上，鉴于一直缺少以"意大利散文"为中心词的通俗读物。《意大利经典散文》正是第一本系统的散文集，曼佐尼的散文"情与理冶于一炉"，② 编者选译了小说开篇的自然景色片段。

吕同六和田德望共同参与了《中国大百科全书》意大利文学条目的编写工作。作家词条穿插着作家肖像和手迹等。

（四）优秀译本再版重印

2002年，译林出版社再版了张译。2008年，上海译文出版社"译文名著文库"和世界知识出版社"吕同六全集"印行了吕译。同年，华夏出版社的"外国文学名著文库"，选用并重印了王译。与首版不同的是，译者列出了主要人物表，文后加入了威尔第和张世华的名家评论。王译还被选入人民文学出版社的"插图本名著名译丛书"，2020年首版得到重印。

在当今的图书市场上，小说多次被选入各种外国文学名著经典系列丛书，拥有多种可选择的译本和相关读物，满足广大读者日益改变的阅读习惯和兴趣品位，适

---

① 吕同六：《永远的吕同六中意文化交流的使者》，安徽文艺出版社2008年版，第344页。
② 吕同六：《意大利经典散文》，上海文艺出版社2004年版，第3页。

合多层次读者的需要，有助于意大利文学的普及。

(五)意大利文学教材的涌现

近年来，各个设有意大利语专业高校出版的意大利文学教材层出不穷。不论是以中文为主，还是以意文为主的文学阅读，一般是由简短的时代背景、浪漫主义的起源、作家生平、创作风格、其主要作品的出版情况、内容梗概和具体作品选段构成。编者的身份更加专业，基本上都是非通用语行业内的专家和学者，通晓意大利语，能够直接阅读原文材料，并且拥有多年的意大利语语言及文学的教学经验。他们对于作家和代表作选段的挑选更加谨慎。

中文版的书籍不仅可以作为欧洲(外国)文学课程的教材，丰富意大利语学习者的阅读材料，还能提供给文学爱好者一个较为全面的、有重点的读物，如从教学研究的目的出发，如《意大利名著便览》的"19世纪上半叶文学"章节和《意大利文学史》。在选择译文方面，编者多选用国内已出版的著名译本，尽量摆脱学究式的述说。例如，《意大利文学大花园》穿插了图片资料板块，本堂神甫出场的描写片段选自吕译，涉及的要点多用原文标出，方便后续的深入研究和查阅。

沈萼梅教授编选的《意大利文学选集》，是意大利语作为非通用语之一的第一本原文文学选集。选段有第一章"这桩婚事不得举行，无论明天，或者将来任何时候！"和第三十章"堂安保迪奥和佩尔佩杜娅"。由王军教授编著的《意大利文学简史及名著选读》，适合意大利语专业的本科高年级和硕士研究生使用。出于中国人和意大利人思维方式的不尽相同，对于意大利文学或多或少存在着难以参透的部分，王军教授的初衷便是借由不同时期和流派的文学作品，展现背后的历史和文化因素，从而跨越东方思维模式的桎梏。就具体个例曼佐尼来说，只有先了解天主教在意大利的巨大影响，才能在一定程度上理解文人曼佐尼的浪漫派思想及其"政治性极强"的小说《约婚夫妇》。在"名著研读"部分，精选了三段阅读材料，分别是第一章"这桩婚事不得举行，无论明天，或者将来任何时候！"、第三十五章"伦佐的原谅"和第三十八章"啊！他果真死了！"。参考的版本是1992年蒙塔多利的教材注释版本。编者并没有刻板地按照章节始末划分，而是更看重情节本身。两本选集文后均附有生词的意语注解和相关问题，更加方便读者进行自主阅读，也满足了意语学习者阅读原文日益增长的需求。

如今，意大利文学已成为一门独立学科。在教学或学习的过程中，阅读意大利语专家们选择的《约婚夫妇》原文片段，一方面更有利于经典的深层次解读，积累专业知识；另一方面也为优化现有译文的质量、培养文学翻译后备人才提供了可能。

结语：曼佐尼研究

在汉译早期，对于曼佐尼和《约婚夫妇》研究几乎不存在，只停留在客观介绍和陈述事实，着重强调其爱国精神。鉴于国情和广学会的局限性，贾薛译也反响平平。在文学史类书籍中，多位编者目光集中在"总括"，讲究突出重点，注意编写的详略，闻名于世的荷马、但丁和莎士比亚等大家占据较多篇幅，重要的作家名和作品名都附上外文名。曼佐尼的代表作则一概而过。出于当时可供查阅的书籍资源有限，故均没有作品选段。

在《约婚夫妇》汉译的新阶段，可以看出，译者开始尝试从意大利原文直接翻译，各具特色的新译本不断涌现，经典译本也继续焕发活力。翻译也是一种学习手段，译者们查阅各类原文资料，以避免误译歧义，力求表达清楚和准确，减少影响阅读体验的注释。

相比于其他外国文学，意大利文学的翻译与研究起步较晚。就《约婚夫妇》而言，中文译本一直到1935年出现，经过长达半个世纪的沉寂，20世纪80年代末新一代的学者才开始崭露头角。从英文转译本到意大利语的汉译本出版，实现了从介绍到翻译和研究并进的突破。译者也是学者，意大利文学的个案研究也随之诞生。在现有的经典译本的基础上，曼佐尼研究不再只是文学史书上的寥寥数语，而是基于具体原（译）文本的深入和多样化研究，反之研究也能改善译文品质。尽管文献数量有限[1]，研究质量已经明显提升，研究角度已经更加多元，如围绕在浪漫主义思潮、曼佐尼的语言观、小说的历史感构建、特色人物的塑造和比较文学等。

文学翻译使不同文化相互理解和共生，文学研究能突破年代、国界等因素的桎梏。文学翻译和文学研究应当相互促进，不断更新和发展。当代学者要跟随前辈的步伐，将文学翻译和研究置于同等重要的位置，它们是"一枚硬币的两面"，要时刻关注意大利的科研动向，致力于国内外的研究同步，形成学界的良性循环。汉译延续了原作的生命，持续推进的研究让"透过真实历史，揭示时代精神"的经典《约婚夫妇》历久弥新。

---

[1] 自1980年以来，以"曼佐尼"为关键词总共有8篇期刊文章，5篇硕（博）士学位论文。

上下求索 砥砺前行[*]

——美国诗歌中的中国书写国内研究综述

陕西师范大学 郭英杰

美国诗歌中的中国书写研究是中美诗歌比较研究、英美文学研究以及中外文学关系研究领域不可或缺的内容。国内学者上下求索、砥砺前行，主要关注英国文学中的中国形象及其存在的文化语境，涉及美国文学中的中国形象的研究，也主要集中在小说、戏剧方面，对美国诗歌中的中国形象研究涉猎较少，且仅关注到爱默生、布莱特·哈特等个别诗人关于中国和中国人的书写，未形成体系。这就使当下美国诗歌中的中国书写研究不仅显得必要，而且重要。

一

该研究中所论述的美国诗歌中的中国书写，是指在本土视域下，对1912—2020年美国诗人在诗歌创作时借助意象符号、戏剧独白、互文性转述等方式描写中国、中国人、中国艺术、中国文化、中国精神等方面，并留给读者某种直观印象。我们之所以把1912年作为起点，是由于当年美国芝加哥诗人哈丽特·蒙罗（Harriet Monroe，1860—1936）创办《诗刊》（Poetry: A Magazine of Verse）开创了美国新诗的新纪元，美国诗人对中国的书写从此进入新时代。

美国诗歌中的中国书写，受到欧洲广为流传的各种游记、日志、传说、译作、小说等的深刻影响。这其中包括读者耳熟能详的一些作品，譬如，13世纪意大利威尼斯商人马可·波罗（Marco Polo）将游历地中海、欧亚大陆以及在蒙古大汗忽必烈统治时期旅居中国17年的传奇故事结晶成长篇游记《马可·波罗游记》（The Travels of Marco Polo），1360年前后在欧洲被人传颂的充满瑰丽想象的作品《曼德维尔游记》（The Voyages and Travels of Sir John Mandevile）及其刻画的"契丹王国"，1731年由耶稣会士马若瑟（Joseph de Prémare，1666—1736）译成法文并被欧洲人效仿的中国戏剧《赵氏孤儿》，毕业于都柏林圣三一学院的爱尔兰剧作家奥利弗·哥德史密斯（Oliver Goldsmith，1728—1774）于1760年为新创立的杂志《大众公志》（The Public Ledger）撰

---

[*] 项目名称：本文系2021年国家社会科学基金西部项目"本土视阈下美国诗歌中的中国书写研究（1912—2020）"（21XWW006）的阶段性成果，同时受陕西省社科项目（2019K035）、陕西师范大学中央高校基本科研业务费教育研究专项一般项目（2022JYYB08）资助。

写的一系列与中国有关的所谓"书信",18世纪英国启蒙时期现实主义小说家笛福(Daniel Defoe,1660—1731)在《鲁滨逊漂流记》(*Robinson Crusoe*)第二部分描写的"遥远的中国",英国浪漫派诗人柯尔律治(Samuel Taylor Coleridge,1772—1834)在名诗《忽必烈汗》(Kubla Khan)中想象的世外桃源"仙乐都"(Xanadu)及"歌唱阿伯若山"的少女①……在这些作品中,既有关于中国和中国人的浪漫想象和憧憬,也有对中国和中国人的异化书写与变形,甚至出现形象学中所说的神秘化、他者化和妖魔化倾向。无论西方学者出于什么样的创作动机和意图,他们通过上述流传的作品书写中国、刻画中国,对树立早期中国形象起到不容忽视的媒介作用。

二

有学者断言,"1250年是西方世界经济体系与世界知识体系的起点,也是西方(塑造)中国形象的起点"②。如果把1250年作为参照点,中国学者对中国形象在海外传播情况的研究要晚一些。对于背后的原因和时代背景,马克思、恩格斯在《马克思恩格斯选集》第一卷和第四卷站在历史的高度,进行了唯物主义的判断:中国在过去长期奉行闭关锁国政策,对国外一无所知,"当满族王朝的声威遭遇英国的坚船利炮,便扫地以尽,天朝帝国万世长存的迷信破了产,野蛮的、闭关自守的、与文明世界隔绝的状态被打破"③;"在中国进行的战争(按:指甲午中日战争)给古老的中国以致命的打击。闭关自守已经不可能了;即使是为了军事防御的目的,也必须铺设铁路,使用蒸汽机和电力以及创办大工业。这样一来,旧有的小农经济的经济制度……逐渐瓦解"④。在此历史背景下,中国开始"开眼看世界""师夷长技以制夷"。先有林则徐组织翻译《四国志》、魏源撰写《海国图志》,后有容闳的《西学东渐记》、梁启超的《新大陆游记》、崔国因的《出使美日秘日记》,再有严复译的《天演论》《社

---

①相关文献参见 Peter J. Kitson. Introduction:China and the British Romantic Imagination[J],European Romantic Review, Volume 27, Issue 1, 2016, p.3-7;刘炳善:《英国文学简史》,河南人民出版社2004年版,第260—262页;马可·波罗:《马可·波罗游记》,余前帆译注,中国书籍出版社2009年版,第1—6页;刘畅:《18世纪西方眼中的中国形象:跨文化视野下的陈受颐〈赵氏孤儿〉西译考证研究》,《今古文创》2022年第25期,第37—39页;葛桂录:《欧洲中世纪一部最流行的非宗教类作品——〈曼德维尔游记〉的文本生成、版本流传及中国形象综论》,《福建师范大学学报》2006年第4期,第82—88页;闫梦梦:《"中国人和我们很像"——奥利弗·歌德史密斯〈世界公民〉中的文化相遇》,《国外文学》2022年第2期,第96—106页;廖琳达:《中国戏剧抵达欧洲的第一步——马若瑟的〈赵氏孤儿〉翻译与研究》,《戏剧》2022年第4期,第150—167页;姜智芹:《镜像后的文化冲突与文化认同》,中华书局2008年版,第10—12页。

②Colin Mackerras, Western Images of China[M], Oxford:Oxford University Press, 1989. 另参见王寅生:《西方的中国形象(上)》,团结出版社2015年版,第2页。

③马克思、恩格斯:《马克思恩格斯选集》(第一卷),人民出版社1995年版,第691页。

④马克思、恩格斯:《马克思恩格斯选集》(第四卷),人民出版社1995年版,第737页。

会通诠》、林纾译的《巴黎茶花女遗事》《黑奴吁天录》等作品，这些既是当时重要的文学事件、文化事件，也是重要的历史事件，因为上述作品不仅起到开启国民心智的作用，而且对中华民族的思想启蒙产生积极的影响。

"开眼看世界"使国人对国外塑造的中国形象进行关注和了解，对中国文化、中国文学对西方产生的影响进行研究和探讨。在此方面，一代硕儒、国学大师王国维可谓是先行者。1912年，王国维在《宋元戏曲考》一书中写道："至我国戏曲之译为外国文字也，为时颇早。如《赵氏孤儿》，则法人特赫尔特Du Halde实译于千七百六十二年，至一千八百三十四年，而裘利安Julian又重译之。又英人大维斯Davis之译《老生儿》，在千八百十七年，其译《汉宫秋》在千八百二十九年。又裘利安所译，尚有《灰阑记》《连环计》《看钱奴》，均在千八百三四十年间；而拔残Bazin氏所译尤多，如《金钱记》《鸳鸯被》《赚蒯通》《合汗衫》《来生债》《薛仁贵》《铁拐李》《秋胡戏妻》《倩女离魂》《黄粱梦》《昊天塔》《恶子记》《窦娥冤》《货郎旦》，皆其所译也。此种译书皆据《元曲选》，而《元曲选》百种中，译成外国文者，已达三十种矣。"①王国维此段论述，在当时的中国学术界是弥足珍贵和罕见的。王国维能够站在中国立场研究中国文学外译对西方文化的影响，并且做出自己独到的梳理和判断，极具代表性。当然，他的有些说法有待商榷，如他认为"特赫尔特Du Halde实译(《赵氏孤儿》)"。"特赫尔特Du Halde"何许人也？他就是《中华帝国志》(*Description de la Chine*)②的编者杜赫德(Jean-Baptiste Du Halde)③。

---

① 王国维：《宋元戏曲考》，朝华出版社2018年版，第133页。《宋元戏曲考》于1912年成书，是王国维36岁旅居日本时著。1915年，商务印书馆初版时更名为《宋元戏曲史》。该书是我国最早一部关于戏曲发展史的书籍，也是王国维所著八部有关戏曲研究中最后带有总结性的巨著。郭沫若曾经评述说："王国维的《宋元戏曲考》和鲁迅的《中国小说史略》，毫无疑问，是中国文艺史研究上的双璧，不仅是拓荒的工作，前无古人，而且是权威性成就，一直领导着百万的后学。"

② 亦译作《中国通志》《中华帝国全志》，全名为《中华帝国及其所属鞑靼地区的地理、历史、编年纪、政治和博物》。参见范存忠：《英国文学论集》，译林出版社2015年版，第250页；该书原文参见Jean-Baptiste Du Halde, Description géographique, historique, chronologique, politique, et physique de l'empire de la Chine et de la Tartarie chinoise, enrichie des cartes générales et particulieres de ces pays, de la carte générale et des cartes particulieres du Thibet, & de la Corée; & ornée d'un grand nombre de figures & de vignettes gravées en tailledouce (Paris: J-B Mercier, 1735; La Haye: H. Scheurleer, 1736).

③ 亦译作"杜哈德"。杜赫德是法国神父，著名汉学家。虽然他终身未曾到过中国，但却出版了非常翔实地介绍中国历史、文化、风土人情的著作。1735年出版《中华帝国全志》。该书轰动了欧洲，几年之内便出版了3次法文版、2次英文版，另外俄文和德文本也出版发行。

1928年在美国芝加哥大学获得比较文学博士学位的中国人陈受颐（1899—1978）①，对元代纪君祥撰写的《赵氏孤儿》西译的历程进行系统研究。他发现首次翻译《赵氏孤儿》的学者应该是法国耶稣会传教士马若瑟（Joseph de Prémare，1666—1736）②，是马若瑟最先完成对《赵氏孤儿》的西译，并非杜赫德。该结论实际上矫正了王国维所说的"法人特赫尔特 Du Halde 实译（《赵氏孤儿》）于千七百六十二年"的说法。由于马若瑟的《赵氏孤儿》法译本于1735年被杜赫德编入《中华帝国志》一书，该书出版后轰动欧洲并被誉为"法国汉学三大奠基作之一"，这使杜赫德的名气远超过马若瑟，造成读者的误读，误将杜赫德当作第一译者③。此外，陈受颐还研究发现，这部依据西汉史学家司马迁《史记·赵世家》改编而成的元杂剧《赵氏孤儿》，实际上也是最早一部被翻译成西洋文字的中国剧作，它对当时欧洲的文学、艺术产生过多方面的影响。

三

到了20世纪二三十年代，中国学者开始带着民族自豪感，自觉站在主人翁的立场上上下求索、砥砺前行，面对西方世界书写中国和塑造中国形象的现象，进行有针对性的回应和批判性思考。一方面，他们凭借严谨求实、一丝不苟的态度，置身于浩如烟海的欧美作品中爬梳理析，做出许多开创性的工作；另一方面，他们以探源、考据、"反写"（write back）④等形式展开相关研究，为我们在新时代审视中西文

---

①陈受颐于1899年出生于广东番禺，毕业于岭南大学。1925年留学美国芝加哥大学，获比较文学哲学博士学位。博士论文题目为《18世纪中国对英国文化的影响》。他被认为是最早在美国获得比较文学博士学位的中国人，曾历任岭南大学中文系教授兼系主任、北京大学史学系教授兼系主任、美国夏威夷州立大学东西文化研究所教授、加州蒲梦挪学院克拉尔蒙特研究院教授、斯坦福大学和加州大学洛杉矶分校访问教授。在美期间，获得过美国谷根汉奖金，列入美国名人录。著有《中国文学史略》（英文）等。1978年（一说1977年），病逝于美国。

②马若瑟是法国人，他因首次翻译元杂剧《赵氏孤儿》而为世人所知，被称为法国早期汉学三大家之一。他曾是天主教耶稣会传教士。清康熙三十七年（1698）随白晋（Joachim Bouvet）神父来华，抵达广州，选定中国语言和文学为在华研究专业，并在江西传教。雍正元年（1723）禁天主教时，遣回广州。雍正十三年（1735）卒于澳门。居华期间曾将明版《元人百种曲》等多种中文书籍寄回法国富尔蒙王家图书馆，后被译成法文。有拉丁文汉语语法专著《中国语文札记》，译有法文本元曲《赵氏孤儿》。曾与法国耶稣会士赫苍璧（Joseph Henry de Premare，1666—1736）合编《拉丁文—汉文字典》（Dictionarium latino Sinicum）。

③范存忠：《〈赵氏孤儿〉杂剧在启蒙时期的英国》，《英国文学论集》，译林出版社2015年版，第179—220页；李亚方：《浅析〈赵氏孤儿〉杂剧在启蒙时期的英国的价值论》，《今古文创》2022年第8期，第22—24页；刘畅：《18世纪西方眼中的中国形象：跨文化视野下的陈受颐〈赵氏孤儿〉西译考证研究》，《今古文创》2022年第25期，第37—39页。

④钱林森、周宁：《中外文学关系研究的问题与领域》，《中国比较文学》2016年第4期，第201—209页；又参见钱林森、周宁：总序，载周宁、朱徽等著：《中国—美国卷》，山东教育出版社2015年版，第1—13页。

学和中西文化关系，奠定了基础。

　　陈受颐于 1929 年从美国学成归国后，任职岭南大学，创办《岭南学报》，并使《岭南学报》成为那个时期研究西方文学中国形象的重要阵地。陈受颐本人充当旗手的作用。他在《岭南学报》1929 年创刊号上发表《十八世纪欧洲文学里的赵氏孤儿》，随后在《岭南学报》1930 年第 1 卷第 3 期发表《鲁滨逊的中国观》，在《岭南学报》第 1 卷第 4 期发表《好逑传之最早的欧译》，在《岭南学报》1931 年第 2 卷第 1 期发表《十八世纪欧洲之中国园林》等系列文章。《南开社会经济季刊》《天下月刊》等也相继发表陈受颐先生的作品。譬如，1935 年《南开社会经济季刊》发表了他撰写的研究英国小说家笛福的作品 "Daniel Defoe, China's Severe Critic"（《丹尼尔·笛福：中国的严厉批评者》），1936 年《天下月刊》发表了他撰写的关于《赵氏孤儿》的"英文本，名《中国孤儿：元剧》"①，1939 年《天下月刊》发表了他的 "Oliver Goldsmith and His Chinese Letters"（《奥利弗·哥尔斯密和他的中国信札》）等。1937 年卢沟桥事变突发，陈受颐被迫离开北京前往美国，后来就滞留国外，在美国培养大量研究中国文化的学人。自此，国内的"史书工笔甚少提及他的名字"②。

　　除上述刊物外，《金陵学报》《文哲季刊》等也刊发关于欧美作家对中国书写的相关研究文章，范存忠、方重等学者为此做出杰出贡献。范存忠先生于 1927 年赴美留学，次年获美国伊利诺伊大学文学硕士学位，1928 年秋入哈佛大学，"师从 Fred Robinson、Irving Babbitt、John Livingston Lowes、Bliss Perry、G. L. Kittredge 等人"，1931 年完成博士论文《中国文化在启蒙时期的英国》，获哈佛大学英国语言文学系哲学博士学位，后回国任教于国立中央大学（即南京大学）③。范先生在回国后第一年，即 1931 年，就在《金陵学报》第 1 卷第 2 期发表研究欧洲作家与中国文化关系的文章《约翰生、高尔斯密与中国文化》，1932 年发表《孔子与西洋文化》，这是国内较早研究孔子与西方文化关系的学术论文④；1940 年在《中国青年》季刊第 2 卷第 2 期发表《十七、十八世纪英国流行的中国戏》，1941 年在《文哲季刊》第 1 卷第 1 期和第 2 期发表《十七、十八世纪英国流行的中国思想》；随后，又在 1947 年《思想与时代》月刊第 46 期发表《琼斯爵士与中国》，在 1957 年《文学研究》第 3 期发表《〈赵氏孤儿〉

---

①范存忠：《〈赵氏孤儿〉杂剧在启蒙时期的英国》，《英国文学论集》，译林出版社 2015 年版，第 179—220 页。

②刘畅：《18 世纪西方眼中的中国形象：跨文化视野下的陈受颐〈赵氏孤儿〉西译考证研究》，《今古文创》2022 年第 25 期，第 37—39 页。

③林凤藻：序一，载范存忠：《中国文化在启蒙时期的英国》，译林出版社 2010 年版，第 1—3 页。

④王守仁：序二，载范存忠：《中国文化在启蒙时期的英国》，译林出版社 2010 年版，第 4—8 页。

杂剧在启蒙时期的英国》，①等。可以说，范存忠先生的上述作品是研究欧洲文学对中国形象塑造的珍贵文献资料。时至今日，仍有重要参考价值。1931年，《文哲季刊》第2卷第1期也发表了方重先生的长文《十八世纪的英国文学与中国》。方重先生是我国著名乔叟翻译、研究专家，也是陶渊明诗文翻译家，1923年毕业于清华大学，随后就到美国斯坦福大学和加州大学攻读英美文学专业，获学士及硕士学位，1927年回国，著有《乔叟论》等。方重先生的著述及其倡导的"中国风格、中国特色"的理念，对中国读者了解西方刻画的中国形象，无疑起到重要的引领和启迪作用。

在20世纪四五十年代，中国学术界又出现一位学贯中西、对中国形象在海外传播及影响研究方面产生重要影响的大学者，他就是钱锺书。钱锺书于1935年以优异成绩考取第三届英国庚子赔款公费留学，赴英国牛津大学艾克赛特学院英文系留学，1937年以《十七、十八世纪英国文学中的中国》一文获牛津大学艾克赛特学院副博士（B·Litt）学位；同年赴法国巴黎大学从事研究，次年回清华任教。钱锺书有深厚的国学根基和极高的英文水平，博闻强记，有宏阔的国际视野和强烈的民族精神，又有别具一格的现代知识分子立场，对东西方新旧文学、哲学、历史、伦理学等领域都有精深研究，其著述如《谈艺录》（1941）、《宋诗选注》（1958）、《管锥编》（1979）以及长篇小说《围城》（1947）等，已被公认为是中国现当代经典作品，在国内外享有盛誉。此外，钱锺书还参与《毛泽东诗词》（1976）英译本的翻译出版工作。1940年，钱锺书将在牛津大学完成的学位论文分成两部分，第一部分发表在《中国书目季度报告》第1卷，标题为"China in the English Literature of the Seventeenth Century"（《十七世纪英国文学中的中国》），第二部分发表在1941年《中国书目季度报告》第2卷，标题为"China in the English Literature of the Eighteenth Century"（《十八世纪英国文学中的中国》）②。这两篇文章文笔犀利，观点鲜明，富有启发性，是研究十七、十八世纪英国文学及中国形象关系的珍贵资料。

特别需要指出的是，钱锺书还对美国文坛书写中国及中国文化的作家展开有针对性的研究。最著名的，是他对美国意象派领袖埃兹拉·庞德（Ezra Pound，1885—1972）与中国文字、中国文学、中国文化之间的关系进行的批判性讨论。钱锺书于1945年在《中国年鉴》发表英语文章"Chinese Literature"，文章旁征博引，语言如行云流水，有一些内容犀利地批评"美国诗人庞德误解中国汉字"，误读中国诗歌及其蕴含的文化，大胆批评庞德对中国文化"一知半解"，甚至是"无知妄解"："Pound is constructing Chinese rather than reading it, and as far as Chinese literature is concerned, his

---

①范存忠：《〈赵氏孤儿〉杂剧在启蒙时期的英国》，《英国文学论集》，译林出版社2015年版，第179—220页；林凤藻：序一，载范存忠：《中国文化在启蒙时期的英国》，译林出版社2010年版，第1—3页；王守仁：序二，载范存忠：《中国文化在启蒙时期的英国》，译林出版社2010年版，第4—8页；姜智芹：《镜像后的文化冲突与文化认同》，中华书局2008年版，第10—11页。

②姜智芹：《镜像后的文化冲突与文化认同》，中华书局2008年版，第10页。

A. B. C of Reading betrays him as an elementary reader of mere A. B. C."①钱锺书的这种批判态度在他给小说《围城》书写的德译本前言中再次呈现出来："庞德对中国语文(是)一知半解、无知妄解、煞费苦心的误解……庞德的汉语知识常被人当作笑话"②。但是，钱锺书并非一味批评美国诗人庞德，他对庞德及其诗论持一种肯定的态度。他曾用比较文学方法将《文心雕龙》里的观点与庞德《阅读入门》(*ABC of Reading*)中的一些诗论进行比较，后来收录在《谈艺录》中："《文心雕龙·情采》篇云：'立文之道三：曰形文，曰声文，曰情文。'按 Ezra Pound 论诗文三类，曰 Phanopoeia，曰 Melopoeia，曰 Logopoeia，与此词意全同。参见 How to Read, pp. 25—28; *ABC of Reading*, p. 49。惟谓中国文字多象形会意，故中国诗文最工于刻画人物，则稚駭之见矣。"③从"his A. B. C of Reading betrays him as an elementary reader of mere A. B. C.""参见 How to Read, pp. 25—28; *ABC of Reading*, p. 49"等细节可看出，钱锺书对美国诗人庞德的诗歌理论作品《如何阅读》和《阅读入门》非常熟悉。更重要的是，钱先生在中国比较文学史上首次质疑庞德的语言观，开创了中文诗学与庞德诗学相比较的先河④。

四

1978 年 12 月，党的十一届三中全会胜利召开，党中央提出"解放思想，实事求是"的方针、路线，给全国人民以极大的鼓舞，也使我国外国文学研究、比较文学研究踏上新征程，迎来新机遇。在这种历史背景下，国内学者对欧美文学中存在的中国书写现象进行更加广泛的研究，也成为顺应时代发展潮流所进行的举措。

在该阶段，国内学者有很好的传统传承，对欧洲(主要是英国)书写中国的情况仍然予以极大的热忱和关注。与前期相比，研究的范围有所扩大，关注的视角推陈出新，文学比较研究的痕迹渐趋明显，代表性学者包括杨周翰、李奭学等。1981 年，杨周翰在《国外文学》第 4 期发表《弥尔顿〈失乐园〉中的加帆车——十七世纪英国作家与知识的涉猎》⑤，发现英国伟大诗人弥尔顿在《失乐园》(1665)中提到的加帆车实际上是中国的科学技术发明。1984 年，杨周翰在《北京大学学报》第 6 期撰文

---

① 钱锺书：《钱锺书英文文集》，外语教学与研究出版社 2006 年版，第 283 页。另参见蒋洪新、郑燕虹：《庞德与中国的情缘以及华人学者的庞德研究——庞德学术史研究》，《东吴学术》2011 年第 3 期，第 124—125 页。
② 钱锺书：《写在人生边上的边上》，生活·读书·新知三联书店 2005 年版，第 171—172 页。
③ 钱锺书：《谈艺录》，中华书局 1993 年版，第 42 页。
④ 蒋洪新：《庞德研究》，上海外语教育出版社 2014 年版，第 369 页。另参见郭英杰：《喧嚣的文本：庞德〈诗章〉研究》，中国社会科学出版社 2020 年版，第 23—24 页。
⑤ 杨周翰：《弥尔顿〈失乐园〉中的加帆车——十七世纪英国作家与知识的涉猎》，《国外文学》1981 年第 4 期，第 62—71 页。

《弥尔顿的悼亡诗——兼论中国文学史里的悼亡诗》①，认为弥尔顿的《悼亡妻》(On His Deceased Wife)悲怆哀婉、情感真挚，是西方悼亡诗中的精品，这与中国古代诗歌总集《诗经》里的悼亡诗《邶风·绿衣》、《唐风·葛生》以及西晋潘岳、孙楚等人的悼亡诗，有许多相似和可比较之处。在杨周翰1989年《外国文学评论》第1期题为《中西悼亡诗》②的文章中，该研究得到更加深入的论证。此外，1988年，杨周翰在《北京大学学报》第5期，发表《维吉尔与中国诗歌的传统》③，研究并探讨了维吉尔对中国诗歌传统的借鉴和互文式"挪用"，从一个侧面衬托了中国书写对欧洲经典作家及作品的深刻影响。

与杨周翰等大陆学者相呼应，港澳台学者也积极对中国形象在海外的传播进行关注和研究，代表人物是台湾师范大学翻译研究所教授李奭学。1989年，李奭学在《中外文学》第17卷第12期发表《傲慢与偏见——毛姆的中国印象记》④。英国剧作家、小说家毛姆(William Somerset Maugham，1874—1965)曾于1920年到中国旅行，写出极富中国情调和神秘色彩的游记《在中国屏风上》(On a Chinese screen，1922)以及以中国为背景的长篇小说《面纱》(The Painted Veil，1925)。李奭学通过研究毛姆的游记和小说，发现他的《在中国屏风上》、《面纱》与《苏伊士之东》(East of Suez，1922)、《刀锋》(The Razor's Edge，1944)等涉及中国书写的作品一样，渗透着西方帝国主义文化的优越感，未脱离西方中心主义特征，在字里行间流露出一种民族主义的傲慢与偏见。李奭学的相关论点，在近年来的作品，如《现代董狐如何再现中国？——史景迁著作中译本总评》(2014)⑤、《中西会通新探：明末耶稣会著译对中国文学与文化的影响》(2015)、《马若瑟与中国戏曲——从马译〈赵氏孤儿〉谈起》(2018)等，均有所呈现。

20世纪90年代末，关于美国文学与中国形象的关系研究方面，有一篇比较有代表性的论文，作者是美国哈佛大学交流博士研究生(1996—1998)、南京大学教授杨金才先生。他在1999年《南京社会科学》第12期发表《文化对话与美国文学中的中

---

① 杨周翰：《弥尔顿的悼亡诗——兼论中国文学史里的悼亡诗》，《北京大学学报》1984年第6期，第3—10页。
② 杨周翰：《中西悼亡诗》，《外国文学评论》1989年第1期，第109—113页。
③ 杨周翰：《维吉尔与中国诗歌的传统》，《北京大学学报》1988年第5期，第108—112页。
④ 李奭学：《傲慢与偏见——毛姆的中国印象记》，《中外文学》1989年第17卷第12期，第91—107页。
⑤ 李奭学：《现代董狐如何再现中国？——史景迁著作中译本总评》，《中国企业家》2014年第6期，第112—114页；李奭学：《中西会通新探：明末耶稣会著译对中国文学与文化的影响》，《国际汉学》2015年第1期，第127—141，205页。李奭学：《马若瑟与中国戏曲——从马译〈赵氏孤儿〉谈起》，《汉风》2018年第1期，第51—70页。

国形象》①，文章认为"美国关于中国形象的认识完全受欧洲中国形象论的影响"，主要受到"西班牙人门多萨（Mendoza）的《大中华帝国史》、意大利利玛窦所写的《中国文化史》和18世纪20年代流行的《中国——欧洲的榜样》"等书的影响。对东方哲学、文学、艺术等充满好奇心，并有所著述的美国学者、诗人、作家包括爱默生（Ralph Waldo Emerson）、梭罗（Henry David Thoreau）、艾伦·坡（Edgar Allen Poe）、惠特曼（Walt Whitman）、布莱特·哈特（Bret Harte）、马克·吐温（Mark Twain）、皮尔斯（Ambrose Bierce）等。通过阅读他们的作品，读者"看到19世纪美国文学中的中国形象是一个动态的演变过程"。

从异国形象（image）和形象学（imagology）视域出发，对欧美文学作品中关于中国及中国人的书写研究做出瞩目成就的中青年学者中，周宁、葛桂录、姜智芹无疑是代表人物。

周宁系厦门大学文学院教授，入选国家级"四个一批"人才工程，是教育部长江学者特聘教授。周宁从20世纪90年代中期开始关注跨文化研究，着重研究西方的中国形象。2004年出版《中国形象：西方的学说与传说》丛书八卷：《契丹传奇》《大中华帝国》《世纪中国潮》《鸦片帝国》《历史的沉船》《孔教乌托邦》《第二人类》《龙的幻象》，旨在系统和全面研究七个多世纪西方塑造中国形象的历史，另有专著《幻想与真实》（1996）、《永远的乌托邦》（2000）、《风起东西洋》（2005）等。他还在《厦门大学学报》《南京大学学报》《东南学术》《中国比较文学》等刊物发表大量高质量文章，包括《西方现代性源起的中国灵感》（2006）、《在西方现代性想象中研究中国形象》（2008）、《中外文学关系研究的问题与领域》（2016）等。② 周宁在研究西方塑造的中国形象的过程中，其突出贡献在于：能够将理论前提建立在"异域形象作为文化他者"的假设上，努力在西方现代性自我确证与自我怀疑、自我合法化与自我批判的动态结构中，解析西方现代的中国形象；在跨文化公共空间中，分析中国形象参与构筑西方现代性经验的过程与方式。其研究成果对我们探讨美国诗歌中的中国书写现象，具有重要参考价值。

---

①杨金才：《文化对话与美国文学中的中国形象》，《南京社会科学》1999年第12期，第55—60页。

②相关论文详见周宁：《西方现代性源起的中国灵感》，《厦门大学学报》2006年第3期，第5—12页；周宁：《在西方现代性想象中研究中国形象》，《南京大学学报》2008年第4期，第70—78页；周宁：《跨文化形象学的观念与方法——以西方的中国形象研究为例》，《东南学术》2011年第5期，第4—20页；周宁：《"反写"即"正写"："西方中心主义"批判的思想陷阱——以〈欧洲形成中的亚洲〉为例》，《文艺理论研究》2014年第34卷第1期，第7—15页；钱林森、周宁：《中外文学关系研究的问题与领域》，《中国比较文学》2016年第4期，第201—209页；周宁：《西方戏剧理论：从浪漫主义到现实主义》，《厦大中文学报》2021年，第149—169页。

葛桂录现任福建师范大学外国语学院教授，是福建省第三批哲学社会科学领军人才。他依托福建省社会科学规划重点项目"中英文学交流史"、福建省教育厅人文社科研究课题《英国文学里的中国题材》、国家社科基金项目子课题《中外文学交流史：中国—英国卷》(2006)、教育部哲学社会科学重大课题攻关项目子课题《20世纪中国古代文学在英国的传播与影响》(2007)、国家社科基金重大招标项目子课题《新中国英国文学研究60年》(2009)等，产出许多关于中英文学交流、中外文学交流以及中国古典文学域外传播等方面的学术论文，包括《中英文学关系研究的历史进程及阐释策略》(2006)、《中外文学关系研究的学科属性、现状与展望》(2007)、《中外文学关系研究30年》(2008)、《中外文学关系编年史研究的学术价值及现实意义》(2012)、《道与真的追寻》(2013)、《中国英雄·中国公主：意大利作家笔下的中国故事》(2022)等。[1] 其论著《雾外的远音：英国作家与中国文化》(2002)、《他者的眼光：中英文学关系论稿》(2003)、《中英文学关系编年史》(2004)、《神奇的想象：南北欧作家与中国文化》(合著，2005)、《跨文化语境中的中外文学关系研究》(2008)等，对国内中外文学关系以及欧洲文学中的中国形象进行系统研究，尤其是对英国文学中的中国形象进行全面和深入的研究，具有不容忽视的参考价值。

姜智芹系山东师范大学文学院教授，比较文学与世界文学专业学位点负责人。多年来，她专注于形象学和中国文学海外传播研究，依托山东省社会科学规划项目"英美文学中的中国形象"(2005)、教育部人文社科规划基金项目"中国新时期文学在国外的传播与研究"(2008)、国家社科基金项目"当代小说译介与接受中的中国形象建构研究"(2016)等，书写了一系列关于英美文学中的中国形象的学术论文和专著，产出丰硕。比较有代表性的论文包括《欲望化他者：西方文学中的中国形象》(2004)、《颠覆与维护——英国文学中的中国形象透视》(2005)、《中国：英国的典范——17—18世纪英国文人眼中的中国》(2008)、《中国当代文学海外传播与中国形

---

[1] 相关论文详见葛桂录：《中英文学关系研究的历史进程及阐释策略》，《四川外语学院学报》2006年第4期，第9—14页；葛桂录：《中外文学关系研究的学科属性、现状与展望》，《世界文学评论》2007年第1期，第204—208页；葛桂录：《中外文学关系研究30年》，《烟台大学学报》2008年第4期，第47—54页；葛桂录：《中外文学关系编年史研究的学术价值及现实意义》，《山东社会科学》2012年第1期，第102—109页；葛桂录：《道与真的追寻——〈老子〉与华兹华斯诗歌中"复归婴儿"观念比较》，文贝：《比较文学与比较文化》2013年Z1，第149—159页；葛桂录、余晴：《中国英雄·中国公主：意大利作家笔下的中国故事》，《广东外语外贸大学学报》2022年第33卷第3期，第78—88页。

象塑造》(2014)、《变异学视域下的西方之中国形象》(2018)等。① 相关专著包括《文学想象与文化利用——英国文学中的中国形象》(2005)、《傅满洲与陈查理——美国大众文化中的中国形象》(2007)、《美国的中国形象》(2010)等，另有译著《世界历史中的中国》(2009)、《美国的中国形象(1931—1949)》等。姜智芹的学术成果，既涉及英国文学中的中国形象研究，又兼顾美国文学中的中国形象研究，具有独特的学术视野和写作风格，在国内有较广泛的影响力。

除了学术论文及论著，乐黛云、钱林森、王晓平等前辈学者携周宁等后辈中青年学术骨干，兢兢业业、一丝不苟，开拓性地产出几套厚重的标志性丛书：首先是北京大学和南京大学"强强联合"，于1990—1992年隆重推出乐黛云、钱林森主编的10卷本《中国文学在国外》丛书(花城出版社出版)；然后是经过20年学术积累，在21世纪伊始，"密集出现三套大型比较文学丛书"，它们是钱林森主编的10卷"外国作家与中国文化丛书"(宁夏人民出版社出版)、乐黛云主编的"跨文化沟通个案研究丛书"(北京出版社出版)和王晓平主编的关于国别文学文化关系的"人文日本新书丛书"(宁夏人民出版社出版)。② 在上述学术成果"丰厚的研究基础上，如何进一步推进中外文学交流研究，成为学术史上的一项重要使命"，为此，从2005—2015年，钱林森、周宁主编了17卷"中外文学交流史"系列丛书(山东教育出版社)，③ 具体包括中国—阿拉伯卷、中国—法国卷、中国—美国卷、中国—英国卷等。这些大型书籍在带动当下我国比较文学朝着纵深方向发展的同时，也为学者们研究美国诗歌中的中国书写问题，提供了研究范式、方法论指导和思想观点革新等方面的启示。

此外，还有一些专著值得关注。李定一于1997年出版的《中美早期外交史》，从历史学的角度为研究早期中美诗歌关系打开了一扇窗户；张弘于2002年出版的《跨越太平洋的雨虹——美国作家与中国文化》，为读者了解马克·吐温、杰克·伦敦、

---

①相关论文详见姜智芹：《欲望化他者：西方文学中的中国形象》，《国外文学》2004年第1期，第45—50页；姜智芹：《颠覆与维护——英国文学中的中国形象透视》，《东南学术》2005年第1期，第117—122页；姜智芹：《美国大众文化中华裔男性的身份建构：以付满楚和查理·陈为典型个案》，《外国文学研究》2007年第1期，第133—139页；姜智芹：《中国：英国的典范——17—18世纪英国文人眼中的中国》，《国外文学》2008年第3期，第58—63页；姜智芹：《中国当代文学海外传播与中国形象塑造》，《小说评论》2014年第3期，第4—11页；姜智芹：《变异学视域下的西方之中国形象》，《中外文化与文论》2018年第1期，第46—56页；姜智芹：《中国文学海外传播研究呈现新趋向》，《中国社会科学报》2022年4月26日。

②具体参见钱林森、周宁：《中外文学关系研究的问题与领域》，《中国比较文学》2016年第4期，第201—209页；又见钱林森、周宁：总序，载《中外文学交流史：中国—美国卷》，山东教育出版社2015年版，第1—13页。

③钱林森、周宁：《中外文学关系研究的问题与领域》，《中国比较文学》2016年第4期，第201—209页；John James Clarke. Oriental Enlightenment: The Encounter between Asian and Western Thought[M]. London and New York: Routledge, 1997.

海明威、斯诺、赛珍珠、庞德、奥尼尔等美国小说家、诗人、剧作家,提供了重要参考;赵毅衡先于 1985 年出版《远游的诗神:中国古典诗歌对美国新诗运动的影响》,接着于 2003 年又出版姊妹篇《诗神远游:中国如何改变了美国现代诗》,为国内学者窥视美国新诗运动与中国、美国"中国化"了的现代诗、现代美国的"中国诗群"等,提供珍贵的借鉴;张子清在 1995 年版《20 世纪美国诗歌史》的基础上,经过 20 多年持之以恒的修改、增订,于 2018 年出版厚度达 2077 页的三卷本同名巨制。该巨制是目前国内关于 20 世纪美国诗歌研究最翔实、最全面、最完整的诗歌史评论集。除了大陆学者,台湾学者钟玲于 2003 年也出版了一部很有影响力的著作《美国诗与中国梦》,该书主要关注 20 世纪 50—90 年代美国现当代诗与中国诗学论述之间的关系,由于该书基于大量的第一手原始资料书写而成,内容方面自然是别开生面的。[1]

结　语

综观上述学者关于西方文化语境以及欧美文学中涉及的中国形象研究,不仅具有学术理论层面的厚度,而且具有文本阐释方面的深度,学者们提出的在西方现代性想象中考察中国形象和在跨文化视野内重塑英美文学中的中国形象,特别是"镜像后的文化冲突与文化认同",对我们开展后续研究,提供了珍贵的资料并有积极的借鉴意义。不过,客观而论,1912—2020 年美国诗歌中的中国书写并不是上述学者聚焦深入和专门研究的内容,这就为该研究提供了空间和可能性。

---

[1]具体参见李定一:《中美早期外交史》,北京大学出版社 1997 年版;张弘:《跨越太平洋的雨虹——美国作家与中国文化》,宁夏人民出版社 2002 年版;赵毅衡:《远游的诗神:中国古典诗歌对美国新诗运动的影响》,四川人民出版社 1985 年版;赵毅衡:《诗神远游:中国如何改变了美国现代诗》,上海译文出版社 2003 年版;张子清:《20 世纪美国诗歌史(三卷本)》,南开大学出版社 2018 年版;钟玲:《美国诗与中国梦》,广西师范大学出版社 2003 年版。

接受美学视域下的《青春之歌》在印度尼西亚传播研究

陕西师范大学　陈芳清歌

新中国成立后,随着中国、印度尼西亚两国政府交往深入,大量中国"红色经典"文学作品传入印度尼西亚,开始了中国文学在印度尼西亚的传播。《青春之歌》是中国当代文学在海外传播最广泛、最具影响力的"红色经典"文学作品之一,通过研究其在印度尼西亚的传播,对于推动当今中国文学在海外的传播与接受具有一定的文化政策参考价值。

"红色经典"文学是"红色"与"经典"二词的结合,"红色"作为一个象征着革命、光明的限定性词语,将"经典"赋予了政治理想的意义。"红色经典"文学是产生于我国特定历史时期的文学经典,"既是一种约定俗成的(文学)话语类型指称,更是20世纪中国文学发展历程中一种标志性、阶段化的文学现象"[①]。新中国成立初期,由于配合中国对外交往的需要,"红色经典"文学承担起彰显国家新形象的政治功能,并随着我国与他国频繁深入的文化交流在海外广泛传播,成为代表新中国的一张"名片"。出版于1958年的革命历史小说《青春之歌》,是作者杨沫以亲身经历为素材创作的半自传体小说,《青春之歌》是中国当代文学"十七年"间在海外传播最广泛、最具影响力的作品之一,也是其中唯一一部以知识分子成长历程为题材的长篇小说。接受美学是20世纪60年代兴起的一种新的文学研究方法论,主要强调的是读者和阅读接受在文学进程中的作用和影响。本文从接受美学的视域出发对"红色经典"文学海外传播进行研究,通过从文学作品的读者期待、社会功能和历史影响对《青春之歌》进行个案分析,将对作家作品的重点研究转向对读者接受的研究,对于推动当今中国文学在海外传播与接受具有一定的文化政策参考价值。

一、《青春之歌》在印度尼西亚的读者期待

"期待视野"是接受美学理论中的一个重要概念,"是指文学接受活动中,读者原先各种经验、趣味、素养、理想等综合形成的对文学作品的一种欣赏要求和欣赏水平,在具体阅读中,表现为一种潜在的审美期待"[②]。谢弗莱尔在文章《接受研究:一个大有作为的比较文学研究领域》中写道:"一部译本的出版是一个文学和社会行

[①] 杨经建:《"红色经典"何以为经典》,《文艺报》2009年1月15日第3版。
[②] 朱立元:《接受美学》,上海人民出版社1989年版。

为，并不那么简单，其动机可能会是多种多样的；把这部译本找来阅读同样也是一种动机复杂的社会行为。"①《青春之歌》之所以能获得印度尼西亚民众的广泛接受，是受到印尼读者的文化素养、审美经验、个人志趣等因素的多重影响。

（一）文化期待

印度尼西亚自16世纪起陆续沦为葡萄牙、西班牙、荷兰等国的殖民地，其中荷兰对其殖民时间长达300余年。由于长期处于被殖民状态下，殖民统治者的民族压迫和殖民地人民争取民族解放这两个形成民族意识的因素在印度尼西亚表现得十分明显。② 自19世纪末到20世纪初，民族主义运动浪潮猛烈地冲击着印度尼西亚，印度尼西亚国内民族主义情绪达到高峰，民众对于民族解放的诉求反映在文学审美偏好上呈现"红色"风格倾向，继而产生了强烈的精神文化需求，人们开始在民族解放斗争与无产阶级文学间寻找契合点。1950年，一部分印度尼西亚进步知识分子成立人民文化协会，引导着文艺工作者创作带有更鲜明的人民性和战斗性的文学作品，他们发表《人民文化纲领》，呼吁将文学与民族运动、国家命运紧密结合。印度尼西亚知识分子希望通过建设一种新的文学秩序来满足民族发展的需要，体现出民众近代民族意识的觉醒与成长，这成为《青春之歌》在印度尼西亚社会被广泛接受的文化基础。

（二）审美期待

产生于"十七年"间的革命历史题材小说是中国当代文学史上无法忽略的时代产物，体现出强烈的主流意识形态和独特的文学审美特征，形成了具有鲜明"红色"风格的作品群落。在众多"红色经典"文学作品中，《青春之歌》成功塑造了以林道静为典型的革命知识分子形象，书写了一名小资出身的知识青年成长为无产阶级革命战士的蜕变史、心灵史、革命史，极大鼓舞了中国民众的革命士气，表现出中华民族强烈的爱国情感和民族责任感。《青春之歌》被译为包含印度尼西亚语在内的二十多种语言，产生了较大的文学影响力和良好的海外宣传效能。基于中国与印度尼西亚有着相似的历史遭遇，结合印度尼西亚知识分子在民族解放运动中的先锋作用，《青春之歌》内容同样符合处于民族解放战争中的印度尼西亚读者的期待规范，其所传达的思想情感恰与印度尼西亚读者的审美期待相互融通，容易与读者在心理层面达成理解，并吸引着印度尼西亚读者对作品阅读和体悟的深入。

（三）价值期待

由于文学对于价值的承载和表达具有得天独厚的优势③，同时具有无国界的特

---

①伊夫·谢弗莱尔：《接受研究：一个大有作为的比较文学研究领域》，孟华译，《中外文化与文论》1997年第3期。原载 PIERRE Brunel, YVES Chevrel, "Précis de littérature comparée", Presses Universitaires de France, 1989.

②吴杰伟：《印度尼西亚和菲律宾民族意识的形成、特点及其对独立运动的影响》，《世界民族》2001年第2期。

③李朝全：《文学传播中国价值的世界性意义》，《文艺报》2018年5月28日第2版。

性,往往被视为体现国家价值的有效载体。随着世界经济全球化和世界市场的建立,众多民族、国家逐渐进入一种相互交往的状态,一场真正全球意义上的"文明对话"与"文化融合"拉开帷幕。印度尼西亚位于亚洲东南部,是连接亚洲与欧洲的交通枢纽,特殊的地理位置条件使得印度尼西亚文学更容易受到世界文学一体化趋向的影响,进而在本土传统与外来文化的冲突与融合中,形成复杂的内部张力。从1950年新中国与印度尼西亚正式建交到1961年签署政府间文化合作协定,十余年来随着中国印度尼西亚双方经贸往来不断加深,人文交流也日益升温。随着两国文学对话和沟通的不断加强,大量中国文学作品经过全面完善的传播路径被译介和出版到印度尼西亚,并对当地本土文学建设产生深远的影响。

二、《青春之歌》在印度尼西亚的读者接受

1967年,德国学者汉斯·罗伯特·姚斯(Hans Robert Jauss)最早提出了"接受美学"的概念,提倡"读者中心论",重视读者在阅读活动中的主体地位。印度尼西亚民族成分复杂,读者成分也同样复杂。《青春之歌》的读者群体队伍庞大、数量复杂,成员素质高低不一,其文化水平、职业身份、兴趣爱好也不尽相同,但是就《春春之歌》在印度尼西亚的读者接受来看,作品被译介传播到印度尼西亚后,受到了读者的赞誉并给予了极高的评价。1959年,我国计划翻拍《青春之歌》同名电影,选角问题引发海内外读者的积极关注,远在印尼的华侨也给北影厂寄来演员名单表,[①]可见印度尼西亚民众对该部作品的热忱和喜爱。

(一)印尼华人的精神回归

印度尼西亚是世界上华人最多的国家,早在中国汉代时期便已出现最早的印度尼西亚华人。后经过数百年的移民发展,印度尼西亚华人已拥有庞大的人口群体与稳定的经济实力,在印度尼西亚各行各业占据重要位置。19世纪末到20世纪初,民族主义运动浪潮猛烈地冲击着印度尼西亚,印度尼西亚华人一方面受到爱国热情和民族意识的双重影响,另一方面陷入国际选择与身份认同的矛盾困境,继而产生了强烈的精神文化需求。于是,在印度尼西亚华人群体中迅速掀起了一场回归中国传统思想和文化的定向运动,人们开始在民族解放斗争与无产阶级文学间寻找契合点。《青春之歌》以抗日战争为背景,以1931年"九一八"日本侵华事变到1935年"一二·九"学生爱国运动为时间线,满足印度尼西亚华人了解国内革命形势和思想精神的情感需求。

(二)无产阶级的政治宣传

印度尼西亚人民长期生活在民族矛盾和阶级矛盾相互交织的状态中,承受着来自当地统治者和外国侵略者的双重剥削压迫。为进一步宣传马克思列宁主义思想,鼓动人民投身反殖民主义斗争,本国民族运动的主要革命力量之一——印度尼西亚

---

① 朱安平:《纷争中诞生的电影〈青春之歌〉》,《文史精华》2006年第2期。

共产党开始把注意力集中到文学领域,重视文艺作品的政治宣传作用。1954年,印度尼西亚作家普拉姆迪亚·阿南达·杜尔(Pramoedya Ananta Toer)翻译了我国现代文艺理论家周扬的文章《社会主义现实主义——中国文学的前进之路》,鼓励印度尼西亚知识分子学习中国文学创作经验,用文字书写阶级矛盾、革命斗争和发展实践。《青春之歌》表现出的中华民族审美理想与集体意志,宣传了马克思列宁主义思想和丰富的无产阶级革命斗争经验,推动了民族解放思想在印度尼西亚的传播发展,同时对于印度尼西亚作家的文学创作具有一定启发意义。

(三)人民反封建的心理需求

印度尼西亚文学评论家乌马尔·朱纳(Umar Junus)认为,评价一部作品时,如果要考虑把它与现代小说进行比较,就得看作品中是否涉及婚姻爱情问题。①《青春之歌》通过描写主人公的三段恋情,塑造了一个敢于反抗封建包办婚姻的进步女性形象,论证了革命对于女性思想的解放。故事伊始,出生于大地主家庭的林道静为反抗包办婚姻离家出走,邂逅了北大学生余永泽并与之结婚。在结识共产党员卢嘉川后,她通过教育和学习接受革命思想,逐渐发现自己和丈夫间巨大的思想鸿沟,遂决定与愚昧自私的丈夫离婚。离婚后,林道静经历了一次次革命斗争的洗礼,最后选择与富有"卢嘉川精神"的革命战友江华相恋。《青春之歌》采用"革命+爱情"的叙事模式,为印度尼西亚读者带来了反封建思想和觉醒意志,更符合当时读者的审美期待。

三、《青春之歌》在印度尼西亚的接受价值

二战后,中国繁荣发展的社会经济同印度尼西亚政治混乱的社会格局形成了鲜明对比。一方面由于社会矛盾的激化,印度尼西亚政府主动从西方国家和早于印度尼西亚接受西方文化的东方大国(比如中国)的革命斗争经验中找到民族复兴的出路;另一方面由于文化势能的差异,印度尼西亚文学作为低势能文化必然会受到西方文学以及中国文学等的影响。《青春之歌》对印度尼西亚现代文学的影响体现在作家创作方法、大众认知观念、读者阅读导向三个方面。

(一)影响文本创作者的创作方法

1957年,发展壮大后的印度尼西亚共产党受到新中国革命历史题材小说的影响,大力号召本国知识分子吸收借鉴中国文学参与革命的成功经验,紧密结合"艺术为人民"的文学创作口号,用强烈的现实主义精神观照人民的生活和情感。印度尼西亚作家的创作风格和审美趣味受到中国革命历史题材小说的影响,开始将中国文学创作经验纳入自身文学写作实践,为印度尼西亚文学沿着社会主义现实主义的脉络继续发展提供了理论支持。《青春之歌》是遵循社会主义现实主义的创作方法而写出

---

① Umar Junus, *Perkembangan Novel Novel Indonesia*, Malaysia: Penerbit Universiti Malaya, 1974, p. 25.

的半自传体小说，也是特定历史时期文化语境下先进知识分子精神世界的文学呈现。1965年普拉姆迪亚在吸收、利用和转化中国"红色经典"文学写作经验的基础上，创作出《南万丹发生的故事》《铁锤大叔》等反映印度尼西亚工农兵参与革命斗争的作品，成为当时印度尼西亚巨大政治压力下将文学文本作为社会文本的典范，也是印度尼西亚知识分子接受和使用社会主义现实主义创作方法的新文学观点的代表。

（二）重塑大众读者的革命认知

中国"红色经典"文学确立了一套独特的话语体系和情感结构，影响着中国人民的精神生活方式、理想生存方式和情感表达方式，与共时的印度尼西亚国内游击战题材小说都是"文以载道"的产物。虽然两国文学作品产生的社会环境大致相同，但在文化和审美角度等方面仍存在一定差异。印度尼西亚共产党成员主要是本土知识分子，他们通过学习中国"红色经典"，将文学作为政治宣传武器，进一步释放压抑已久的创作激情和人生体验。《青春之歌》是新中国"文艺为政治服务"口号在文学领域的具体实践，印度尼西亚知识分子通过文本阅读，在接触并了解了中国先进知识分子、革命者的思想意志后，反过来对其引导自身参与本国革命斗争具有一定启迪意义。

（三）面向青年成长的阅读导向

《青春之歌》作为富有张力的文学文本，一方面它具有鲜明的"红色"特质，反映了当时的中国人民的革命思想、进步思想；另一方面作为"经典"文本，书写了青年人成长过程中的困惑和迷惘，蕴含的革命精神与教育价值，对青年人的成长起到正向激励作用。"红色经典"文学中展现出的大义凛然、无私无畏的英雄品质，是青年人成长过程中需要怀念和效仿的宝贵精神。《青春之歌》宣扬了青年知识分子将个人理想追求融合国家民族命运时缔造凝结出的革命精神，塑造了林道静等符合深层中华民族审美心理和文化积淀的进步青年群像。主人公林道静追求个性解放和自由，在党的指引下积极参与革命斗争，逐渐克服小资产阶级软弱无助迷茫的弱点，成长为富于革命理想的共产主义战士。卢嘉川、江华、林红都是富有担当、艰苦朴素、坚强不屈的共产党员，他们用丰富的马克思主义理论和中国革命斗争实践经验引领林道静走向正确的革命道路。这些英雄形象启示着青年人要树立正确的人生观和价值观，将个人价值与时代意义紧密连接。

结　语

以《青春之歌》为代表的一批中国"红色经典"文学在两国交往过程中对印度尼西亚民众产生了深刻的精神影响，推动着中印两国文化交流的延续。2022年，习近平总书记在中国人民大学考察调研时指出"要发挥哲学社会科学在融通中外文化、增进文明交流中的独特作用，传播中国声音、中国理论、中国思想，让世界更好读懂中国，为推动构建人类命运共同体作出积极贡献"、"一带一路"倡议是中国大国外交的伟大实践，推动构建人类命运共同体进入新的阶段。接受美学是"共同体美学"的理论基础之一,在立足于坚持文化自觉和文化自信的"我者思维"基础上,能与接受者、对话者等"他者"达成更多的对话、交流、沟通,建构美学层面的共同体。"红色经典"作为承载中国意识形态、发展道路与革命经验的文学典型,通过分析《青春之歌》在印度尼西亚的传播与影响力,一定程度上也为中国思想(比如"红色经典"文学中蕴含的中华民族的革命主义精神)如何通过中国文学传播的路径与方式,展现中华民族艰苦奋斗的优良传统和革命乐观主义精神彰显大国格局和风范,提供一定启示。同时,这对重塑"红色经典"文学的政治价值、文学价值和审美价值具有时代意义,也对进一步夯实构建人类命运共同体具有实践意义。

陕西省外国文学学会第十届理事会及工作成员名单
（2021—2025）

名誉会长：
马家骏（陕西师范大学）
梅晓云（西北大学）

理事会理事：
（34人，按姓氏笔画顺序排列）
马莉娜（陕西学前师范学院）
王　文（陕西师范大学）
王永奇（宝鸡文理学院）
王黎娜（延安大学）
史元辉（咸阳师范学院）
冯正斌（长安大学）
刘一静（西安外国语大学）
刘红岭（西北政法大学）
刘　佳（西安翻译学院）
刘建树（西安电子科技大学）
刘祥文（西安财经学院）
刘艳锋（榆林学院）
孙　婷（西安石油大学）
宋元源（西安医学院）
张生庭（西安外国语大学）
张世胜（西安外国语大学）
苏仲乐（陕西师范大学）
杨晓钟（西安外国语大学）
李利敏（西北工业大学）
李雁劼（西安音乐学院）
胡宗锋（西北大学）
赵前明（渭南师范学院）
南健翀（西安外国语大学）
聂　军（西安外国语大学）
秦　声（西安科技大学）
高兵兵（西北大学）
席忍学（商洛学院）
郭英杰（陕西师范大学）
郭　星（西安工业大学）
郭雪妮（陕西师范大学）
徐　琳（西北大学）
梁　蕊（西安培华学院）
蒋　丽（陕西理工大学）
雷武锋（西北大学）

常务理事会理事：
（15人，以姓氏笔画为序）
王　文、王永奇、王黎娜、刘一静、
苏仲乐、杨晓钟、胡宗锋、赵前明、
南健翀、聂　军、高兵兵、席忍学、
郭英杰、蒋　丽、雷武锋

会　　长： 聂　军
副 会 长： 南健翀、胡宗锋、苏仲乐
秘 书 长： 杨晓钟
副秘书长： 张生庭、张世胜、刘一静
秘　　书： 卢　曦

《外国文学论丛》编委会：
南健翀（主编）、王　文、王永奇、
王黎娜、刘一静、苏仲乐、杨晓钟、
胡宗锋、赵前明、聂　军、高兵兵、
席忍学、郭英杰、蒋　丽、雷武锋

注：本届理事会名单经陕西省外国文学学会第十届会员代表大会（2021年4月16日）审议通过。